Berlin Werwolf

Für meinen Vater.

Rainer Stenzenberger

BERLIN WERWOLF

RACHE

berlin edition im
be.bra verlag

Mehr Informationen unter www.facebook.com/BerlinWerwolf

Bibliografische Information der Deutschen Nationalbibliothek
Die Deutsche Nationalbibliothek verzeichnet diese Publikation in der Deutschen Nationalbibliografie; detaillierte bibliografische Daten sind im Internet über http://dnb.d-nb.de abrufbar.

KulturBrauerei Haus 2
Schönhauser Allee 37, 10435 Berlin
post@bebraverlag.de
Lektorat: Marijke Topp, Berlin
Umschlag: Ansichtssache, Berlin
Satzbild: Friedrich, Berlin
Schrift: Garamond 10/12
Druck und Bindung: FINIDR, Český Těšín
ISBN 978-3-8148-0200-8

www.bebraverlag.de

Im Frühjahr

Eine ganze Dose Ravioli zum Frühstück, heiß und frisch zubereitet! »Dit is unser Glückstach«, freut sich Heinrich, den alle im Kiez nur als »Der General« kennen, und reibt sich die klammen Hände. Das Essen wird ihm die Kälte aus den Gliedern treiben. Ihm und seinem treuen Schäferhund »Rommel«, dem der Geruch der köchelnden Dose bereits den Geifer aus dem Mund laufen lässt.

Vier leere Flaschen Aldi-Cola, drei Dosen Red Bull und etliche Bierflaschen musste er in den Pfandautomaten legen und konnte sich dafür die Dose Ravioli sowie ein Tetra Pak Rotwein kaufen. Die Flaschen hatte er in einem Umkreis von weniger als fünfzig Metern um sein Domizil nahe den Yorckbrücken gefunden, das im Wesentlichen aus einem Gaskocher, einem Radio, einem Schlafsack, einer alten Matratze und einer Plane gegen den Regen besteht.

»Der erste und der letzte Löffel. Dit sind die besten, wa?«, wendet sich Heinrich an seinen Begleiter. Der setzt seinen jämmerlichsten Bettelblick auf und tritt nervös von einer Pfote auf die andere. Heinrich lässt sich davon nicht beirren und kaut jeden Biss genüsslich und langsam mit seinen verbliebenen vier Zähnen.

»Gleich biste och dran«, tröstet er Rommel und hält für einen Moment inne. Er hört näherkommende Schritte auf dem Schotter der Bahngleise. Wer geht morgens um kurz nach fünf über die Gleise?

Keine hundert Meter vor ihm läuft eine Frau um ihr Leben.

Das ist zumindest Heinrichs erster Gedanke, als er den Gesichtsausdruck der leicht bekleideten Frau sieht. Trotz seines hohen Alters verfügt Heinrich noch immer über den scharfen Blick des Spähers, der ihm im Leben schon einige Male geholfen hat. Im Gesicht der zierlichen, asiatischen Frau um die zwanzig spiegelt sich schiere Angst. Sie stolpert in High Heels, einem kurzen blauen Rock und einem weit ausgeschnittenen, silbernen Glitzertop über den Schotter. Auf dem schwierigen Untergrund kann sie kaum Tempo aufnehmen, obwohl sie genau das möchte und sich dabei ständig umschaut.

Auch der General richtet seinen Blick nach hinten und erkennt, wovor die Frau davonläuft, genauer gesagt: vor wem.

Etwa dreißig Meter hinter ihr läuft ein bulliger Kerl mit langem, silberfarbenem Zopf, Motorradjacke, Jeans und spitzen Schlangenle-

derstiefeln. Auch er kommt nur mühsam voran, verringert aber stetig den Abstand zu ihr.
»Verdammt! Bleib stehen!«, ruft er ihr wiederholt zu, doch sie stolpert weiter, entgegnet etwas in einer Sprache, die Heinrich nicht versteht, schreit, rennt, beginnt zu weinen, als sie fällt und sich dann wieder aufrichtet, um ihre Flucht fortzusetzen.
Heinrich macht sich nun ernsthafte Sorgen. Er legt den Löffel in die Dose, für Rommel das Signal, zuzuschlagen und den Rest zu verspeisen. Mit seiner Pfote schubst er die Dose auf den Boden und schleckt den Inhalt aus.
Heinrichs Furcht vor dem breitschultrigen Kerl ist größer als sein Drang, der Frau zu helfen. Aber wenn er alles genau beobachtet, tut er bereits seine Pflicht, redet er sich ein. Leicht verdeckt und gebückt hinter einem Busch stehend sieht er, wie der Verfolger immer näherkommt. Beide befinden sich nun auf einer der Yorckbrücken. Kurz bevor der kräftige Mann die Frau erreicht, stürzt sie und bleibt wimmernd liegen. Heinrich wagt kaum, hinzusehen, was nun passieren wird.
Der Kerl bückt sich und hilft ihr auf die Beine. Sie redet und gestikuliert, doch der Kerl bleibt ruhig und scheint sie besänftigen zu wollen, auch wenn Heinrich die Worte der beiden nicht verstehen kann. Er lässt das Paar nicht aus den Augen.
Der bullige Mann schiebt die Frau mit dem Rücken gegen das Brückengeländer. Sie wirkt erschöpft. Er streichelt ihre Wange, sie umarmt ihn und legt ihren Kopf an seinen Hals.
Heinrich atmet tief und erleichtert aus.
»Wie 'n oller Spanner steh ick hier im Busch«, flüstert Heinrich zu Rommel, der sich zufrieden das Maul leckt, um auch den letzten Tropfen Raviolisoße in den Hundemagen zu befördern.
Heinrich wirft dem Paar noch einen Blick zu, bevor er sich abwenden möchte, doch dann stutzt er. Der Bulle bückt sich. Mit einer schnellen Bewegung greift er beide Knöchel der Frau und erhebt sich, ohne den Griff zu lösen. Der Oberkörper der überraschten Frau kippt dadurch bedrohlich über das Geländer. Als sie bemerkt, was mit ihr passiert, ist es bereits zu spät. Sie rudert mit den Armen, findet aber keinen Halt, während der Bulle ihre Beine weiter nach oben und über das Geländer drückt.

Ihr Schrei voller Todesangst endet mit dem Aufprall auf die darunterliegende Yorckstraße.
Starr vor Entsetzen blickt Heinrich zur Brücke, hat sich dabei aufgerichtet und seine Deckung hinter dem Busch verlassen.
Von der Brücke kommt ein grimmiger Blick zurück.
Direkt in Heinrichs Augen.

Wenige Stunden zuvor, nahe der polnischen Grenze

Präzise Planung ist die halbe Miete. Tatsächlich habe ich hier nicht mal Handyempfang und das nächste Dorf befindet sich mindestens zehn Kilometer entfernt.
Praktisch am Arsch der Welt. Perfekt.
Ein Waldgebiet mit hohem Wildbestand. Was Google nicht alles weiß.
Beim Metzger habe ich mir entsprechendes Fleisch gekauft und es den ganzen Tag offen in meine Bude gestellt, damit der Geruch meine empfindliche Nase regelrecht infiltriert. Hätte nur noch gefehlt, dass ich mich damit einreibe.
Eigentlich hasse ich das. Meine Opfer bewegen sich normalerweise auf zwei Beinen. Aber mir blieb keine Wahl, weil mein einziger Vertrauter eine beschissene, lange Reise in den Himalaja machen musste.
Meine Nase fängt etliche Gerüche ein. Die ebenso empfindlichen Ohren vernehmen Getrappel. In der Nähe eher sanftes, aber in mittlerer Entfernung genau das schwere Gestampfe, das ich suche.
Hinter der Kuppe, über den Baumkronen geht er auf.
Das Timing funktioniert.
Schnell noch überlegen, ob ich irgendwas vergessen habe? Der Autoschlüssel klebt mit einem Magneten im linken, hinteren Radkasten. Im Kofferraum befinden sich frische Klamotten, die ich jetzt auch gerne am Leib hätte.
Der Sommer klopft zwar schon an, aber ohne einen Fetzen am Leib ist es um Mitternacht noch verdammt frisch. Ich puste in meine Hände, friere und kauere mich zusammen.

Die volle Gestalt des Mondes erscheint nun über den Bäumen.
Guten Abend, Meister. Wir sind bereit.
Mein Zittern wird von einem anderen Gefühl überlagert.
ER erwacht.
Ich gehe auf die Knie und lasse mich nach vorn auf meine Hände fallen. Vielleicht bilde ich es mir ein, aber ich habe das Gefühl, dass ich die Schmerzen in dieser Stellung am besten aushalte.
Mit einem Mal spüre ich, wie meine Nase empfindlicher wird, ebenso wie meine Ohren. Dafür lassen die Augen nach. Als würde jemand den Farbregler eines Monitors erst auf Grautöne und dann auf dunkles Rot umstellen.
ER erobert meine Sinne und nun den Körper.
Haare sprießen. Zuerst aus den Handrücken, dann aus den Armen, Schultern und Beinen. Reines Vorspiel, bevor es richtig böse wird. ER klettert in meine Muskeln, bringt sie zum Glühen, pumpt sie auf. Bricht meine Knochen, füllt sie mit glühender Lava. Ich könnte schreien, aber meine Zunge wächst in alle Richtungen und stößt dabei an spitze Eckzähne, die aus meinem Kiefer sprießen.
Ich kneife meine Augen zusammen, möchte in jeder Sekunde sterben, nur um den Schmerz nicht mehr aushalten zu müssen. Öffne wieder meine Augen und sehe durch eine rote Lupe, wie meine Finger wachsen und aus ihnen Nägel, die sich zu spitzen Klauen formen.
Mach schneller, ich ertrage das nicht mehr!
Jede Faser wächst, verwandelt sich in eine schnelle, unbesiegbare Mischung aus Reflex und Kraft. Ich möchte mir den Kopf abreißen, mich vom höchsten Berg der Welt stürzen, um das glühende Gefühl loszuwerden, das mich in Stücke sprengt.
Jedesmal denke ich das. Aber nur wenige Minuten.
Schmerz verwandelt sich in Jubel.
ER ist da.

Lupus wittert!
Nase hoch. Links. Links vorn.
Wildschwein!
Springe, hetze in Richtung. Sind viele. Gruppe. Ein großer. Bleibt zurück. Als Schutz.
Den will ich!

Sind viel langsamer. Als Lupus. Alle sind langsamer. Immer.
Lupus regiert! Schnell und stark!
Zickzack. Zickzack, rennen sie. Wollen weg von Lupus. Keine Chance.
Setze an zum Sprung.
Lärm! Laut! Plötzlich! Knall! Schuss!
Trifft mich. In Seite. Tut weh! Große Wunde. Blutet.
Zorn. Zorn!
Wer? War?
Lupus dreht sich. Nase in Luft. Von dort.
Hetze hin. Fliege. Springe. Über Stöcke. Knackt alles.
Nase hoch, Geruch stark jetzt.
Hier. Leiter. Am Boden. Geht hoch. Sehe hoch. Gestalt oben. Mensch.
Klettere. Drei auf einmal. Bin oben. Wie Haus. Stuhl. Und Mann.
Jäger. Alt. Alter Mann. Gewehr in Hand. Auf mich. Angst in Gesicht.
Dummer Mann. Zittert. Lädt Gewehr.
Dummer Mann!
Schießt. Aber Lupus' Reflexe sind besser. Weiche aus.
Leichter, Tiere zu schießen? Schwer, Lupus zu schießen!
»Um Himmels Willen!«, jammert Mann.
Ja! Schau zu Himmel. Mond dort! Wird dich bestrafen!
Kann Gewehr nicht laden. Vor Angst. Patronen fallen. Auf Boden.
Springe nach vorn. Weiter Satz.
Öffne Maul weit.

Tag 1, Dienstag, 10.00 Uhr

Was glotzt der Typ denn so? Hat er noch nie einen Mann gesehen, der Erdnussbutter aus dem Glas löffelt?
»Was gibt's?«, belle ich in seine Richtung, doch schon verschwindet er aus dem Sichtfeld. Wie alle anderen, mit denen ich hin und wieder einen Blick austausche. Mehr als zwei bis drei Sekunden sind nicht drin, denn solange benötigt die U1 ungefähr, bis ein Wagen an meinem Fenster vorübergefahren ist. Das ist der Vorteil an meiner neuen Wohnung in der Skalitzer Straße, die auf derselben Höhe liegt wie die Hochbahn. Man trifft jeden Tag neue Bekannte.

Dem stehen als Nachteil die recht kurzen Perioden der Ruhe gegenüber – mehr als fünf Minuten sind nicht drin, bevor die Gleise und damit auch meine Wohnung wieder zu vibrieren beginnen. Die Bude ist ein Schnäppchen, die Miete kaum der Rede wert, also schlug ich vor acht Wochen ohne große Verhandlungen zu. Ich war anscheinend der einzige Interessent. Der Makler zuckte nur die Schultern, nahm rasch seine Vertragskopie mit und vermied sorgfältig, irgendetwas außer der Türklinke anzufassen.
Ein Umzug war nötig geworden. Ich konnte einfach keinen Fuß mehr in die Wohnung setzen, an deren Eingang mein Freund zu Tode kam.
Weil er sich für mich ausgegeben hatte. Mir einen Gefallen tat.
Als wir ihn vor zwei Monaten begruben, hoffte ich, dass ich auch irgendwann meine Schuldgefühle beerdigen kann.
Unser verbliebenes Kleeblatt aus Pierre, Suna, Josch und mir zerstreute sich bald nach Mattes Beerdigung. Suna kämpfte mit der Erkenntnis, dass ich sie mehrfach belogen hatte. Das kommt zwar in den besten Partnerschaften vor, aber selten überfällt der Mann das Wettbüro des Vaters seiner Liebsten. Von den Frauengeschichten mal ganz abgesehen, deren Existenz ihr glücklicherweise verborgen geblieben ist. Wir gönnten uns noch ein letztes Schäferstündchen, doch dann fiel das erbarmungslose und beschissene Wort »Abstand« und ich habe sie seitdem nicht wiedergesehen.
Josch hatte mit angesehen, wie Matte starb und vergrub sich wie ein Maulwurf in seine Arbeit. Wir telefonieren hin und wieder, doch er fragt nicht, ob wir uns auf ein Bier treffen können. Vermutlich braucht auch er Abstand!
Mein bester Freund Pierre hing noch ein paar Tage mit mir ab, wir ertränkten unser Versagen und unseren Kummer in reichlich Hochprozentigem. Er ging die erste Zeit ohnehin kaum aus dem Haus, weil er aussah, als sei er unter den Bus gekommen. Kein Wunder, nachdem er von zwei Ultimate Fightern bearbeitet worden war, ebenso wie Josch, den ich zuletzt mit einer dicken Halskrause und gebrochener Nase gesehen habe.
Immerhin konnten die Jungs laufen. Die drei Kugeln, die aus meinem Rücken herausoperiert wurden, hatten meine Beine einige Tage gelähmt. Da mein Körper besondere Belastungen aushält und

Verletzungen schneller heilen als bei normalen Menschen, konnte ich aber schon nach einer Woche den Rollstuhl verlassen.
Ziemlich genau zu diesem Zeitpunkt verließ Pierre das Land und brach zur ersten Fernreise seines Lebens auf, an den Rand des Himalaja im Norden Indiens. Pierre schlägt sich seit seiner Jugend mit allerhand meist kleineren Gaunereien durchs Leben, träumt aber stets vom ganz großen Ding oder der ganz großen, geilen, neuen Geschäftsidee.
Wie jene, in Brandenburg eine Yak-Zucht zu betreiben.
Yaks sind riesengroße Rinder mit dickem Fell und angeblich werden horrende Summen für ihr Fleisch bezahlt. Ein Freund von Pierres Vater erzählte ihm von der Geschäftsidee, Yaks zu importieren, und Pierre war sofort Feuer und Flamme. Beide brachen dann rasch zu einer Reise nach Nordindien auf, um sich dort mit einem Yakzüchter zu treffen und über den Transport nach Europa zu verhandeln.
Dass dieser ominöse Freund der Familie einen größeren Teil seines Lebens wegen diverser Betrügereien im Knast verbrachte, im Übrigen gemeinsam mit Pierres Vater, störte Pierre wenig. Meine Einwände, dass er keinerlei Erfahrung mit Tierzucht habe, dass die Biester hier vielleicht an irgendeinem europäischen Schnupfen oder einem lächerlichen Virus zugrunde gehen könnten, verwarf er mit einem milden Lächeln.
Ich wollte nicht weiter rumzicken und wünschte ihm eine gute Reise.
Seit seiner Abwesenheit hänge ich ganz schön durch. Mir fehlen Geld, eine Frau an meiner Seite und natürlich mein bester Freund. Einen Teil meiner Kröten habe ich in Whisky, zwei Stangen Camel und DVDs investiert. Aber nun geht es wieder aufwärts.
Pierre kehrt heute zurück, genauer gesagt in vier Stunden. Ich freue mich wie auf ein Rendezvous.

Mein Magen gibt sich weniger optimistisch. Er knurrt und fragt mich, wieso er seit Wochen nichts Vernünftiges zu essen bekommt.
Ich raffe meine Energie zusammen, stehe vom Sofa auf, streife die Jogginghose über, schlüpfe in die Adiletten, stecke mir zwei Fünf-Euro-Scheine in die Hosentasche und verlasse die Wohnung.
Zum Glück befindet sich im Erdgeschoss ein kleines vietnamesisches Restaurant. Ich kann zwar mit asiatischem Essen eher wenig anfan-

gen und benötige vorher normalerweise einen Burger, um halbwegs satt zu werden, da ich aber in meinem momentanen Aufzug nicht auf die Straße möchte, ziehe ich das Naheliegende vor und betrete die Nudelbraterei.
In dem engen, schlauchförmigen Lokal befinden sich ein langer Tresen, an dem man seine Suppe löffelt, sowie zwei kleine quadratische Tische nahe der Tür. Schmucklos eingerichtet verzichtet das Lokal auf den üblichen folkloristischen Kitsch. Nur ein veralteter Kalender mit vietnamesischen Motiven verziert die hellgrüne Wand hinter mir.
Ich bin der einzige Gast und setze mich auf einen Barhocker an das Ende des Tresens. Der Inhaber, ein freundlicher, älterer Herr mit ledriger Gesichtshaut, nimmt meine Bestellung eines billigen Reisgerichts mit Entenfleisch entgegen und sofort wuselt seine Frau in die Küche. Sie ist noch kleiner als ihr zwergenhafter Gemahl und wenn man beide übereinander stellen würde, passten sie gut durch die Tür und die Gattin könnte noch einen Hut dabei tragen. Beide verkörpern das Klischee der umtriebigen, geschäftstüchtigen Asiaten. Was mich an ihnen amüsiert, ist die katastrophale deutsche Aussprache. Es gelingt mir so gut wie nie, sie beim ersten Anlauf zu verstehen.

Ich schnappe mir die B.Z. und studiere die rasend interessante Geschichte von Mandy aus Hellersdorf, die einen Weltrekord im Sonnenstudio brechen will. Der Wirt reicht mir eine gut riechende und kräftig gewürzte Vorspeisensuppe, die ich schlürfend zu mir nehme. Während ich mich der Zeitungslektüre widme, betreten weitere Gäste das Lokal, die mich aber so sehr interessieren wie der sprichwörtliche umgefallene Sack Reis.
Ich hätte wie die anderen Gäste das Tagesgericht bestellen sollen, denn mein Essen lässt auf sich warten. Nach einigen Minuten kommt der Hauptgang. Die auf einem Plastikteller servierte Ente wurde knusprig angebraten, wie ich es schätze. Was ich weniger mag, ist Gelärme während des Essens, das sich gerade rechts von mir entfaltet. Ich richte meinen Blick auf das andere Ende des Tresens.
Dort stehen zwei Typen um die vierzig vom Typ Hilfsarbeiter. Mittelgroß, kräftig, mit klobigen Sicherheitsschuhen und verdreckten Blaumännern, die schon lange keine Waschmaschine mehr von in-

nen gesehen haben. Der kahlköpfige Wortführer der beiden fuchtelt mit muskulösen und von hässlichen, verblassenden Tätowierungen übersäten Armen vor dem Inhaber auf der anderen Seite des Tresens herum. Eine helle Narbe zieht sich über die verölte Stirn des Glatzkopfes, die zu einem Gesicht gehört, das von Frustration, Niederlagen und dem Willen nach Gewalt erzählt. Er streitet sich mit dem vietnamesischen Inhaber um einen Geldschein, mit dem er das Essen bezahlte. Der Narbenmann behauptet, ihm einen Fünfziger gegeben zu haben, der Chef bestreitet das und legte ihm das Wechselgeld für zwanzig auf den Tresen.

Ein Wort ergibt das andere, alle werden laut und das verdirbt mir langsam den Appetit. Aus dem streitenden Duo wird ein Quartett, da sich der Freund von Narbenjohnny sowie die Gattin des Inhabers einschalten. Im Geiste streiche ich das Lokal aus meiner Favoritenliste.

Ich richte meinen Blick wieder nach links zum Sportteil der Zeitung, als ich ein klatschendes Geräusch höre. Das war wohl eine Ohrfeige, denn die zweite, die ich nun sehe, klingt genauso. Der Narbenmann hält den Inhaber über den Tresen hinweg am Kragen fest und schlägt ihn mit der flachen Hand ins Gesicht. Der Vietnamese hält sich die Wange, duckt sich, wird kleinlaut.

»Gib mir meinen Fuffziger zurück! Und für den Beschiss nochmal einen drauf! Haste mich verstanden, Fidschi?«

Ein Gast an der Tür verdrückt sich. Die Gattin des Vietnamesen zetert, bleibt aber in sicherer Entfernung. Ihr Mann öffnet die Kasse, während der Narbenmann ihn weiterhin am Kragen hält.

»Lass den Mann los«, richte ich mich mit halbvollem Mund an Narbenjohnny. Die Ente schmeckt köstlich. Kross und nicht zu trocken. Narbenjohnny blickt mich an, als wäre ich gerade aus einem Raumschiff gestiegen.

»Wer redet denn mit dir, du Penner?«

»Ja, wer redet mit dir?«, fragt nun auch sein Freund, der beim Sprechen leicht durch die Zähne pfeift.

»Bist du sein Echo?«, erkundige ich mich.

Die Bemerkung mit dem Penner schmerzt. Mit meinen Adiletten, der ausgebeulten Jogginghose, dem verwaschenen Holzfällerhemd, meinem Vollbart und dem zugegeben fettigen Haupthaar gewinne

ich heute keine Mister-Berlin-Wahl. Aber das macht mich noch lange nicht zum Penner!
Ich stehe auf und gehe zwei Barhocker weiter zu ihm. Noch immer hält er den Inhaber am Kragen wie einen Welpen, der gewaschen werden muss.
»Der Fidschi hat mich beschissen! Du haust besser ab, sonst bist du als Nächstes dran.«
»Hau besser ab«, ergänzt sein Freund.
Ich seufze. Wieso gerate immer ich in solche Situationen?
»Lass ihn los«, wiederhole ich.
»Fresse!«, antwortet er und holt blitzschnell zu einer Geraden aus, die er mir verpassen will.
Er ist schnell. Die Sorte, die häufig Schlägereien beginnt und dabei meist siegt. Weil er zuerst zuschlägt und über ausreichend Kraft verfügt.
Mit meinen Reflexen hat er allerdings nicht gerechnet. Die funktionieren selbst in meiner aktuellen Verfassung wie eine gut geölte Maschine, quasi unabhängig von meinem angeschlagenen Gemütszustand, dank meiner väterlichen Gene. Ich weiche aus und fordere ihn noch einmal auf, den Mann loszulassen. Was er tut, aber nur, um einen Schlagring aus seiner Hose zu fischen, sich ihn überzustreifen und erneut auszuholen.
Wieder weiche ich aus und stoße in einer wuchtigen Gegenbewegung mit dem Kopf nach vorn, direkt auf seinen Nasenrücken. Mit einem lauten Knacken bricht die Nase und ein Schwall Blut spritzt über die Theke. Jaulend hält er sich mit beiden Händen die Nase, das Blut quillt zwischen den Fingern heraus.
Sein Freund schwingt einen Teleskopschlagstock in meine Richtung. Ich ducke mich und als ich nach oben komme, knalle ich ihm meine flache Hand gegen den Kehlkopf. Ihm sacken die Beine weg, er geht röchelnd und gurgelnd auf die Knie, hält sich erschrocken den Hals. Narbenjohnnie verlässt stöhnend und blutend das Lokal, zieht seinen halb stolpernden, halb kriechenden Freund an der Jacke nach draußen.
»Ich komm wieder!«, nuschelt er und zeigt auf den Vietnamesen. Sein Blut tropft auf den Bürgersteig und bei diesem Anblick bin ich froh, dass die Sonne am Himmel steht. Zwölf Stunden später und

die Szene wäre anders verlaufen. Nichts entlässt einen Lupus schneller aus dem Käfig als der Geruch frisch vergossenen Blutes. Die gute Nachricht des kleinen Scharmützels: Meine Adrenalinproduktion, die seit Wochen auf Standby steht, hat soeben ihren Betrieb wieder aufgenommen.
Ich setze mich. Die Ente ist nur noch lauwarm. Verdammt.
Während ich den Rest verspeise, blicken mich die beiden Augenpaare der Besitzer an. Sie lächelt mir zu, er nickt und stellt mir noch eine Schale Reis hin.
»Du guter Mann!«, meint er. Dann fällt ihm etwas ein, er tuschelt mit seiner Frau, was nicht nötig wäre, denn ich verstehe sowieso kein Wort. Sie sehen zu mir, reden, sehen wieder zu mir. Er zeigt mir ein Familienfoto mit seiner Frau, ihm und ihren beiden Kindern, jedenfalls interpretiere ich das so. Ein aufgedonnerter junger Typ im weißen John-Travolta-Saturday-Night-Fever-Anzug und eine außergewöhnlich hübsche junge Frau, beide um die zwanzig. Sie wirken nicht wie ein Paar, sondern eher wie Geschwister. Ich recke den Daumen als Zeichen der Anerkennung seiner gelungenen Reproduktion und stehe auf.
Er zeigt erneut auf das Foto und deutet mit dem Zeigefinger auf die junge Frau.
»Toter!«, krächzt er.
»Sie ist tot?«, frage ich zurück.
Seine Frau korrigiert ihn.
»Tochter. Unser Tochter. Unden. Unden!«, äußert sie mit trauriger Miene.
»Das tut mir leid«, entgegne ich, weil ich das Gefühl habe, dies sei die passende Antwort auf ihre Mimik. Was genau mir beide mitteilen wollen, weiß ich nicht und es interessiert mich auch weniger als die letzten, knusprigen Entenstücke vor mir.
»Du«, zeigt der Inhaber auf mich.
»Hm«, nicke ich.
Was wollen die nur von mir? Geht vietnamesische Dankbarkeit so weit, dass sie mich nun mit ihrer Tochter verkuppeln wollen? Oder haben sie schon immer einen Schwiegersohn fürs Grobe gesucht, falls es im Lokal zu Schwierigkeiten kommt?
»Eu Abend.«

Ich zucke die Schultern und mache ein übertrieben ratloses Gesicht. Doch der Alte lässt sich nicht beirren, nickt ohne Unterlass wie ein Wackeldackel auf der Hutablage eines Opel Ascona. Nicht, dass ich etwas gegen schöne Asiatinnen hätte, aber eine schon heute Abend vollzogene Kuppelaktion erscheint mir übertrieben.
»Eu Abend«, wiederholt er.
»Was bin ich schuldig?«, frage ich und zücke unter lautem Ächzen meinen Geldbeutel, denn ich hoffe, dass meine spärlichen Finanzen nicht beansprucht werden, nachdem ich ihm die beiden Typen vom Hals geschafft habe.
»Afumfzig!«, nickt er lächelnd und ich begreife, warum die Asiaten die Welt erobern. Nur keine falschen Sentimentalitäten und auf die Rechnung verzichten, weil ich ihm den Arsch gerettet habe! Achtfünfzig also. Ich fummle die beiden Fünf-Euro-Scheine aus der Hosentasche und gebe sie seiner Gattin. Sie öffnet die Kasse und ich bemerke, dass sich darin kein Zwanzig-Euro-Schein befindet, sondern nur drei Fünfziger und einige Zehner.
Narbenjohnnie hatte Recht.
Morgen esse ich wieder Burger.

Tag 1, Dienstag, 14.00 Uhr

Wie ein alter Mann lehne ich auf dem Fenstersims und sehe dem Treiben auf der Straße zu, immer in Richtung U-Bahn-Station blickend, von der Pierre kommen müsste.
Pierre. Der Dude.
Ich lernte ihn vor etwa zehn Jahren als Nachbar in meiner damaligen Wohnung in Steglitz kennen. Er bekam gerade Besuch von Freunden zu einem Fußballabend und als ich an der Treppe vorbeilief, lud er mich ein, doch mitzuschauen. Hertha gewann, der Abend entwickelte sich prächtig und dem Fußballgott wurden einige Sixpacks geopfert. Seitdem treffen wir uns regelmäßig und frönen gemeinsamen Vorlieben wie Sportübertragungen oder dem Unwillen, ein geregeltes Leben als Steuerzahler zu führen. Der Hang zu Spielen aller Art verbindet uns ebenfalls, vom Zocken in privaten Spielhöllen

bis zum Bowling. Last but not least teilen wir eine extrem dehnbare Vorstellung von Gesetzestreue.
Pierre ist väterlich entsprechend vorbelastet und begann bereits während der Schulzeit mit Diebstählen und Betrügereien, von denen einige so pfiffig waren, dass sich selbst die Bullen ein Grinsen nicht verkneifen konnten, als sie ihn wieder einmal mitnahmen. Gewalt ist bei ihm nie im Spiel, mit einer einzigen Ausnahme vor ein paar Monaten, als Matte und ich den Überfall auf das Wettbüro des Kreuzberger Paten Yildiray vorschlugen. Wir beide hatten ausreichend Erfahrung mit Waffen und brachten auch die nötige Gewaltbereitschaft mit. Die Kleinbetrüger Josch und Pierre betraten dagegen Neuland, ließen sich aber von der hohen Beute locken. Der Überfall lief dann fast wie geschmiert. Fast.
Matte beging einen schwerwiegenden Fehler, ich toppte diesen leider durch einen noch schlimmeren und am Ende verlor Matte sein Leben. Abgesehen von diesem Überfall verlief Pierres Karriere in der Vergangenheit weitgehend frei von körperlichen Konflikten, alles andere wäre mit seinem Credo, leben und leben lassen, kollidiert.
Irgendwann vor ein paar Jahren wurde er zu entspannt, verursacht durch das Gras, das er immer häufiger rauchte und ihn zunehmend Geld kostete. Schließlich kam er auf die glorreiche Idee, deutlich mehr als nur den Eigenbedarf zu kaufen und den Überschuss zu verticken. Es lief anfangs wie geschmiert, die Zahl der Abnehmer stieg an wie eine Fieberkurve und bald gingen den Dealern die angestammten Kunden aus, weil sie direkt beim Dude kauften.
Es dauerte nicht lange, bis ihm die Scheiße um die Ohren flog. Zwei libanesische Mitglieder des örtlichen Clans lauerten ihm im Hausflur auf, schlugen ihn zur Begrüßung zusammen, hielten ihm eine Knarre an die Schläfe und zeigten ihm ein Bild, das sie mit ihrem Handy gemacht hatten. Darauf war die von Pierre verehrte Lena zu sehen, ein Mädel aus gutem Hause, mit dem er ab und zu etwas unternahm, die er anbetete, aber bei der er nie wirklich zum Zug kam. Bis heute nicht. Andere Story. Jedenfalls zeigte das Display Lena mit einem der beiden Libanesen beim harmlosen Gespräch, während der zweite ein Messer an den Rücken von Lena hält, ohne dass sie es bemerkt. Der Schock, dass diese Typen Lena kannten, traf den Dude schlimmer als die Erkenntnis, welche Gefahr ihm selbst drohte.

Die Ansage, die der Dude erhielt, war deutlich: Zehn Riesen Entschädigung bis zum Wochenende und sich danach nie wieder in ihrem Kiez blicken lassen. Ansonsten würden sie ihm die Eier abschneiden, seine hübsche Freundin ordentlich zureiten und das Ganze natürlich filmen und ins Internet stellen.
Das erzählte er mir noch am selben Abend mit zittriger Stimme. Logischerweise hatte er die Kohle nicht, aber vor allem die Sorge um Lena brachte ihn halb um den Verstand.
Ich hatte ihm von meiner Zeit bei den Einzelkämpfern erzählt und das weckte in ihm die Hoffnung, dass ich mit den Libanesen fertig würde. Mir war allerdings klar, dass ich die Typen nur auf eine ganz bestimmte Art und Weise bekämpfen könnte.
Mein Freund war in Not und ich musste nicht lange nachdenken, sondern versprach ihm, mich darum zu kümmern. Im Gegenzug rang ich ihm das Versprechen ab, nicht mehr zu kiffen. Nicht, dass ich damit ein moralisches Problem verband, aber er hatte sich zu einem der typischen Schlaffis entwickelt, die ihren Arsch kaum noch aus dem Bett bekommen und auf die man sich kein Stück verlassen kann, weil sie meist zugedröhnt sind.

Wir hatten einen Deal, ich aber noch keinen Plan. Zuerst wollte ich mir die Typen mal ansehen, genauer gesagt: Ihren Geruch aufnehmen.
Pierre wusste, wo die Arschlöcher regelmäßig abhängen und dieses libanesische Lokal suchten wir dann auch auf.
Die Zeiger der Uhr bewegten sich Richtung Mitternacht, als sie mit ihrem fetten Porsche Cayenne vor das Lokal fuhren. Sie trugen teure Klamotten, fein ziselierte Bärte und Gesichter, die keinen Zweifel daran ließen, wer regiert, wer Hammer und wer Amboss ist. Wenn sie mit jemandem redeten, nahm das Gegenüber rasch eine Demutshaltung ein, nickte eifrig und trollte sich davon. Obwohl sie teuer gekleidet waren, schimmerte in Haltung, Mimik und Gestik ihre Herkunft aus einer gewalttätigen Umgebung durch.
Zuerst nahmen sie von uns keine Notiz. Ein Beweis dafür, dass das Malträtieren, Erpressen und Einschüchtern ihr täglich Brot und Pierre nur eines ihrer vielen Opfer war. Um es auf den Punkt zu bringen: Brutale Schweine wie sie quälen einfach gerne.

Ich ging ein paar Mal an ihrem Tisch vorbei, um den Geruch tief einzusaugen, wusste aber noch immer nicht, was ich tun sollte.
Sie nahmen mir die Entscheidung ab. Als sie sich die Bäuche vollgeschlagen hatten und aufbrachen, nahmen sie einen Umweg über unseren Tisch und begrüßten den Dude. Einer der beiden ging in die Hocke, schaltete sein Handy ein und zeigte Pierre ein Porno-Video mit einer jungen Frau, die Lena verblüffend ähnlich sah, und kurz darauf ein paar weitere Bilder von Lena, die sie heimlich geschossen hatten. Beim Einkaufen. Beim Verlassen des Hauses. Im Auto.
»Drei Tage, Arschloch«, meinte der Größere und steckte sein Handy wieder ein.
Die Ereignisse danach kann ich nur noch in einzelnen Blitzlichtern beschreiben. Manchmal habe ich eine bessere, manchmal eine schlechtere Erinnerung an meine Taten als Lupus, aber einen vollständigen Film sehe ich nie vor mir.
Ich musste an den Typen dranbleiben, aber der Dude würde mir keine große Hilfe sein. Als die Libanesen aufbrachen, schickte ich ihn nach Hause und verfolgte sie mit dem Mustang, noch immer ohne eine konkrete Idee. Sie fuhren zu einer Lagerhalle im Wedding, wo sie sich mit einem jungen Typen trafen.
Der Mond stand in dieser Nacht in voller Größe am Himmel, als ich durch den Zaun spähte.
Der arme Kerl, den sie sich vornahmen, war maximal achtzehn Jahre alt. Sie redeten zuerst mit ihm, er verteidigte sich, hob ständig die Hände, aber sie wurden immer wütender. Wer weiß, was er in ihren Augen verbrochen hatte. Schließlich verprügelten sie den Jungen, der sich nicht wehrte. Minuten lang. Erst mit Fäusten und als er am Boden lag, traten sie ihn zusammen, immer wieder.
An die folgenden Ereignisse erinnere ich mich nur in einzelnen Sequenzen. Sie pinkelten lachend auf die arme, am Boden liegende Sau. Nässten ihn ein und amüsierten sich prächtig dabei. Das weckte IHN endgültig. Der Junge rührte sich nicht mehr, die Typen grölten und ich verwandelte mich.
Ich sprang über den Zaun und machte beide fertig. Eines musste ich ihnen lassen: Sie wehrten sich bis zum bitteren Ende.
Was aus dem Jungen wurde, ob er noch lebt – ich weiß es nicht. Aber eins steht fest: Berlin hat zwei Arschlöcher weniger.

Als ich am frühen Morgen jener Nacht in meine Wohnung kam, begegnete ich Pierre, der an meiner Xbox zockte. Ich hatte die Konsole vor längerer Zeit geschenkt bekommen, aber kaum damit gespielt. Für so was war ich einfach zu alt, im Gegensatz zu Pierre, der das Teil liebte. Pierre und ich besaßen Zweitschlüssel der jeweils anderen Wohnung.

Als er mich bemerkte, fiel ihm das Pad aus der Hand, was ich ihm angesichts meines Anblicks nicht verübeln konnte. Nur mit einer Jeans bekleidet, mit blutverschmiertem Oberkörper und einer blutenden Stichwunde an der Hüfte hatte er mich noch nie gesehen.

Obwohl ich die Libanesen überrascht hatte und ihnen die Knarren abnehmen konnte, entwickelte sich ein erwartet harter Kampf. Die Typen waren mit allen Wassern gewaschen und versetzten mir einige Stiche mit ihren Messern, darunter drei besonders tiefe an meiner Hüfte. Sie kämpften verbissen um ihr Leben und verloren es, wie so viele andere vor ihnen. Schon auf dem Weg nach Hause setzte die Heilung ein, die sich allerdings verlangsamte, als ich mich zurückverwandelte. Die drei verbliebenen Wunden an der Hüfte schmerzten sehr und mir stand der Sinn nach einer Dusche und einem Verband, als ich meine Wohnung betrat und meinem Freund begegnete.

»Scheiße, was ist passiert?«

»Sieht schlimmer aus, als es ist«, antwortete ich und wünschte mir, er würde gehen, mich in Ruhe duschen und dann schlafen lassen.

»Kommst du aus 'nem Schlachthaus? Mann, du blutest. Wir müssen einen Arzt holen!«

Ich hob die Hand.

»Kein Arzt.«

Bei ihm fiel der Groschen.

»Die Libanesen.«

Ich nickte, er zur Antwort ebenfalls. Ihm dämmerte, was geschehen war.

»Was hast du mit denen gemacht?«

»Du bist sie los.«

Ich setzte mich auf das Sofa und blutete es voll. Stichwunden sind in jeder Hinsicht eklig. Sie schmerzen, sie bluten, sie lassen dich keinen klaren Gedanken fassen. Pierre rannte ins Bad, ich hörte ihn wühlen und suchen und kurz darauf kam er mit einer Mullbinde zurück. Ich

hob stöhnend den Arm und er begann, mich zu verbinden. Dabei bemerkte er, wie sich eine der drei Wunden bereits geschlossen und die zweite ihre Blutung eingestellt hatte.
Ein Lupus heilt im Stadium der Verwandlung unvorstellbar schnell, aber selbst als Mensch bleibt die Geschwindigkeit noch immer hoch. Pierre ließ den Verband sinken und blickte mich an, als wäre ich eine dreibeinige Tänzerin.
»Was'n das? Bist du irgendeine genetische Züchtung aus dem Labor? So 'ne CIA Kampfmaschine?«
Das erste Mal in dieser Nacht musste ich lachen. Direkt in den Schmerz rein.
Es fiel mir schwer, aber ich beschloss damals, ihm alles zu erzählen. Der Dude war nicht blöd, er würde mich wieder und wieder danach fragen. Als wir beide mit einem Pott schwarzer Brühe auf der Couch saßen, legte ich los und erzählte. Von meinem Vater, der mir seine wölfischen Gene vererbt hat, von meiner aus Berlin stammenden Mutter, die mit ihm an den Polarkreis gezogen war, zur Sippe meines Vaters. Ich berichtete von meinen Verwandlungen und von meiner unschlagbaren Physis, von der ich auch im Normalzustand profitiere und die mich schließlich zum Militär und, wenig überraschend, zu den Einzelkämpfern brachte – bis meine Verwandlungen einsetzten und ich von einem Tag auf den anderen den Dienst quittierte.
»Du verarschst mich«, hatte der Dude damals gestammelt, nachdem ich mir in einer Erzählpause eine Zigarette angezündet hatte. Als ich ihm auch eine reichte, nahm er sie abwesend entgegen und steckte sie in den Mund, ohne sie anzuzünden.
Ich lachte und fuhr fort damit, ihm zu erzählen, wie ich auf der Suche nach einem Job, bei dem ich nicht nachts arbeiten musste, darauf kam, Stuntman zu werden, da ich in diesem Beruf Geld dafür bekam, was mir ohnehin Spaß machte: Autos crashen, prügeln und mich verprügeln lassen. Er fragte, warum es so lange gedauert hatte, bis ich mich regelmäßig verwandelte? Darauf habe ich bis heute keine Antwort. Vielleicht liegt es an den Genen meiner Mutter, einer positiven, lebenslustigen Frau, die die dunklen Anteile meines Vaters, die seine – und meine – Stimmung oft ins Schwermütige, Düstere kippen lässt, ausgleichen. Aber ich gestand ihm, dass seit einigen Jahren ein voller Mond bei mir regelmäßig Verwandlungen hervorruft.

»Du verarschst mich doch«, stotterte der Dude fassungslos vor sich hin. Um ihn zu überzeugen, rollte ich den Verband wieder ab. Ich konzentrierte mich auf die Wunden und der gewünschte Effekt blieb nicht aus. Wie durch eine Zeitrafferkamera sahen wir beide zu, wie sich die letzte Stichwunde verschloss, als wäre sie eine fleischfressende Pflanze, die sich zurückzieht. Nach wenigen Sekunden schon bildete sich Schorf, während die beiden anderen Wunden kaum noch zu erkennen waren. Ein weiterer, sehr hilfreicher Nebeneffekt meiner Physis. Der Dude starrte mich an wie ein VW Käfer.

Um ihn weiter ins Staunen zu versetzen, erzählte ich ihm von dem Paar im vierten Stock, das ich so deutlich vögeln hörte, als trieben sie es neben mir auf der Couch.

»Du verarschst mich«, wiederholte er, nun mit deutlich mehr Zweifel in der Stimme als beim ersten Mal. Aber als er sich anstrengte, konnte auch er die Nachbarn von oben hören.

Wir schwiegen eine Weile.

»Danke«, meinte der Dude.

»Wegen der Libanesen?«

»Ja. Ich hatte Schiss, Mann.«

»Kein Ding. Aber …«

»Klar, das bleibt unter uns.«

Wir bliesen Kringel in die Luft. Schließlich zuckte Pierre mit den Schultern.

»Kann man dein Dings irgendwie zu Geld machen? Wäre schade, so ein Talent einfach verkümmern zu lassen.«

Das ist der Dude.

Am frühen Morgen begossen wir die neuen und tiefen Fundamente unserer Freundschaft mit starkem Kaffee und nicht wie sonst mit einem Bier. Von nun an teilten wir zwei Geheimnisse. Von der Sache mit den beiden Libanesen, die ich ihm vom Hals schaffte, weiß bis heute niemand außer uns beiden. Mich belastet es wenig, zwei Arschlöcher zu erledigen, aber ich weiß, wie die meisten Menschen über so etwas denken. Gewalt ist keine Lösung, nicht wahr?

Doch. Ist sie.

Eine nützliche Folge meiner Beichte bestand darin, dass Pierre mir seitdem dabei hilft, den Lupus in Vollmondnächten zu kontrollieren. Meist sperrt er mich in einen von uns angemieteten alten Keller un-

ter dem ehemaligen Flughafen Tempelhof. Manchmal allerdings verhindern die Umstände einen rechtzeitigen Arrest. Oder mein Freund ist irgendwo im Himalaja. Dann gehe ich auf die Jagd.
Jedenfalls sind der Dude und ich seit damals dickste Freunde. Er blieb seinem Wesen ebenso treu wie ich meinem. Noch immer heckt er alle möglichen Ideen aus und gerät dabei oft an die falschen Partner.

Ich sehe Pierre federnden Schrittes auf mein Haus zulaufen, in seiner Hand eine Plastiktüte mit unleserlicher Aufschrift. Ebenso wie der Dude aus dem Film hat es Pierre noch nie geschafft, sich einen geregelten Lebenswandel anzueignen und ebenso wie der Filmdude geht Pierre mit nahezu jeder Situation äußerst lässig um. Was insbesondere als Krimineller, oder sagen wir wohlwollend Lebenskünstler, nützlich ist. Das Dasein als Kleinganove wurde ihm quasi in die Wiege gelegt, denn seinen Vater lernte er vor allem bei den regelmäßigen Knastbesuchen kennen, zu denen er ihm immer ein Stück Marmorkuchen mitbrachte.
Nun aber soll ein neuer Meilenstein im Leben des Dude gesetzt werden – die Karriere als Viehzüchter. Ich bin gespannt, was er berichtet. Ach Scheiße, ich freue mich einfach auf ihn.
Er blickt nach oben und erkennt mich. Verdammt, er sieht selbst aus dieser Entfernung gesund, gebräunt und bestens gelaunt aus, was das komplette Gegenteil seiner sonstigen Erscheinung darstellt und ich momentan überhaupt nicht gebrauchen kann.
Mit seiner rechten Hand kreist er um Kinn und Wangen, zeigt auf mich und formt mit den Lippen »What the fuck?«.
»Warte, ich komme runter!«, rufe ich ihm zu.
Auch wenn der Dude der weitaus schlimmste Messi ist, der mir je begegnet ist, will ich nicht, dass er meine Wohnung sieht, die sich noch immer im selben Zustand befindet, wie kurz nach dem Einzug vor zwei Monaten.
Ich wechsle meine Klamotten, ziehe mir eine Jeans an, schlüpfe in meine Cowboystiefel und ein frisches Hemd im Westernstil. Bevor ich die Wohnung verlasse, gehe ich zum Rentierfell an der Wand. Mein alter Glücksbringer. Mit gespreizten Fingern fahre ich durchs Fell und schließe dabei die Augen. Auch nach mehr als zwanzig Jah-

ren empfange ich diesen besonderen Geruch aus der Heimat meiner Eltern, den geliebten Mix aus Erde und salziger Luft.
Fünf Minuten später stehe ich auf der Skalitzer und schüttle meinem Freund die Hand. Er drückt meine Hand mit offenem Mund.
»Was zur Hölle ist mit dir passiert?«, fragt er.
»Hm? «, antworte ich, ahne aber, worauf er hinaus will.
»Das … Ding da in deinem Gesicht!«
»Nette Begrüßung.«
Er nickt.
»Hast Recht, sorry. Aber im Ernst, Mann. Hast du mal in den Spiegel gesehen? Du siehst aus wie Rasputin.«
»Verdammt praktisch, das Teil. Wärmt schön. Und niemand erkennt mich.«
Wir grinsen.
»Dafür siehst du scheißgesund und zufrieden aus, Dude. Geh nochmal um die Ecke und komm zurück, wie ich dich kenne. Ohne Körperspannung, Selbstbewusstsein und Geld.«
»Arsch!«, lacht er.
»Wollen wir in den Elefanten?«, frage ich. »Dann kannst du erzählen, wie viel Kohle du machst und wie viel davon dein ältester Freund erhält. Sind das die Geldbündel?«, zeige ich auf die Plastiktüte in seiner rechten Hand.
»Logisch. Gegenvorschlag: Wir gehen erst zum Barbier. Lassen uns die Haare schneiden. Und du das Gewölle da am Kinn. Danach ab in den Elefanten.«
Zehn Minuten später sitzen wir in Hamids Barbiersalon in der Reichenberger Straße, einem Ort der Kontemplation, den ich seit Monaten nicht mehr von innen gesehen habe. Die meisten türkischen und arabischen Salons in Berlin sind triste, lieblos eingerichtete Läden. Ein Umstand, der mich bis heute wundert und im Gegensatz zur Handwerkskunst dieser Jungs steht. Hamids Salon dagegen empfängt den Besucher sofort mit dem Gefühl, ein anderes Land zu betreten. An den Wänden hängen Bilder aus der Heimat, gerahmt in schwerem, dunklem Holz. Wartende Kunden paffen Wasserpfeifen, während orientalische Weisen aus dem uralten Radio krächzen.
Der Laden ist fast leer, nur ein Kunde wird bereits frisiert. Der Dude und ich werden auf die verbleibenden zwei Sessel gebeten. Meister

Hamid kümmert sich um mich, sein schnauzbärtiger, stämmiger Geselle um den Dude. Hamid blickt mich so mitleidig an wie John Wayne seinen verletzten Gaul, kurz bevor er ihn gnadenhalber erschießt.
»Allah, Allah, wie siehst du denn aus? Solche Bärte trägt man im Iran!«, seufzt er kopfschüttelnd. Ich mache ihm Kummer. Wieder einmal fällt mir seine immense Römernase auf, die in jedem Sandalenfilm mitspielen könnte.
Er zückt das Rasiermesser, dessen Klinge mich für eine Sekunde blendet. Ich schließe die Augen und freue mich darauf, bald mein runderneuertes Gesicht zu sehen. Hamid summt die Melodie des Liedes aus dem Radio mit.
Heißer Schaum weicht meine ledrigen Wangen auf. Dann scharrt das Messer über meinen Hals. Keine Hautfalte, kein verstecktes Haar wird ausgelassen, der Meister arbeitet gründlich und ich entspanne mich dabei so sehr, dass ich fast einnicke. Das Zitronenwasser, das die Haut an meinen Wangen abtötet, schreckt mich aus meinem Halbschlaf. Als mir Hamid danach mit dem Feuerzeug die Haare an den Ohren ausbrennt, will ich ihn reflexartig würgen, halte mich aber zurück. Der Dude grinst von links, verlässt frisch rasiert den Sessel.
»Na, Pussy? Tut's weh?«
Anschließend schneidet mir Hamid die Haare. Der Dude setzt sich auf einen Wartestuhl und genehmigt sich einige Züge aus der Wasserpfeife. Das feine Aroma von Orangen legt sich sanft auf meine Nase.
Nach weiteren fünfzehn Minuten blicke ich in den Spiegel. Hamid steht stolz neben mir, als hätte er eine Symphonie geschrieben. Glatt rasiert und mit kurzen, frisch gewaschenen Haaren fühle ich mich wie ein Entlassener aus dem Krankenhaus.

Wir schlendern über die Oranienstraße Richtung Heinrichplatz, wo sich unsere Stammkneipe befindet. Fast fühle ich mich wie einer der vielen spanischen oder schwedischen Touristen, die die Straße entlanglaufen.
Es riecht abgeranzt, Müll flattert im Wind über die Straße. Meine Nase verflucht mich regelmäßig dafür, nach Kreuzberg gezogen zu

sein und bettelt um einen baldigen Wohnsitz in Charlottenburg oder Zehlendorf.
Zwei finnisch sprechende Inkamützen schnattern an mir vorbei. Fotografieren sich gegenseitig. Kichern.
Das ist unser Kiez, vor allem der türkische Teil davon. Aber rund um den Kotti sollte ich mich nach wie vor mit Vorsicht bewegen, auch wenn das von dem Wettpaten Yildiray ausgesetzte Kopfgeld nach Mattes Tod zurückgenommen wurde.
Wir betreten den Elefanten. Heute steht Lizzy hinter der Theke. Obwohl sie einiges über vierzig sein dürfte, kleidet sie sich wie eine junge Punkerin, mit schwarz gefärbtem Bürstenschnitt, schwarzen Klamotten, schwarzen Militärstiefeln, den obligatorischen Piercings und Tätowierungen. Doch selbst morgens um vier bleibt Lizzy freundlich, arbeitet zügig und gewissenhaft und liefert ein Weizenbier meist einen Wimpernschlag nach der Bestellung aus, weshalb ich ihre Gegenwart schätze. Sie zwinkert mir zu.
»Gero, altes Haus! Warste im Urlaub?«
»Irgendwie schon«, fällt mir nichts Originelleres ein.
»Zwei Weizen?«, fragt sie.
Pierre nickt ihr zu. Wir setzen uns ans Fenster. Am Tisch daneben bemerke ich Herbert.
Etwa halb so groß wie der Großglockner und doppelt so breit wie ein Kleinwagen sitzt der Frührentner Herbert jeden Tag auf demselben Stuhl. Als Leseratte leidet Herbert besonders unter einer krankheitsbedingten Sehschwäche, weshalb man ihn trotz dicker Brillengläser nie ohne Lupe antrifft. Auch jetzt liest er ein Buch, das er etwa fünfzehn Zentimeter vor seinem Gesicht hält, dazwischen die große Lupe.
Als er die Geräusche vom Nebentisch hört, legt er das Buch beiseite und blickt in unsere Richtung. Er braucht einen Augenblick, bis sich seine Augen auf die Entfernung fokussiert haben, dann strahlt er in unsere Richtung.
»Gero!«
»Herbert, hey. Wie geht's?«
»Gestern ging's noch!«, gluckst er, sucht und findet sein Bierglas.
Wir prosten uns zu, ich frage nach dem Inhalt seines Buchs, das den amerikanischen Bürgerkrieg im neunzehnten Jahrhundert behan-

delt. Er berichtet von Schützengräben, Luftaufklärung, erbitterten Stellungskriegen, also Elementen, die als Vorläufer des Ersten Weltkrieges gelten. Da ich ein Faible für alles Militärische habe, höre ich interessiert zu. Schon immer konnte ich mir genau die Dinge besonders gut merken, die mich im Leben keinen Zentimeter voranbringen. Wir tauschen noch einige Freundlichkeiten aus, dann widmet er sich wieder seiner Lektüre.

»Erzähl, Dude. Du strahlst wie 'ne Sonne. Wo sind die Yaks, hast du sie im Görlitzer Park abgestellt?«

»Ach, die Yaks. Ja. Nein. Also, da gibt's die eine oder andere kleine Hürde.«

»Hürde? Ich dachte, das sei ein Knüller. Alles easy pik. Deine Worte.«

»Meine Worte? Wirklich? Wie gesagt, Hürden. Leichte Hindernisse. Kleinigkeiten!«

»Du lügst.«

Er rollt mit den Augen, bläst die Backen auf, entkrampft seinen Nacken, knackt mit den Fingern, betrachtet seine Nägel, zuckt schließlich mit den Schultern.

»Das Ganze war eine Luftnummer. Die scheiß verdammten Fellmonster sind 'ne bedrohte Tierart. Rote Liste! Einfuhr verboten, Ausfuhr verboten. Der Trip war für 'n Arsch.«

»Und woher dann die gute Laune?«

Er grinst von einem Ohr zum anderen. Ich stochere ins Blaue.

»Du bist verliebt.«

»Ja, Mann!«

»So viel Optimismus macht mich krank«, entgegne ich und hebe das Glas. Wir stoßen an. Er zieht etwas aus der Plastiktüte und überreicht es mir.

»Kleines Souvenir vom Dude.«

Ich nehme einen etwa fußballgroßen, recht schweren Elefanten aus Messing entgegen. Herbert sieht das metallische Funkeln und blickt zu unserem Tisch. Seine Augen sind so klein, als würde er uns durch ein Aquarium betrachten.

»Das ist ein Ganesha!«, schreit er durchs Lokal, als hätte ich eben die Bundeslade auf den Stammtisch gestellt.

Anatomisch korrekt scheint der Elefant nicht zu sein mit seinen sechs Armen, dazu sitzt er recht entspannt auf seinem Allerwertesten,

als würde er gerade einen Joint durchziehen. Pierre nickt Herbert zu, dann wendet er sich an mich.
»Die alte Leseratte weiß Bescheid. Genau. Ganesha, der Elefantengott. Steht für Wohlstand, sprich jede Menge Kohle. Du musst ihn nur an den Eingang deiner Wohnung stellen. Danach regelt sich alles von allein. Erzählte mir jedenfalls der zahnlose Knabe, dem ich das Ding abgekauft hab. Hatte ein ehrliches Gesicht!«
Ich betrachte die Figur genauer.
»Gefällt mir und erinnert mich irgendwie an dich, Dude.«
»Wegen des imponierend langen, äh, Rüssels?«
»Wegen der sich abzeichnenden Plautze. Aber jetzt erzähl mal.«
Ich biete Pierre eine Camel an. Wir qualmen einige Züge, bis ich ihn erneut nach der Yakzucht frage, im Grunde mehr aus Höflichkeit denn aus Interesse, schließlich hat er bereits das Wesentliche berichtet. Da sich das Ganze als Flop herausstellte, erzählt er keine Romane, sondern führt kurz aus, dass kein Yak über die Grenze darf. Punkt. Die Reise sei aber dennoch eine großartige Erfahrung gewesen, schließlich kam der Dude selten aus Deutschland und noch nie aus Europa heraus. Indien sei fantastisch, eine vollkommen andere Welt. Er zückt sein Handy und zeigt mir etliche Bilder farbenprächtig gekleideter Menschen aus Neu-Delhi, großartiger Monumente und beeindruckender Landschaften am Himalaja. Ich mag die Bilder und mir wird bewusst, wie lange ich schon in Berlin sitze und wie lange vor allem in meiner aktuellen Wohnung. Fernweh beschleicht mich.
»Schöne Bilder, Dude. Aber was hat dein Kumpel zu dem Desaster gesagt? War doch seine Idee. Hätte man die Nummer mit der bedrohten Tierart nicht vorher checken können? Schon mal was von Google gehört?«
Der Dude nickt.
»Ich war so dämlich, Gero.«
»Also?«
Er seufzt.
»Der Arsch ist über Nacht abgehauen. Da waren wir noch im Norden. Der wollte nach Australien, hat er irgendwann gesagt. Soll er dort bleiben, der Penner. Hat die ganze Restkohle mitgenommen.«
»Na super.«

»Du sagst es. Aber weißt du was, Gero? Das Schicksal hat es so gewollt.«
Wenn der Dude von Schicksal spricht, hat das immer genau einen Grund: Er ist verliebt. Und in neun von zehn Fällen war das Schicksal eine verdammt gutaussehende Frau, die ihn irgendwann sitzen gelassen hat. Im zehnten Fall hatte sie einen Buckel und keine Vorderzähne.
Er traf Tatjana bei der Deutschen Botschaft in Neu-Delhi, wohin der völlig abgebrannte Dude musste, um den Heimflug bezahlen zu können. Tatjana wiederum kamen nicht nur Geld, sondern auch Ausweise abhanden und schließlich flog der Dude gemeinsam mit ihr nach Berlin, wo die gebürtige Russin lebt.
»Freut mich für dich, Dude«, knuffe ich ihn, was ich tatsächlich so meine, wie ich es sage. Vielleicht wird es ja diesmal etwas. Trial and Error.
»Und bei dir? Hab mir Vorwürfe gemacht, dass ich abgedampft bin. Als ich dich vorhin sah, Alter, ich war richtig erschrocken.«
»Vorwürfe? Blödsinn!«
»Na, guck dich doch mal an. Warst du überhaupt mal vor der Tür, seitdem ich gefahren bin?«
»Selten.«
»Aber wieso?«
»Du weißt doch, dass das manchmal so bei mir ist. Die Gene meines Vaters. Und *die* Sache.«
»Hey, du warst immer der Anführer. Mann, alle schauen zu dir auf. Gero, der alle weghaut. Der keine Furcht kennt. Unser M.C., Leader of the Pack! Wenn du dich gehen lässt, ist alles verloren. Dann kommen die Urukai nach Helms Klamm durch!«
Ich merke, wie gut mir seine Worte tun. Wir stoßen an.
»Und deine, du weißt schon, dein … Dings?« Er senkt die Stimme.
»Du warst nicht da. Kleines Problem, Dude, ich kann mich ja schlecht selbst einschließen. Also bin ich bei Vollmond in die Pampa gefahren, fast bis nach Polen. Wildschweine jagen.«
»Im Ernst? Sehr beruhigend. Also nur Schweine?«
Ich blicke ihn an, sage nichts. Er hebt die Hände.
»Will's gar nicht wissen! Wann gibt's eigentlich den nächsten, äh, Vollmond?«

»Bald, Dude.«
Er senkt theatralisch den Kopf.
»Warum bin ich nicht im Himalaja geblieben. Mönche und Yaks, was braucht der Mensch mehr?«
Wir grinsen und heben die Gläser.
»Auf Mönche und Yaks!«
Der Dude spricht leise zu mir.
»Musst du wieder in den Kerker? Heute etwa schon?«
»Heute nicht, habe noch nichts gespürt.«
»Nice. Also bist du wieder in Form?«
»So langsam.«
»Dann bist du dabei?«
»Dabei? Wobei? Wovon sprichst du?«
»Darüber wollte ich mit dir reden. Nur eine kleine Sache, Gero. Da sind für jeden von uns fünf Riesen drin. Zwei Stunden Aufwand. Fünf Große dafür. Was sagst du?«
»Fünf Riesen?«, schießt es aus mir heraus.
Er hält beide Hände flach über die Tischplatte, als Zeichen, nicht so laut zu reden.
»Ja, ganz easy, Gero. Keine große Nummer. Eine kurze Performance. Mehr nicht. Ein teurer Mercedes, den ich klar machen soll. Organisier ich alles. Du bist nur mein Backup. Ohne jedes Risiko. Fix verdiente Kohle.«
»Klar machen, Performance, Backup? Wo hast du diesen Marketing-Scheiß her?«
Ich bemerke dieses leichte Kribbeln entlang meiner Wirbelsäule, das sich immer dann einstellt, wenn etwas Aufregendes in meinem Leben passiert. Vom Geld ganz zu schweigen, das ich dringend brauche.
Wer weiß, ob auf den Ganesha Verlass ist.
»Mir fehlt noch was im Mittelteil, Dude. Du bist erst seit wenigen Stunden in Deutschland und organisierst bereits wieder ein Ding? Du hast doch außer mit dieser Tatjana noch mit niemandem gesprochen, oder?«
Er lacht.
»Eben.«
Da hat er sich wohl die Richtige an Land gezogen. Oder sie sich.

Tag 1, Dienstag, 19.00 Uhr

Ich schleppe zwei schwere Tüten vom Kaiser's Supermarkt die Treppe hoch, begleitet vom guten Gefühl, endlich wieder den Kühlschrank zu füllen. Was der Besuch eines Freundes nicht alles bewirkt.
Als ich nach dem Schlüssel suche, stolpere ich über die letzte Stufe, denn überraschenderweise sitzt dort jemand vor meiner Tür. Eine Tüte fällt in seinen Schoß, dabei fallen Milchpackungen, Zitronen, eine Essigflasche und jede Menge Tomaten heraus, eine davon zerplatzt beim Aufprall einen Stock tiefer. Außerdem kläfft irgendwas in Fußhöhe.
»Oops, I'm sorry! Sitze ich im Weg?«, fragt der Typ und hilft mir beim Einsammeln. Ich brauche einen kurzen Moment, bis mir klar wird, wo ich ihn schon einmal gesehen habe: Auf dem Foto seiner Eltern, heute Mittag im Lokal. Nur trägt er jetzt keinen schneeweißen Anzug, sondern ein eleganteres Teil in Anthrazit, das aussieht, als wäre es von Armani maßgeschneidert worden, darunter ein orangefarbenes Hemd mit hypnotischen, braunen Kreisen darauf, sowie teuer aussehende, extrem spitze Schuhe mit goldener Kappe. Der extravagante Stil setzt sich auch auf dem Kopf fort, wo sich eine Pilzfrisur ausbreitet, die John Lennon alle Ehre gemacht hätte. Seine makellose Gesichtshaut könnte aus der Dove-Werbung stammen und unter der Stirn glänzen zwei wache, leicht geschminkte Augen. Das exaltierte Äußere wäre gar nicht nötig gewesen, um den Schwulen zu erkennen, allein der Singsang seiner Stimme reicht.
Er ist allerdings nicht allein, sondern in Begleitung eines Mopses mit glitzerndem Strass-Halsband, der laut zu niesen beginnt und sich hinter dem Bein seines Herrchens versteckt. Hunde reagieren auf mich entweder mit Demutsgesten oder indem sie den Schwanz einziehen. Sie kennen die Rangordnung. Ein Lupus steht an der Spitze der Pyramide.
Niesen ist eine neue Erfahrung.
»Oh, Karl Baby! Er reagiert allergisch gegen Tomatoes!«, erklärt mir der Pilzkopf, flattert dabei heftig mit den Augenlidern und streichelt den allergiegeplagten Mops.
»Karl, der Große?«
»Karl wie Karl Lagerfeld!«, gibt er zurück. »The fashion king!«

»Willst du zu mir oder macht ihr nur eine Rast auf dem Weg zum Gipfel?«
Er gackert und hält sich dabei gut erzogen eine Hand vor den Mund. Mich wundert, dass er dabei keine weißen Handschuhe trägt.
»Du bist der Box Champ, nicht wahr? Meine Eltern haben dich beschrieben. Ein großer, starker Kerl. Marvellous! Aber ungepflegt. Leider. Also? You're the guy?«
»Heute Mittag? Ja, war ich. Warum fragst du?«
»Sie sprachen von einem hässlichen Accessoire in dein Gesicht. Aus Haare!«
Er spricht das Wort Bart nicht aus, als wäre es von der Kirche verflucht.
»Ist weg jetzt.«
»Thank God!«
Er streckt die Hand aus.
»Mein Name ist Thang. Ich habe einen Vorschlag für dich.«
»Gero.«
Ich schüttle leicht geistesabwesend seine Hand. Dass mich seine Eltern mit seiner Schwester verkuppeln wollten, kam mir ungewöhnlich vor, brachte mich allerdings kurz zum Nachdenken. Eine anmutige Asiatin, die mit kleinen Füßen über meinen Rücken spaziert, ist das eine, ihr schwuler Bruder das andere. Das geht dann doch zu weit!
»Worum geht's?«
»Können wir in deinem Stübchen weiter chatten? Mein Lieber? Hier ist es sehr zugig! Da holen wir uns noch den Tod. Oder was Schlimmeres!«
Zur Bekräftigung niest Karl erneut und schenkt dem Treppenhaus sowie meinem Hosenbein eine kräftige Ladung Hundespeichel. Vor meinem geistigen Auge spielt sich eine Szene ab, in der Karl in einem mit Gemüse gefüllten Suppentopf sitzt, den ich beheize.
Wir betreten die Wohnung. Mops und Vietnamese folgen mir, ohne dass ich sie hereingebeten hätte. Sind das Manieren?
Thang blickt sich um, rümpft die Nase.
»Oh … my … God … In der Umkleidekabine meines Fitnessstudios riecht es besser als hier. Hast du kein Air Freshener?«, fragt er pikiert.
Ich schließe die Tür hinter ihm, gehe in die Küche, um alles einzu-

räumen, während er mir nachläuft und ich beinahe über den Mops stolpere. Er lächelt mich hechelnd an, entschuldigt sich für seine Existenz.
»Also. Was für ein Vorschlag?«, frage ich erneut, während ich den Kühlschrank befülle.
Er lehnt sich gegen die Spüle. Mir fallen seine gepflegten Hände auf, deren schwerste Arbeit im Halten eines Kajalstifts bestehen dürfte. Auch Karl blickt zu Thang und hechelt dabei so laut, dass ich mich kaum auf das Gesagte konzentrieren kann. Thang bückt sich, löst den Mops von der Leine, was für ihn das Signal zu sein scheint, die Wohnung zu erkunden. Er verlässt die Küche und ich höre ihn ein Zimmer weiter erst niesen, dann furzen. Thang rollt mit den Augen.
»Karlchen leidet unter Reizdarm. Aber sonst! Er ist ein ganz Braver. Er macht nichts kaputt. Im worst case markiert er nur sein Revier. Kommt aber sehr selten vor!«
»Du meinst, er pisst in meine Wohnung? Dann schaffst du ihn sofort hier raus!«
»Just kidding, honey! Meine Güte, bist du verspannt. Woah!«
»Trang, Dang oder Thang oder wie du heißt. Ich will nicht unhöflich sein, aber Small Talk ist nicht meine Stärke und es interessiert mich ehrlich gesagt wenig, was dein Hund wo, warum und wie markiert. Zum letzten Mal: Was für ein Vorschlag?«
Missbilligend schnalzt er mit der Zunge.
»Kein Grund, ungehobelt zu werden. Okay? Also! Es geht um meine Schwester. Sie heißt Lan. Die Orchidee. Du weißt, die Blume? Also Lan. Sie ist aus unserem Leben verschwunden. Und ihrem. Wir haben schon einiges versucht, selbst bei der Polizei. Aber was will man erwarten von diesen schlecht gekleideten Uniformfuzzis? Ich war sogar in Lans …«, er macht eine lange Pause, »… Arbeitsstätte, aber es war ein Waste of Time.«
Ich unterbreche das Einräumen.
»Moment. Arbeitsstätte? Dann ist sie gar nicht verschwunden?«
»Das, umm … ist etwas komplizierter, my dear.«
»Nämlich? Und bitte, gib mir die Kurzfassung.«
»Ihre neue Arbeit. Das ist genau das Problem! Sie, sie …«
»Ja, was denn, in drei Teufels Namen? Sprich's aus.«
»Sie arbeitet in … one of these … Häuser.«

Nun ist der Groschen bei mir gefallen. Ich nehme zwei Bier aus dem Kühlschrank.
»Bier?«
»No beer for me, thanks. Hast du vielleicht ein Wasser? Aber ohne Gas, bitte. Sonst muss ich die ganze Zeit aufstoßen! Vielleicht ein Evian?«
Reizdarm trifft Reizmagen, was für ein Paar.
Trotz seines Geplappers wirkt er inzwischen nicht mehr aufgekratzt. Seine Stimme transportiert etwas Bedrücktes.
Ich stelle die Bierflaschen zurück, hole zwei Gläser aus dem Schrank und fülle sie mit Wasser aus dem Hahn.
»Gibt nur das. Also, was genau soll ich tun? Wenn ich dich richtig verstanden habe, ist sie freiwillig dort.«
Ich zünde mir eine Camel an. Er blickt auf die Schachtel, ich reiche sie ihm, flippe mein Zippo auf und zünde seine Zigarette an, die er wie ein Teenager mit dicken Backen in die Luft pafft. Reizlunge, nehme ich an.
»Wenn ich nur wüsste, dass alles okay ist. I mean, ich bin der Letzte, der anderen ihren Lifestyle vorschreibt, okay? Ich will's nur von ihr persönlich hören. Meiner kleinen Lan! Aber da sind diese … diese groben Rocker-Typen. Die passen auf und irgendwie haben die einen sixth sense für, na ja, for guys like me. Falls du verstehst, was ich meine! So ein hässlicher Fleischberg! Der hat mir eine Ohrfeige verpasst. Shocking! Ich hätte ihm am liebsten etwas an den Kopf geworfen. Eine böse Beleidigung. Die ihn richtig demütigt! Aber das ist nicht mein Style, okay? Jedenfalls. Der meinte, ich soll mich nie wieder dort sehen lassen. Sonst kann ich danach nicht mehr geradeaus laufen. Whatever that shit means! Ich bin kein Held, weißt du? Die machen mir Angst. Deshalb bin ich hier.«
Er fährt sich durch die Haare und erzählt weiter.
»Lan war immer viel wilder als ich. Als Teenie, da trug ich eine große Brille, einen Seitenscheitel und enge Pullis. Die mit den Querstreifen, kennst du? Voll der Streber! Lan nicht. She was like a rebel, always! Wollte sich nie anpassen. Provozierte auch gerne. War sogar Punk. Just a few weeks. Aber hey!«
»Weiter im Text.«
»Okay. So verschieden wir auch leben, Lan und ich sind so.«

Er legt beide Zeigefinger nebeneinander.
»Ein Herz und eine Seele. Selbst als ich in England war, haben wir fast jeden Tag telefoniert, you know? Und ich spüre hier drin …«
Er deutet mit dramatischer Geste auf sein Herz.
»… dass etwas nicht stimmt. She's in trouble, my li'l sis!«
»Warum glaubst du das?«
»She would never … sie würde so was nie freiwillig tun. Vielleicht beim ersten Mal, okay? Disgusting idea, aber vielleicht. Man weiß ja nie. Es mal probieren. Für Geld. Why not? Ich habe auch schon mal überlegt, meinen Körper … aber okay, different Story. Das ist einfach nicht ihr Style. Und warum wollen die verhindern, dass ich mit ihr rede?«
Ich zucke die Schultern. Er ringt die Hände.
»Kannst du es nicht versuchen? Just once? Falls es ihr gut geht, mission accomplished! Falls nicht, dann …«
»Dann?«
»Dann holst du meine Schwester dort raus.«
Als er mein Zögern bemerkt, legt er nach.
»Ich bezahle dafür. Okay? Und wenn ich mich hier so umsehe … you're running out of cash, honey!«
Für diese Bemerkung wird er einen gesalzenen Tagessatz erhalten.
»Wie kommst du überhaupt auf mich? Wegen des kleinen Streits heute Mittag?«
»Hast du zugehört? Diese Typen! Those ugly bikers! Mad Dogs steht hinten auf ihren Jacken. How brilliant! Mad Dogs! Du kannst mit solchen Kerlen umgehen. Glauben meine Eltern. Du hast sie beeindruckt. Chuck Norris meets Bruce Lee, right? Hast du Kampfsport gelernt?«
Die Mad Dogs also. Brutale Bastarde, mit denen man sich nicht anlegen sollte.
»So was Ähnliches. Zum Geschäft: Fünfhundert Euro, dafür gehen die Spesen auf mich.«
Er bricht in hysterisches Lachen aus, das meine empfindlichen Ohren strapaziert.
»Fünfhundert? Are you nuts, dear? Wer bin ich? Calvin Klein? Und welche Spesen denn? Die S-Bahn zum Stuttgarter Platz?«
»Fünfhundert. Take it or leave it.«

Er rollt mit den Augen, langt in die Innentasche seines Jackets, holt eine längliche Brieftasche aus edlem Leder hervor, öffnet sie und überreicht mir zwei Hunderter.
»That's all I've got. Die restlichen drei später. Okay? Wenn ich weiß, dass es meiner kleinen Schwester gut geht.«
»Fairer Deal.«
»Fährst du heute noch hin? Please?«
Er blickt mich wie ein Kind an, das von seinen Kumpels im Sandkasten ein schlimmes Gerücht gehört hat: Es gibt keinen Weihnachtsmann. Und nun befragt es seinen Vater in der Hoffnung auf eine ehrliche Antwort.
»Erzähl mir erst mal alles.«
Er berichtet mir das Nötigste, das ich aus seiner Sicht wissen muss. Schon als junges Mädchen zeichnete Lan eine gewisse Rastlosigkeit aus. Sie schloss sich Punks an, schmiss die Schule und riss von zuhause aus, kehrte reumütig zu den Eltern zurück, machte sogar ein gutes Abitur, studierte dann lustlos irgendwas mit Medien, brach das Studium ab und schlug sich mit allerhand Jobs durch. Atemlos, ruhelos und mit einem starken Ego ausgerüstet, so beschreibt Thang seine Schwester.
»Sie saugt das Leben ein, you know?«
Thang fand die Sprunghaftigkeit seiner kleinen Schwester sogar amüsant. Immer probierte sie etwas Neues aus, das gab oft Stoff für lustige Geschichten. Er ermutigte Lan sogar dabei, ihren eigenen Weg zu finden. Bis sie vor einem halben Jahr diesen Rocker traf. Sie ging nicht mehr arbeiten, kapselte sich von Thang ab und schien sich zu verändern.
Thang war vor sechs Jahren nach England übergesiedelt, wo er seine Sturm- und Drangzeit verbrachte, wie er es nennt. Er lernte dort das Designerhandwerk von der Pike auf, traf Größen der Modewelt wie Vivienne Westwood und spezialisierte sich schließlich auf das Design von Handtaschen. Trotz der Entfernung hielten Lan und er engen Kontakt. Seine Schwester reiste regelmäßig nach London, um ihn zu besuchen.
Aus Heimweh und um sich mit seinen Eltern zu versöhnen, mit denen er sich gestritten hatte, kehrte er vor einem Jahr nach Berlin zurück. Er eröffnete einen Laden in Schöneberg, nervte alle Freunde

mit seinem affektierten Denglisch, was er mir zwar nicht erzählt, ich aber im Geiste hinzufüge, alles lief easy peasy, bis er von einem Freund die »shocking news« hörte: Lan arbeitet in einem Bordell. Wie betäubt hatte er sie dort gesucht, aber zuerst nicht gefunden. Erst beim dritten Mal traf er sie an, aber bevor er mit ihr sprechen konnte, wurde er rausgeworfen. Nach Thangs Eindruck wirkte sie verschlossen und verängstigt, aber ich bin mir nicht sicher, ob er an diesem Punkt die Wahrheit erzählt und vermute, dass es sich um die ganz banale Geschichte eines Mädchens handelt, das durch den falschen Freund auf die schiefe Bahn des schnellen Geldes geraten ist. Vielleicht sind zusätzlich Drogen im Spiel. Da ich ziemlich abgebrannt bin, wie er korrekterweise annimmt, lasse ich mich auf den Auftrag ein.

Er ist gut vorbereitet, übergibt mir drei aktuelle Fotos von ihr und nennt mir den Namen des Puffs am Stuttgarter Platz: Lotosblüte. Wie passend. Schließlich tauschen wir die Handynummern aus.

»Ich muss noch etwas erledigen, danach mache ich mich gleich auf den Weg.«

Er nickt, trinkt sein Leitungswasser aus und sammelt den vierbeinigen Lagerfeld ein. Dann verabschieden wir uns. In Thangs Augen erkenne ich einen Funken Zuversicht. Ich hoffe, dass ich ihn nicht enttäuschen muss. Karl flitzt ängstlich an mir vorbei, furzt zum Abschied eine Salve durch den Flur, dann sind die beiden verschwunden.

Ich durchsuche die Räume nach Karls Spuren, aber meine Nase meldet Entwarnung. Gut für dich, Kleiner. Aus dem Fenster sehe ich die beiden im Halbdunkel am Straßenrand. Thang winkt ein Taxi herbei.

Was mir an der Geschichte nicht gefällt, sind die Mad Dogs.

Fünfhundert Euro für einen vielleicht sehr gefährlichen Job, wo ich mit dem Dude an einem Abend fünftausend machen könnte? Andererseits tut mir der Vietnamese leid. Die Schwester verschwunden? Das würde auch mich zur Verzweiflung treiben. Und die Jobs des Dude haben sich schon häufig als Luftnummern entpuppt. Also den Spatz in der Hand wählen?

Am besten beides.

Bei den Mad Dogs kann gute Ausrüstung jedenfalls nicht schaden.

Ich gehe ins Schlafzimmer und öffne die linke Schranktür. Auf dem Brett mit den T-Shirts lange ich ganz nach hinten, ertaste den Griff und hole ihn heraus.
Er liegt schwer in der Hand, wie es sich für einen 357er Revolver von Colt gehört. Als ich mir damals den Mustang aus den USA kommen ließ, orderte ich den Revolver als Zugabe. Er reiste gut versteckt in der Wagenverkleidung über den Atlantik.
Da ich die hereinbrechende Nacht nicht nur sehe, sondern in meinen erwachenden Fasern auch fühle, überlege ich für einen Moment, den Colt besser wieder zurückzulegen. ER ist Waffe genug.
Andererseits ist Vorsicht die Mutter der Porzellankiste, nicht wahr?
Ich prüfe den Sicherungshebel und stecke den Revolver hinten in meinen Hosenbund.
Ich gehe ins Wohnzimmer, streife mit der Hand durch das Rentierfell und atme kräftig aus.
Der Bart ist ab, Pierre zurück. Fehlt noch Schritt drei, der Mustang.

Tag 1, Dienstag, 20.30 Uhr

Die Sonne hat sich bereits schlafen gelegt, als ich zum Hermannplatz laufe.
Ich spüre ein starkes Ziehen im Kiefer und bleibe stehen, konzentriere mich auf den unteren Teil meines Gesichts. Das Ziehen ist weg. Habe ich mir das eingebildet? Ich blicke nach oben und mir wird klar, woher die körperliche Reaktion kommt.
Dunkle Wolkenberge versammeln sich zu einem Treffen, um es ordentlich krachen zu lassen, und ich weiß, wer dahintersteckt. Thor, der Kerl mit dem Hammer.
Mit meinen Freunden rede ich nicht über solche Dinge, weil ich weiß, dass sie nur spotten würden. Doch wir alle aus der Sippe meines Vaters sind anfällig für extremes Wetter, leben auf, wenn sich etwas zusammenbraut. Meine Mutter, die zu den wenigen Katholiken aus Berlin gehörte, musste sich in Norwegen erst daran gewöhnen, dass die Familie meines Vaters den nordischen Göttern huldigt. Nicht, weil das irgendwie schick wäre, sondern weil es seit Tausenden

von Jahren so praktiziert wird. Allerdings nicht auf eine sakrale oder besonders feierliche Art und Weise, sondern indem man sich ordentlich betrinkt und seine Hingabe in die Wolken brüllt. Wenn ich es mir genau überlege, benehmen wir uns fast wie Fußballfans. Odin ist der Kapitän und Thor der Stoßstürmer unseres geliebten Teams.
Als ich erwachsen wurde, stach mir mein Onkel eigenhändig ein Tattoo auf die Schulter, das Odins Suche nach Erkenntnis symbolisiert, ein keltisches Runenkreuz. Meine Freunde bekamen Mopeds, mir wurde ein Kreuz unter die Haut gebrannt. Aber ich war verflucht stolz darauf. Auch heute noch.
Gewitter ist für mich wie Wetter-Doping. Ich fühle mich noch stärker und geschmeidiger, selbst ohne Verwandlung. Sollte sich ein Lupus während eines Gewitters verwandeln, hält ihn nichts in der Welt auf.
Ich blicke noch einmal nach oben. Weder Sterne noch der Mond sind zu sehen. Erste Blitze zucken in großer Entfernung, ich höre den Donner kaum. Thor kann sich wohl noch nicht entscheiden.
Dann halte ich meine Hände ins Licht. Schlank und mäßig behaart. Alles gut, alles normal. Ich bewege mich rascher.
Schließlich erreiche ich das Parkhaus am Hermannplatz. Ich gehe über eine steile Treppe ins Untergeschoss, laufe bis in den entlegensten und nach Pisse stinkenden Winkel neben dem Trafokeller, biege um die Ecke und spüre mein Herz vor Freude hüpfen.
Mein 68er Fastback Mustang wartet geduldig auf seinen Einsatz. Dauert nicht mehr lange, Buddy. Ich fahre zur Begrüßung mit einem Finger die Motorhaube entlang und kontrolliere dann die von mir angebrachten Kreidemarken auf den Reifen. Der Wagen wurde nicht bewegt, wie mit meinem Aufpasser vereinbart. Ich öffne die Fahrertür. Im selben Moment erheben sich zwei Schatten von der Rückbank, wodurch mir vor Schreck der Schlüssel aus der Hand fällt, verstärkt noch durch den gellenden Schrei, den ich höre und der mir eine Gänsehaut auf dem Rücken beschert. Mein Puls befindet sich auf der Überholspur und so geht es den Besitzern der vier Augen, die mich anstarren, wohl auch.
»Sammy?«, frage ich, als ich ihn erkenne.
Er nickt, atmet schwer.
»Scheiße, hast du mich erschreckt, Alter!«

»Hätte ich anklopfen sollen? Bei meinem eigenen Wagen?«
Ich blicke auf die von Klamotten, McDonalds-Pappbechern und Marlboro-Schachteln übersäte Rückbank. Dort befindet sich neben Sammy ein Mädchen, das sich von ihm löst, ihr T-Shirt wieder nach unten zieht und ihren kurzen Rock richtet. Ich habe die beiden beim Knutschen gestört.
»Kommt mal raus«, fordere ich sie auf. Das Mädchen schält sich zuerst aus dem Mustang. Unter der Maske des bleichen Gothic Girls könnte sich ein hübscher Teenager verstecken, was sich aber erst klären lässt, wenn man das Pfund weißer Schminke entfernt. Ich schätze sie auf höchstens vierzehn.
»Hi!«, winkt sie mir zu und verarbeitet dabei einen Kaugummi.
»Hi!«, setze ich einen strengen Blick auf, als wäre ich ihr Erziehungsberechtigter.
Sammy steigt mit glimmender Zigarette im Mundwinkel aus, zieht sich wichtigtuerisch die Hose nach oben und nimmt sein Mädel in den Arm, als wäre er Hugh Hefner. Dabei stört es ihn nicht, dass sie gut einen halben Kopf größer ist als er.
»Na, Digga?«, hält er mir die Hand zum High Five entgegen. Ich schlage ein und nehme ihm gleichzeitig die Kippe aus dem Mundwinkel. Natürlich protestiert er, aber hier gebe ich nicht nach, denn ich bin der altmodischen Auffassung, dass ein Elfjähriger nicht Kette rauchen sollte. Ansonsten pflegen wir ein ausgezeichnetes Verhältnis, das auf Geben und Nehmen beruht. Der aus Nepal stammende und meist unter der Hochbahn hausende Straßenjunge passt auf meinen Wagen auf, dafür erhält er von mir ein Taschengeld sowie hin und wieder Klamotten, Essen und Trinken. Ein sonniges Gemüt, Straßenschläue und ein loses Mundwerk gehören zu Sammys Grundausstattung. Auch wenn er so was überhaupt nicht hören will: Ich habe den Kleinen in mein Herz geschlossen.
»Macht ihr das öfters in meinem Wagen?«, frage ich Sammy.
»Nein!«, antworten beide wie aus der Pistole geschossen, was ich als Ja interpretiere. Was soll's. Auf meinen Mustang-Guard Sammy war immer Verlass, weshalb ich ihm hier vor seinem Mädchen nicht den Kopf waschen möchte.
»Gib mir den Zweitschlüssel«, schnippe ich mit den Fingern. Murrend kommt er der Aufforderung nach.

Normalerweise würde ich die beiden ein Stück mitnehmen, aber die Gefahr, mich demnächst zu verwandeln, hält mich davon ab.
»Ich hab's eilig, ihr müsst zu Fuß weiter.«
Sammy stöhnt, während Gothic Girl kaugummikauend mit ihren geschwärzten Locken spielt. Ich gebe Sammy einen Zehner.
»Du bekommst noch mehr von mir. Fürs Aufpassen. Wir gehen essen und Klamotten kaufen, okay? Aber jetzt muss ich los.«
Sammy grinst, küsst den Schein und nimmt das Mädel in den Arm.
»Ich bin wieder flüssig, Süße!«
Die beiden verabschieden sich. Er legt seine Hand auf ihren Po, dann zischen sie ab. Ich starte den Wagen.
Als ich den Schlüssel umdrehe und das tiefe Du-Dumm meines Mustang vernehme, empfinde ich ein fast vergessenes Glücksgefühl. Manches erwacht wieder. Auch derjenige, der sich seit zwei Stunden mit ersten Klopfzeichen in mir meldet.
Auf dem Kottbusser Damm blicke ich durch das Seitenfenster nach oben, zu einem fast wolkenlosen Himmel. Die Sterne funkeln. Weit entfernt beleuchten Blitze lautlos die Nacht. Thor marschiert gen Norden. Freut euch auf seinen Hammer!
Hell leuchtet mir der fast volle Mond ins Gesicht. Das Biest in mir beginnt, sich zu strecken und zu recken.
Ich trete auf das Gaspedal und spüre einen stechenden Schmerz im Oberschenkel. Jetzt nur keine Zeit verlieren.
Ich lege Rammstein ein, beschleunige und gebe Gas Richtung Charlottenburg.

Tag 1, Dienstag, 21.30 Uhr

Nach fünfzehn Minuten fahre ich am Bahnhof Zoo vorbei und biege in die Kantstraße ein, eine der lebendigsten Straßen des bürgerlichen Charlottenburgs. Hier zeigt sich Berlin von seiner gut situierten Seite. Keine Graffiti, wenig Müll oder Hundescheiße auf den Gehwegen, dafür mehr Feinkostläden und Fachgeschäfte, das komplette Gegenteil zum Kreuzköllner Mix aus Restaurants und Internetläden. Und wo in Kreuzberg Türken dem Viertel einen bunten, ethnischen

Anstrich geben, sind es hier vor allem Asiaten und Russen, die allen möglichen Geschäften nachgehen. Nicht nur legalen.
Ich passiere den Savignyplatz mit seinen eleganten Cafés und Läden und erreiche kurz darauf den Stuttgarter Platz, der zu dieser Gegend passt wie ein Obdachloser zum Jahrestreffen der Vermögensberater. In Städten wie Hamburg oder Amsterdam ziehen die attraktiven Vergnügungsviertel Scharen von Touristen an, in Berlin drängen sich die entsprechenden Etablissements an die Bahnlinie am Stuttgarter Platz, als müssten sie sich schämen. Schmuddelige Bars mit lustlosem, weiblichem Personal aus Osteuropa und Bordelle, die so einladend wirken wie eine Krankenstation am Kongo.
Ich parke den Wagen unter der Eisenbahnbrücke. Nach kurzer Überlegung ziehe ich den Revolver aus dem Hosenbund und verstaue ihn unter dem Fahrersitz. Sollte ich mich verwandeln, brauche ich ihn nicht, sondern verliere ihn höchstens, was einige Probleme nach sich ziehen könnte.
Als ich aussteige, versuche ich, nicht nach oben zu blicken. Ich muss mich regelrecht dazu zwingen, denn mein Kopf dreht sich magnetisch zum Himmel. Meine Muskeln spannen, aber noch kann ich mich normal bewegen.
Besser, ich beeile mich, rede mit Lan und düse zurück in meine Wohnung.
Hundertfünfzig Meter vor mir sehe ich die Leuchtreklame der Lotosblüte. Eine Gruppe dunkel gekleideter Gestalten versammelt sich vor dem Eingang.
Als ich mich nähere, erkenne ich die Typen, die Nikotinschwaden in den Nachthimmel paffen und lautstark miteinander reden. Es handelt sich um Mitglieder der Mad Dogs, wie man unschwer an ihren Kutten erkennen kann, die den Schriftzug und das Bild eines angreifenden Pitbulls zeigen. Sie machen dem vorherrschenden Klischee angsteinflößender Rocker alle Ehre. Die meisten tragen entweder Glatzen oder zu einem Pferdeschwanz gebundenes, langes Haar, haben mehr Tattoos als ich Leberflecke und unterhalten sich in dröhnender Lautstärke. Keiner von ihnen wiegt unter einhundert Kilo, wovon ein gutes Drittel in den gewaltigen Oberarmen steckt. Thangs Beschreibung scheint zu stimmen, die Mad Dogs fungieren hier als Aufpasser und Rausschmeißer. Ob sie den Laden auch betreiben?

Kurz vor mir erreicht ein Mann den Eingang, der aussieht, als wäre er zu einem geschäftlichen Termin unterwegs. Ein etwas abgetragener, dunkelgrauer Anzug, ein Aktenkoffer und eine ordentlich gescheitelte Frisur erwecken den Eindruck eines Vertreters oder Versicherungsmaklers. Der Typ um die vierzig bleibt kurz neben der Mad-Dogs-Gruppe stehen, bis er von einem aus ihrer Runde bemerkt wird, der sich ein wenig entfernt und mit dem Koffermann spricht. Die beiden scheinen sich zu kennen. Als ich an ihnen vorbeilaufe, tritt der Koffermann einen Schritt zurück und läuft mir vor die Beine. Dabei fällt ihm der Koffer aus der Hand, öffnet sich und scheppernd fällt ein Teil des Inhaltes heraus.
Was sich auf dem Boden verteilt, sieht aus wie Verkaufsmuster für einen Zahnarzt oder Chirurgen. Irgendwelche Spreizer, Zangen, ein Skalpell, verschiedene Gummibänder und sogar eine Spritze. Er sammelt seinen Kram eilig wieder ein, dabei bemerke ich einige Schweißtropfen auf seiner Stirn sowie abstoßend gelb-braune Zähne, womit er als Dentist ausscheidet. Sein Atem riecht nach faulem Wasser. Ich bücke mich, um ihm zu helfen.
»Was glotzt du? Verpiss dich!«, donnert mir eine Stimme ins Genick. Ich drehe mich um und sehe den Rocker, der mit dem Kofferheini gesprochen hat. Etwa einsachtzig groß und ebenso breit, schätzungsweise um die Ende dreißig, mit einem langen, silbergrauen, geflochtenen Zopf und kleinen Augen so grau und kalt wie eine Autobahnbrücke. Sein baumdicker Hals wird von tätowierten, gothischen Buchstaben verziert, ebenso wie jeder einzelne seiner Finger. Das von Aknenarben übersäte Gesicht unterstreicht den Gesamteindruck als Kinderschreck.
Da ich möglichst wenig auffallen möchte, verzichte ich auf einen Wortwechsel und betrete die Lotosblüte.
Ich befinde mich in einem schlecht beleuchteten Lokal mit dem unvermeidlichen Rotlicht, an das sich meine Augen erst einmal gewöhnen müssen. Chartmusik aus den Achtzigern beschallt den Raum, in dessen Mitte sich eine ovale Bühne erstreckt, auf der sich ein vermutlich osteuropäisches Mädel unmotiviert auszieht und anschließend ein paar gymnastische Übungen an einer Stange verrichtet. Das Ganze wird von etwa einem Dutzend Männern beobachtet, die meist allein an einem kleinen, runden Tisch sitzen. Nur zwei haben Beglei-

tung in Form einer leicht bekleideten Frau, die jeweils ein Sektglas vor sich stehen haben, das sie, so viel steht fest, im Rekordtempo austrinken und um das nächste bitten werden, zu fünfundzwanzig Euro je Glas. Um diesen Wunsch zu unterstreichen, wird kurz in den Schritt des Kunden gefasst und schon streckt dieser den Finger für die nächste Sektbestellung.

Das Lokal, in dem Männer auf diese seit Jahrhunderten bewährte Tour abgezockt werden, ist für mich von geringerem Interesse. Ich durchquere den Raum und folge dem großen, in roter Neonschrift illuminierten Zeichen »Asia Dollhouse«, das zu einem Treppenaufgang führt. Sollten dort Dutzende asiatischer Frauen arbeiten, könnte ich ein Problem bekommen, Lan zu identifizieren.

Die meisten Bordelle ähneln sich, ob man nun eines in Buenos Aires oder Berlin betritt. Auf mehreren Stockwerken arbeiten Frauen in Einzimmer-Apartments, deren Einrichtung typischerweise aus einem Bett, einem Waschbecken, einem Fernseher und einem Stuhl besteht. Und zwar aus genau einem Stuhl für die Lady, damit kein Besucher auf die Idee kommt, länger verweilen zu wollen. Man ist schließlich nicht zum Vergnügen hier – die Frauen jedenfalls.

In besseren Bordellen arbeiten die überwiegend deutschen Frauen auf eigene Rechnung, mieten die Zimmer an und verdienen mit ihrer Dienstleistung mehr als in regulären Jobs. Parallel dazu studieren einige oder gaukeln ihren Nachbarn irgendeine Story vom Job in der Großstadt vor, weil das schnelle Geld einfach lockt.

Diese Häuser werden ordentlich geführt, empfangen die Besucher manchmal mit erotischen Wandmalereien, sind sauber und ansprechend.

Die Lotosblüte gehört nicht dazu.

Hier wurde kein Cent für Farbe, Gestaltung oder ähnlichen Schnickschnack verschwendet. Das in den Fünfzigern entstandene Gebäude hat schon deutlich bessere Zeiten gesehen. In den Gängen liegt ein grauer, pflegeleichter PVC-Boden aus, der Putz im Treppenhaus blättert traurig ab, selbst die abgenutzten Türklinken betteln um Erneuerung. Die Anwesenheit der Mad Dogs lässt darauf schließen, dass die Frauen hier nicht selbstständig arbeiten, sprich: selten freiwillig hier gelandet sind. In Läden wie der Lotosblüte findet man überwiegend ausländische Frauen aus Osteuropa, Asien oder Südamerika.

Im ersten Stock angelangt, befinde ich mich in einem langgestreckten Flur, auf dessen beiden Seiten sich jeweils fünf Türen befinden, einige offen, andere verschlossen. Männer streifen durch die Flure, vermeiden den Blickkontakt, um keinen Kollegen oder Nachbarn zu erkennen und an den offenen Türen wird mit den Nutten über den Preis verhandelt.
Meine empfindliche Nase empfängt einen Geruchsmix aus Parfum, überheizter Luft, Reinigungsmitteln und allerlei menschlichen Ausdünstungen, über die ich nicht nachdenken möchte. Der Geruch dringt immer intensiver in meine Nase, ein untrügliches Anzeichen, dass das Biest bald erwachen wird.
Da ich links noch einen Aufgang sehe, wird es wohl weitere Stockwerke mit Frauen geben. Ich nehme mir vor, keine Zeit zu vergeuden, sondern jedes Zimmer kurz zu prüfen, bis ich sie gefunden habe. Mit ihr reden, Reaktion beobachten, Hände schütteln, Ende Gelände.
Im ersten geöffneten Zimmer steht eine sehr kräftige Domina in Lederunterwäsche, Overknee-Stiefeln und mit weißblonden, raspelkurzen Haaren. Sie blickt mich streng an. Ich widerstehe dem Impuls, auf alle Viere zu gehen und ihr ein »Wuff!« zu entgegnen. Die nächsten Zimmer werden von sehr jungen Frauen bewohnt, die russisch oder ukrainisch auf mich wirken und sich in BH, Slip und High Heels präsentieren. Die meisten Frauen auf diesem Stockwerk sehen auf natürliche Weise attraktiv aus, tragen keine Tattoos und dürften deutlich jünger als zwanzig sein. Was hat sie wohl hierher gebracht? Bei einigen liegen Kuscheltiere auf dem Bett, was in Kombination mit den gut sichtbaren Peitschen und Sexspielzeugen auf den Kommoden und Nachttischen merkwürdig aussieht.
Ich finde in diesem Stock keine einzige Asiatin, aber da vier Türen verschlossen sind, muss ich später nochmal eine Runde drehen. Ich gehe einen Stock höher, wo der Aufgang endet, hier bin ich also bald fertig. Fünf Türen sind verschlossen, was bedeuten kann, dass sich Freier darin befinden oder aber, dass aktuell niemand dort wohnt. In den offenen Zimmern präsentieren sich Frauen aus Europa und Südamerika, von denen mir eine zwischen die Beine greift, eine zweite eine obszöne Zungengeste darbietet und die anderen beiden freundlich fragen, ob ich sie nicht besuchen möchte.

Eine Tür öffnet sich und eine stämmige kleine Frau mit nassen Haaren huscht an mir vorbei, eingehüllt in einen dicken, weißen Frottee-Bademantel, mit Badelatschen, die bei jedem Schritt quietschen, und einer Kaffeekanne in der Hand. Sympathisch und kein bisschen nuttig. Sie lächelt mir zu, ich lächle zurück, dann klopft sie an die verschlossene Tür gegenüber, die sich kurz darauf öffnet. Cucaracha-Musik scheppert fröhlich aus dem Raum. Die Frau im Innern und die Dame im Bademantel könnten Schwestern sein. Untersetzte Figur, dickes, schwarzes Haar und fröhliche Augen. Sie schnattern auf Spanisch, dann schließt sich die Tür. Kaffee! Der könnte mir schmecken. Ob die noch einen Dritten in ihre Bademantel-Party aufnehmen? Vermutlich störe ich nur, wenn sie sich von ihrer Heimat Peru oder Paraguay erzählen, bevor es nachher wieder um Blowjobs und Doggy Style geht.
Ich laufe weiter durch den Gang. Im letzten, spartanisch eingerichteten Zimmer mit offener Tür sitzt eine zierliche und außergewöhnlich schöne Asiatin mitten im Raum auf einem Stuhl, blättert in einer Zeitschrift und blickt zu mir auf. Im Gegensatz zu den anderen Frauen im Bordell trägt sie keine Reizwäsche, sondern ein enges, asiatisches Kleid, als wäre sie für ein Date in Hongkong verabredet und zwar in einem der teuersten Läden. Ihr Blick vermittelt einen Hauch milder Verachtung. Thangs Schwester ist sie allerdings nicht, aber als erste und bisher einzige Asiatin in diesem Haus erscheint sie mir als geeignete Informationsquelle.
»Guten Abend, Fremder«, begrüßt sie mich mit einer überraschend dunklen Stimme und leichtem Akzent. Leider knipst sie dabei kein Lächeln an, das ich gerne gesehen hätte. Bevor ich antworten kann, höre ich jemanden an mir vorbeigehen und an die verschlossene Tür nebenan pochen. Ich drehe mich um und sehe den bezopften Mad Dog. Dicht hinter ihm steht der Koffermann, noch immer stark schwitzend und aufgeregt, in beiden Händen den Aktenkoffer haltend. Sein fauler Atem wabert in meine Nase.
Die Tür geht auf und eine asiatisch aussehende Frau hält sie einen Spalt offen. Die Frau trägt Alltagskleidung, was erfreulich normal, aber auch deplatziert in diesem Laden wirkt. Der kurze Moment reicht aus, um zu erkennen, dass es sich auch bei ihr nicht um Lan handelt. Mir fallen zwei blaue Flecken an ihrem Hals auf. Sie ruft

laut etwas in einer Sprache über den Flur, die ich nicht verstehe, und die Frau, in deren Türbogen ich mich befinde, antwortet in derselben Sprache.
Für mich klang das erste wie ein Hilferuf und das zweite wie eine beruhigende Antwort darauf, sich keine Sorgen zu machen.
Der Rocker drückt die Tür auf und drängt die Frau nach hinten. In diesem Moment treffen sich unsere Blicke. Ich spüre ihre Furcht, die mir eine Gänsehaut beschert. Der Koffermann betritt ebenfalls den Raum, dann wird die Tür geschlossen. Die Frau in meinem Zimmer murmelt etwas vor sich hin, dann bemerkt sie, dass ich die Szene beobachtete.
»Kommst du jetzt rein?«
Ich schließe die Tür. Sie setzt sich aufs Bett, schlägt ihre perfekten Beine übereinander und wirkt nicht mehr so souverän. Ihre Haltung drückt eine nervöse Anspannung aus. Sie trommelt mit den Fingern auf die Matratze und sieht zur Wand, hinter der sich ihre Kollegin befindet. Meine Ohren empfangen die Worte aus dem Zimmer nebenan. Der Mad Dog macht ihr unmissverständlich klar, dass sie nicht rumzicken soll und verpasst ihr eine Ohrfeige. Mein Puls beschleunigt sich. Kurz darauf wird es still, der Mad Dog verlässt das Zimmer.
»Was wollte deine Freundin?«, frage ich.
»Was geht dich das an? Eine Angelegenheit unter Frauen.«
»Sie hatte Angst.«
»Oh, ein Psychologe! Stell andere Fragen, ja?«
»Welche denn?«
»Machst du es auch ohne Gummi? Schluckst du? So was fragt man hier.«
Ich atme tief durch und ziehe das Foto von Lan aus meiner Jacke.
»Du kennst sie sicher. Sie heißt Lan und arbeitet hier. Wo kann ich sie finden?«
»Doch kein Psychologe? Bulle?«, fragt sie und schüttelt den Kopf. »Ich kenne diese Frau nicht.«
Stefan, ein Freund von mir, arbeitet bei der Kriminalpolizei. Wir haben uns in den letzten Jahren etwas aus den Augen verloren, was angesichts meiner Eskapaden vielleicht auch besser so ist. Jedenfalls erzählte er mir einmal, dass es in Verhören typische Merkmale gibt,

die verraten, ob jemand lügt. Der Blick nach rechts oben beispielsweise, wenn man sich rasch eine Antwort überlegt. Die Lady vor mir blickt auf den Boden und was das bedeutet, weiß ich nicht. Aber ich fühle, dass sie nicht die Wahrheit sagt. Ich reiche ihr einen Zwanzig-Euro-Schein, den sie zögernd annimmt und in eine kleine Tasche ihres Kleides steckt.

»Schau nochmal genau hin, bitte. Man kennt sich doch hier. Ich will ihr keine Schwierigkeiten machen, sondern nur ein paar Fragen stellen. Ihr Bruder macht sich Sorgen.«

Widerwillig blickt sie ein zweites Mal kurz auf das Foto und schüttelt erneut den Kopf. Warum lügt sie? Aus dem Raum nebenan empfange ich ängstliches Wimmern, das in leises Weinen übergeht. Wie ein Kind, das verprügelt wird und weiß, welche Torturen noch kommen. Ohne Aussicht auf Hilfe. Es einfach ertragen. Immer wieder. Mein Herz dreht die Regler auf. Wut ergießt sich in mein Inneres und füllt mich mit böser Hitze. Schon höre ich das erste, verräterische Knacken in meinen Kiefergelenken und spüre meine Knochen wachsen. Meine Zunge schwillt an, gleich werde ich nichts mehr sagen können.

»Falls es dir doch noch einfällt, ruf mich an, bitte«, presse ich hervor und suche nach einer Visitenkarte. Idiot, du hast keine Visitenkarten! Ich erblicke einen Stift auf dem Nachttisch, er liegt auf dem Kreuzworträtsel einer Zeitschrift. Als ich ihn nehmen möchte, pulst heißes, dickes Blut durch meine Hand. Ich nehme alle Kraft und Konzentration zusammen, packe den Stift mit der geballten Faust und schreibe krakelig wie ein Erstklässler meine Nummer auf den weißen Rand des Rätsels.

»Was ist los mit dir?«, fragt sie nervös und bewegt sich langsam weg von mir.

»Ruf … mich … an …«, stöhne ich mit einer Zunge so groß wie ein Wiener Schnitzel und verlasse rasch das Zimmer. Ich kann zusehen, wie meine Fingernägel zu spitzen Krallen wachsen. Weg hier! Wo sind die Toiletten? Im Erdgeschoss! Ich stolpere die Treppen hinunter und könnte bei jeder Stufe schreien. Meine Gelenke knirschen wie Scharniere eines alten Tores, meine Fasern wachsen, mein Schädel will mehr Raum. Glühende Dornen stecken unter meinen Zehennägeln. Meine Farbsicht setzt aus. Gleich wird alles grau. Dann rot.

Noch ein Stockwerk. Ich bin im Flur des Erdgeschosses, renne nach hinten, stolpere, falle, stehe auf, remple einen Mann an. Dort, das WC-Zeichen. Rein jetzt.
In die letzte Kabine. Ich kann sie kaum noch abschließen, meine Hände gehorchen nicht mehr. Nehme beide Fäuste und schaffe es mit Mühe, das Schloss einzurasten. Ich lasse mich auf den Boden fallen, setze mich mit dem Rücken zur Wand. Ein Lichtstrahl aus dem kleinen Fenster rechts oben erfasst mich. Er hat mich gefunden.
Der Mond.
Dann explodiert mein Schädel.

Schmerz. Böser Schmerz!
Schmerz. Gehört zu mir.
...
...
Jetzt vorbei. Jetzt viel Kraft in mir. Viel!
Gut für Jagd!
Muss schnell sein. Sonst zu spät. Beeil dich, Lupus!
Recke Schnauze. Rieche. Schweiß. Sein Schweiß.
Zwänge mich ... durch kleines Fenster. Raus an Wand.
Nacht. Mond.
Meine Zeit!
Klettere hoch. An Fassade. Ein Stock. Sehe durch Fenster. Dicker Mann auf dünner Frau. Er hat roten Kopf. Arbeitet hart. Sie liegt nur.
Weiter jetzt! Noch ein Stock. Rieche. Da! Zwei Fenster links.
An Frau vorbei. Von vorhin. Schöne Frau mit Kleid. Will sie haben.
Nicht jetzt!
Noch ein Fenster. Da. Schweiß in Nase. Bin richtig. Schaue rein.
Asienfrau auf Bett. Gefesselt. Arm. Bein. Knebel. Ganz nackt.
Sehe rote Streifen.
Viele, überall. Breite. Schmale. Schläge. Schnitte. Verheilte. Frische.
Weint.
Koffermann sitzt auf Bettkante. Hat Tuch ausgebreitet. Vor Frau. Liegen Sachen darauf. Aus Metall. Glänzen. Ärmel aufgekrempelt. Lächelt.
Braunzahn.

Greift zu Spritze. Wie Arzt.
Drücke Fenster auf. Mit Wucht! Knallt innen gegen Wand. Glas splittert. Springe in Zimmer.
Mann steht auf. Überrascht. Angst.
»Wer, wer sind Sie?«
Mach Auge auf! Was glaubst du?
Mann hält Spritze in Hand. Frau auf Bett sieht zu mir. Blick mit Angst. Schreit. In Knebel.
Er greift. Zu Skalpell. Hält vor sich. Wie Waffe. Links Skalpell. Rechts Spritze. Hände zittern.
Angst in Gesicht. Hat Recht. Muss Angst haben!
Weil … Zorn!
Habe Zorn! Viel Zorn!
Bin wie Blitz. Ein Satz. Vor ihm. Drücke ihn am Hals. Gegen Wand. Blicke in Augen. Groß. Hässlich. Tote Seele in Auge. Wie Schlachter.
Begreift Gefahr. Will zustechen. Mit Spritze. In meinen Hals.
Bin Lupus!
Bin viel schneller. Drehe Hals zur Seite. Spritze sticht vorbei. Schnappe mit Zähne nach Arm. Beiße zu.
Fest!
Knochen knirscht. Lupuszähne knacken alles! Großes Loch in Arm. Bis auf Knochen. Mann jault. Rieche Atem.
Stinkt.
Mann lässt Spritze fallen. Arm hängt schlaff.
Holt aus mit Skalpell. Gut, Mann. Kämpfst! Dein Leben! Aber bist schlecht. Einfacher gegen Frau. Was?
Greife Faust mit Skalpell. Drehe sie um. Zu ihm. Halte Faust.
»Bitte!«
Bitte? Bitte, was? Skalpell?
Kriegst du!
Ramme Skalpell in Herz. Tief! Lass stecken.
Frau auf Bett schreit. In Knebel. Koffermann schreit nicht. Macht große Augen. Auf Skalpell. Langt hin, Hand zittert. Kann's nicht rausziehen. Rutscht an Wand runter. Schließt Augen.
Stöhnt.
Dann still.
Gehe zu Bett. Frau zerrt an Fesseln. Angst? Warum?

Reiße Fesseln auf. Frau rutscht weg. Zu Bettende. Weint. Jammert. Drückt auf Knopf hinter Bett.
Lauter Alarm! Schmerzt in Ohren. Halte nicht aus!
Warum Alarm? Dumme Frau! Dumme, dumme Frau!
Schritte auf Flur. Viele Schritte. Mad-Dogs-Stimmen.
Langer Satz zu Fenster. Sehe zurück. Mann blutet aus Hemd. Alles rot. Bis Gürtel. Kopf auf Brust. Asienfrau zieht sich an.
Zittert.
Wohin jetzt? Nach oben. Auf Dach. Dach ist gut!
Zwei Griffe. Dachrinne.
Bin oben. Kann Mond sehen. Ja!
Mond!

Tag 2, Mittwoch, 7.30 Uhr

Ein Kater nach einer durchzechten Nacht ist ein Dreck gegen den Zustand eines Lupus am Morgen danach. Selbst wenn eine Party aus dem Ruder läuft und man über der Kloschüssel eingeschlafen ist, hält man sich doch meist bekleidet in beheizten Räumen auf und hat am nächsten Morgen eine ungefähre Vorstellung davon, wo man sich befindet.
Ein Zittern hat mich aufgeweckt, es reicht von den Zehen bis zu meinen Augenlidern. Nachdem mein Verstand den Betrieb aufgenommen hat, erklärt es sich recht einfach. Mir ist scheißkalt. Kein Wunder, da ich bei frostigen Temperaturen auf einem Betonboden liege und nichts außer meiner Jeans am Leib trage. Ich schlottere wie eine Pappel im Wind, puste in meine Hände und reibe sie an meinem Oberkörper.
Der Beton bildet den Untergrund für einen riesigen Parkplatz, auf dem sich nur wenige abgestellte Autos verteilen. Ich habe am äußersten Rand geschlafen, im Sichtschutz einiger Büsche, die hier gepflanzt wurden. Der Parkplatz gehört zum Areal des Kongresszentrums ICC und zum Funkturm, den ich jetzt bemerke. Ob ich heute Nacht dort oben war? Der kleine Berliner Eiffelturm bietet den besten Blick über die Stadt.

Ich erinnere mich an die Geschehnisse in der Lotosblüte, aber nur in Blitzlichtern an die Stunden danach. Vielleicht, weil die Kälte jeden klaren Gedanken verhindert.
In vergleichbaren Situationen nach einer Nacht als Lupus habe ich Penner um ihre Stiefel gebracht, Klamotten aus Billigläden gestohlen und Rotkreuzcontainer durchsucht.
Ich rapple mich auf, bemerke einige Blutspuren an meiner verdreckten Brust, erkenne aber keine Verletzungen. Entweder sind diese bereits verheilt oder es handelt sich nicht um mein Blut. Meine Hände sehen aus, als hätte ich Kohlen geschleppt, und ich befürchte, dass sich auch mein Gesicht wenig präsentabel zeigt.
In meiner Hose ertaste ich die Auto- und Wohnungsschlüssel, was mich beruhigt. Zum Wagen am Stuttgarter Platz ist es barfuß zu weit. Bis ich dorthin gelaufen bin, habe ich zwei Eisbeine an den Knöcheln. Am besten suche ich mir die nächste U-Bahn und fahre damit nach Hause. Ich muss nur noch etwas zum Anziehen finden.
Ein Mülleimer in der Nähe bringt mich auf eine Idee. Glücklicherweise haben es sich nur ein paar harmlose Papierreste darin gemütlich gemacht. Ich ziehe den blauen Plastiksack heraus, schütte den Inhalt auf den Boden und ziehe mir das Ding über den Kopf, mit dem ich ein Loch hineindrücke. Auch mit den Armen stoße ich Löcher aus. Nicht gerade der letzte Schrei, aber eine Verbesserung gegenüber einem nackten, blutbefleckten Oberkörper.
Kurz darauf sitze ich in der U2. Man reißt sich nicht gerade um einen Sitzplatz neben mir, aber ansonsten reise ich unbelästigt nach Kreuzberg.
Dit is Berlin.

Tag 2, Mittwoch, 10.00 Uhr

Drei Spiegeleier, zwei Toast, einen halben Liter starken Kaffee, drei leckere Camel und eine heiße Dusche später fühle ich mich wie neugeboren.
Zumindest körperlich. Ansonsten kämpfen verschiedene Gedanken um meine Aufmerksamkeit. Dass ich den Koffermann getötet habe,

erzeugt keine Reue in mir. Die Welt ist eine bessere ohne ihn und so verhielt es sich auch bei den meisten seiner Vorgänger. Es gab Fälle, in denen mich schlechtes Gewissen plagte, als ich über die Angehörigen nachdachte. Eine Mutter, ein Kind, irgendwer, der den Verlust betrauert. Andererseits traf diese Konstellation auch auf Jeffrey Dahmer oder Josef Stalin zu, schätze ich.
Getan ist getan.
Ich habe noch immer das Weinen der Asiatin im Ohr. Wie sie hilflos und ihrem Schicksal ergeben wimmerte, ohne sich zu wehren. Wie oft er sie wohl schon gequält hatte? Und wie viele vor ihr?
So leid sie mir noch immer für das tut, was sie durchmachen musste, werde ich den Gedanken nicht los, dass es nun eine Zeugin gibt. Das vermeide ich, so gut ich das in meinem Zustand normalerweise kann. Und auch die schöne Lady mit dem leichten Akzent, die mir nichts erzählen wollte, könnte eine Quelle für die Polizei sein. Oder die Mad Dogs.
Was wird das Opfer des Koffermannes erzählen? Wird sie den Bullen alles haarklein berichten? Ich werde das Netz regelmäßig auf Polizeinachrichten aus Berlin durchforsten.
In den letzten Jahren hatte ich mehr Glück als Verstand, doch irgendwann wird diese Strähne enden.
Ich verscheuche diese Gedanken und kehre noch einmal zu gestern Abend zurück. Es hilft nichts, ich muss die Lotosblüte noch einmal aufsuchen, um in den gestern verschlossenen Zimmern nachzusehen. Ob das Risiko tragbar ist, dass mich jemand mit dem Mord in Verbindung bringt? Die hübsche Asiatin, die ich befragt habe, muss nur eins und eins zusammenzählen. Andererseits wäre ich gerne noch einmal Zeuge, wie sie ihre Beine übereinander schlägt. Ich werde das Gefühl nicht los, dass sie mir mehr über Lan verraten könnte und dass sie vor allem durch die bedrückende Umgebung vom Plaudern abgehalten wurde. Vielleicht existieren in den Räumen versteckte Webcams, zur Sicherheit oder um Kunden zu erpressen. Das würde erklären, warum die Lady sich so unfreundlich verhalten hat.
Ich schalte den Computer an und schaue nach meinem Telefon. Da ich in den Nächten rund um Vollmond nur das Nötigste mitnehme, lasse ich mein Handy meist zuhause. Ich schnappe es mir und blicke auf das Display. Zwei Anrufer. Der Dude und eine Nummer, die ich

nicht kenne, bei der ich aber eine bestimmte Vermutung habe. Dieser Anrufer hat fünf Mal versucht, mich zu erreichen. Ich drücke auf die Rückruftaste und höre Thangs Stimme am anderen Ende.
»My dear! Endlich!«, beginnt er das Gespräch. »Wie war es? Und außerdem! Mir ist was passiert, also fast. Mit diesen Mad-Dog-Guys. Aber du zuerst. How is my li'l sis? Was sagt sie? Wie hat sie …?«
»Halt mal die Luft an!«, unterbreche ich ihn.
»Sorry, honey. Ich bin so gespannt! Und jetzt ganz Ohr. Ganz ruhig. Ganz entspannt. Ich schweige! Just like …!«
»Wie du gestern schon sagtest, ist die Sache etwas komplizierter und …«
»Oh no, Kundschaft im Laden. Kannst du eine Minute dran bleiben? Bitte?«
»Soll ich später nochmal anrufen?«
»Ich arbeite den ganzen Tag, mein Bester. You know what? Ich call Timothy. Ein ganz Lieber. Der mir im Laden aushilft, you know? Dann komm vorbei. Sobald du da bist, haben wir Zeit. Für einen gepflegten Small Talk, my dear! Vielleicht um zwölf? Hier bekommst du den besten Latte der Stadt!«
Er nennt mir die Adresse seines Ladens in Schöneberg und ich verspreche ihm, später dort aufzukreuzen. Anschließend rufe ich den Dude trotz der frühen Zeit an, denn normalerweise bewegt er sich selten vor fünfzehn Uhr aus dem Bett. Aber da er gestern beschwingt und verliebt wirkte, könnte sich das auf seinen Kreislauf auswirken. Meine Vermutung trügt nicht, er geht nach dem zweiten Klingeln ans Telefon.
»Dude hier«, nimmt er den Anruf entgegen.
Nach den Höflichkeiten zu Beginn erinnert er mich daran, dass wir heute Abend etwas vorhaben. Ich antworte, dass ich mich mit einem Klienten treffen müsse, was ihn belustigt, da er den Begriff Klient mit allen möglichen Menschen verbindet, nicht aber mit mir. Am Nachmittag muss er sich mit den Vorbereitungen für den Abend beschäftigen, also beschließen wir, dass ich ihn anrufe, wenn ich bei Thang fertig bin. Anschließend wollen wir uns in eine Kneipe setzen und die Einzelheiten unseres Planes durchgehen.
Ich klicke Johnny Cash in meiner Playlist an. Der »Man in Black« stimmt mich lakonisch auf den Tag ein.

Tag 2, Mittwoch, 11.00 Uhr

Im Netz finde ich keine Meldung zur Lotosblüte. Das passiert nicht zum ersten Mal nach einem meiner Ausflüge. Möglicherweise haben sich die Mad Dogs überlegt, zu welchen Konsequenzen eine polizeiliche Untersuchung in der Lotosblüte führen würde. Die vielen Wunden an der Frau, das Arsenal chirurgischer Instrumente. Wäre ich an deren Stelle, hätte ich den Koffermann weggeschafft und in einen Kanal geworfen, damit er nicht mit dem Bordell in Verbindung gebracht wird.

Während ich mit der Bahn zu meinem Wagen am Stuttgarter Platz fahre, überlege ich, warum die Asiatin gelogen hat. Wieso wollte sie Lan nicht kennen? Ich kaufe mir an einem Kiosk den neuesten Kicker, der heute mit einem Special über Mario Gomez aufwartet. Ich stocke meinen Vorrat an Zigaretten auf und sitze kurz darauf im Mustang. Über die Skalitzer und den Mehringdamm erreiche ich die Yorckstraße und fahre kurz darauf unter den Eisenbahnbrücken hindurch. Auf dem Gehweg sehe ich den »General«, einen bekannten Obdachlosen hier im Kiez. Er schiebt einen aldi-Einkaufswagen mit seinen in Plastiktüten verpackten Habseligkeiten und trägt wie immer eine Uniformjacke, wie es sich für einen General gehört. Ich hupe und lege die Hand zum militärischen Gruß an, er blickt kurz zu mir und reagiert nicht, was überhaupt nicht zu seinem ansonsten immer freundlichen Verhalten passt. Außerdem fehlt sein Hund und ich habe den General noch nie ohne vierbeinigen Begleiter gesehen.

Ich halte an und warte, bis er mit seinem Einkaufswagen auf meiner Höhe vorbeirattert.

»Herr General!«, rufe ich und beuge mich zum offenen Fenster, regle dabei die Musik herunter. Er ignoriert mich und geht grußlos weiter. Ich fahre ein paar Meter, um aufzuschließen und rufe noch einmal laut nach ihm. Müde dreht er den Kopf zu mir. Ich salutiere, er erwidert. Das verweigert er nie.

»Wo ist dein Hund?«, frage ich. Er setzt sich wieder in Bewegung.

»Weg.«

»Wie, weg?«, hake ich nach. Die beiden sind ein Herz und eine Seele, der Hund läuft ihm bestimmt nicht einfach so davon.

»Na weg ebent!«, mault er und marschiert in die entgegengesetzte Richtung an mir vorbei.
Ich lege den Rückwärtsgang ein und fahre langsam auf gleiche Höhe. Er bemerkt es, greift in eine seiner unzähligen Plastiktüten, zieht eine leere Bierflasche heraus, umfasst sie am Hals und holt aus. Mit quietschenden Reifen bringe ich mich aus der Wurfzone, höre aber ein Krachen hinter mir. Alter Bastard!
Ich steige aus und gehe an mich überholenden, hupenden Autos vorbei, um mir den Schaden anzusehen. Mein steigender Puls beruhigt sich wieder, als ich erkenne, dass er nur die Stoßstange getroffen hat. Danke deinem Gott, Heinrich, dass der Lack nichts abbekommen hat!
Ich sehe ihn mit dem Einkaufswagen davonlaufen. Er biegt an der dritten Yorckbrücke nach links und verschwindet aus meinem Sichtfeld. Was ist nur los mit ihm? Ich steige ein und blicke in den Rückspiegel. Keine Spur mehr vom General.
Vielleicht liegt es an meinem eigenen, unsteten Wesen, dass ich schon immer eine gewisse Sympathie für Obdachlose hatte. Nicht für die organisierten Bettler und Profischnorrer, aber für die Gescheiterten und Streuner, die in Pappkartons schlafen und keinen Freund besitzen außer ihrem Hund. Es stimmt mich traurig, dass der General seine Tage und Nächte ohne Gefährten verbringen muss. Ob sein Hund von einem Zug überfahren wurde? Die beiden hausen oben zwischen den Bahngleisen, wie mir der General mal vor einiger Zeit erzählte.
Ich nehme mir vor, morgen nochmal nach ihm zu sehen, und wenn dem Hund tatsächlich etwas zugestoßen ist, sorge ich dafür, dass der General nicht allein bleibt.

Bevor ich weiterfahre, schnappe ich mein Smartphone und scrolle durch die Meldungen des Tagesspiegels, finde aber nach wie vor nichts über eine Gewalttat am Stuttgarter Platz. Ob ich es nochmal bei der hübschen Asiatin versuche? Aber nicht im Puff.
Ich blicke auf die Uhr. Kurz nach zwölf. Bordelle, die mitten in der Stadt liegen, öffnen oft um diese Zeit, um die Mittagspausen der Abteilungsleiter und Handwerksgesellen auszunutzen.
Mit Limp Bizkits »Rollin'« auf den Ohren kreuzt der Mustang über die Potsdamer Straße und das Reichpietschufer nach Charlotten-

burg. Die Kantstraße empfängt mich sonnig und geschäftig, wie es sich für diese schöne, bunte Einkaufsmeile gehört. Ich passiere den Savignyplatz, fahre an der Fußgängerzone der Wilmersdorfer Straße vorbei und biege dann nach links zum Stuttgarter Platz ab, wo ich den Wagen nahe der Bahnunterführung parke.
Die Wahrscheinlichkeit, Lady Shanghai beim Weg in die Lotosblüte abzupassen, dürfte gering sein, aber es erscheint mir einen Versuch wert. Ich bleibe im Wagen sitzen und spekuliere, dass sie von der S-Bahn-Seite kommt.
Der unübersichtliche Platz bietet eintausend Möglichkeiten, zum Bordell zu laufen, weshalb ich den Stutti von links nach rechts und wieder zurück scanne.
Ich verbrauche drei Camels, dann sehe ich sie zu meiner Rechten aus der Wilmersdorfer Straße kommen. Der Motor springt an, ich fahre langsam an. Als sie die Straße zum Platz hin überqueren will, fahre ich direkt an den Gehweg, hupe und blockiere ihren Weg.
Sie trägt ihre Haare offen, ein schönes, eng geschnittenes rotes Kleid mit gelbem Blumenmuster sowie an der Ferse offene, schwarze High Heels und wirkt wie die Frau eines erfolgreichen Geschäftsmannes. Ihr Gesichtsausdruck zeugt von wenig Wiedersehensfreude.
Ich beuge mich zum offenen Beifahrerfenster.
»Kann ich dich einen Moment sprechen? Bitte?«
Sie zögert, schüttelt dann den Kopf und will vorn am Wagen vorbeilaufen. Ich fahre an, passe aber auf, sie nicht zu touchieren und blockiere erneut den Weg. Hinter mir hupt ein Wagen, weil er wegen des Gegenverkehrs nicht an mir vorbeikommt. Sie kommt ans Fenster.
»Lass mich in Ruhe, du Freak!«
Freak? Weiß sie etwa, was passiert ist? Dass ich den Freier getötet habe? Woher?
Ich sehe ihr an, dass sie weniger sauer als vielmehr verängstigt ist. Von mir oder von den Mad Dogs in der Lotosblüte? Wir müssen weg hier, das wird ihre Zunge lockern.
»Ich bezahle dich auch dafür. Für die Information.«
Sie blickt sich nervös um, vor allem Richtung Lotosblüte. Dann steigt sie ein.
»Fahr los«, sagt sie und beugt sich nach unten, als würde sie etwas im Fußraum suchen. Ich gebe Gas und brettere Richtung Bismarck-

straße. Als wir auf die mehrspurige Straße einbiegen, fummelt sie ein winziges, goldenes Feuerzeug sowie eine Zigarettenspitze aus ihrer Tasche, steckt eine Zigarette auf und beginnt zu rauchen.
»Sehr elegant, diese Teile!«, bemerke ich.
»Was willst du? Ich hab dir doch schon alles gesagt«, fragt sie mich. Ihre Gesichtszüge wirken jetzt weicher und entspannter.
Bevor ich antworte, fällt mir ein, dass ich nur noch einen Zehner im Geldbeutel habe und fahre deshalb zu meiner Wohnung in Richtung Kreuzberg.
Ich erwarte, dass sie jeden Moment anfängt, sich über die längere Autofahrt zu beschweren, weil sie arbeiten müsse oder Ähnliches, aber nichts davon passiert. Sie blickt aus dem Fenster, raucht mit ihrer Zigarettenspitze und präsentiert mir dabei gepflegte, schlanke Finger mit perfekten Nägeln. Schade, dass sie in diesem Puff versauert.
Auf der Fahrt am Kanal entlang erkläre ich ihr ein paar Zusammenhänge. Die innige Beziehung von Thang zu seiner Schwester hinterlässt Eindruck bei ihr und ich merke, wie es sie berührt. Asiaten sind eben Familienmenschen. Ich stelle klar, dass ich niemandem Schwierigkeiten machen, einzig und allein Lan finden möchte, um ihren Bruder zu beruhigen.
»Ich kenne sie«, meint sie, als ich vor meinem Haus einparke.

Das abgeranzte Loch, das sich meine Wohnung nennt, wird gerade durch zwei Dinge aufgehübscht. Durch die Sonne, die direkt auf mein Bett scheint, und durch Duyen, die aufrecht am Kopfende sitzt und wieder mit einer Zigarettenspitze raucht. Was mir genauso gut gefällt wie die Tatsache, dass sie das komplett nackt tut.
»Duyen bedeutet Anmut«, erklärte sie auf meine Frage hin, was ich damit beantworte, dass ihre Eltern verdammt vorausschauende, kluge Leute gewesen seien. Die als Kompliment gedachte Bemerkung leitet ein Gespräch über ihre Familie ein, die fast komplett von ihrem »Gehalt als Verkäuferin« in Deutschland lebt. Zumindest lautet so die offizielle Sprachregelung ihrer Eltern, obwohl sie vermutlich wissen, womit ihre Tochter Geld verdient. Die Notwendigkeit der finanziellen Versorgung siegt über die Scham und so halten beide Seiten eine Fassade des Respekts aufrecht.

Was mich noch mehr als die Frage nach Lan beschäftigt, ist meine Sorge, dass sie mich als Mörder des Freiers identifizieren kann. Aber hätte sie dann mit mir geschlafen?
»Sorry übrigens, dass ich gestern so schnell weg musste«, meine ich zu ihr und schneide das Thema vorsichtig an.
»Kein Problem, Süßer. Hattest du Magenschmerzen? Du sahst sehr schlecht aus.«
»Ja, übersäuert. Hab das öfters. Aber wenn wir schon bei gestern Abend sind … Irgendwie habe ich Gerumpel und Gelärme gehört, klang nach Streit. War irgendwas?«, frage ich so beiläufig wie möglich.
»Streit? Nein. Überhaupt nicht.«
»Keine Schlägerei? Kommt doch sicher manchmal vor, oder?«
Sie schüttelt den Kopf.
»Manchmal, ja. Gestern nicht.«
Ihre Worte bestätigen meinen Verdacht, warum nichts in den Medien zu finden ist. Die wollen das vertuschen. Zu Lan kann sie mir nicht allzu viel erzählen. Sie sei eine Einzelgängerin, arbeite zu anderen Zeiten als Duyen und in einem anderen Stockwerk. Allerdings bekam Duyen mit, dass Lan mit einem der Mad Dogs einen lautstarken Streit hatte und dabei ein blaues Auge kassierte. Aber das wirklich Entscheidende ist, dass ich auf der richtigen Fährte bin: Lan arbeitet in der Lotosblüte.
»Das war das einzige Mal, dass ich länger mit ihr gesprochen habe. Sie saß oft in der Küche, weil sie mit dem verletzten Auge schlecht arbeiten konnte. Aber ich habe sie schon lange nicht mehr bei uns gesehen.«
Ich drücke meine Zigarette aus. Das Gespräch mit Thang wartet.
»Wann musst du wieder anfangen?«, frage ich sie und blicke auf die Uhr.
»Du meinst, mit dir?«, lächelt sie breit und drängt ihren Schenkel ebenso geschmeidig wie nachdrücklich zwischen meine Beine.

Ich bringe Duyen im Schweinsgalopp zum Stuttgarter Platz. Als sie aussteigt, sehe ich ihr noch einige Meter nach, genauer gesagt, dem Wippen ihres Kleides von der Hüfte abwärts.
Anschließend düse ich nach Süden. Die Parkplatzsuche im Schöneberger Akazienkiez nervt wie immer. Ich kurve fast zwanzig Minuten

durch die Straßen, bis ich den Mustang in der Eisenacher Straße quer über eine Ecke stelle. Eine Kinderwagen schiebende Mutter mit Inkamütze meckert, weil sie einen siebzig Zentimeter langen Umweg machen muss.
Ich laufe die Akazienstraße nach oben und passiere die typischen Boutiquen und Cafés, die dieser Straße ihren Charme verleihen. Die Gegend westlich der Hauptstraße wirkt wie die erwachsene und arrivierte Schwester des Kreuzberger Anarchistenbruders. Hier leben die Patchworker, Müslis und Weinhändler, die den Sprung aus der WG ins Bürgerliche geschafft haben. Östlich der Hauptstraße leben in deutlich weniger schicken Wohnlagen vor allem Ausländer.
Ich stehe vor Thangs Laden »Baggy«, was wohl irgendein Wortspiel darstellt, das ich nicht verstehe. Tasche heißt Bag, ja und?
Die Auslage quillt vor Exponaten nicht gerade über. Dort stehen zwei Taschen, eine links, eine rechts und dazwischen könnte man noch ein Klavier stellen. Die eine braun, die andere schwarz und beide so groß, dass ein Pandabär darin schlafen könnte. Beide verfügen über zahlreiche Schnallen, aber nicht über ein Preisschild.
Ich betrete den Laden. Aus den Boxen näselt Britpop, während mir Thang bereits mit offenen Armen entgegenkommt. Umarmungsalarm!
Heute wirkt er weniger exaltiert als gestern, trägt ein Schlabbershirt, Jeans und amerikanische Segelschuhe. Ich drehe mich leicht zur Seite und strecke ihm die Hand entgegen, die er nach kurzem Zögern schüttelt.
An der Kasse steht ein Jüngling von höchstens zwanzig Jahren mit wasserstoffblonden, dichten, kurzen Haaren, die wie eine Perücke auf seinem Kopf thronen. Er hat sich in ein enges, weißes Etwas mit Hosenträgern gezwängt und blickt mich feindselig an, warum auch immer.
»Gero, Timothy. Timothy, Gero.«
Sein Blick ändert sich um keine Nuance. Ich nicke ihm zu und sehe mich in der Boutique um. Als Unterlage für die Taschen dienen Steine aller Art, vom Ziegelstein bis zum großen Gipsquader, was dem Raum eine erdige Atmosphäre verleiht. Drei Kundinnen schleichen um die Taschen wie Hyänen um eine verendende Antilope. Alle sehen betucht und kaufwillig aus.

Thang spricht mit Timothy und erklärt ihm, dass er etwas mit mir bereden müsse, er sei aber bald wieder zurück. Er holt sich eine Jacke, die mich an eine französische Uniform aus den Napoleonischen Kriegen erinnert, und klopft mir auf den Rücken.

»Gegenüber gibt es eine schnuckelige Trattoria, wollen wir uns dort hinsetzen? Da gibt es, wie gesagt, den besten Latte der Stadt, my dear. Der ist un-be-lie-vab-le!«

Als wir den Laden verlassen, frage ich ihn, wieso keine seiner Taschen über ein Preisschild verfügt.

»Ein kleiner Marketinggag, mein Lieber. Alle großen Taschen kosten dasselbe. Superbags for a superprice. Great idea, isn't it? Meine Stammkundinnen wissen den Preis! Alle anderen dürfen fragen. Steigert die Kommunikation. More communication, more buying. It's that simple!«

»Was kostet so ein Teil? Wäre vielleicht eine Idee für ein Geburtstagsgeschenk für meine Mutter.«

»Für deine Mom? Marvellous! Nur vierneunundneunzig, my dear!«

»Vierneunundneunzig? Da nehme ich vielleicht sogar zwei.«

»Awesome!«, schreit er mir ins Ohr, während wir die Akazienstraße überqueren. »Wir verrechnen das einfach. Mit deinem Honorar!«

»Ach was. Die zehn gebe ich dir gleich im Lokal.«

»Zehn?«

Wir betreten eine Trattoria mit rotweißkarierten Tischdecken und Kellnern in langen Schürzen, die servil an der Theke warten. Thang steuert auf einen Tisch am Fenster zu. Gegenüber sitzen drei junge Typen vor großen Gläsern mit kaffeebrauner Flüssigkeit.

»Zwomal vierneunundneunzig macht …«, setze ich mich hin.

»Fast eintausend, my dear!«, vollendet er den Satz und begreift im selben Moment, dass wir aneinander vorbeigeredet haben. Er lacht, ich seufze.

»Wenn es so weit ist, just ask. Am Preis lässt sich was machen«, zwinkert er mir zu und ruft den Kellner zu uns, der den Stift hinter seinem Ohr herunterpflückt, einen Block aus der Schürze zieht und auf unsere Bestellung wartet.

»Bestell den Latte!«, flüstert er mir zu, als würde man verhaftet, wenn man es offen ausspricht.

»Einen Kaffee. Schwarz.«

»Nur einen schwarzen Kaffee? Du bist ja einer!«
Er bestellt sich einen ice blended entkoffeinierten Irgendwas. Ich lege meine Camel-Packung vor mich auf den Tisch, was mir einen strengen Blick von den Milchkaffee schlürfenden Jungs einbringt, der mir wohl signalisieren soll, dass Rauchen hier nicht erlaubt ist. Für einen Moment spiele ich mich mit dem Gedanken, den Raum einzunebeln und mich mit den Gesundheitsaposteln anzulegen, als mich Thang anspricht.
»Is she okay? Geht es meiner kleinen Schwester gut?«, fragt er mich.
»Wie es ihr geht, weiß ich leider nicht, da ich sie nicht angetroffen habe.«
»What? Wie meinst du?«
»Ich habe alle Zimmer überprüft, soweit ich das konnte. Manche waren allerdings verschlossen, das liegt in der Natur dieses Geschäfts. Da bleiben einige Freier vielleicht länger oder die Frauen wollen mal ihre Ruhe haben.«
»So? Dann wartet man einfach. Bis die Tür aufgeht! Ich habe bezahlt! Für deine Zeit!«
»Das habe ich nicht vergessen, keine Sorge. Aber so ein Haus ist kein Bahnhof, wo man stundenlang herumlungern und Fragen stellen kann. Das hast du doch selbst gemerkt. Und ich wollte nicht auffallen.«
Ich verschweige den Zwischenfall mit dem Koffermann, der mit dieser Bemerkung kollidieren würde, und fahre fort. Thang wirkt sichtlich angepisst.
»Natürlich gehe ich nochmal hin und wenn es sein muss auch ein drittes Mal, um deine Schwester zu finden. Falls sie überhaupt noch dort ist.«
»What do you mean? Noch dort?«, fragt er verwundert zurück.
Ich erzähle ihm von meiner Begegnung mit Duyen, die Lan zuerst nicht kennen wollte, und frage ihn, ob er sich einen Reim darauf machen könne. Er schüttelt den Kopf. Die Farbe weicht aus seinen Wangen und Sorgen klettern in sein Gesicht.
»Das muss nichts bedeuten«, erkläre ich, ohne es selbst zu glauben. Ich frage, was ihn am Telefon so aus der Fassung gebracht hat.
»Diese Rocker! Those ugly Bastards. Die sind hinter mir her!«
»Wie bitte? Erzähl.«

»Heute Morgen. Ich gehe mit Karl Gassi. Wie immer just around the corner und nicht im Park gegenüber. Little Charly reagiert allergisch auf Lindenbäume. Makes him cough. Husten, weißt du?«
»Komm zur Sache!«
»Alright, alright! Jedenfalls. Wir kommen zurück und ich sehe zwei von denen. Die Motorradfahrer. Vor meiner Tür. With their black biker jackets. Sie haben meine Klingel gedrückt, das habe ich genau gesehen. Die wollten mir kein Cosmopolitan-Abo verkaufen, right? Ich gehe ein paar Schritte zurück. Got myself covered. Hinter einem Baum. Dann kommt ein Nachbar vorbei. Dieser Architekt aus dem dritten. Mit den attraktiven grauen Schläfen und seiner …«
Ich blicke ihn genervt an.
»Zum Punkt kommen, nicht wahr? Ich hab's mir gemerkt! Okay! Also. Er zeigt auf meine Wohnung. To my apartment!«
»Und dann?«
»Die sind um das Haus herumgegangen. Haben sich alles angeschaut. Gingen nicht weg! Why? Einer telefonierte. In meine Wohnung nochmal? Wollte ich nicht mehr, no way! Ich habe Karl zu einem Freund gebracht. Dann bin ich direkt hierher gefahren. In my little shop of horrors.«
»Du bist sicher, dass es die Typen aus der Lotosblüte waren?«
»Genau dieselben? Dunno, honestly. Aber sie hatten diese hässlichen Köter auf ihren Biker Jackets. Mad Dogs, nicht wahr?«
Wie konnten sie so schnell nach meinem Auftritt in der Lotosblüte bei ihm aufkreuzen? Ob Duyen noch in der Nacht ausgeplaudert hatte, dass ich Lan suche? Oder die Rocker haben die zwei Ereignisse miteinander kombiniert. Da Thang den Typen vor ein paar Tagen mit derselben Mission vor die Fäuste gelaufen ist, ahnen sie wohl, dass er wieder dahinter steckt. Oder war das nur ein Zufall? Ein harmloser Anlass? Unwahrscheinlich.
Er fasst an meinen Arm.
»Ich kann da nicht mehr schlafen. No way! Wenn ich mir vorstelle! Dass die wieder vor meiner Tür stehen! Ich sterbe. Vor Angst.«
Ich blicke auf den Arm, dann zu ihm. Er nimmt seine Hand wieder weg.
»Dann schlaf doch bei deinem Freund«, schlage ich vor.
»Welchem Freund?«

»Na, dein Freund, ein Freund, was weiß ich. Was ist mit dem Typen, der auf Karl aufpasst?«
Er schüttelt den Kopf.
»Danny lebt in einer festen Beziehung. Ab und zu ...«
»Ab und zu ist sie weniger fest, wie?«
»Heavens, yeah! Na und? Kommst du vom Vatikan oder was?«
»Und der Typ aus dem Laden?«
Er schüttelt heftig den Kopf.
»Ein Hotel für ein paar Tage?«
»I don't like hotels. Fucking unpersönlich, weißt du? Und ich habe Angst! Klingt das unmännlich für dich? Ich brauche eine gewohnte Umgebung. Oder eine starke Schulter.«
Er sucht meinen Blick. Ich schaue aus dem Fenster, weil ich ahne, worauf er abzielt. Mir kommt eine Idee, die zwei Fliegen mit einer Klappe schlagen könnte. Lans Wohnung.
»Du hattest mir von der Wohnung deiner Schwester erzählt. Die hat sie doch behalten, richtig?«
Er nickt.
»Aber sie war lange nicht mehr dort. Glaube ich. Warum fragst du?«
Ich möchte tatsächlich etwas mehr herausfinden, als mir gestern Abend gelungen ist. Obwohl es mir hauptsächlich um das Geld geht, empfinde ich es auch als Ehrensache, nicht nur die Kohle einzustreichen und ohne jedes Ergebnis zurückzukommen. Ich bin zwar kein Privatdetektiv, aber wer weiß, ob mir Lans Wohnung nicht irgendeinen Hinweis auf ihr Verschwinden liefern kann. Schaden kann es nicht und Thang besitzt einen Zweitschlüssel. Er klemmt ihn von seinem Schlüsselbund ab und gibt ihn mir. Außerdem könnte er dort wohnen.
Er nennt mir die Adresse der Wohnung in Friedenau und schreibt sie mir zur Sicherheit auf eine Serviette.
»Thanks, my dear«, murmelt er.
»Mach dir keine Sorgen«, antworte ich und drücke seine Schulter.
Thang nickt, steht auf.
»Ich muss wieder. Back in my shop. Du findest sie doch?«
»Ja, sicher. Ich bin gut darin«, lüge ich.
»Rufst du mich an? Wenn du etwas herausgefunden hast? Please call!«

Ich verspreche es ihm. Er steht auf, wir verabschieden uns, danach bezahlt er an der Kasse und überquert die Straße zu seinem Laden. Ich ziehe mein Handy aus der Hosentasche, um Pierre anzurufen, und bemerke eine eingetroffene SMS.
Leider schmalzt mich nur eine Vanessa an, der ich für schlappe Zwo Euro neunundneunzig antworten darf.
Ich suche Pierres Nummer, als das Handy vibriert und klingelt. Pierre entschuldigt sich für die Verspätung, aber ich versichere ihm, dass das sogar gut passt, weil ich ihn um eine Verschiebung unseres Vorhabens um einen Tag bitten muss. Darauf nölt er zurück, dass der Wagen heute Abend aus der Werkstatt zurückkommt und es nur diese eine Möglichkeit gibt, ihn abzuzocken.
»Heute Abend auf keinen Fall, Dude. Gestern war ich schon nicht mehr allein. ER ist zurück. Und heute Nacht ist Vollmond.«
»Großes Kino, Gero, großes Kino! Uns entgehen zehn Riesen! Zehn ver-fick-te Riesen!«
»Kann der Wagen nicht noch einen Tag länger in der Werkstatt bleiben? Das muss doch irgendwie gehen. Und ich brauche dich heute Abend. Wir müssen wieder da runter.«
Er flucht und erzählt etwas von einer Vernissage mit anschließender Party, die er mit Tatjana besuchen möchte, worauf ich ihm versichere, dass die Nummer in Tempelhof höchstens eine Stunde in Anspruch nehmen wird, was er doch auch wisse, worauf er entgegnet, dass er mich wie immer morgen in aller Herrgottsfrühe wieder rausholen muss, was bedeuten würde, dass er kaum schlafen wird, was ich kleinlaut zugebe, worauf er erneut flucht und schließlich zusagt.
»Danke, Dude.«
Wir verabreden uns auf fünf Uhr am Kerker in Tempelhof.

Tag 2, Mittwoch, 15.00 Uhr

Als ich Lans Wohnung in der Nähe des S-Bahnhofs Friedenau aufschließe, fühle ich mich wie ein leibhaftiger Ermittler, dem nur noch der Columbo-Trenchcoat fehlt. Allerdings habe ich nicht die geringste Vorstellung, wonach genau ich suchen soll. Da ich nicht weiß,

was mich erwartet, bewege ich mich so lautlos wie möglich und schließe leise die Tür hinter mir.
Ich betrete einen kleinen quadratischen Flur, von dem vier Türen abgehen, zur Küche, zum Bad und zu zwei größeren Zimmern. Geradeaus sehe ich durch die geöffnete Tür ein Bett, also gehe ich nach links in das Wohnzimmer, das offensichtlich auch zum Arbeiten genutzt wird. Am Fenster neben der Balkontür steht ein alter Schreibtisch aus Holz, der von Dokumenten nur so überquillt.
Ihm gegenüber schmiegt sich ein Sofa an die Längswand, das etlichen Kissen eine Heimat bietet. Vor dem Sofa erstreckt sich ein niedriger, mit Kerzen dekorierter Tisch. Die hintere Schmalseite wird von einem Möbelstück belegt, das in der unteren Hälfte mit Schubladen und in der oberen mit Regalen ausgestattet ist. Die Tapete mit ihrem dunklen Gelb, die zahlreichen Kerzen, Kissen, der dicke Teppich, all das verleiht dem Raum etwas wohnlich Warmes, wie ich es immer nur in von Frauen bewohnten Zimmern antreffe.
An den Wänden hängen zahlreiche Fotos, auf vielen befindet sich Lan mit ihrem Bruder. Sie blödeln, ziehen Grimassen, umarmen sich. Familie, Bruder, Freunde. Partys, Ferien, Sonne, Drinks, gute Laune.
Auf dem Boden sieht das Zimmer weniger gemütlich aus. Der Teppich ist übersät von Dutzenden Papieren, Fotos, Schmuckstücken, Alben, die aus den offen stehenden Schubladen vom Schreibtisch und Regal gerissen wurde. Bücher liegen kreuz und quer, die Scherben einer Vase verteilen sich wie Meteoritensplitter über den Boden. Wie herabgefallenes Herbstlaub werden die Fotos und Dokumente ab und zu von einem Windstoß erfasst, denn die Balkontür steht offen.
Was mich am meisten irritiert, ist die Pistole, die auf den Dokumenten etwa drei Meter entfernt von mir liegt. Eine schwarze Glock mit aufgeschraubtem Schalldämpfer.
Teuer, weil präzise, zuverlässig und mit großem Magazin ausgestattet, das sind die österreichischen Glocks, die selbst von den Cops in Los Angeles gern getragen werden. Um das Lange kurz zu machen: Glocks werden nur von Profis benutzt. Von denen auf der dunklen oder jenen auf der etwas helleren Seite der Macht. Nur welcher Polizist arbeitet mit Schalldämpfer?

Während ich mich frage, wieso der Einbrecher seine Knarre liegen gelassen hat, höre ich die Toilettenspülung. Ich gehe einen Schritt zurück, um in Richtung Badezimmer blicken zu können.
Weder hat er mich beim Betreten der Wohnung gehört, noch habe ich darauf geachtet, ob die Toilette belegt ist. Im Grunde eine urkomische Situation. Die Tür geht auf, der Typ knöpft sich beim Verlassen des Badezimmers seine Hose zu, dann bemerkt er mich. Er lacht nicht. Ich auch nicht.
Der etwa einsachtzig große Mann ist mit Jeans, Sportschuhen und einer adidas-Jacke bekleidet, trägt seine Haare extrem kurz und bewegt sich mit der athletischen Körperspannung eines Polizisten oder Soldaten auf mich zu. Seine Augen leuchten unnatürlich blau, erzählen aber keine romantische Geschichte. Er wirkt wie eine Raubkatze, die man beim Fressen gestört hat.
Die Pistole.
Zwei Männer, ein Gedanke.
Als ich mich zur Seite drehe, um die Pistole zu holen, springt er mir mit ausgestrecktem Bein entgegen. Die Wucht des Stoßes befördert mich gegen den Schreibtisch.
Während ich mein Gleichgewicht wiedererlange, zieht er ein Butterflymesser aus dem Nichts. Er verlagert das Gewicht und ich habe das unangenehme Gefühl, dass er Übung in solchen Situationen hat. Mit einem Ausfallschritt ist er fast an mir dran, schlägt mit der linken Hand eine Finte und stößt mit der rechten auf Bauchhöhe zu.
Meine Reflexe retten mich, ich springe gerade noch zurück und spüre, wie die Klinge meinen Pullover zerschneidet und die Bauchdecke leicht anritzt. Dummerweise stehe ich jetzt bereits an der Wand und habe kaum noch Raum zum Ausweichen. Die Pistole liegt halb links von mir auf dem Boden und ich blicke ebenso wie er immer wieder dahin. Wer sich allerdings bückt, gerät für einen Moment in eine nachteilige Position und der Typ vor mir hat sich wohl entschlossen, mich mit dem Messer fertigzumachen.
Ich kann seinen Attacken dank meiner Reflexe ausweichen. Reflexe sind sehr nützlich in puncto Abwehr, aber sie bringen wenig beim Angriff. Und der Scheißkerl vor mir hat's drauf, leider. Mir gelingen keinerlei Griffe, dafür ist er einfach zu schnell. Und wenn ich selbst einen Treffer lande, steckt er ihn mühelos weg. Ein Jab, zwei Auf-

wärtshaken, ein Cross hinterher, er kassiert oder pariert, ohne mit der Wimper zu zucken.
Dann kippt er leicht nach hinten und versucht, mich mit einem Kick in Kopfhöhe zu treffen.
Wieder weiche ich aus, aber schon sticht das Messer Richtung Bauch und ich bekomme gerade noch die linke Hand dazwischen, in die sich das Messer bohrt.
Der Schmerz kommt unerwartet und scharf, nimmt mir für einen Moment die Sicht, was er für die nächste Attacke nutzt. Ich greife ein Buch vom Schreibtisch und bringe es zwischen mich und das Messer. Dale Carnegies »Sorge dich nicht, lebe!« leistet mir Hilfe. Der Typ gegenüber vergießt kaum einen Schweißtropfen und wenn ich mir nicht schnell was einfallen lasse, ende ich erstochen in dieser Wohnung.
Warum habe ich Idiot meinen Colt im Wagen gelassen?
Ich versuche noch einmal, in den Angriff überzugehen, schwinge mit dem Buch nach seinem Kopf, was ihn immerhin einen halben Schritt zurücktreten lässt. Allerdings kommt er dadurch auch der Pistole näher. Der Versuch, in seine Eier zu treten, misslingt, er pariert meine Tritte mit dem Arm, ebenso die Schwinger mit dem Buch. Ich erhöhe das Tempo, kicke und schlage, gebe alles, was ich habe, werfe das Buch gegen seinen Kopf, trete simultan zu, versuche, seine Kehle mit der Handkante zu treffen. Mit aller Kraft und Koordination halte ich ihn in der Defensive und spüre, wie verdammt gut ausgebildet der Typ ist.
Beim Kampf dreht er den Kopf und am Hals erkenne ich eine tätowierte Fledermaus vor einem Fadenkreuz. Was ist das für ein beknacktes Symbol?
Eine Frage, die mich einen Scheiß weiterbringt, höchstens einen Schritt näher ans eigene Grab. Das Blatt wendet sich langsam, aber eindeutig zu seinen Gunsten. Mir geht die Kraft aus. Er kämpft sich gegen mich voran, drängt mich wieder Richtung Wand, als ich die Schere auf dem Schreibtisch erblicke. Ich sehe einen Moment zu lange hin und schon versenkt er das Messer in meiner Schulter.
Der Stoß hat seine Bewegung gestoppt, er will das Messer wieder herausziehen. In diesem Moment schnappe ich die Schere und jage sie ihm seitlich in den Hals.

Er schreit etwas auf Russisch, taumelt zurück, zieht die Schere raus und lässt sie auf den Boden fallen. Ich hatte auf eine Arterie gehofft, aber aus seinem Hals entweicht kein pulsierender, roter Strahl. Doch immerhin quillt Blut zwischen seinen Fingern durch. Ich hole das Messer aus meiner Schulter und schreie dabei. Er flucht auf Russisch, geht zwei Schritte zurück und lässt sich blitzartig fallen. Mann, gib auf, oder willst du uns beide umbringen?
Seine rechte Hand noch immer auf die blutende Wunde gepresst, dreht er sich im Liegen um und hält plötzlich die Knarre in der Hand. Die Mündung zeigt auf mich.
»Hallo? Ist jemand zuhause? Könnten Sie ein Päckchen für Herrn Weiser annehmen?«
Hatte ich die Tür aufgelassen?
Das Klopfen an der Tür und die Stimme des Paketboten haben meinen Gegner ebenso irritiert wie mich. Ich reagiere eine Zehntelsekunde früher als er und springe nach rechts in den Flur. Hinter mir höre ich das Geräusch einer entkorkten Sektflasche und splitterndes Holz. Mit dem Messer in meiner blutenden Hand haste ich zur Wohnungstür und trete einem UPS-Boten mit entsetztem Gesichtsausdruck gegenüber. Ein Bettlaken könnte nicht weißer sein als sein Gesicht. Er hebt die Hände, als wolle ich ihn ausrauben. Ich beschwichtige ihn, während ich über meine Schulter nach hinten blicke.
»Kleiner Unfall.«
Er macht sich über den Hausflur davon. Das sollte ich besser auch tun.
Hinter mir höre ich eine Tür gegen den Rahmen knallen. Die Balkontür? Der Verstand rät mir, abzuhauen. Mein Adrenalin antwortet: Schnauze, ihm nach! Ich schleiche mich an der Wand entlang zum Wohnzimmer und spähe so vorsichtig wie möglich hinein.
Von dem Typen ist nichts mehr zu sehen. Blutstropfen ziehen sich vom Ort des Kampfes auf den Balkon. Ich betrete den Balkon und sehe den Typen über den Parkplatz rennen. Wie hat er die zwei Stockwerke nach unten geschafft? Er steigt in einen alten S-Klasse Mercedes auf der Beifahrerseite ein, dann fährt der Wagen mit quietschenden Reifen davon.
Ich gehe zurück ins Wohnzimmer. Nachdem sich das Adrenalin wieder in seine Höhlen zurückgezogen hat, übernehmen die Schmerzen

die Führung. Ich würde mich gern auf den Boden legen und ein bisschen vor mich hinstöhnen. Das geht aber nicht, denn meine Hand blutet den Teppich voll. Ich sinke auf die Knie und übergebe mich auf ein paar Familienfotos am Boden, was sich mit dem vergossenen Blut auf unappetitliche Weise vermischt. Die Schulter schmerzt höllisch und blutet ebenfalls, allerdings nicht so stark wie meine Hand. Ich denke an den UPS-Boten.

Guter Mann. Guter, guter, guter Mann.

Bevor ich einen klaren Gedanken fassen kann, muss ich meine Hand versorgen. Im Bad finde ich Pflaster und Mullbinden und verarzte mich notdürftig. Die gute Nachricht: Wenn alles normal läuft, verwandle ich mich in wenigen Stunden und bis morgen früh sind die Wunden verheilt. Bis dahin muss ich die Zähne zusammenbeißen.

Ich gehe in die Küche und suche nach Alkoholika. Kein Wodka, Whisky oder Ähnliches im Angebot, verdammter Mist. Nur Pflaumenwein. Egal. Da ich nur eine Hand zur Verfügung habe und angesichts der Tatsache, gerade fast draufgegangen zu sein, verzichte ich auf Etikette und schlage der Flasche am Becken den Kopf ab.

Ich trinke direkt aus dem kaputten Flaschenhals. Hab's mir verdient, oder nicht?

Was hat der Russe gesucht?

Ich gehe ins Schlafzimmer, dem einzigen Raum, den ich noch nicht gesehen habe. Das kleine Zimmer wird von dem Futon und dem Kleiderschrank fast ausgefüllt. An den Wänden hängen asiatische Ölgemälde, ansonsten wirkt alles aufgeräumt, selbst das Bett ist gemacht.

Das bringt mich erneut auf den Gedanken, mich auszuruhen. Ich setze mich aufs Bett. Schlafen wäre jetzt schön. Einfach hinlegen. Aber wenn ich jetzt auf die Matratze kippe und der Typ zurückkommt? Mit Mühe erhebe ich mich wieder.

In der Küche inspiziere ich den halb gefüllten Kühlschrank. Milch und Joghurt weisen ein noch nicht abgelaufenes Verfallsdatum auf. Das spricht dafür, dass Lan entweder noch hier wohnt oder erst vor Kurzem verschwunden ist.

Eines steht fest: Hinter der Sache steckt mehr als nur ein Mädel auf Abwegen. Die Mad Dogs bei Thang, die Russen hier, das kann kein Zufall sein.

Ich gehe wieder ins Wohnzimmer und schaue mir genauer an, was auf dem Boden liegt. Zeugnisse, Schriftwechsel mit der Krankenkasse, Bewerbungsfotos, mein Erbrochenes.
Ich richte mich wieder auf und sehe mich um. Denk nach! Es fällt mir schwer, mich mit der stechenden Schulter und der blutenden Hand zu konzentrieren.
Wo würde man wohl etwas verstecken? Im Schlafzimmerschrank? In einem Schließfach?
Mein Blick fällt auf den PC.
Ich boote den Rechner, der mir nach etwa einer Minute ein Fenster präsentiert, das um die Eingabe eines Passworts bittet. Großartig.
Da hilft nur Ole.
Aber nicht jetzt. Mehr als drei zusammenhängende Sätze schaffe ich nicht. Ich stöpsle alle Kabel vom Computer ab und klemme mir das Gehäuse unter die gesunde Schulter.
Und ich sollte rasch nach Tempelhof, wie ich bei einem Blick auf die Uhr feststelle.

Tag 2, Mittwoch, 16.30 Uhr

Kurt Cobain singt mit »Lithium« von seiner Drogensucht, als ich auf die linke Spur der Stadtautobahn ziehe und die Ausfahrt Alboinstraße passiere, an der sich die Ikea-Käufer in der typischen Besetzung stauen. Der schlecht gelaunte Mann am Steuer, der lieber in Ruhe sein Feierabendbier genießen würde, und die frohlockende Frau daneben, die sich auf drei Stunden im Möbelhaus freut.
Im Moment würde ich gerne mit den Männern tauschen, wenn ich mir überlege, wie mein Abend verlaufen wird. Aber zuvor muss ich noch etwas anderes erledigen und rufe Thang an. Keine leichte Übung während des Fahrens mit einer ramponierten Hand. Der Wagen schlingert von der Spur und knallt fast gegen einen Minivan.
Ich berichte Thang vom Zustand der Wohnung seiner Schwester und spüre, wie das seine Angst verstärkt. Von den Russen erzähle ich nichts. Mir ist nicht zum Reden zumute. Er fragt nach, ob alles in Ordnung sei, was wohl daran liegt, dass ich jeden Satz mühsam he-

rauspresse. Ich erfinde Magenschmerzen und so beiläufig wie möglich biete ich ihm an, heute bei mir zu übernachten.
»Mein Lieber! Das meinst du nicht ernst!«, höre ich ihn sagen.
»Doch. Ich bin heute Nacht sowieso nicht da, du kannst dich also breit machen.«
Es trompetet. Schneuzt er sich vor Rührung die Nase?
»Das ist so lovely von dir. Supernett! Ich hätte wirklich nicht gewusst, wohin. Bin ich sicher dort? Meinst du?«
Ich beruhige ihn damit, dass bisher niemand aus dem Umfeld seiner Schwester meinen Namen und damit meine Adresse kennt. Anschließend erzähle ich ihm vom Schlüssel unter meiner Fußmatte und ermahne ihn dringend, auf seinen Hund mit dem Reizdarm zu achten. Wenn ich morgen früh merke, dass da irgendwas aus dem Hund rauskam, was nicht in meine Wohnung gehört, fliegen beide gleich wieder raus.
Thang verspricht mir hoch und heilig, auf Karl aufzupassen, überschüttet mich mit Freundlichkeiten, bis ich mich fühle wie Nelson Mandela und schließlich auflege.
Vor mir zeigt sich bereits der überwältigende Bau des ehemaligen Flughafens Tempelhof. Ich biege rechts ein, parke den Mustang in Sichtweite des Denkmals zur Luftbrücke und laufe mit dem Kicker in der gesunden Hand Richtung Neukölln zu den alten Lagerhallen.

Ich weiß gar nicht mehr, wer von uns beiden zuerst auf die Idee mit dem Keller kam. An einem launigen, feuchten Abend in der Victoria Bar hatten wir beschlossen, dass ich die Vollmondnächte in einer gesicherten Umgebung verbringen sollte. Zu meinem Schutz und dem der restlichen Berliner Bevölkerung. Pierre kennt den Verwalter des Areals in Tempelhof, wir erzählten ihm etwas von SM-Partys und ein paar Scheine später waren wir Mieter eines Kellerraums in einem abgelegenen, ehemaligen Lager.
Den Raum rüsteten wir mit dem schwersten Gerät, das wir auftreiben konnten, um: Ein Bohrhammer für die harte Betonwand, schwere Ketten, die wir uns von einer Baufirma in Moabit besorgten, stählerne Beschläge für die Wand- und Bodenhalterungen, Spezialdübel und gehärtete Stahlschrauben. Jegliches Metall wurde in einer Schmiede in Pankow mit einer dicken Silberschicht überzogen, was

für die Fesselung eines Lupus ausreicht, da hier der äußere Kontakt entscheidend ist. Um einen Lupus auszuschalten, muss das Silber in den Körper gelangen, wozu man massives Material benötigt. Für den Kerker brauchten wir das nicht.

Pierre wartet vor der Halle und bemerkt erst den blutgetränkten Verband über der rechten Hand, dann den dunkelroten Fleck in Schulterhöhe auf dem Hemd.
»Scheiße, Gero, was ist denn mit dir passiert?«
»Ein Kampf. Russischer Killer. Glaube ich.«
Ich würde ihm gerne mehr erzählen, aber meine Zunge macht schlapp.
»Ja, nee, is klar. Was kommt als Nächstes? Stress mit Außerirdischen? Mach doch zur Abwechslung mal was Normales!«
Er schaut sich die Hand an.
»Brauchst du keinen Arzt? Ist 'ne scheiß tiefe Wunde. Wenn sich das entzündet. Vielleicht ist auch die Sehne durch. Und was hast du an der Schulter? Der Blutfleck sieht fies aus.«
»Arzt? Vergiss es … Schau mal. Die Sonne … Will nur schlafen. Morgen ist alles … wieder heil.«
»Coole Sache, dieses Wundheilungsdings. Du lässt mich morgen Abend aber nicht hängen?«
»Nein, Dude.« Mir knicken die Beine weg, ich gehe auf die Knie. Der Schmerz in der Schulter schlägt mir auf die Konstitution. Schlaf wäre ein guter Plan. Pierre stützt mich und wir betreten den Keller.
»Alter, mach dich nicht so schwer!«, stöhnt er.
An der letzten Tür links gibt Pierre die Kombination in das Schloss ein und wir betreten den »Kerker«. Der Raum ist etwa vier mal sechs Meter groß, kahl und besteht an den Wänden und Böden aus Beton. Eine verschlissene Matratze verziert als einziges Möbelstück den Raum. Sie liegt an einer Schmalseite auf dem Boden, in der sich vier Halterungen mit silbernen Ketten befinden, die in Handschellen und Fußfesseln enden.
Ich setze mich auf die Matratze und Pierre beginnt mit der Prozedur, die er inzwischen schon mehrere Dutzend Mal absolviert hat. Entsprechend routiniert und wortlos hilft er mir dabei, die Arme zu heben, um sie etwa in Kopfhöhe an den Handschellen zu befestigen.

Danach kommen die Fußfesseln dran.
»Welche Seite aus dem Kicker soll's denn sein?«
Ich bitte ihn um die Doppelseite mit den Tabellen. Da ich die Seiten später nicht umblättern kann, suche ich mir immer einen Abschnitt aus, der möglichst viele Informationen enthält.
Pierre stellt eine Lampe mit Batteriebeleuchtung neben den Kicker. Dann schnappt er sich ein quadratisches Teil aus Holz und klemmt es in das kleine Kellerfenster. Das zielt weniger darauf ab, mir die Sicht zu nehmen, als die Geräusche einzudämmen, die ein Lupus erzeugt.
»Morgen früh um acht«, teilt mir Pierre mit.
»Klar, Dude. Danke.«
»Kein Ding. Und du brauchst wirklich keinen Arzt? Wenigstens Medizin?«
Ich schüttle den Kopf.
»Dann rausche ich mal ab. Ach ja, ich bin ein Glückskind. Demnächst lerne ich Sugar Daddy kennen. Den Paps von Tatjana. Was sagst du?«
Ich recke mühsam den Daumen meiner gesunden Hand nach oben.
Er grinst.
»Warst schon gesprächiger. Bis morgen früh, Digga.«
»Früh …«, antworte ich.
Weg ist er.
Wie immer hoffe ich, dass er den Abend gut und gesund übersteht, um mich morgen früh loszueisen.
Das Bedauernswerteste an dieser Situation ist nicht die triste Umgebung, sondern der Mangel an Licht. Wie gern würde ich den Nachthimmel durch das Kellerfenster sehen.
Mit schweren Augen studiere ich die Tabellen im Kicker und erkenne an den Zahlen die typische Heimschwäche der Hertha.
Drei Heimniederlagen in nur acht Begegnungen.
Drei Heim… was?
Ich habe bereits vergessen, was ich gerade gelesen habe.
Fußball. Hertha? Hertha wer?
Ich sehe wieder auf die Seite. Sie erscheint mir jetzt in grauer Farbe.
Meine Schulter schmerzt nicht mehr. Yeah!
Denn eine Million Ameisen beginnen, mich von innen aufzufressen.
Da vergesse ich den Stich in der Schulter.

Es gelingt den kleinen Biestern aber nicht, mich zu verspeisen. Meine Knochen sind schneller! Sie wachsen um die Wette.
Ich höre meinen Schrei, als käme er von einem Fremden.

Rot. Alles rot.
Zeit für Jagd. Lupus stark.
Will raus! In Nacht!
Aber …
Fesseln. Fesseln! Lupus hasst Fesseln!
Muss versuchen. Ziehe. Stärker. Hab Muskeln. Mehr als Mensch.
Ziehe. Spanne an. Reiße! Rei… Reiße!
Nichts.
Schmerz dabei. Wenn ich ziehe.
Schmerz!
Schlimmer Schmerz! Durch Silber.
Silber.
Tod.
Silber. Tod.
Warum? Pierre? Mich fesseln? Du willst … Freund sein?
Niemals!
Sei froh. Dass … du … weg bist.
Bist kein Freund! Werde dich … ja! Dir weh tun.
…
Lupus hasst Fesseln. Weißt du doch!
Freund fesselt nicht. Mann!
Reiße. Nichts. Reiße!
Nichts!
Kein Mond hier.
Er ist draußen. Ich fühle. Mond. Brauche Mondlicht.
Will jagen. Durch Berlin. Über Dächer.
Weil. Wütend! Wütend. Auf alle. Auch dich. Pierre.
Fesselst mich!
Gefängnis.
Schlimmstes für Lupus.
Gefängnis. Wenn Mond scheint.
Lupus will laufen. Springen. Jagen.
Ich hasse dich!

Pierre. Sei froh. Du draußen. Ich drin.

...

Kein Mond hier!

...

Sei froh.

Tag 3, Donnerstag, 9.30 Uhr

Der Morgen danach gehört zu den Momenten, in denen ich nicht dieses großartige Gefühl eigener Kraft verspüre, das mit dem Dasein als Lupus einhergeht. Schneller, stärker und besser zu sein als der Rest da draußen.

Pierre kam nicht um acht, wie versprochen, sondern eine Stunde später. Er ist nie pünktlich. Er ist der Dude.

Egal, wie schlecht es mir geht, Auto fahren kann ich immer. Der Mustang und ich: Eine biomechanische Einheit. Ich bringe Pierre nach Steglitz und fahre anschließend zu meiner Wohnung. Mit jedem Meter Straße steigt mein Kaffeedurst. Heiße Koffeinbrühe und eine Dusche, yeah!

Als ich meine Wohnung aufschließe, empfängt mich ein hechelnder Mops. Er sieht unglücklich aus, läuft vor und zurück, vor und zurück. Und wieder vor und wieder zurück. Okay, Kleiner, was ist dein Problem?

Mein im Auto ausgetüftelter Plan bestand darin, die Kaffeemaschine anzuwerfen, die zerschlissenen Klamotten in den Müll zu befördern, zu duschen und mich zehn Minuten später mit dem frischen Kaffee aufs Sofa zu legen und die nächsten Stunden durch die Sportkanäle zu zappen. Kein besonders origineller Plan, da ich die meisten Vormittage nach einer Verwandlung genau so verbringe, aber warum mit bewährten Gewohnheiten brechen?

Für einen Moment beschleicht mich das Gefühl, in der falschen Wohnung gelandet zu sein. In der Küche stapelt sich kein Geschirr, im Bad hängen die Handtücher ordentlich über der Heizung, im Wohnzimmer befinden sich zwei Dutzend Teelichter auf meinem Tisch, ein Hundekörbchen in der Ecke und tonnenweise Kissen auf dem Sofa, das sich unter einer dunkelroten Überwurfdecke versteckt. Die DVDs stapeln sich in Reih und Glied neben dem Fernseher, die Bücher haben sich vorschriftsgemäß ins Regal zurückgezogen, die Wasser-, Bier- und Orangenflecken auf dem Tisch haben sich in Luft aufgelöst. In der Mitte der in Herzform aufgestellten Teelichter liegt ein Stück Papier, das ich mir ansehe. Ein Brief von Thang, mit dem er sich dafür bedankt, hier wohnen zu dürfen. Als kleines Dankeschön hätte er etwas aufgeräumt, ein paar Kleinigkeiten eingekauft und den Kühlschrank gefüllt. Ich solle mich nicht wundern, wenn Karlchen immer vor und zurück laufe, das sei ein untrügliches Anzeichen für einen vollen Darm und eine noch vollere Blase und ich möge doch so gut sein … großartig!

Fünf Minuten später lasse ich Karl unter die Hochbahn scheißen. Ich tue das nicht gerne, aber mein Wunsch nach Kaffee und Dusche siegen über meine soziale Ader als Mitbürger dieses Kiezes. Außerdem habe ich eine kalte Nacht in Silberfesseln hinter mir und keine Lust, einen Baum zu suchen.

Um elf liege ich auf dem Sofa und futtere Chicken Wings, die ich zu meiner Freude im Kühlschrank vorgefunden habe, den ich noch nie so prall gefüllt mit leckeren Lebensmitteln gesehen habe. Karl schaut gemeinsam mit mir die Höhepunkte der Fußballweltmeisterschaften der letzten dreißig Jahre.

Ein Morgen, wie aus dem Bilderbuch. Nach den letzten beiden Tagen mit der Aktion in der Lotosblüte und dem Kampf in Lans Wohnung wünsche ich mir für heute nichts Aufregendes. Einfach abhängen. Nichts tun. Die Tapete bewundern. Am Abend werde ich mit Pierre nach Zehlendorf fahren und bis dahin gönne ich mir entspannte Fernsehstunden auf dem Sofa, Snacks bis der Arzt kommt und ein kleines Nickerchen, um mich von den Strapazen der Fußballübertragungen zu erholen. Maradonas Handspiel im Match gegen die Engländer. Schumachers Abräumer gegen Battiston. Der Elfer von Andy Brehme im Finale gegen Argentinien. Alles schon zigmal gesehen und nie wird es langweilig.

Ich bewerfe Karl mit Chicken-Wing-Resten, die er zu fangen versucht. Es gelingt ihm kein einziges Mal und ich frage mich, ob es daran liegt, dass er ein Mops ist. Möglicherweise ist er nur ungeschickt, selbst für einen Mops. Oder etwas beschränkt.

Das Halbfinale gegen Südkorea. Michael Ballack opfert sich für die Mannschaft, verhindert das Tor des Gegners, kassiert eine gelbe Karte und wird für das Finale gesperrt. Eine Tragödie. Ich hole mir ein Bier aus dem Kühlschrank und trinke auf diesen großen Sportsmann.
Karl atmet laut durch die Nase. Man könnte es auch so beschreiben, dass er bei vollem Bewusstsein schnarcht. Ich klopfe mit der flachen Hand auf das Sofa.
»Komm hoch, Kleiner. Du musst nicht auf der Reservebank versauern.«
Fünf Sekunden später sitzt er auf meinen Füßen, furzt warm und blickt mich glücklich an.
Als die letzte Weltmeisterschaft an die Reihe kommt, senken sich meine Augenlider bereits bedrohlich. Auch Karl sieht die Zeit für ein Mittagsschläfchen gekommen und robbt sich langsam nach oben zu mir. Ich lege einen Arm auf seinen Rücken und hoffe, dass mich niemand jemals so sehen wird.
Noch ein letzter Furz von Karl, dem Fashion King, dann setzt Stille ein.
Wie immer schlafe ich in Nullkommanichts ein, was ich allerdings nicht lange genießen kann. Das Klingeln meines Handys reißt mich aus der Schwärze.
»Ja?«, krächze ich ins Telefon und frage mich, wem die mir unbekannte Nummer gehört.
»Hauptkommissarin Börner, Abschnitt 53. Tach! Spreche ich mit Gerolf von Sarnau?«
»Ja«, antworte ich mit steigendem Puls. Die Sache in der Lotosblüte ist also aufgeflogen. Aber warum rufen die vorher an und kommen nicht mit einem verdammten SWAT-Team durch die Tür? Dient das Telefonat als Ablenkungsmanöver, bis mich der Rotpunktlaser erfasst und mir die Knarre des Scharfschützen die Schädeldecke wegpustet?
»Ich habe ihre Adresse und die Telefonnummer durch eine Halterfeststellung ermittelt, Herr von Sarnau. Vermissen Sie Ihren Wagen gar nicht?«
»Kleinen Moment.« Ich gehe ans Fenster und blicke auf die gegenüberliegende Seite, wo ich den Mustang vorhin abgestellt habe.
Und wo er nicht mehr steht. Das ist die schlechte Nachricht. Die gute ist die Abwesenheit schwer bewaffneter Bullen.

»Der ist weg! Vorhin stand er noch da. Ist er geklaut worden?«
»Nun, Diebstahl beschreibt den Vorgang nicht ganz exakt, Herr von Sarnau …«
Im Timbre ihrer Stimme schwingt Sexappeal, aber dieses Herr-von-Sarnau-Gerede geht mir auf die Eier.
»… ich würde es begrüßen, wenn Sie hier erscheinen. Am Görlitzer Bahnhof, und machen Sie hinne, ich bin in Eile! Per Luftlinie sind das nicht mehr als vierhundert Meter. Wir klären das Nötigste und Sie können ihn dann erst einmal mitnehmen.«
»Mitnehmen? Meinen Wagen? Klar.«
»Und ihren Sohn.«

Tag 3, Donnerstag, 14.00 Uhr

Auf zwei Schritte von mir kommen etwa fünfundzwanzig von Karl, den ich an der straff gespannten Leine hinter mir herzerre. Neugier und Wut treiben mich gleichermaßen an. Wer sich an meinem Wagen vergreift, spielt mit seiner Gesundheit.
Karl blickt anklagend nach oben und würde wohl lieber auf der Couch liegen, furzen und fernsehen.
»Nicht nur du«, knurre ich.
Kurz vor dem Görlitzer Bahnhof sehe ich meinen Mustang unter der Hochbahn stehen. Er parkt neben einem schwarzen VW Transporter, dessen Schiebetür offen steht. Im Innern sitzen sich Sammy und eine Frau an einem kleinen Tisch gegenüber. Sammy hält drei Karten in der Hand, zockt das Hütchenspiel mit der Frau. Sie dreht eine Karte um, Sammy lacht kopfschüttelnd, dreht dabei den Kopf und erkennt mich. Er springt auf, verlässt den Transporter, rennt mir entgegen und umarmt mich, als käme ich von einem zweijährigen Forschungsaufenthalt am Amazonas zurück.
»Papa!«
»Äh … Sammy …«, stammle ich überrascht, während die Frau ebenfalls den Transporter verlässt und sich mit einem Stück Papier in der Hand zu uns gesellt. Karl wuselt um uns herum, verheddert dabei mehrfach die Leine.

»Sammy?«, fragt sie. »Ihr Sohn hat sich mir als Elvis vorgestellt.«
Ich blicke ihn an. Er sieht mir so treuherzig in die Augen wie ein Beagle, der zum Tierversuch ins Labor muss und den Weißkittel überreden möchte, es sich doch noch einmal zu überlegen. Was ist das nur für eine Nummer? Aber das kläre ich später mit ihm.
»Mein Sohn?«, beende ich meine Gedanken und fahre fort. »Ja, mein Sohn! Ein großer Fan des King. Wie ich! Ist aber nur sein Spitzname. Eigentlich heißt er Sammy. Kommt von Samuel.«
»Samuel«, wiederholt sie misstrauisch.
»Samuel. Der aus der Bibel. Wir waren eine sehr religiöse Familie.«
»Boah, ja! Und das viele Beten erst! Jeden Tag. Morgens. Mittags. Abends«, ergänzt Sammy.
»Wo liegt denn genau das Problem, Frau Kommissar?«, frage ich und sehe mir mein Gegenüber genauer an.
Um die dreißig, fast einen Kopf kleiner als ich, offensichtlich eine Polizistin, wie der Pistolenhalfter am Gürtel verrät, und sie trägt den typisch sportlichen Look von Zivilstreifen mit Sportschuhen, Jeans und Pullover. Links und rechts umrahmen zwei Zöpfe ihr oval geschnittenes Gesicht, das von zwei grünen Augen dominiert wird. Wenn sie spricht, zeigt sich eine recht große Lücke zwischen den Schneidezähnen und man hört unverkennbar eine Berliner Klangfarbe. Beides finde ich ungemein sexy.
»Jacqueline Brönner«, antwortet sie, ohne mir die Hand zum Gruß zu reichen, was ich bedaure. Sie sieht mir streng in die Augen.
»Sie wollen mich auf den Arm nehmen, wa? Wo das Problem liegt? Ich helfe Ihnen auf die Sprünge. Was stimmt an dieser Kombination nicht? Was glauben Sie denn?«
Mit der rechten Hand zeigt sie auf Sammy, mit der linken auf den Mustang.
»Dass er seinen Führerschein zuhause vergessen hat?«, lächle ich sie an.
»Wahnsinnig witzig, ich lache nach Feierabend. Ihr Sohn ist zwar noch nicht strafmündig, mit …«
Sie blickt auf den Zettel.
»… wie alt ist er nochmal?«
»Zehn«, antworte ich.
»Elf«, antwortet Sammy synchron.

»Vorgestern geworden«, ergänze ich. »Ich habe mich an die Umstellung noch gar nicht gewöhnt. Irgendwie hing ich an der Zehn.«
Ein Lächeln umspielt ihre Mundwinkel, dabei bilden sich zwei Grübchen an ihren Wangen. Hinreißend! Dann bemerke ich, dass ein Zigarettenpäckchen aus Sammys Hosentasche herauslugt und stupse ihn an. Er schiebt die Packung wieder nach unten.
»Ich kann das nicht auf sich beruhen lassen, strafunmündig oder nicht. Stellen Sie sich vor, Ihr Sohn hätte einen Unfall verursacht. Da hätten wir nicht mehr über die Zehn gelacht, wa? Auf Sie kommt möglicherweise noch ein Verfahren wegen Verletzung der Aufsichtspflicht zu. Dazu werden sich aber die Kollegen mit Ihnen in Verbindung setzen. Ich benötige mal Ihre Dokumente. Zur Halterfeststellung. Sie haben Führerschein und Fahrzeugschein dabei? Oder stecken die noch in der Bibel?«
Guter Return, denke ich grinsend. Obwohl sich mein Führerschein tatsächlich in der Jacke befindet, schüttle ich den Kopf. Mir fällt einfach nichts Besseres ein, um mit ihr in Kontakt zu bleiben.
Sie stöhnt und ich frage mich, ob ich das irgendwann mal in erfreulicherer Lautstärke hören werde. Direkt in mein Ohr. Sie blickt auf die Uhr, wirkt gehetzt.
»Ich muss dringend weg. Am besten kümmern sich die Kollegen von der Streife um den Rest.«
Ich setze meinen Muss-das-sein-Blick auf. Sie rollt mit den Augen, dann blickt sie auf Sammy und lächelt.
»Ist schon ein pfiffiger Junge. Den kann man gern haben. Besitzt der Kleene noch mehr Talente außer Karten spielen und Auto fahren?«, fragt sie mit einem Anflug amüsierter Neugier. Ich zucke die Schultern.
»Frage mich, wie der Zwerg das geschafft hat.«
Sie zeigt auf den Mustang, wieder mit diesem entspannten Zug um die Mundwinkel. Und den geilen Grübchen.
Ich blicke ins Innere, Karl schaut auch hinein, um mir zu assistieren. Auf dem Fahrersitz liegt eine zusammengeknüllte Wolldecke, die Sammy ausreichende Sicht über das Armaturenbrett ermöglicht. Auf die Pedale hat er Verpackungsteile aus Stryopor geschoben, um den Weg zu verkürzen.
»Sie haben ihm das Fahren aber nicht beigebracht, wa?«

»Schätze, das war die Playstation.«
»Schöner Wagen übrigens. 67er Mustang?«
»68er«, erwidere ich anerkennend.
Sammy fischt gelangweilt ein Handy aus seiner Hose und scrollt durch sein Adressbuch. Wie zum Teufel kommt er an ein Handy? Ohne Wohnsitz und Kohle?
Die Polizistin führt den weiteren Dienstweg aus, der mich nicht die Bohne interessiert, ganz im Gegensatz zu ihren grünen Augen. Als sie ihren Vortrag beendet hat, überreicht sie mir ihre Visitenkarte. Ich solle in den nächsten Tagen vorbeikommen. Sie hätte jetzt leider keine Zeit mehr, wäre schon viel zu spät dran, wofür auch immer. Wieder spricht sie von der Streife und erneut setze ich meinen zerknirschten Blick auf.
»Muss das wirklich sein?«
Sie antwortet nicht und kaut dafür etwas auf ihrer Lippe herum. Dann übergibt sie mir den konfiszierten Autoschlüssel und erteilt mir den Rat, künftig besser auf ihn aufzupassen. Sie reicht mir die Hand, die ich so lange drücke, bis sie sie zurückzieht.
Misses Greeneyes geht zu ihrem Transporter und zieht den eigenen Autoschlüssel aus ihrer Jeans. Dabei bemerke ich das Vereinswappen von Union Berlin an ihrem Schlüsselbund. Ich ziehe meinen Bund aus der Hose und zeige ihr mein Herthawappen.
»Hertha? Mein Beileid«, höre ich sie sagen und schon zaubert sie wieder die Grübchen auf die Wange.
Jacqueline Brönner. Klingt nach Osten. Passt zu Union.
Sie hat eine Pistole. Sie mag Fußball. Autos. Sie trägt Zöpfe.
Der Transporter steht noch unter der Hochbahn und blinkt, um auf die Skalitzer einzubiegen. Verdammt, gleich ist sie weg! Irgendwas muss mir einfallen. Ich laufe zum Wagen und klopfe an der Fahrerseite gegen die Scheibe. Sie lässt sie herunter.
»Hat Sammy Ihnen eigentlich was abgenommen beim Hütchenspiel? Ich komme dafür auf.«
Sie grinst breit und zeigt mir ihre sexy Zahnlücke. Dahinter schimmert ihre Zungenspitze.
»Der Kleene ist ’n Ausgeschlafener. Aber ich bin aus Marzahn. Noch Fragen?«
»Ja, eine noch.«

»Mensch, Herr … ich hab's eilig, wissen Sie doch! Also?«
Wie bekomme ich dich rum?
»Das Protokoll.«
»Welches Protokoll?«, fragt sie. Dann überlegt sie kurz, reißt ein kleines Stück Papier aus einem Stapel beschriebener Dokumente ab, die auf dem Beifahrersitz liegen, kritzelt schnell etwas darauf und gibt mir den Zettel.
Eine Handynummer, die mit einem großen »J« endet.
»Nicht verlieren«, lächelt sie, fährt das Fenster wieder hoch, biegt in die Skalitzer ein und braust Richtung Friedrichshain.
Ich bin verliebt!
Jacqueline Brönner. Wird bestimmt Jackie genannt. Merken!
Als sie außer Sichtweite gerät, gehe ich zu Sammy. Er grinst mich an, allerdings nur kurz, denn mit meiner rechten Hand verdrehe ich sein linkes Ohr. Er geht jaulend in die Knie. Karl sieht interessiert zu und trippelt um Sammy herum.
»Alter, aua. Aua, das tut scheiße weh. Alter, was soll das? Auauauau-aua!«
»Hast du noch alle Latten am Zaun? Was soll die Scheiße mit dem Wagen?«
»Ich … aua! Mann, das tut … weh! Auu.«
Sein Ohr gewinnt an dunkelroter Farbe. Ich drehe weiter. Er kneift die Augen zusammen.
»In der Tiefgarage hast du mir den Schlüssel zurückgegeben. Wo hast du diesen Schlüssel her?«
»Au, das, au … das ist … nachgemacht. Hab … nachmachen lassen. Au!«
»Gibt's sonst noch irgendwas, das du geklaut hast? Mir beichten willst?«
Das Ohr leuchtet in der Farbe eines Feuerwehrautos.
»Au, nein … aua! Du … Scheiße, das tut … aua. Das tut weh! Ich wollte nur … mit … Bella cruisen.«
Ich lasse ihn los. Er reibt sich das knorpelige, rote Ding an seinem Kopf.
»Voll brutal, Alter.«
Ich steige auf der Fahrerseite des Mustangs ein, Karl springt durch die noch offene Beifahrertür auf den Sitz, Sammy verscheucht ihn

nach hinten und nimmt neben mir Platz, reibt sich noch immer das Ohr.
»Ich hab Hunger. Papa!«
Wir grinsen um die Wette.
»Okay. Ich hab's dir versprochen und halte es auch. Morgen. Im Orient Eck. Hab nur jetzt 'ne Verabredung.«
»Du verscheißerst mich aber nicht?«
»Hast mein Wort, Sammy. Und jetzt will ich deins. Das mit dem Wagen machst du nie wieder.«
»Yo.«
Wir reichen uns die Hände.
Sammy blickt auf die Rückbank.
»Seit wann hast du einen Hund?«
Karl begrüßt Sammy mit einem Furz.

Tag 3, Donnerstag, 18.00 Uhr

»Schwarzenbeck und Beer?«, frage ich den Dude und zeige erst auf meinen, dann auf seinen grauen Arbeitskittel mit dem aufgedruckten Namen. Er biegt von der Bundesstraße in ein Wohngebiet mit freistehenden Bungalows ab. Zehlendorf. Unbekanntes Terrain.
»Erich Beer, Hertha Legende aus den Siebzigern, Katsche Schwarzenbeck, Adjutant des Kaisers und Mitglied der Weltmeisterelf von 1974, du fantasieloser Schmock!«
»Ich will nicht Erich Beer sein«, meckere ich.
»Boah, Alter. Erst passt dir der Wagen nicht. Jetzt die Namen. Sissy!«
»Erich Beer hat strunzlangweiligen Fußball gespielt. Und trug 'ne Platte obenrum. Sehe ich dem irgendwie ähnlich?«
»Geheimratsecken, Gero, Geheimratsecken. Die schälen sich schon aus deinem Skalp.«
Ich schaue mich im Spiegel der Sonnenblende an und zupfe an den Haaren herum. Der Dude lügt. Wobei ich mein eigenes Gesicht nicht besonders gut erkennen kann, was an den dicken Gläsern der Brille liegt, die mir der Dude besorgt hat. Fensterglas würde man erkennen, also erhielt ich einen echten Sehverstärker, den Pierre ir-

gendeinem Halbblinden abgeschwatzt hat. Ein Glasbaustein in einem Hausflur ist nichts gegen diese Brillengläser und auf die Nähe erkenne ich kaum etwas, ab drei Meter Entferung geht's dann. Wenn der Typ uns später bei der Polizei beschreibt, sollte ihm genau das Falsche einfallen. Bei mir wären das die besagte Monsterbrille und ein auffälliges Feuermal auf der Wange, für das der Dude richtige Schauspielschminke mitgebracht hat. Seine Verkleidung besteht aus einem Schnauzer und einer braun gelockten Perücke.
»Du siehst aus wie ein Schlagersänger fürs Altersheim«, brumme ich und fummle an der Inneneinrichtung des Wagens herum. Dass mir der Wagen nicht passt, stimmt. Wir haben beschlossen, auf den auffälligen Mustang zu verzichten, und sitzen jetzt in Tatjanas kleinem BMW, der mir vorkommt wie eine hart gefederte, rasende Sardinenbüchse. Allerdings passt er zu zwei Kfz-Mechanikern, die wir verkörpern und die angeblich aus einem Autohaus kommen, das tatsächlich existiert und in dem ein Verwandter Tatjanas arbeitet, der dem Dude einen wertvollen Tipp gegeben hat.
»Seit wann hast du einen Hund?« Pierre deutet mit dem Daumen auf die Rückbank zu Karl.
»Ist nicht meiner.«
»Und?«
»Gehört meinem Mitbewohner.«
»Mitbewohner? Der einen Mops hat? Geht da was vor, von dem ich nichts weiß? Haste den in der Disse kennengelernt?«
»Lustig. Das ist der Klient, von dem ich erzählt habe. Thang. «
Er gackert. Ich gebe ihm die Kurzfom der Geschehnisse inklusive der blutigen Details. Was andere fassungslos machen würde, entlockt dem Dude nur ein Kopfschütteln, dafür haben wir einfach schon zu viel zusammen erlebt. Dann rümpft er die Nase.
»Das Tier riecht.«
»Er hat einen Reizdarm. Mach halt das Fenster auf.«
Mit geöffneten Seitenscheiben fahren wir weiter. Ich schicke Thang eine SMS, dass ich bis zehn Uhr zuhause sein werde. Er hat mich seit heute Nachmittag stündlich angerufen, um nach Neuigkeiten von Lan zu fragen.
Pierre parkt den Wagen direkt vor einem Bungalow mit dunkelbrauner Verkleidung. Der steht inmitten eines großen Grundstücks, das

irgendein geschmackloser Wahnsinniger mit antiken Skulpturen vollgestellt hat. Die meisten davon in goldener Farbe.
Wir gehen durch das kleine, nicht verschlossene Tor bis zum Bungalow. Ich bleibe dicht hinter Pierre, fühle mich mit der Brille wie ein Schwerbehinderter. Aus dem Inneren höre ich Küchengeräusche. Meine Nase empfängt den Geruch gebratenen Fleisches, was meine Speichelproduktion in Gang setzt.
Wenige Sekunden nachdem Pierre die Klingel mit dem Namenszug »Panke« gedrückt hat, wird die Tür geöffnet. Ich gehe einen Meter zurück, damit meine Augen die Gestalt fokussieren können. Vor uns steht ein schätzungsweise sechzigjähriger Mann, der sich am ehesten als eine Kreuzung aus Bulldogge und Catcher beschreiben lässt. Er trägt eine blaue Stoffhose mit Hosenträgern und ein weißes Hemd mit hochgekrempelten Ärmeln. Aus diesen ragen zwei kräftige und tätowierte Unterarme heraus, die in zwei Hände so groß wie die Puffer eines Güterwaggons übergehen. Ein unbehaarter und halsloser Kopf komplettiert das Bild.
»Ja?«, bellt er.
Der Dude setzt ein Lächeln auf, das er mit Zerknirschung unterlegt.
»Herr Panke?«
»Bin ich. Und?«
»Herr Panke. Schön, Sie persönlich anzutreffen. Einen guten Abend wünschen wir. Schwarzenbeck und Beer vom Autohaus Bendig. Wir hatten Ihren Wagen in den letzten drei Tagen zur Inspektion und zum Austausch des Querlenkers.«
»Weiß ich. Und?«
Der Dude räuspert sich.
»Uns ist leider ein Malheur passiert.«
»Malheur?«
»Es ist uns sehr, sehr peinlich, Herr Panke. Aber offensichtlich wurden für die Montage nicht die vom Hersteller vorgesehenen Spezialschrauben benutzt. Im Regelfall bringt das eigentlich keine Nachteile mit sich, aber die höhere Abnutzung am Flansch könnte nach einigen tausend Kilometern zu erheblichen Inkompatibilitäten führen.«
»Am Flansch? Was reden Sie da, Mann?«, fragt die menschliche Bulldogge.

Der Dude lässt sich nicht beirren.
»Am Flansch! Leider. Wir sind untröstlich. Da hat einer unserer Azubis Mist gebaut.«
»Ihr lasst einen Azubi an meinen Hundertzwanzigtausend-Euro-Mercedes? Oder etwa den Blindfisch hier?«, deutet er auf das Brillenmonster vor ihm: mich.
»Nur, um das Material aus dem Lager zu holen. Jedenfalls, Herr Panke! Ihnen entstehen natürlich keinerlei Umstände. Wir nehmen ihren Wagen jetzt mit, reparieren das über Nacht, selbstverständlich auf unsere Kosten! Und morgen früh stellen wir Ihnen den Mercedes blitzblank und wie neu wieder vor die Tür. Den Schlüssel werfen wir in den Briefkasten. Wie klingt das für Sie?«, strahlt Pierre, als hätte er eben einen Sechser im Lotto verkündet.
Im Flur hinter Bulldogge Panke läuft offensichtlich seine Gemahlin vorbei. Mit einer Küchenschürze bekleidet trägt die zierliche, kleine Frau einen gewaltigen Schweinebraten von einem Zimmer ins andere und bleibt kurz stehen, als sie uns sieht.
»Ede, mein Schatz. Sei nicht so unhöflich. Da kommen die jungen Männer extra vorbei, müssen Ihren Feierabend nach hinten schieben und du lässt sie draußen an der Tür stehen. Was ist denn das für eine Art?«
»Soll ich die beiden Vögel reinbitten, oder was?«, fragt er nach hinten.
»Ja! Warum denn nicht? Ich habe viel zu viel gekocht. Eine kleine Stärkung vor ihrer Nachtschicht kann nicht schaden. Du weißt doch, wie das ist.«
»Ihr habt's gehört«, brummt er und tritt einen halben Schritt zur Seite. Pierre und ich blicken uns an. Geplant war eine Hit-and-Run-Mission. Rein und wieder raus mit einem Mercedes. Aber der Duft des Schweinebratens schwächt unsere Abwehrkräfte. Wir zucken die Schultern und quetschen uns an Ede vorbei. Er mustert uns misstrauisch. Ich spüre den Atem eines schlecht gelaunten Grizzlies.
Kurz darauf sitzen wir an einem Eichentisch in einem großen Wohnzimmer und genießen den Schweinebraten mit Klößen. Ich linse immer wieder unter dem Rand der Brille hindurch, um mit meiner Gabel ordentlich zu treffen. Leckerer Schweinebraten und ich kann ihn kaum erkennen! Frau Panke erzählt vergnügt, wie sehr es ihr in

Zehlendorf gefällt. Man sei hier vor wenigen Jahren hergezogen, weil die Baufirma ihres Mannes prosperiert. Sie sagt tatsächlich prosperiert und wirkt auf eine sympathische Art und Weise gebildet. Die Nachbarn würden sich noch etwas anstellen, weil hier alle Anwälte oder Ärzte seien, aber sie wäre optimistisch, dass Ede und sie bald Anschluss finden würden.

»Du erinnerst mich an einen Polier, den ich mal hatte«, wendet sich Ede Panke unvermittelt an mich.

»Ah ja? Ein netter Kerl?«

»Wieso nett?«, fragt er zurück.

»Nun, einfach so, ich, äh, warum, was war mit ihm?«

»Mein bester Mann. Vorarbeiter. Hatte auch so ein Ding im Gesicht wie du, so feuerrot. Fiel leider vom Dach. Mit dem Gesicht direkt rein in die Eisenträger.«

»Das hat ihm bestimmt den Tagesablauf verhagelt«, ergänzt Pierre und kaut an einem großen Stück Braten. Kann er nicht die Fresse halten?

»Das findest du witzig?«, knurrt Ede.

»Nein, 'tschuldigung. Das war nur – ein blöder Scherz.«

»Spaßvogel, wie?«

Wir schweigen. Ich erwarte ein paar Maulschellen von Ede, die aber ausbleiben. Er redet weiter.

»Die konnten noch schuften früher. Nicht wie heute. Wo alle rumjammern, Urlaub wollen, krank feiern und all so was.«

Wir pflichten nickend bei. Urlaub ist was für Weicheier und für Krankheiten haben wir keine Zeit! Keine Reaktion von Ede. Er blickt grimmig zur Decke, denkt an die goldenen Zeiten mit seinen ergebenen Sklaven auf dem Bau. Dann legt er Messer und Gabel zur Seite, lehnt sich zurück. Der Stuhl leidet ächzend.

»Oder die Autos. Scheiß Elektronik heute. Sagen auch die Mechaniker. Stimmt's?«, fragt er in die Runde.

»Ab-so-lut«, antwortet der Dude. »Wir beide sind ja Schrauber vom alten Schlag. Nichts Schöneres für uns, als bis zu den Ellenbogen im Getriebe zu versinken. Aber heutzutage, da gibt's nur noch wenig zu schrauben. Leider! In einem Fahrzeug wie Ihrem wird doch das meiste elektronisch geregelt. Von einem, äh, Steuergerät.«

»Steuergerät?«, fragt Ede nach. Der Dude nickt.

»Hab ich noch nie gehört. Was für eins ist denn in meinem Wagen?«

Statt einer Antwort beißt der Dude in einen Kloß. Nachdem er seinen Text aufgesagt hat, ist das Pulver verschossen. Der Dude hat von Autos so viel Ahnung wie ein Gaucho von Quantenmechanik. Er stößt mich mit dem Fuß. Ich übernehme.
»Bei Ihnen? Das ist eine neue Baureihe von, äh, Bosch. Ein AK-74 mit Flux Kompensator.«
Edes Augen verengen sich zu Schlitzen, dann blickt er auf meinen halb leergegessenen Teller. Das erste Mal entdecke ich etwas wie eine angenehme, menschliche Regung in seinem Gesicht.
»Iss, Junge.«
Das lasse ich mir nicht zweimal sagen. Wir spachteln wie zwei somalische Flüchtlinge und ich blicke dabei verstohlen auf Edes Hände. Selbst mit unscharfem Brillenblick erkenne ich die immense Größe seiner Pranken. Die passen sicher gut um unsere Hälse, falls er spitz kriegt, was wir vorhaben.
Der Dude stößt mit seinem Knie gegen meines. Ich blicke verstohlen zu ihm, er richtet den Blick auf Frau Panke. Keine Ahnung, was er will. Er stößt mich nochmal an und ich bemerke, wie er mit den Augen auf Frau Pankes Halskette deutet. Und ihr Armband. Ich kenne mich mit Schmuck nicht aus, der Dude dagegen schon.
Ich wage kaum, hinzusehen, da ich mich von Ede beobachtet fühle. Ob er nachgeholfen hat, als sein Vorarbeiter mit dem Gesicht in die Baustelle fiel?
Der Dude stößt mich wieder mit dem Knie, worauf ich ihn so unauffällig, aber auch so hart wie möglich gegens Schienbein trete.
Wir umschiffen alle Konversationsklippen und verlassen nach einer halben Stunde mit vollen Bäuchen das Haus.
»Rubine und Smaragde, Gero«, zischt mir Pierre leise zu, während wir zu den Autos gehen.
»Ich will nichts davon hören.«
»Rubine. Smaragde«, flüstert er.
»Die waren nett zu uns. Reicht's nicht, dass wir Ihnen den Wagen klauen?«
Der Dude rollt die Augen, geht zum neuen S-Klasse-Mercedes, ich schließe den BMW auf. Pierre blickt zu mir und formt übertrieben deutlich zwei Worte mit seinem Mund, ohne sie auszusprechen: Rubine. Smaragde.

Wir durchfahren ein selbst für Neuköllner Verhältnisse ausgesprochen hässliches Viertel, das nicht weiß, ob es ein Gewerbegebiet sein oder einfach nur sterben möchte. Da ich meine Brille inzwischen abgenommen habe, erkenne ich wieder alles in gewohnter Schärfe. Wir passieren Baracken aus angerostetem Wellblech, ein altes Reifenlager und diverse Lagerhallen ohne Aufschrift. Schließlich hält der Dude vor einer Auffahrt mit einem verriegelten, großen Schiebetor aus Eisen. Rechts am Pfeiler begrüßt uns ein Schild mit dem Hinweis auf Import und Export von Gebrauchtwagen, der Name des Inhabers klingt russisch.
Ich warte auf der Straße, während Pierre direkt vor das verschlossene Tor fährt. Kurz darauf erscheint ein bulliger Typ mit Parka und tief ins Gesicht gezogener Wollmütze. Er zieht quietschend das rostige Schiebetor auf, Pierre rollt auf den Hof. Der Bullige schließt das Tor und schreitet zu einer Halle, wo sich die Prozedur wiederholt. Der Mercedes verschwindet im Dunkel der Halle, das Tor scheppert laut ins Schloss.
Ich zünde mir eine Camel an.
Nach zwanzig Minuten kommt Pierre aus der Halle zurück. Ich steige aus, gehe um den BMW herum und setze mich auf die Beifahrerseite. Der Dude nimmt Platz, dreht den Schlüssel.
»Die Kohle?«, frage ich ihn.
»Morgen«, antwortet er. »Mach dir keinen Kopp. Ich kenne die.«
»Ich kenne die nicht.«
»Wie ich schon sagte: Ich kenne die. Mach dich locker.«
»Die Dinger haben doch GPS?«, frage ich. »Und so ein Meldesystem gegen Diebstahl. Finden die Bullen den Wagen nicht in Nullkommanix?«
»Sauber mitgedacht, Gero. Aber weiß Ede schon, dass er gestohlen ist?«
Ich ziehe uns zwei Camel aus der Packung, er setzt nach.
»Das GPS läuft über eine Software. Und die Jungs, die den Wagen bekommen, hacken alles, was ihnen unter die Finger kommt. Die klemmen gerade eine Dockingstation an den Wagen und zack! Schon hat das Baby sein Gedächtnis verloren und weiß nicht mehr, wie es heißt und wo es steht.«
»Das funktioniert?«

»Wie's Brötchen schmieren. Wollen wir das gleich mal in der Victoria Bar begießen?«
»Schlecht. Thang fragt laufend nach. Wegen seiner Schwester. Da habe ich seit gestern nichts mehr gemacht. Muss nach Hause.«
»Ein Drink? Come on!«
Victoria Bar gegen Thang?
»Einer geht immer. Aber nimm den Schnauzer ab.«

Tag 3, Donnerstag, 21.45 Uhr

Vier New Yorker bevölkern meine Blutbahn. Aber was will man machen? Kaum betrete ich die Victoria Bar, schmiegt sich die Atmosphäre dieses Ladens wie die Stola einer Varietétänzerin um meinen Hals. Wer könnte hier bei nur einem Drink bleiben, ohne sich dabei wie ein elender Geizhals zu fühlen?
Mein Pony schlängelt sich geschmeidig durch Schöneberg, während der rote Schriftzug der Bar im Rückspiegel kleiner wird. Der Dude neben mir redet und redet, wie immer, wenn er zu viel gebechert hat. Ich dagegen quatsche nicht viel, sondern grinse ununterbrochen.
»Meister, das waren wieder mal die geilsten Tuna-Sandwiches der Welt«, begeistert sich der Dude zum x-ten Mal. Alte Labertasche.
»Kannst du einen drauf lassen!«, antworte ich.
Er gackert, ich knuffe ihn. Schließlich liefere ich ihn vor seiner Haustür ab. Er schält sich mit Mühe aus dem Sitz, rutscht aus und stößt sich das Knie am Bordstein.
»Immer auf die Kleinen«, stöhnt er.
»Pussy!«, rufe ich ihm nach. Er zeigt mir den Finger und wirft mir irgendwas nach. Ein Tempotaschentuch. Flattert zu Boden. Karl sieht dem Taschentuch nach, als wäre es ein Knochen. Karl ist ja immer noch im Auto! Guter Hund.

Thang wartet zuhause. Aber irgendwie ist mir gerade nicht nach einem schwulen Vietnamesen, sondern nach dem zartem Fleisch …
Karlchen blickt mich hechelnd an.
… einer Frau, Karlchen, einer Frau.

Von Thang ist der gedankliche Sprung zu Duyen nicht weit. Aber die arbeitet gerade bestimmt in der Lotosblüte.
Scheiße!
Ich sitze betrübt und alkoholisiert im Mustang, bis mir die rettende Idee kommt. Schließlich gab mir die Tussi, pardon, schöne Frau ihr Nümmerchen, wa? 'Ne Nummer für 'ne Nummer, ha ha! Ich bin der Geilste! Wenn ich getrunken habe auf jeden Fall!
Aber die ist Polizistin. Nachdenken, Gero. Wenn du jetzt dort anrufst und reinlallst, ob du kurz in ihr Bettchen darfst, wird das nüscht.
Nachdenken!
Das Gute an einem Lupus: ER ist dermaßen stark, dass sich alles körperlich Ungewöhnliche schnell wieder einpegelt. Das kann eine Wunde sein, die sich schließt. Oder auch ein Rausch. Der vergeht nicht in Minuten, aber schneller als bei anderen. Also: Kaffee holen bei McDonalds, Fenster aufmachen und Frischluft ziehen.
Danach Jackie anrufen, nach Friedrichshain fahren, vögeln.

Die ersten Teile meines Plans gingen auf. Kaffee und Frischluft haben den Blutstrom im Gehirn verbessert. Ich fühle mich immer noch beschwipst, aber nicht mehr betrunken. Genau die richtige Grundlage für ein Telefonat. Als Jackie an ihr Handy ging, fragte sie mich, ob ich noch alle Klammern auf der Leine hätte, sie um diese Uhrzeit anzurufen. Ich ließ meinen Charme spielen, betonte, dass ich in der Gegend sei und nur ganz kurz einen Absacker mit ihr einnehmen und sie abholen möchte – natürlich mit dem Hintergedanken, dass sie nicht mehr aus dem Haus wollen und mich nach oben bitten würde.
Klappt nicht.
Immerhin ließ sie sich erweichen, dass wir uns »kurz!« vor ihrer Tür treffen. Dort stehe ich jetzt mit einer Pulle billigem, französischem Rotwein, zwei Pappbechern und zwei Zigarren aus dem Späti dreißig Meter weiter.
Sie kommt aus der Tür, trägt ein Kapuzenshirt, Jeans, Turnschuhe, verwuschelte Haare und einen müden Gesichtsausdruck. Als sie mich und insbesondere die Weinflasche sieht, grinst sie.
»Der Absacker?«, zeigt sie auf die Flasche.

»Jenau, Misses Union Berlin.«
»Ah, so was wird das jetzt!«
»Genau so was!«, antworte ich mit gespieltem Kampfgeist. »Aber wo wollen wir das austragen? Doch nicht hier auf der Straße?«, frage ich und blicke auffällig lang zum Hauseingang.
»Ist genau der richtige Platz. Oder sind wir etwa ein Weichei?«, fragt Jackie und setzt sich auf den Bordstein direkt vor den Mustang. Ich geselle mich dazu und reiche ihr die Pappbecher, während ich Schlauberger versuche, die Weinflasche zu öffnen. An einen Korkenzieher hatte ich natürlich nicht gedacht. Schließlich drücke ich den Korken mit einem Finger nach innen. Ein Kraftakt, den Jackie bemerkt.
»Der Herr trainiert wohl viel?«, meint sie anerkennend.
»Der Herr kann noch mehr mit diesem ...«, ich recke meinen Zeigefinger in die Höhe, »magischen Finger. Er wurde einst von einer rumänischen Hexe verzaubert. Es kostete mich als Gegenleistung zwar meine Seele, aber seitdem nennt man mich Mister Magic! Und soll ich dir erzählen ...«
Sie hebt lachend die Hand.
»Nein. Ich ahne, wohin das führt. Erst duzen, dann das magische Dings. Aber die Zigarren sehen gut aus. Zeig mal.«
Die Teile stammen aus der Dominikanischen Republik und sind fast so lang wie ein Baseballschläger. Wir rauchen und trinken. Trinken und rauchen. Von einer anfangs aufgekratzt albernen Konversation kommen wir zu ernsthafteren Themen, denen sie in ihrem Job täglich ausgesetzt ist. Ich spiele den guten Zuhörer, frage interessiert nach, stimme zu, fühle mit, leide mit ihr, spüre wieder stärker den Alkohol und frage mich, wann wir verdammt nochmal endlich nach oben gehen.
Schließlich befindet sich kein Tropfen mehr in der Pulle und ich habe ordentlich einen im Tee. Wir sitzen noch ein Weilchen nebeneinander, bis sie plötzlich aufsteht. Ich erhebe mich ebenfalls. Sie umarmt mich, gibt mir einen Kuss auf die Wange und flüstert mir ins Ohr.
»Das nächste Mal will ich mehr über den magischen Finger wissen.«
Sie geht zur Tür, dreht sich noch einmal um, winkt mir zu und zurück bleibt ein begossener, besoffener Pudel mit einem Rohr in der Hose.

Wie bin ich nur nach Hause gekommen? Das muss der Mustang allein geschafft haben. Ich fummle vor meinem Haus am Schlüsselbund herum, bis ich den richtigen gefunden habe. Dauert ein Weilchen. Im Treppenhaus jetzt. Fühle mich leicht wie eine Feder, aber gleichzeitig auch wie ein Brummkreisel. Die Augen müssen immer nachjustieren. Die Nase funktioniert so gut wie immer. Ich nehme den Duft von Rindfleisch wahr, als ich vor meiner Wohnungstür stehe. Ich liebe Rindfleisch! Du auch, Karli Boy? Er schaut zu mir hoch. Was in seinem kleinen Hundegehirn wohl vorgeht?

Schon stehe ich im Flur meiner Wohnung. Karlchen trippelt hinein, ich betrete das Wohnzimmer und werfe mir die Stiefel von den Füßen.

»Nahmd!«, rufe ich Thang zu, den ich im schummrigen Licht auf der Couch erahne. Der Warmduscher hat sich in eine Decke gemümmelt, sieht fern und würdigt mich keines Blickes. Okay, gelogen. Böse Blicke, sehr böse.

»Na, was läuft?«, frage ich und sehe zur Glotze.

Keine Antwort.

»Ich hol mir 'n Bier. Magst auch eins?«, werfe ich die Angel der Freundschaft aus.

»Hattest du nicht schon genug?«, giftet Monsieur zurück.

»Nö.« Ich stehe auf und gehe in die Küche, brauche dabei etwas Halt an den Wänden. Irgendwie scheint das Haus zu schwanken.

Auf der Ablage stehen zwei Teller mit leicht gerötetem Roastbeef, über die eine appetitlich dunkle Soße gekippt wurde. Rechts neben dem Fleisch gruppieren sich angeröstete Bratkartoffeln, die mit Speckwürfeln kuscheln.

»Boah, Roastbeef! Lecker schmecker!«, kommentiere ich mit gewohntem Wortwitz. Beschwipst bin ich einfach unschlagbar!

»Nur kalt, leider«, bemerke ich, als ich meinen Zeigefinger in die Soße stippe.

Hätte ich nicht sagen sollen.

Ungefähr so schnell wie ein Hund bellt, steht Thang in der Küche und verpasst mir eine Ansage. Ich schalte meinen Gehörgang auf Durchzug und kann mir kaum was merken, aber die wesentlichen Eckpunkte seiner Predigt bestehen aus »Warum? Hast du? Nicht angerufen?«, »Egoist!«, »Ich habe mir. So viel Mühe! Gegeben!« und

»Wofür? Bezahle ich dich? Eigentlich?«. Das alles trägt er in einer Stimmlage vor, die mir Kopfschmerzen bereitet. Wie auch die Farbe seines seidenen, was ist das überhaupt, Morgenmantels? Dafür ist das Teil zu kurz, für eine Weste zu lang, vor allem aber aus lachsfarbener Seide. Oder nennt man den Farbton Aprikose? Whatever. Er kombiniert das luftige Etwas mit dünnen, bleichen Beinen, die in bordeauxfarbenen Lederslippers enden.
Der Scheiß mit dem Anrufen geht mir am Allerwertesten vorbei. Aber wofür er mich bezahlt, das trifft einen wunden Punkt. Meine Ehre nämlich!
Unrecht hat er leider nicht.
Er rauscht beleidigt ins Wohnzimmer ab. Ich gehe ihm nach.
»Hey.«
»Was denn?«, fragt er, während er sich mit Karl in die Decke rollt und zum Fernseher starrt.
»Das mit dem Essen. Tut mir leid, Mann. Wollen wir es nicht warm machen? Ich könnte noch was vertragen!«, grinse ich ihn an.
Er rollt mit den Augen und steht wieder auf. Anschließend stolziert er wie Vivienne Westwood an mir vorbei in die Küche. Fünf Minuten später brutzelt es. Feinste Rindfleischgerüche erobern meine Nase. Ich fülle die Kaffeemaschine. Die braune Brühe hilft mir meistens dabei, schnell wieder einen klaren Kopf zu kriegen.

Wir sitzen am Küchentisch.
»Junge, daf fmeckt grofartig«, mampfe ich und spüle die Ladung Bratkartoffeln mit einem ordentlichen Schuss Kaffee in den Schlund. Die bereits dritte Tasse sorgt inzwischen für eine etwas bessere Belüftung im Oberstübchen.
»Danke, du! Feinstes argentinisches Beef! You know?«
Thang hat sich inzwischen entspannt und haut ebenfalls ordentlich rein. Erstaunlich, was in den dünnen Vietnamesen reinpasst.
Schließlich landet der letzte Fleischrest im Magen. Ich hole den Aschenbecher, das Zippo flippt auf und wir rauchen. Thang nimmt eine Flasche Weißwein aus dem Kühlschrank, ich seufze.
»Eigentlich …«, setze ich an und denke: Hatte ich genug für heute Abend!, aber nicke ihm zu, als er eingießt.
»Eigentlich?«

»… trinke ich lieber Rotwein.«
»My dear, red wine? Danach, okay?«
»Der Teufel kennt seine Brüder«, stöhne ich. Er grinst, wir stoßen an. Nach einer Stunde erzählt er mir seine Lieblingsschwulenwitze, die so witzig sind wie eine Rede des DGB-Vorsitzenden zum ersten Mai. Nach zwei Stunden und am Ende der ersten Rotweinflasche zeige ich ihm ein paar meiner legendären Kartentricks, die allerdings nur beim ersten Mal richtig zünden. Nach zweieinhalb Stunden schlägt er eine Runde Karaoke vor, die wir auch tatsächlich zelebrieren, von AC/DC bis Cher bleibt kein Auge trocken. Anschließend erzählt er mir von einer Gotcha-Runde mit Freunden, die ihm irre Spaß gemacht hätte.
»Eigentlich! Ich hasse ja Waffen, you know? Aber das mit den Farbpistolen. That was fun!«
Darauf gehe ich ins Schlafzimmer und hole den Revolver aus dem Schrank, den ich nach meinem kürzlichen Ausflug wieder verstaut hatte. Auch wenn ich ordentlich getankt habe, funktioniert mein Verstand noch gut genug, um die Kugeln herauszunehmen und hinter die Handtücher zu legen. Ich gehe zurück in die Küche und präsentiere ihm die Knarre. Seine Augen werden größer als die Scheinwerfer eines VW Käfer.
»Geil! Geil, geil, geil! Ist die … is it real?«
Ich nicke. Er fummelt am Revolver herum, nimmt ihn fest in die Hand, johlt und springt durch den Flur, als bereite er sich auf einen Einsatz im SWAT-Team vor. Ich lasse ihn ein paar Minuten herumtoben, dann wird's mir langweilig. Als er die Knarre nicht mehr hergeben möchte, winde ich sie ihm aus der Hand, dabei verdrehe ich sein Gelenk.
»Bastard! Grobian!«
Ich verstaue den Colt wieder im Schrank. Auf dem Rückweg zur Küche dotze ich gegen den Türrahmen.
Nach fast vier Stunden wird mir speiübel. Betrunken, nüchtern, betrunken, das haut den stärksten Lupus um. Ich will schlafen. Thang stupst mich an, zeigt aufs Fenster.
»Look! Is that a full moon tonight?«
Er zeigt auf den nicht mehr ganz vollen Mond, dessen Licht in die Küche dringt und bereits meine Hand streichelt. Ich spüre sofort ein

Kitzeln aufsteigen, springe auf und lasse den Rollladen runter. Besser isses.
»Mondsüchtig bist du nicht, right?«
Ich schüttle den Kopf. So sehr, dass ich kotzen möchte.
Die Kaffeemaschine spuckt noch eine Tasse Koffein aus, die ich mir umgehend einflöße. Thang holt ein Foto von Lan aus seiner Brieftasche. Ich bewundere lautmalerisch ihre Schönheit und schnalze mit der Zunge. Er nickt zuerst, dann versucht er, mich zu schlagen.
»That's my li'l sis. Sonofabitch! Zeig Respekt. 'Kay?«
Ich ducke mich, er verliert beim Schwinger das Gleichgewicht und umarmt mich.
»Ey, was geht?«
Ich schubse ihn weg, dabei purzelt er laut polternd vom Stuhl und knallt mit der Lippe auf die Lehne. Er rappelt sich auf, umarmt mich nochmal, na ja okay, was soll's? Also wieder das Bild ansehen. Und jetzt mit Respekt! Thang erzählt mir Anekdoten von seiner Schwester, die ich sofort wieder vergesse. Aber ich merke eins ganz deutlich: Er liebt sie, wie man eine Schwester nur lieben kann. Ich umarme ihn dafür.
Wir sitzen Arm in Arm am Tisch und schauen uns erneut ihr Bild an. Dann beginnt er, zu weinen.
Na, super!
»So könn wa nich ins Bett gehen!«, meine ich.
»Wir? Ins Bett, Honey?«, fragt Thang und ich bemerke etwas in seinen Augen, das ich sehr, sehr schnell wieder verdränge. Will er gerade die Kordel von seinem Seidendingsbums öffnen?
»Missverständnis, Stop, Attenzione! Du aufs Sofa, ich ins Bett. Was ich meine: Man soll immer mit schönen Gedanken und nicht mit Sorgen ins Bett gehen! Hat mir meine Mama so beigebracht«, erkläre ich mit klugem Gesicht und schwerer Zunge. Wehe, er sagt jetzt was gegen meine Mama, dann hagelt's Maulschellen!
Ich verspreche ihm hoch und heilig, dass ich mich morgen mit Nachdruck um Lans Verschwinden kümmern werde und nicht nachlasse, bis ich sie gefunden habe. Dafür will er mich küssen, was ich mit einem rechten Schwinger beantworte, der seine angedatschte Lippe endgültig aufplatzen lässt.
»Sorry, Mann! Aber ich spiele im anderen Team.«

Beim körperbetonten Zweikampf fällt mir schon wieder die hübsche Polizistin ein. Jackie. Ob ich die zum Trikottausch überreden kann? Und sie mir 'nen Freistoß gewährt?
Wenn ich gesoffen habe, bin ich ja so geil!
Thang zuckt die Schultern, ich reiße eine Lage Küchentuch ab und reiche sie ihm. Damit stillt er das Blut und holt dann sein iPhone. Tatsächlich hat er das von mir gewünschte Schlummerlied von Nirvana drauf und wir singen »Smells like teen spirit« dreimal ab.
Als die ersten Vögel zu zwitschern anfangen, falle ich ins Bett und schlafe sofort ein.

Tag 4, Freitag, 8.45 Uhr

Es ist immer dasselbe, wenn ich zu viel getrunken habe. Anstatt mich ordentlich auszuschlafen, wache ich kurze Zeit später mit einer gewaltigen Schädeldröhnung auf. Großartig. Ich wanke ins Bad, werfe mir zwei Schmerztabletten ein, hülle mich in den Bademantel und setze in der Küche Kaffee auf. Danach schleiche ich mich ins Erdgeschoss und ziehe dem Nachbarn eine Zeitung aus dem Briefkasten, die er nachher wieder zurückbekommt.
Ich sitze am Küchentisch, trinke Kaffee, rauche und lese. Auf der ersten Seite findet sich ein kurzer Bericht über die aktuelle Situation deutscher Soldaten in Afghanistan. Dabei wird ein Major der Fallschirmjäger zitiert, was mich an zwei Dinge erinnert: An meinen Freund Max, der bald aus Mazar-el-Sharif zurückkommen müsste, und … was war nur das zweite?
Die heiße Koffeinbrühe bringt meine Maschine obenrum in Gang: Der General!
Mein altes Problem: Ich muss die Dinge zu Ende bringen, die ich mir vorgenommen habe. Lan finden. Nach dem General sehen.
Irgendwie hänge ich an dem alten Kerl, den ich seit bestimmt sieben, acht Jahren kenne. Obwohl er sich bei Wind und Wetter immer im Freien aufhält, hörte ich ihn nie jammern. Er hat etwas Aufrechtes und in seiner Armut sogar etwas Würdevolles, das mir imponiert. Und Rommel war immer an seiner Seite. Ohne den wird er ganz

schnell abbauen, das kenne ich leider von anderen alten Menschen. Für einen Obdachlosen ist sein Hund mehr als nur der beste Freund des Menschen. Nämlich meist der einzige.
Während Thang im Wohnzimmer schnarcht, ziehe ich mich an. Karl blickt mich mit großen Kulleraugen an, ich lege meinen Zeigefinger an die Lippen, damit er keinen Lärm macht. Er niest und hechelt dann erwartungsvoll. Ich schnappe mir die Leine, streife mit der Hand durchs Rentierfell, greife mir Karlchen und ziehe leise die Tür zu.

Ich stehe mit dem Wagen etwa einhundert Meter entfernt und beobachte den General an seinem Stammplatz zwischen den Yorckbrücken. Er frühstückt aus irgendeiner Dose. Kein Rommel weit und breit. Ich sehe mir das einige Minuten an, danach steige ich in den Mustang und fahre in den Ostteil der Stadt.
Der Mustang durchquert das ländlich wirkende Falkenberg, bis wir in die Straße des Tierheims einbiegen. Ich lege Karl die Leine an und gehe mit ihm auf das Tierheim zu. Schon aus der Ferne hören wir vielstimmiges Hundegebell, das lauter wird, als ich die Eingangstür öffne und den schmucklosen Flachbau aus den Siebzigern betrete. Der kleine Empfangsraum besteht im Wesentlichen aus einem Tresen, hinter dem ein rothaariges und recht junges Mädel mit einem Dutzend Piercings im Gesicht Formulare ausfüllt. Sie riecht im Gesicht nach Kaufmanns Kindercreme und aus den restlichen Poren dampft ein Wodka-Red-Bull Gemisch von gestern Abend.
Manchmal verfluche ich meine empfindliche Nase.
Ich schildere ihr meinen Wunsch nach einem Schäferhund, den ich gleich mitnehmen möchte. Sie erwidert, dass das nicht so hopplahopp gehe, da könne ja jeder kommen. Es stünde noch eine Menge Papierkram dazwischen und natürlich das Wohl des Hundes. Man müsse erst mal sehen, ob er mit mir und ich mit ihm zurechtkomme und so weiter und so fort. Sie macht keine Anstalten, auch nur einen Finger zu rühren, weshalb ich schnurstracks zur Tür am Ende des Raumes gehe, auf der ein »Zu den Tieren«-Schild klebt.
»Da können Sie nicht einfach rein!«, läuft sie mir protestierend nach, als ich die Tür bereits geöffnet habe. Ich befinde mich am Anfang eines langen Ganges, von dem links und rechts die Zwinger abgehen.

Das Gebell verstummt schlagartig. Teilweise wird gewinselt. Vielfüßiges Scharren und Schleichen.
In diesem Moment hat mich das Mädchen erreicht. Ihr Mund steht offen.
»Was ist denn hier los?«, fragt sie ungläubig.
»Er hat immer diese Wirkung auf andere Hunde. Keine Ahnung, wie er das macht«, zeige ich auf Karlchen, der erst lächelt und schließlich furzt.
Und dann nochmal.
Das Mädel blickt noch immer perplex auf die eingeschüchterten Hunde, was ich nutze, um mich in aller Ruhe umzusehen. Die für einen Menschen nicht wahrnehmbare, für Hunde aber extrem präsente Aura eines Lupus erfüllt die Luft.
Vielstimmiges Hecheln und leises Knurren dringt in meine Ohren. Das Rudel verbeugt sich vor dem Alpha.
Ich laufe die Käfige ab. Die Zwinger wirken leer, weil sich fast alle Hunde mit eingeklemmtem Schwanz in die hintere Ecke verkrochen haben. Im dritten Zwinger auf der linken Seite hält sich ein kräftiger, weißer Bullterrier im Hellen auf. Sicher der große Macker hier im Käfig. Als wir uns ansehen, schiebt er sich langsam und ohne den Blick von mir zu wenden, rückwärts in eine dunkle Ecke, in der bereits ein Knäuel Hunde kauert. Im Halbdunkel erkenne ich nur noch seine Schlitzaugen und das gebleckte Gebiss.
Kein Schäferhund weit und breit.
Ich gehe den Gang entlang, bis ich im letzten Käfig einen Husky sehe, der mich in stolzer Haltung ruhig anblickt.
»Was ist mit dem?«, frage ich das Mädel. Sie läuft in meine Richtung.
»Das ist unser Keiko. Vier Jahre alt, Huskymischling, Rüde und leider schwer erziehbar. Der wurde schon zweimal zurückgebracht, weil er sich einfach nicht unterordnen kann. Eines unserer Sorgenkinder.«
Liebe auf den ersten Blick.
»Den nehme ich.«
»Ich sagte Ihnen doch schon …«
»Sagten Sie. Ich habe meinen Ausweis dabei, etwas Kleingeld und kann mit Hunden umgehen, wie Sie sehen. Und ihr braucht jeden Euro, schätze ich.«

Karlchen unterstreicht meine Ausführungen mit einem kräftigen Furz und stellt seine Vorderpfoten an die Gitterstäbe. Keiko schreitet langsam und stolz zwei Meter in unsere Richtung und bleibt dann stehen. Er nimmt wieder den Blickkontakt mit mir auf und hält ihn.

Eine Viertelstunde später verlassen wir mit Keiko das Tierheim. Das Mädel hat meinen Ausweis kopiert und angedroht, dass sie stichprobenartige Kontrollen machen. Aber bei der ständigen Personalknappheit in Tierheimen fühle ich mich auf der sicheren Seite. Auf dem Rücksitz tummeln sich die beiden K-Hunde und nun zeigt sich Keiko von seiner lebendigen Seite. Er springt immer wieder nach vorn, leckt mir die Hand und hechelt mir seinen feuchten Atem ins Ohr.

Zwanzig Minuten später fahre ich den sanften Hügel zu Heinrichs Lager an den Yorckbrücken hinauf. Er sitzt wie immer in Uniformjacke, undefinierbarer Hose und ausgelatschten Schnürstiefeln auf seinem uralten, winzigen Campingklappstuhl und trinkt aus einer Bierdose. Als er meinen Wagen erblickt, murmelt er irgendwas in seinen Bart. Ich steige aus.

»Lass mir in Ruh!«, brummt er und dreht seinen Campingstuhl demonstrativ um.

»Ich geh gleich wieder, aber vorher brauche ich deine Hilfe. Du bist doch der Hundeexperte. Was soll ich mit dem hier machen? Der ist einsam und ich kann mich nicht um ihn kümmern«, rede ich mit Heinrichs Rücken. Ich hole Keiko, den ich fest am Halsband halte. Er bellt zweimal, kurz und kräftig. Heinrich dreht sich um und ich sehe Glanz in seinen alten Augen. Dann wendet er sich wieder ab.

Ich ziehe Keiko am Halsband zu Heinrich, gehe um den Stuhl herum und fasse Keiko dann fest im Nacken. Er versteht die Botschaft und geht auf den General zu. Der fasst Keikos Kopf und rubbelt seine Seiten.

»Wat bist du denn für eener?«

Ich lasse den beiden etwas Zeit und setzte mich auf einen Stein rechts vom General. Nachdem er Keiko ungefähr dreihundert Mal durchs Fell gefahren ist, gibt er ihm einen Klaps als Zeichen, von ihm runterzugehen. Dann dreht er den Kopf zu mir.

»Komm.«
Ich folge ihm über einen vermüllten Weg. Nach einem Haufen aufgeschichteter Pflastersteine biegen wir aufs Gras ab und gehen einige Schritte, bis der General vor einer leichten Erhebung anhält. Ich brauche einen Moment, bis ich verstehe, wovor wir stehen: ein Grab.
»Hab keen Kreuz jemacht. Oder Schild. Jibt so ville Arschlöcher.«
»Rommel?«
Er nickt. Klopft mir auf die Schulter. Ob sein Hund von einem Zug erfasst wurde?
Wir stehen einige Minuten, gehen dann wieder zurück zum Platz mit den Stühlen. Er holt zwei Bierdosen aus seinem Einkaufswagen und reicht mir eine. Wir setzen uns und schlürfen unser Bier. Heinrich blickt auf seine Schuhe.
»Hat ihn getötet.«
»Was? Wer hat wen getötet?«, frage ich nach. Was mir Heinrich dann erzählt, beschert mir Gänsehaut auf den Armen. Er berichtet mir, wie er vor einigen Tagen zufällig Zeuge eines Mordes wurde. Ein Rocker mit silbrigem Zopf warf eine asiatische Frau die Brücke hinunter. Als ob das nicht schon schlimm genug gewesen wäre, bemerkte der Rocker Heinrich. Aus irgendeinem Grund hatte er wohl Mitleid mit dem alten Mann oder wollte sich einfach keinen zweiten Mord aufhalsen und ließ Heinrich in Ruhe. Nicht aber seinen Hund. Dem schnitt er vor Heinrichs Augen die Kehle durch. Als Warnung, seinen Mund zu halten. Sonst wäre er als Nächster dran. Deshalb wollte Heinrich auch nicht mit mir reden. Aus Angst.
Wir schweigen und trinken unser Bier.
»Verblutet isser. Hier.« Er zeigt auf eine Stelle in Richtung der Bahngleise. Ich erkenne keinen Blutfleck, aber eine Menge Kies und Staub. Ob Heinrich das Zeug daraufgeschüttet hat, um nicht ständig daran erinnert zu werden? Aber warum bleibt er dann noch hier?
Ich weiß nicht, was ich sagen soll, und nehme einen weiteren Schluck Bier aus der Dose. Heinrich ebenfalls. Seine Augen glänzen feucht.
»Hat kee'm wat jetan«, krächzt er leise.
Mittlerweile tollen Karl und Keiko um uns herum. In Gedanken spiele ich die Szene noch einmal durch, die mir der General eben geschildert hat. So viele Zufälle kann es nicht geben – das muss Lan gewesen sein. Und dieser Dreckskerl von Mad Dog aus der Lotos-

blüte. Was bedeutet, dass Thangs Schwester höchstwahrscheinlich tot ist. Aber warum musste sie sterben? Und wie bringe ich das Thang bei?
Ich blicke auf die Uhr und leine Karl wieder an. Keiko bleibt unschlüssig stehen, ich sehe ihm fest in die Augen. Er trollt sich zu Heinrich, der ihn umarmt.
Als ich im Wagen sitze, wende ich den Mustang und fahre dabei nah an Heinrich vorbei. Ich kurble das Fenster runter.
»Er wird dafür bezahlen.«
Kieselsteine spritzen hoch, als ich den Wagen beschleunige. Im Rückspiegel sehe ich den General salutieren. Keiko läuft dem Mustang noch einige Meter bellend nach und kehrt schließlich zu Heinrich um.

Tag 4, Freitag, 15.30 Uhr

Thang weint jetzt nicht mehr. Wir sitzen in einem winzigen Kabuff hinten in seinem Laden, das wohl als Lager und Raucherraum dient. Zwei kleine Hocker und drei überquellende Aschenbecher lassen darauf schließen. Da ich ihm die schlechte Nachricht nicht vor seinen Kunden überbringen wollte, haben wir uns hierher verzogen. Karl ist ebenso durch den Wind wie sein Herrchen. Er merkt, dass etwas nicht stimmt, trippelt hin und her, als sei er betrunken, stupst mal ihn, mal mich mit der Nase. Thangs Weinen hat ihm sichtbar zugesetzt.
Die ersten dreißig Minuten flossen nur Tränen. Nachdem schon die zweite Kundin laut in Richtung Kabuff rief, ob alles in Ordnung sei, bat ich sie, zu gehen und schloss den Laden ab. Wir sind in dem kleinen Raum geblieben, weil er von außen nicht einsehbar ist.
Thang schüttelte sich, wimmerte, klappte auf dem Stuhl zusammen, als hätte man ihm sämtliche Knochen herausgezogen. Er weinte und schneuzte zwei Packungen Taschentücher voll.
Nun ist er still.
Nachdem ich ihm zum zweiten Mal die Einzelheiten von Heinrichs Erzählung beschreiben musste, ist irgendwas in ihm vorgegangen. Ich weiß nicht, was, aber seitdem sitzt er wie versteinert vor mir.

Vielleicht hat er auch einfach keine Tränen mehr.
Er sitzt vollkommen paralysiert da. Ein Häufchen Elend, das mich hilflos macht. Was kann ich tun?
Ich drücke ihn an der Schulter.
»Wir müssen zu den Bullen gehen.«
Keine Reaktion.
»Thang.«
Er blickt zur Wand.
»Dann sperren die dieses Schwein ein.« Ich stoße meinen Fuß gegen seinen, damit er mich anblickt.
»Einsperren? That's not enough! Meine Schwester. She's dead!«
»Ich versteh dich, Thang. Und wenn der irgendwie damit davonkommt, nehmen wir das selbst in die Hand, okay? Das verspreche ich dir. Aber lass die Polizei das erst mal untersuchen. Wir wissen doch gar nicht hundertprozentig, dass es wirklich Lan war.«
»Lass uns hinfahren, alright? Zu diesem … Monster. In diesen Puff. Lotosblume. Zusammen!«
»Der ist doch um diese Uhrzeit noch geschlossen, Thang«, lüge ich, weil ich seinen Vorschlag für keine gute Idee halte. »Die Mad Dogs hängen tagsüber in ihrem Hauptquartier ab.«
»Headquarters?«
»Haben alle Rockerbanden. Die Mad Dogs im alten Schleusengebäude hinter dem Zoo. Kennt jedes Kind. Aber ist vollkommen egal, wir gehen jetzt zu den Bullen. Komm.«
Ich stehe auf, dann klingelt mein Handy. Der Dude. Ich sehe kurz zu Thang, er nickt mir zu. Ich gehe ran.
»Na, du geiles Pferd?«, meldet er sich bestens gelaunt.
»Dude …«
»Heute ist die Auktion. Hatte ich dir doch erzählt! Ich will dir Tatjana vorstellen, schon vergessen, alter Mann? Also am besten kommst du …«, sprudelt er los, bis ich ihm das Wort abschneide.
»Dude! Das geht gerade nicht«, erkläre ich und blicke dabei zu Thang, der mitgehört hat. Er schüttelt den Kopf, nickt dann, greift mir an den Arm.
»Geh ruhig«, krächzt er mit belegter Stimme.
Ich sehe ihn an und halte den Hörer etwas weiter weg, der Dude redet irgendwas, das ich nicht verstehe.

»Wir müssen zu den Bullen, Thang!«, sage ich und beende das Gespräch mit dem Dude.
»Ich will erst mal allein sein. Please! Geh ruhig. With your buddy.«
»Sicher?«
Seine Augen sind rot geschwollen, er kneift sie kurz zur Bestätigung zu, sucht nach einer Zigarette. Er fummelt eine aus der Packung, sie fällt ihm auf den Boden.
Ich bücke mich, reiche sie ihm und zünde sie an. Seine Finger zittern. Er lächelt schief.
»Ja. Sicher. Ich! Weißt du. Irgendwie. Ich hatte es schon gedacht. Worst case.«
»Ich lass dich jetzt nicht allein.«
»Danke. Honey. Aber, geh!«
»Wir müssen zur Polizei, Thang!«
»Nachher, alright? Ich brauche noch. Just a minute. Allein. And your keys, please.«
»Die Schlüssel? Wieso? Du hast doch welche von mir bekommen.«
»Vergessen. Zuhause. Also dein Home. Heute morgen.«
Ich ziehe den Haus- und Wohnungsschlüssel vom Bund.
»Wozu brauchst du die?«
»Die wollen bestimmt ein Foto. Die Polizei, nicht? Von meiner Sis.«
»Stimmt.«
Er denkt schon an das Bild seiner toten Schwester? Ein Kloß bildet sich in meinem Hals.

Mit Karl an der Leine betrete ich das erste Mal seit vielen Jahren wieder ein Auktionshaus. Damals musste ich meine Stereoanlage zum Pfandleiher bringen und erhielt ein paar lausige Scheine dafür. Konnte man die verpfändeten Teile nicht zurückkaufen, wurden sie nach einigen Monaten versteigert. Das Auktionshaus hier in der edlen Knesebeckstraße vertritt die seriöse Variante, die nicht mit alten Plattenspielern oder Fahrrädern, sondern mit teurer Kunst handelt, jedenfalls ist das mein Eindruck, als ich durch den Eingang gehe.
In einem niedrigen Saal sitzen mehrere Dutzend Menschen auf Holzstühlen mit hoher Lehne in Blickrichtung zu einer leicht erhöhten Bühne, wo ein untersetzter Auktionator mit tonsurähnlicher Frisur hinter einem Pult steht. Er blickt über den Rand seiner Lesebrille

hinweg entweder zum vorgestellten Artikel oder mit gelassener Miene zum Publikum. Vermutlich hat er in seinem Leben schon fünfzigtausend Artikel unter die Leute gebracht und die nächsten fünfzigtausend stehen bereits Schlange.
Gerade wird ein antiker Spiegel mit Goldrand hereingetragen. Der Auktionator schnarrt seinen Spruch herunter, als ich Pierre am seitlichen Rand der Bühne entdecke. Er zwinkert mir zu und setzt sich in Bewegung, so geschmeidig und unauffällig wie ein Dicker, der sich im Kino durch die Sitzreihen kämpft und keine Umstände machen möchte.
»Warum hat das denn so lange gedauert?«, begrüßt er mich im Flüsterton, während die ersten Gebote vom Auktionator wiederholt werden.
»Ach, verdammt. Lange Geschichte«, entgegne ich.
»Was los mit dir? Irgendwas passiert?« Der Dude kennt meine Gesichter wie kein Zweiter.
»Erzähle ich dir später, okay?«
Hinter ihm taucht eine sehr schlanke Blondine auf. Pierre dreht sich kurz um, nimmt sie in den Arm und zeigt auf mich.
»Das isser. Gero. Und, äh, Tatjana.«
Bin ich in ein Modelcasting geraten? Hoch gewachsen, edle Wangenknochen und ein geflochtener, seitlich liegender Zopf. Sie trägt ansprechendes, die Augen betonendes Make-up, High Heels, Jeans und einen Pullover, in dem sie eigentlich keine Luft mehr bekommen dürfte, so eng sitzt er. Ich verpasse mir innerlich zwei kräftige Ohrfeigen, um ihr wieder ins Gesicht zu sehen, wo mich ein freundliches Lächeln perfekt modellierter Zähne begrüßt.
Wir schütteln uns die Hände. Dass sie sich warm, trocken und butterweich anfühlen, wundert mich nicht.
Gratuliere, Dude.
»Es freut mich sehr, dich kennenzulernen. Pierre hat mir viel von dir erzählt«, eröffnet sie mir mit rollendem R, was mich bei Osteuropäerinnen normalerweise stört, sich in diesem Fall aber recht apart anhört. Sie blickt kurz zu Karl und dabei fällt mir ein abschätziger Schimmer in ihren Augen auf. Nein, ich bin nicht schwul, er gehört nicht mir!
»Alles gelogen«, antworte ich.

Beide lachen und Pierre strahlt wie ein Lottogewinner. Dann entschuldigt sich Tatjana mit einem Verweis auf ihren Vater, dem der Laden hier gehört und dem sie helfen müsse.
Tatjana gesellt sich neben der Bühne zu einem älteren Herrn, der mit einem Kunden spricht, was man an dem großen Bild erkennen kann, das er stolz in der Hand hält. Tatjanas Vater sieht ebenso wie sie verdammt gut aus. Hager und fast zwei Meter groß, trägt er einen marineblauen Anzug mit goldenen Knöpfen und einem hellen Einstecktuch in der Brusttasche. Die silbernen Haare liegen ordentlich und streng nach hinten gekämmt, ein Paar wacher Augen dominiert das gebräunte Gesicht. Kommt vermutlich vom Segeln.
»Mein Schwiegervater in spe, Aleksandar …«, raunt mir der Dude zu. »Bald trage ich auch solche Anzüge. Mit Perlmuttknöpfen.«
Tatjanas Vater erinnert mich an sympathische, ältere Westernhelden und zupackende Hochseekapitäne alter Hollywoodfilme. Die Sorte, der man vertraut, wenn die Monsterwelle anrollt. Die die Gruppen einteilt und das Essen rationiert, bis der Hilfstrupp anrückt. Gary Cooper mit weißem Haar.
Er verabschiedet sich von seinem Gesprächspartner und verschwindet mit seiner Tochter hinter der Bühne. Für das Bild gehen vierstellige Gebote ein. Wieso geben Menschen für ein lumpiges Bild mit drei Ganoven so viel Geld aus? Die sitzen am Tisch, spielen Karten, einer setzt als Pfand eine Pistole.
Eine Pistole.
Und nun macht's klick in meinem Kopf. Die Irritation aus dem Gespräch mit Thang löst sich auf. Deshalb wollte Thang die Wohnungsschlüssel! Nicht wegen eines Fotos, sondern weil er an die Knarre wollte. Das erklärt auch seinen plötzlichen Stimmungswechsel. Von Trauer zu Wut, natürlich! Ich Idiot habe ihm auch noch erzählt, wo er den Silberzopf findet. Und ihm gestern den Colt gezeigt.
Ich muss sofort in meine Wohnung! Oder besser gleich zum Mad-Dogs-Hauptquartier?
»Wirst du dir nicht leisten können«, meint der Dude in Richtung des Bildes. »Ach, und die Sache mit dem Mercedes, Gero. Da gibt's blöderweise ein paar Komplikationen. Also, die wollen das Geld aktuell nicht rausrücken, weil …«
»Dude, ich muss los!«

»Mann, jetzt sei doch nicht gleich sauer! Ich sorge für die Kohle. Hab schon 'ne Idee!«
»Mhm. Darauf wette ich«, knurre ich. »Aber ich muss gehen. Jetzt gleich.«
Er bemerkt meinen Gesichtsausdruck.
»Scheiße. Was Ernstes?«
»Ja.«
Ich klopfe ihm auf die Schulter und drehe ab. Er hält mich fest.
»Nur eins. Wie … wie findest du sie?«
Der Mann hat Sorgen!
»Granate, Dude. Glückwunsch. Wirklich!«
Während ich den Raum verlasse, spüre ich sein zufriedenes Lächeln im Rücken.
Ich versuche, Thang anzurufen, aber natürlich ist sein Handy ausgeschaltet. Fluchend überquere ich mit Karl die Straße, dabei werden wir fast von einem schwarzen Chrysler 300 überfahren, der abrupt vor uns bremsen muss. Karl bellt aufgeregt, verheddert die Leine um mein Bein. Während ich sie entwirre, raunzt mich der mit Sonnenbrille und Basecap ausgestattete Fahrer durch die geschlossene Scheibe an. Für einen Moment frage ich mich, woher ich ihn kenne, als er langsam um mich herumkurvt. Im Vorbeifahren erkenne ich an seinem Hals eine Tätowierung. Eine Fledermaus.
War das der Typ aus Lans Wohnung? Ich bin mir nicht sicher. Aber wer trägt schon eine Fledermaus am Hals? Vielleicht ist das in Russland so geläufig wie ein Arschgeweih bei uns, wer weiß.
Bevor ich den Gedanken weiterverfolgen kann, bemerke ich ein Klopfen an der Scheibe des Fonds und sehe Tatjana und ihren Vater. Tatjana winkt mir freundlich zu. Ihr Vater dreht sich kurz zum Fenster und schenkt mir ein Kopfnicken. Ich schätze höfliches Verhalten und erwidere den Gruß. Dann beschleunigt der Wagen und entfernt sich. Wie in Trance gehe ich zu meinem Wagen und versuche, die Szene zu verstehen. Egal, ich muss dringend in meine Wohnung.
Im Mustang sitzend stecke ich den Schlüssel ins Zündschloss, drehe ihn aber nicht um. Soll ich wirklich nach Hause fahren? Das kostet mich hin und zurück mindestens eine halbe Stunde. Sollte sich der Revolver noch dort befinden, war die Fahrt umsonst. Sollte er weg sein, ebenfalls. Der einzige Unterschied wäre die Gewissheit.

Viel wichtiger ist der Faktor Zeit. Also was tun?
Da ich Thang vom Hauptquartier der Mad Dogs erzählt habe, dürfte er dort hingefahren sein und sich trotz der Knarre ganz sicher gerade in die Scheiße reiten.
Also, ab zur alten Schleuse Richtung Zoo!

Tag 4, Freitag, 19.30 Uhr

Ich fahre links am Bahnhof Zoo vorbei in Richtung Spree. Nach wenigen hundert Metern werden die Straßen enger und grüner, die Häuser niedriger. Ich sehe bereits den Schleusenkrug vor mir. Wie immer gibt es rund um diesen beliebten Biergarten weit und breit keinen Parkplatz. Schnatternde Touristen und Betriebsausflügler strömen unter der Brücke zum Eingang. Selbst im Auto empfange ich den Geruch von leckerem Grillfleisch und Weizenbier.
Ich biege vor dem Biergarten in eine sehr schmale Seitenstraße ein und passiere ein halbes Dutzend zweigeschossiger Wohnhäuser, bis ich es gefunden habe. Ein hässlicher, dreigeschossiger Flachdachbau mit einem Berliner-Kindl-Zeichen am Eingang, der in die Gegend passt wie ein Skinhead zum Dressurreiten. Die beleuchteten Fenster im mit Holz verkleideten Erdgeschoss scheinen zu einem einzigen größeren Raum zu gehören. Weiter oben sehe ich nur vereinzelt Licht. Die gut zwei Dutzend Chopper, die auf dem asphaltierten Parkplatz direkt vor dem Eingang parken, lassen keinen Irrtum zu: Ich befinde mich vor dem Hauptquartier der Mad Dogs. Überraschenderweise finde ich sogar einen Parkplatz auf der gegenüberliegenden Seite und stelle den Mustang dort ab.
»Du bleibst hier«, sage ich zu Karlchen. Als ich seine verknoteten Beine und den Hang zum Rückwärtslaufen bemerke, leine ich ihn seufzend an. Wir steigen aus, Karl darf sich an einem Baum erleichtern und produziert ein für seine Körpergröße beachtliches organisches Produkt.
In diesem Moment spaziert eine ältere Dame vorbei und sieht sich das Ganze kritisch an.
»Dit jeht aber nich, junger Mann!«

»Reizdarm«, entgegne ich.
»Sie müssen dit wegmachen!«
Da ich weder schlagfertig genug noch in der Stimmung bin, mich zu streiten, geschweige denn, irgendwelche dampfenden Hinterlassenschaften von Karl dem Scheißfreudigen zu beseitigen, überquere ich rasch die Straße. Die alte Dame schimpft mir hinterher.
Ich versuche noch einmal, Thang per Handy zu erreichen, natürlich ohne Ergebnis.
Irgendwas in mir sträubt sich, durch die Vordertür zu gehen. Wenn es feindselig wird, stellen zehn bis zwanzig Mad Dogs eine schwere Herausforderung dar. Noch dazu ohne Knarre auf meiner Seite. Ich ziehe Karl mit mir mit, umkurve die Motorräder und gehe an der Schmalseite des Hauses vorbei nach hinten, wo sich ein Pfad zwischen den beiden eingezäunten Grundstücken befindet. Aus dem Inneren höre ich dumpf Rockmusik, deren Lautstärke etwas nachlässt, als ich mich an der Rückseite des Hauses befinde. Ich blicke über den Jägerzaun. Das Grundstück ist größer, als man von vorn annimmt, aber die Rocker haben es verkommen lassen. Das muss mal ein schöner Rasen gewesen sein, der inzwischen als Müllplatz dient. Meist Flaschen, aber auch Plastiktüten, verrostete Werkzeuge, Autoreifen und leere Bierkisten verteilen sich auf der gesamten Fläche. In der Nähe des Hauses klumpen sich einige Flaschen um einen Grill, der feine Rauchschwaden absetzt, also wohl kürzlich noch benutzt wurde. Rechts am Zaun gegenüber fällt mir eine verlassene Hundehütte auf, vor der ein mit Wasser gefüllter Napf steht.
Plötzlich erzittert der Zaun direkt vor mir, Karlchen erschrickt noch mehr als ich und kläfft wild los. Ein schwarzes Monster von Hund springt so hoch, dass er fast über den Jägerzaun kommt, sein Kopf und die Hälfte des Bauches schaffen es bis ungefähr auf meine Brusthöhe. Das Vieh könnte eine Mischung aus Rottweiler und irgendeinem japanischen Kampfhund sein, ist faltig, muskulös und hat ein rotbraunes Fell. Das Stachelhalsband verziert einen riesigen Kopf, aus dessen Maul der Geifer läuft.
Während er hochspringt, bellt er nicht, aus seinem Rachen dringen nur tiefe, gutturale Laute, die sich mit seinem heißen Atem mischen, der mir ins Gesicht schlägt. Diese Töle könnte man problemlos satteln.

Keine Frage: Der will nicht nur spielen.
Warum meine Lupus Aura bei ihm nicht wirkt? Keine Ahnung. Haben die ihm Bier zum Saufen gegeben? Sind das die asiatischen Gene? Oder ist das gar kein Hund, sondern irgendein gottverdammter, mutierter Riesenmarder?
Während ich den Zaun entlang nach hinten gehe, trabt das schwarze Biest auf der anderen Seite immer mit.
Wie werde ich ihn nur los? Ich versuche, mich ganz auf meine Aura zu konzentrieren und spüre die Energie bis in die Fingerspitzen.
Ich linse über den Zaun und schon setzt er wieder zum Sprung an. Nun bellt er. Nicht sehr laut, aber tief. Ein drohendes »Arf!«.
Dreckstöle!
Kennst du deinen Platz nicht?
Karlchen versteckt sich hinter mir, blickt mich nicht sehr selbstbewusst an.
Ich suche das Grundstück ab. Währenddessen springt das Monster wie ein Gummiball ständig am Zaun hoch. Schließlich scheint er die Lust zu verlieren und trabt Richtung Hundehütte, wirft dabei aber Blicke über die Schulter.
Ich ducke mich und spähe durch die Schlitze des Jägerzauns. Als Godzilla sich auf den Rasen legt, schnappe ich mir Karlchen und nehme ihn auf den Arm. Mit einem Satz springe ich über den Zaun und lege eine perfekte Landung hin. Wie ein Footballer sprinte ich mit Karlchen im Arm Richtung Haus.
Ein dummer Plan.
Die schwarze Bestie rast heran.
Ich laufe Zickzack, aber das bringt nicht allzu viel. Der Köter rammt mich mit einem Bodycheck, ich verliere das Gleichgewicht und stürze direkt neben den Grill. Karlchen rollt über den Rasen, der schwarze Riese springt direkt auf mich und drückt mich mit den Pfoten auf den Boden. Er legt den Kopf in den Nacken und öffnet sein Maul.
Meine Reflexe retten mich. Der Biss geht ins Leere, weil ich meinen Hals gerade noch nach rechts bringe. Beim zweiten Mal funktioniert das sicher nicht mehr. Ich sehe mich gehetzt um, während er erneut ausholt.
Da!

Ich schnappe mir die neben dem Grill liegende Tabascoflasche, reiße die Kappe runter und bekomme sie gerade noch vor das Gesicht, als Godzilla mir den finalen Biss verpassen möchte. Tabasco spritzt ihm ins Maul und auf die Nase.
Die Wirkung setzt sofort ein. Er jault, schnieft und versucht, sich das Zeug von der Nase zu reiben. Dabei trottet er völlig verplant über das Grundstück, wie ein vom Mutterschiff getrennter, orientierungsloser Satellit. In der hintersten Ecke des Grundstücks legt er sich schließlich hinter ein paar Bretter.
Vielleicht, um zu weinen.
Ich rapple mich auf, streife das Gras von der Hose und sehe Karl zu, der einige wenige Schritte in Richtung Monster läuft, in stolzer Habachtstellung.
Mein Rücken erwärmt sich leicht. Ein vertrautes Signal. Ich drehe mich um und recke meinen Hals noch oben. Trotz der Abendsonne kann ich ihn bereits am Himmel ausmachen. Der Mond gibt mir Kraft und Mut.
Ich schließe die Augen und konzentriere meine Sinne auf das Innere des Hauses.
Obwohl mir ein Mix aus unterschiedlichen Gerüchen in die Nase steigt, kann ich einen eindeutig herausfiltern. Wie viele Rocker riechen wohl nach Calvin-Klein-Parfum? Ich lausche angestrengt. Meine Ohren übermitteln mir die brummigen Stimmen schwergewichtiger Typen, das übliche Gegröle und Gelächter beim Saufen. Thangs Denglisch höre ich nicht.
Aber er befindet sich definitiv da drin. Wie komme ich nur rein? Ich blicke zu Karlchen und überlege, ob ich ihn nicht lieber zum Wagen bringen und danach versuchen sollte, hier einzusteigen, vielleicht über ein Fenster in den oberen Stockwerken.
Ich verwerfe den Gedanken und folge meiner Ungeduld. Die Klingel schnarrt und schon höre ich, wie jemand an die Tür kommt.
Der Hüne, der die Tür öffnet, muss dabei den Kopf einziehen und dürfte inklusive Bauch gute hundertzehn Kilo auf die Waage bringen. Natürlich trägt er wie alle Mad Dogs eine Lederweste mit diversen Abzeichen und auch der Rest der Kleidung besteht ausnahmslos aus Leder. Ich bemerke ein Patch, wie die Rocker ihre Aufnäher nennen, mit dem Motiv eines schwarzen Stachelhalsbandes. Ein

Zeichen, dass er schon jemanden getötet hat. Um seinen Hals baumelt eine Kette, an der ein kleiner Schlagring hängt. Sein großporiges, gerötetes und aufgeschwemmtes Gesicht rundet die Gesamterscheinung ab. Kleine, wache Augen senden die Botschaft, ihn nicht zu unterschätzen. Die blonden, langen Haare werden durch einen Zopf gebändigt, Kinn und Säufernase erinnern mich an Mickey Rourke.

»Hast du dich verlaufen?«, fragt er mich mit einem Blick auf Karl. Seine Bierfahne nebelt meine Nase ein.

»Nein. Sorry für die Störung. Ich suche einen Freund.«

»Tja. Pech. Hier ist kein Freund von dir.«

Er blickt sich um.

»Wo ist Butch überhaupt? Kein Verlass mehr auf den scheiß Köter!«

»Er heißt Thang. Nicht zu übersehen, recht auffällig. Ich will ihn nur fix abholen. Wir müssen dringend noch wohin und sind schon spät dran.«

Ohne zu antworten, will er die Tür schließen. Im letzten Moment stelle ich meinen Fuß dazwischen. Das entzückt ihn wenig, er reißt die Tür wieder auf.

»Dir geb ich …«, holt er bereits mit dem Arm aus, als ich ihn beschwichtige.

»Ich bin ja gleich weg. Denk doch noch mal darüber nach. Ein Vietnamese. Rief mich vorhin an, als er ankam. Vielleicht warst du gerade nicht da. Könnte ich kurz?«

Er kneift seine Augen zusammen. Dann grinst er.

»Das Schlitzauge? Sag's doch gleich. Yo, is hier. Quatscht mit dem Boss.«

Mickey Rourke öffnet die Tür.

»Da lang.«

Ich folge ihm durch einen kleinen, schlauchartigen Gang, der wohl zum eigentlichen Kneipenraum führt, denn der Lärm nimmt mit jedem Meter zu. Karl wirkt ängstlich, bleibt nah an mir dran. Vor dem Kneipenraum biegt Mickey nach rechts um die Ecke, ich ebenfalls.

Der Baseballschläger kommt unerwartet. Mit voller Wucht knallt das schwere Teil gegen meine Stirn.

Ich werde ohnmächtig, bevor ich den Boden berühre.

Tag 4, Freitag, 21.00 Uhr

Etwas kitzelt meine Hand. Ich öffne die Augen.
Falsch.
So einfach geht das gar nicht.
Ich bekomme die Lider nicht auf.
Nochmal falsch.
Sie sind oben, aber ich sehe alles nur verschwommen. Und mein Schädel brummt, als arbeite ein Schiffsdiesel in seinem Innern. Scheiße, tut das weh!
Nicht nur mein Kopf, sondern auch die Schulter schmerzt. Denn ich liege auf dem Bauch, mit den gefesselten Armen auf dem Rücken und der Nase im Teppichboden. Deshalb erscheint alles verschwommen.
Vier Füße laufen meinen Rücken entlang. Karlchen! Der ist auch für das Kitzeln an meiner Hand verantwortlich. Muss wohl seine Zunge sein.
Meine Sinne erwachen und ich höre Geräusche rechts von mir. Langsam drehe ich den Kopf und scanne die Umgebung.
Ich muss mich in einem Kellerraum befinden. An den oberen Rändern des großen, rechteckigen Raumes laufen schmale Fenster entlang, die den Nachthimmel zeigen. Leider sehe ich den Mond nicht. Der Raum selbst wird durch eine funzelige Lampe an der Decke nur schwach beleuchtet, aber meine Augen gewöhnen sich an die Lichtverhältnisse.
Ungefähr fünf bis sechs Meter von mir entfernt befindet sich ein Billardtisch in der Mitte des Raumes. Zwei Rocker in der üblichen Mad-Dogs-Lederkluft lachen sich kaputt. Der untersetzte Glatzkopf mit dem Kinnbart besonders. Mit einer Bierflasche in der Hand gibt er dem großen, vollbärtigen Typen mit dem Piratentuch ein High Five. Das funktioniert nicht so einfach, weil sich der Vollbart soeben die Hose hochzieht und zuknöpft. Dann schnappt er sich eine auf dem Tisch stehende Flasche, die beiden Typen stoßen an und saufen. Beide stehen etwa einen Meter vom Tisch entfernt, auf dem bäuchlings ein Mann liegt. Durch meine Position auf dem Boden kann ich sein Gesicht nicht erkennen, sondern nur noch den oberen Teil seines Schopfes. Ich weiß sofort, um wen es sich handelt. Thang.

Sein Oberkörper befindet sich auf dem Tisch, seine Beine stehen schlaff auf dem Boden. Die Hose liegt auf den Knöcheln, das Hemd wurde bis zur Schulter hochgeschoben, sein gesamter Unterkörper ist entblößt. An den Schenkeln verteilen sich blaue und rote Flecken. Und er blutet dort, wo ich nicht hinsehen möchte.
»Drecksschwuchtel!«, presst sich der Glatzkopf aus der Kehle und spuckt in Thangs Nacken. Der reagiert überhaupt nicht, zeigt keinerlei Regung. Ob er überhaupt noch am Leben ist?
Der Vollbart schnappt sich einen Billardstock und zeigt ihn der Glatze. Der grinst.
»Aber da muss vorher noch 'ne Kugel rein – ist doch gegen die Regel sonst!«
»Jau! Erst groß, dann klein.«
Der Bärtige zieht einen Revolver aus dem Hosenbund und zielt damit auf Thangs Hintern. Ich erkenne sofort meine Knarre.
Beide grölen über den gelungenen Witz und jetzt höre ich noch einen Dritten und Vierten. Mickey Rourke befindet sich wohl am Ende des Raumes. Ich sehe unter dem Billardtisch seine Stiefel und die seines Gegenübers, der nun spricht.
»Nehmt den Pick-up und fahrt zum Hof.«
»Jau. Fünf Minuten noch.«
»Keine Spuren. Klar?«
Ein dumpfes Geräusch, dann verschwindet Nummer vier. Ich kenne seine Stimme von unserer Begegnung in der Lotosblüte. Der Silberzopf.
Der Vollbärtige hat sich inzwischen eine blaue Billardkugel geschnappt und platziert sich damit direkt hinter Thangs verlängertem Rücken. Alle drei lachen.
Ich spüre eine heiße Welle.
Tief in mir rührt ER sich.
Sein erwachender Groll donnert durch meine Adern.
Ich schüttle mich, dabei rutscht Karl von meinem Rücken und kläfft kurz.
»Scheiß Töle!«
Der Vollbart wirft die für Thang bestimmte Billardkugel mit Wucht in Richtung Karl, verfehlt aber das Ziel. Karl springt jaulend und ängstlich um mich herum, die anderen beiden lachen, was den Bär-

tigen wütend macht. Er stampft genervt zu uns und schnappt sich Karl mit einer Hand, schreit ihn an.
»Halt's Maul!«
Karlchen strampelt wie ein Welpe im Beißgriff der Mutter und kläfft ängstlich noch lauter. Sei ruhig, Kleiner!
»Maul!«, schreit der Bärtige. Er wirft Karl mit voller Wucht gegen die Wand.
Das hässliche, gemeine Geräusch splitternder Knochen wird übertönt durch das Gelächter der drei Arschlöcher. Karl rutscht die Wand nach unten, bleibt mit verrenkten Gliedmaßen und einem zermatschten Auge leblos liegen.
»Scheiße, was 'n mit dem?«, höre ich Mickey Rourke aus der hinteren Ecke in meine Richtung sagen.
Der durch den Baseballschläger verursachte Schlag war nur ein lieblicher kleiner Stich gegen die Wucht der Schmerzen, die mich nun in jeder Faser quälen. Mein Kiefer streckt sich, meine Finger verlängern sich durch neue Glieder und scharfe Krallen. Neue Muskeln eines Raubtiers krümmen meinen Rücken. Die kräftigen Schenkel sprengen die Hose.
Lava rast wie Feuer durch meine Adern.
ER bricht aus.

Wut. Zorn!
Reiße Fesseln. Von Rücken.
Sehe Karl. Auf Boden. Blut.
Thang. Nackt. Blut.
Hass!
»Alter! Was zur Hölle …?«
Drei Rocker glotzen. Angst? Arschlöcher?
Dann Bewegung. Glatzkopf geht hinter Tisch. Nimmt Stock. Von Billard.
Bärtiger zieht Revolver. Mickey hinten, hat Messer.
Springe. Großer Satz zum Bart. Greife Hals. Brülle meinen Zorn.
Angst in Augen. Drücke Hals zu. Er gurgelt. Schießt.
Revolver spuckt. Einmal. Zweimal. Fünfmal.
Tut weh. Ja. Schmerz wie Schlägerei. Mehr nicht! Arschloch!
Blute aus Wunden. Egal. Lasse Hals los.

Bärtiger holt Luft. Mach das! Damit du es spürst! Greife ihn. Hebe Mann hoch. Glatzkopf prügelt. Stock auf meinen Kopf. Mickey kommt mit Messer.
Werfe Bartmann gegen Wand. Klatscht. Stöhnt.
Mickey sticht Messer. In meine Hüfte. Tut weh, Mickey! Er sticht wieder. Mickey! Machst mir Schmerz.
Egal. Gehe wieder zu Bartmann. Liegt auf Boden. Hebe wieder. Über Kopf. Glatzkopf rammt Stock in Nacken. Tut weh, Mann! Mickey sticht Messer in Schulter.
Werfe Bartmann durch Raum. Mit Kopf voraus. An Wand gegenüber. Schädel platzt auf. Nase Matsch.
Gehe wieder hin. Werfe. Werfe noch mal.
Brülle. Soll »Karl« sein. Ist aber nur Brüllen.
Werfe noch mal.
Kopf kaputt. Rührt sich nicht mehr.
Tut weh? An Wand? Karl auch!
Drehe um. Mickey zielt. Mit Pistole jetzt. Woher?
Auf mein Auge. Schießt.
Kann ausweichen. Gerade noch. Kugeln töten nicht. Nur Silber.
Aber ins Auge schlecht. Braucht lange, bis heilt. Sieht hässlich aus.
Schießt Magazin leer. Trifft mich. An Ohr. Schulter.
Glatze will abhauen. Mit einem Satz bei ihm. Drücke gegen Wand.
Sehe in Auge. Angst. Entsetzen.
Jetzt … stirbst … du!
Greife an Kinn. Reiße Kopf nach hinten. Knackt laut.
Fällt auf Boden.
Blute. Wegen Schüssen. Und Messer. Wird aber weniger. Wunden heilen.
Bärtiger hält Messer in Hand. Zittert. Keine Kugel mehr. Keine Freunde mehr.
Sehe ihn. An.
Er mich. Schluckt. Zittert. Angst?
Zu spät.
Großer Satz, direkt vor ihm.
»Was bist …?«
Öffne mein Maul. Zeige Zähne.
Das! Bin! Ich!
Beiße zu.

Tag 4, Freitag, 23.30 Uhr

Der Architekt dieser Truckerkneipe muss sich häufig in den Staaten aufgehalten haben. Die Inneneinrichtung entspricht einem typisch amerikanischen Diner und wenn ich es nicht besser wüsste, würde ich mich an der Route 66 wähnen, irgendwo zwischen Chicago und St. Louis. Tatsächlich aber befinde ich mich in the middle of nowhere in Brandenburg. Nur Gott und mein Navi wissen genau, wo, aber das spielt im Moment keine größere Rolle.

Weg hier! Das war mein alles beherrschender Gedanke, als ich mich in diesem verfluchten Billard-Keller zurückverwandelte. Dabei war das Glück auf unserer Seite, denn das Gelärme im Erdgeschoss übertönte wohl die Geschehnisse aus dem Keller. Niemand nahm Notiz von uns und den drei Rockerleichen. Ich legte mir Thang über die Schulter, nahm Karlchen auf den rechten Arm und verließ die düstere Mad-Dogs-Burg über den Hintereingang. Danach lief ich einen großen Bogen um das Grundstück, bis ich den Mustang erreichte. Ich gab ordentlich Gas und wollte die Stadt so schnell wie möglich verlassen. Wer weiß, wann die ersten Mad Dogs in den Keller kommen würden und was Thang vorher ausgeplaudert hatte. Dann wäre es nur eine Frage der Zeit, bis der Russe oder die Rocker zum Hausbesuch erscheinen.

Thangs Zustand macht mir Sorgen. Ich fühle seinen Puls kaum noch und sein Atem ist schwach wie der einer Fliege. Bei Karlchen sieht's noch schlimmer aus. Sein rechtes Vorderbein hat sich in einen rot-schwarzen Klumpen verwandelt und das zerdrückte Auge ist wohl hinüber. Er atmet schnell und flach und winselt in seiner Bewusstlosigkeit. Beide liegen auf der Rückbank des Mustangs, während ich im Diner sitze. Der Drang, meinen Magen aufzufüllen, beherrscht mein Denken und blockiert alles andere. Ich beeile mich mit dem Essen und schlinge es hinunter.

Es gibt einen Vorfall, der ein paar Monate zurückliegt und an den ich mich nur sehr ungerne zurückerinnere. Ich lag damals mit einigen Silberkugeln im Rücken in meinem Verlies und bin nur knapp dem Tod entkommen. Dank den geschickten Händen eines uralten Tierarztes, der mich behandelte, ohne viele Fragen zu stellen, er wollte nur die Projektile behalten. Und genau diesen Pferdedoktor brauche

ich jetzt, weshalb ich schon seit fast einer Stunde versuche, Pierre zu erreichen, der mit ihm verwandt ist und ihn damals mitten in der Nacht organisierte.
Warum geht er nicht ans Telefon?
Ich bestelle mir noch einen Kaffee zum Mitnehmen bei »Trudi«, zumindest steht das auf dem Namensschild der Kellnerin hinter dem Tresen. Eine betonierte Dauerwelle wie aus den Achtzigern, zwei gemütliche Schwimmringe um die breiten Hüften und ein Lächeln im Gesicht, so wünsche ich mir eine Bedienung im Diner. Ein Lichtblick in dieser Nacht.
Als ich den Laden betrat, marschierte ich schnurstracks auf die Toilette. Als erstes wusch ich mir das Blut vom Hals und den Händen, was eine ganze Weile dauerte. Die Nägel benötigen besondere Sorgfalt. Verkrustetes Blut und Hautfetzen graben sich tiefer ein als herkömmlicher Alltagsdreck. Danach kommen die Zähne dran. Ohne Zahnseide bleiben leider nur die Finger, wenn die Zunge nicht an die Zwischenräume kommt.
Ich riss ein Stück von der Zellophanverpackung der Camel-Schachtel ab und spannte es zwischen die Finger. Es gelang mir, zwei größere Stücke Fleisch aus den Backenzähnen zu entfernen. Ich spuckte sie ins Waschbecken und vermied es, hinzusehen. Auch beim vierzigsten oder vierhundertsten Mal bleibt es widerwärtig. Dann drehte ich den Wasserhahn ordentlich auf, bis die letzten Blutspuren beseitigt waren.
Danach ging ich zum Tresen. Bei meiner Bestellung blickte Trudi mit einem Anflug von Misstrauen auf mein komplett zerschlissenes Hemd, das mir in Fetzen vom Oberkörper hing, aber vielleicht dachte sie nur: »Typisch Berlin!«, denn mein Wagen steht direkt vor der Tür. Erstaunlicherweise finden sich nirgendwo auf meiner Kleidung Blutspuren, nur eine Menge geplatzter Nähte. Außer Trudi sitzt noch ein Fernfahrer drei Stühle weiter, trinkt sein Bier und stiert müde auf den Tresen.
Die Rühreier, die ich bestellt habe, füllen meinen strapazierten Magen. So gut sie sich dort anfühlen, so müde und träge macht mich nun das Essen.
Ich wünsche mir ein warmes Bett. Eine Frau neben mir. Eine ruhige Nacht ohne schlechte Träume. Einen langweiligen Morgen mit einem guten Frühstück. Einen zähfließenden Tag, an dem nichts passiert.

Mir fallen fast die Augen zu. Noch einmal die Wahlwiederholung. Pierre hebt ab.
»Dude hier.«
»Dude, Gottseidank.«
»Was 'n los? Klingst nicht gut, Meister.«
»Thang. Ich hab dir doch gesagt, ist dringend. War dringend. Da gab's … Probleme. Allerschlimmste Probleme, Dude. Und ihm geht's beschissen.«
»Oh Mann. Erzähl.«
»Ich brauche deine Hilfe.«
»Ich kann hier eigentlich nicht weg, gleich gibt's einen Cocktail mit dem alten Herrn. Aber … Ach, Scheiß drauf. Wo soll ich hinkommen?«
»Brauchst du gar nicht. Wir sind hier sowieso am Arsch der Welt. Du musst mir nur sagen, wie ich an ihn rankomme. Ich brauche den Pferdedoktor.«
»Pferdedoktor? Nimm mal den Mann vom Schlauch, ich versteh gar nichts.«
»Der mir die Silberkugeln rausgeholt hat. Der schon im Krieg war. Dein Onkel, glaube ich.«
»Großonkel Wilhelm!«
»Genau der.«
»Der war damals nur zu Besuch in Berlin, deshalb ging das so fix. Der wohnt irgendwo im Nordosten, fast bei Rügen.«
»Scheiße. Ich habe keine Ahnung, wie lange Thang das noch durchhält.«
»So schlimm?«
»Weiß nicht. Bin ja kein Arzt!«
»Gib mir 'ne Minute, das hab ich irgendwo gespeichert. Ich muss mal ans Postfach, dann rufe ich dich zurück, okay?«
Im zweiten Telefonat gibt Pierre mir die Adresse durch. Das Navi spuckt als voraussichtliche Fahrzeit zwei Stunden aus. Na großartig. Er fragt noch einmal, ob er kommen soll, das sei wirklich kein Thema. Ich versichere ihm, dass ich das alleine schaffe, aber er könnte seinen Großonkel telefonisch vorwarnen, was er zusichert. Ich beende das Gespräch und stehe vom Tresen auf.
»Noch einen großen Kaffee, Trudi. Zum Mitnehmen.«

Tag 5, Samstag, 2.00 Uhr

In den vergangenen zwei Stunden hab ich mir ein Dutzend kräftiger Ohrfeigen gegeben, das Fenster immer wieder heruntergekurbelt und mindestens zehn Zigaretten geraucht, um nur ja nicht einzuschlafen.

In dieser Ecke Deutschlands war ich noch nie, was aber ohnehin völlig egal ist, da ich in pechschwarzer Nacht nur das erkenne, was sich im Lichtkegel des Mustangs befindet.

Ich bin fast am Ziel, das Navi auf meinem Handy meldet noch fünfhundert Meter. Vor mir taucht ein Haus auf, in dem Licht brennt und dessen Grundstück direkt an der Landstraße liegt. Ich biege auf einen geschotterten Platz, der die Reifen zum Knirschen bringt. Der Platz wird von einem Hufeisen aus Wohnhaus, Scheune und wahrscheinlich Stall eingefasst. Ich parke den Mustang neben einem Toyota Geländewagen mit lehmverkrusteten Reifen.

Als ich aussteige, öffnet sich die Tür des Wohnhauses. Im Gegenlicht erkenne ich einen großen, gebeugten Mann, der humpelnd zu mir kommt und mir die Hand entgegenstreckt.

»Moin!«, begrüßt er mich.

»Guten Abend.«

»Der Kleine aus Berlin hat mich angerufen. Notfall! Wieder Silberkugeln im Allerwertesten?«, fragt er fast vergnügt. Ich habe meinen Lebensretter damals nie gesehen und mich später nur telefonisch bedankt, weshalb ich ihn nun genauer betrachte. Mit seinem scharfen Blick und der gebogenen Nase erinnert er mich an einen Adler.

Ist das Haut in seinem Gesicht oder ein alter Lederhandschuh mit Augen?

Pierre erzählte einmal, Wilhelm hätte schon in Stalingrad Beine amputiert, aber ich bin mir nicht sicher, ob er mich damit nur veräppeln wollte. Vielleicht war sein eigenes dabei, denn der Alte zieht sein rechtes Bein nach, was mich an Horrorfilme meiner Kindheit erinnert. Ansonsten trägt er ein Unterhemd aus dicker, weißer Baumwolle, uralte Hosenträger und Schuhe, die noch vor dem Bau der Berliner Mauer ausgeliefert wurden.

»Nein. Keine Silberkugeln. Aber den beiden geht's nicht gut«, zeige ich auf das Wageninnere.

Wir legen Thang und Karlchen auf einen gigantischen Tisch in der Wohnküche. Wilhelm stellt in aller Ruhe verschiedene Utensilien auf den Tisch. Kleine und große Schalen, Flaschen mit undefinierbaren roten Flüssigkeiten, gerollte Verbände, Instrumente aller Art und einen Teller mit einem Käsebrot so groß wie Helgoland. Glücklicherweise sehe ich keine Säge. Die Sache mit den Amputationen geht mir nicht aus dem Kopf.
Er beißt herzhaft in sein Brot, ich biete meine Hilfe als Assistent an. Kräftig kauend winkt er ab und entkleidet Thang, ohne die Stulle aus der Hand zu legen. Im Gesicht, am Hals, am Oberkörper, zwischen den Schulterblättern, an der Hüfte und insbesondere weiter unten liegt ein blauer Fleck neben dem anderen. An seinen Oberschenkeln klebt verkrustetes Blut. Sie müssen ihn furchtbar verprügelt haben, bevor er vergewaltigt wurde.
»Er ist … sie haben …«, fange ich an, als er den Arm hebt.
»Schon gesehen.«
Er atmet tief aus, geht an einen Schrank, holt eine Flasche Korn heraus und zwei kleine Gläser. Die farblose Flüssigkeit quillt in die Schnapsgläser bis zum Rand. Wir trinken auf Ex. Er sieht mich mit dem »Was machst du noch hier?«-Blick an.
»Schlummertrunk, mein Junge. Du stehst mir nur im Weg rum.«
»Und … wie schlimm ist es?«
»Dein kleiner Freund da …«, er zeigt auf Karlchen, »der kämpft um sein Leben. Sieht nicht gut aus. Tut mir leid.«
Ein Kloß verstopft meinen Hals. Er zeigt auf Thang.
»Den muss ich erst mal untersuchen. Kann ich noch nix zu sagen.«
»Ich warte. Kann ja vielleicht doch was helfen.«
Der Held von Stalingrad nickt.
»Denn man tau. Spreizer. Tupfer!«
Er streckt den Arm in meine Richtung, schnippt mit den Fingern. Ich zucke die Schultern. Als Krankenschwester bin ich eine Niete. Er legt mir eine Hand auf die Schulter und bohrt sein Adlerauge in meines.
»Ab in die Koje!«

Ich liege in einem Bett, das bei jeder Bewegung knarrt. Über mir eine Daunendecke, die gefühlte fünfzig Kilo wiegt. Die Zimmerschräge

beweist, dass ich mich unter dem Dach befinde. Ein winziges Gästezimmer, das nur aus Bett, Nachttisch und Schrank besteht.
Ich kann mich schon gar nicht mehr erinnern, dass ich irgendwelche Treppen nach oben gestiegen bin, so müde bin ich.
Nach wenigen Sekunden falle ich ins Land der Träume, wo ich von Axt schwingenden Berserkern empfangen werde, in deren Bärten Billardkugeln hängen.

Tag 5, Samstag, 14.00 Uhr

Wir befinden uns auf der Terrasse des Wohnhauses, die nach Norden ausgerichtet ist, wo das Meer in etwa fünfhundert Meter Entfernung auf einen flachen Sandstrand trifft. Thang und ich sitzen in Gartenstühlen aus weißem Plastik an einem runden Tisch, wobei er sich trotz der sommerlichen Temperaturen in eine leichte Decke gehüllt hat.
Auf dem Tisch steht ein reichhaltiges, herzhaftes Frühstück. Wer zur Hölle isst Blutwurst zum Frühstück? Nein, auch ein Lupus nicht!
Thang schlürft nur einen Tee. Er hat seinen Stuhl in Blickrichtung Meer gerückt, wodurch er mir nur sein Profil zeigt. Selbst dieser kleine Ausschnitt seines Gesichts reicht, um zu erkennen, was sie mit ihm angerichtet haben. Blaue Flecken, Kratzer, Risse, von der Schläfe bis zum Hals. Ihm muss jeder Knochen weh tun.
Seit Beginn des Frühstücks starrt er in Richtung des Windes und der Wellen. Wilhelm und ich haben ihn auf die Terrasse gebracht, indem wir ihn von beiden Seiten stützten, so schwach war er. Bevor er aufwachte, haben wir ihm ein paar Sachen von Ludger angezogen, Heinrichs Sohn, den ich kurz getroffen habe, bevor dieser in die Ställe verschwand. Ludger, der Mann mit den rosigen Wangen, wie sie so viele gesund wirkende Ländler haben. Seine Frau Inken ebenfalls, die ihm auch sonst recht ähnlich sieht mit ihrem kräftigen Körperbau und den kurzen Haaren. Beide reden eher wenig, was sie mir auf Anhieb sympathisch macht.
Die Klamotten des kurzgewachsenen, breiten Ludger passen dem schlanken Thang überhaupt nicht, aber wen interessiert das schon?

Thang fragte mich, was passiert sei, und ich gab ihm die geschönte Kurzfassung einer drastischen Schlägerei. Davon, dass ich die drei Rocker als Lupus fertiggemacht habe, erwähnte ich nichts. Thang nickte hin und wieder, sagte ansonsten wenig. Er wirkt niedergeschlagen. Sie haben alles an Lebensfreude aus ihm herausgeprügelt. Und noch Schlimmeres.

Bei aller Tragik knurrt mir der Magen noch immer, trotz der Eier mit Speck. Ich könnte einen halben Ochsen essen und schmiere mir ein Wurstbrot, als Fanny die Terrasse betritt. Ludgers Tochter und damit Wilhelms Enkelin deckte vorhin den Tisch, versorgte uns mit Kaffee und Tee. Im Schätzen von Teenagern besitze ich wenig Übung, aber das schlanke, blasse und rothaarige Mädchen in Röhrenjeans, Chucks und bedrucktem T-Shirt müsste etwa sechzehn oder siebzehn sein. Im Gegensatz zu ihrem schweigsamen Vater und dem knorrigen Opa wirkt sie aufgeweckt und gesprächig. Vielleicht liegt's am seltenen Besuch.

Dieses Mal bringt sie kein Tablett mit Essen auf die Terrasse, sondern trägt ein geflochtenes Hundekörbchen. Ich recke den Hals und erkenne den oberen Rand von Karlchens Kopf. Fanny lächelt mich an. Ich zeige auf Thang, hinter dessen Stuhl sie mit dem Körbchen steht. Sie legt ihm das Körbchen auf den Schoß, er erschrickt fast, freut sich dann aber, Karlchen zu sehen. Zumindest in den ersten drei Sekunden, ebenso wie ich.

Karl blickt uns aus einem Auge entgegen, über dem anderen klebt ein dickes Pflaster. Ich ahne, dass sich eine leere Augenhöhle darunter befindet. Sein rechtes Vorderbein besteht nur noch aus einem kleinen Stumpf, um den ein Verband gewickelt ist. Er ist wach und hechelt schwächer als sonst, wirkt aber ganz munter.

Thang schluchzt.

»Oh my! My poor baby. Was haben die … what … what? Poor thing!«

Ich schiebe meinen Stuhl um den Tisch herum, bis ich vor den beiden sitze. Ich streichle Karlchen am Ohr. Fanny beugt sich über den Stuhl, krault Karlchens Hals.

»Das sind doch nur ein paar Kratzer«, meine ich.

Thang blickt mich entgeistert an.

»Are you nuts, you moron? Sein Auge? His leg?«

»Okay. Aber mit einer Augenklappe und 'nem Holzbein wird das der coolste Piratenmops von Berlin«, versuche ich, ihn aufzumuntern. Sein Blick spricht Bände. So entschlossen muss Lee Harvey Oswald ausgesehen haben, bevor er Kennedy erschoss.
»Das stimmt!«, pflichtet mir Fanny bei. »Opa hat schon erzählt, dass er noch eine Prothese bekommt. Und ich nähe ihm nachher eine Augenklappe. Hm?«
Wir strahlen Thang an, als hätte er einen Fünfer mit Zusatzzahl gezogen. Er seufzt und streichelt Karlchen. Fanny geht wieder ins Innere des Hauses, dreht sich an der Tür um.
»Mag noch jemand was?«
»Sind noch Bratkartoffeln da?«, frage ich.

Tag 5, Samstag, 17.00 Uhr

Thang möchte ans Meer. Er stützt sich bei mir auf und mit der Geschwindigkeit einer Weinbergschnecke bewegen wir uns Richtung Strand. Zuerst überqueren wir einige Dünen und werden dann von einem kräftigen Wind empfangen. In Berlin stand die Luft vor Hitze, hier reicht ein T-Shirt kaum aus.
Wir laufen über feinen Sand zum Wasser, das uns mit Schaumkronen anglitzert. In der Ferne sehe ich jemanden mit einem Hund an der Wasserkante entlangspazieren, ansonsten sind wir allein.
Meine Fresse, ist das eine gute Luft hier! Ich sauge sie tief in die Lungen.
Thang lässt sich in den Sand fallen, ich setze mich neben ihn. Er rutscht hin und her, bis er eine angenehme Sitzposition gefunden hat. Wir blicken aufs Meer, dann sehe ich mich nach links und rechts um. Eine Gruppe Möwen landet etwa fünf bis zehn Meter vor uns und schielt immer wieder herüber.
Möwen. Sonne. Wind. Das Meer.
Mein Organismus pegelt sich auf dieses salzighaltige Paradies ein, ich fühle mich lebendig. Die blutigen Geschehnisse verblassen bereits, eine Art schnellen Verdrängens, die ich mir über die Jahre angeeignet habe.

»I am sorry«, höre ich Thang sagen.
»Wie?«
»Vorhin. You know. Ich war … I am … Karlchen. Wieso tun die so was? Sorry. Ich war gemein zu dir. Hab dich beleidigt.«
»Schon vergessen.«
»Ich schulde dir was. You know?«
Er blickt mich kurz an, sieht dann wieder nach vorn. Eine Möwe sticht mit ihrem Schnabel in den Sand und pult einen Krebs heraus. Er versucht, davonzukrabbeln, aber sie piekt mehrfach auf seinen Rücken und hackt schließlich vehement auf ihn ein. Das bringt ihn zum Torkeln, doch er gibt nicht auf und wuselt zur Seite. Eine zweite Möwe kommt herangelaufen und streitet sich mit der ersten um den Krebs. Sie zerren an seinen Beinen und reißen ihn auseinander.
So viel zum salzhaltigen Paradies.
»Ach was. Die Arschlöcher haben es verdient«, antworte ich Thang.
»I don't mean … nicht das. Ja. Die. Sicher. I mean … die Wahrheit.«
Flache Wellen klettern fast bis zu unseren Füßen und lassen etwas Schaum am Strand zurück.
»Die Wahrheit? Was meinst du?«
Er holt tief Luft, nimmt etwas Sand in die Hand und lässt ihn durch seine Finger auf den Boden gleiten.
»Ich bin schuld. Lan. My li'l sis. Dass sie tot ist.«
Er nimmt noch mehr Sand auf, verteilt ihn vor sich auf den Boden, blickt mich nicht an.
»Moment, Moment. Dafür konnte niemand was, das war dieser Rocker mit dem Silberzopf. Heinrich hat das eindeutig beobachtet.«
»Sure, sure. Er war das. Aber … wir …«
»Was?«
»Wir haben … wir wollten. Geld. Von denen.«
»Wie jetzt? Einen Vorschuss oder was?«
»Nope. Blackmail. Wie heißt das? Erpressen. Wir erpressten sie. No, correction! Wir haben es versucht.«
Die nächste Welle erfasst jetzt beinahe meine Stiefel. Das interessiert mich allerdings weniger als das Wort »erpressen«. Ich drehe mich zu ihm.
»Hör ich richtig? Ihr habt die Mad Dogs erpresst?«
Er nickt.

»Und es war – meine Idee. Lan … she listened to them. Zufall. Sie war in der Küche, in der Lotosblüte. Hätte eigentlich arbeiten sollen. Machte eine Pause. Dann! Kam this fucking bastard! In die Küche. Lan hat sich versteckt. Damit er nicht prügelt, you know? Lan versteckte sich in einem großen Küchenschrank. Machte sich klein. Just like a little puppy.«
Ich ziehe eine Camel aus der Packung und brauche bei der Brise selbst mit dem Zippo mehrere Versuche, bis die Zigarette Feuer zieht. Der Wind frischt auf, die Wellen kommen näher. Die erste begrüßt meine Stiefelspitze. Er erzählt weiter, ohne mich anzusehen.
»Dieses asshole! Silver Hair. Und ein fucking Russian bei ihm! Sprachen über Lieferung. Steroids. Drugs. So ein Shit, you know? Lots of it! Truck loads! Und Girls aus der Ukraine. Vor allem dieser Steroid Shit for Bodybuilders. Big Money.«
Ich nehme einen Zug, er malt mit seinem Finger Kreise in den Sand.
»Lan is clever. Was, I mean. Hat alles recorded. Mit ihrem Handy. Die haben nix gemerkt. Als sie weg waren, kam sie aus dem Schrank. Then directly to me. Was tun? Sollten wir zur Police?«
»Da kam dir eine Idee«, antworte ich.
»Right. Why not? Ein Stück vom Kuchen.«
»Scheiße.«
Er nickt, vergräbt sein Gesicht in den auf die Knie gestützten Armen. Sitzt mit rundem Rücken neben mir. Ich lege meinen Arm um seine Schultern.
Einmal zu viel gewollt und bitter dafür bezahlt.
Die Wellen erfassen bereits unsere Knöchel. Ich bin nicht in der Lage, aufzustehen.
Der Schmerz liegt förmlich in der Luft. Ich muss nur meine Hand öffnen und kann ihn berühren. Aber nicht einfangen. Er ist immer da.

Wir sitzen jetzt in der Nähe der Dünen, mit nassen Schuhen, aber trockenem Hintern. Salzwasser wäre für Thangs Wunden sicher nicht die richtige Medizin. Er lehnt sich an mich, ihm fehlt noch die Kraft, sich aufrecht zu halten. Der Wind spielt mit den Haaren und wieder fällt mir die gesunde, salzhaltige Luft auf. Sie erinnert mich an die Lofoten, den Wohnsitz meiner Eltern in Norwegen.

Ich empfinde Sehnsucht nach ihnen. Irgendwann sind unsere Liebsten nicht mehr da und man bedauert, nicht mehr Zeit mit ihnen verbracht zu haben.
So wie Thang und Lan.

»Du.« Thang stupst mich an.
»Hm?«
»Versprichst du mir? A promise?«
»Was denn?«
»What happened. Im Keller. Bei den Mad Dogs Assholes. Nobody, niemand, meine Eltern, Police. Whoever. Niemand darf es wissen. Nobody!«
»Warum?«
»Weißt du ...«
»Hm?«
»Ich will nicht. Being a victim. For the rest of my fucking life? No way! Okay?«
»Von mir erfährt's keiner. Du hast mein Wort.«
Er nickt.
»Thanks.«

Mit nassen Hosenbeinen und Schuhen gehen wir zurück zum Bauernhaus. Ein steifer Wind im Rücken hilft uns dabei. Ich beschließe, meine Eltern so bald wie möglich zu besuchen. Oder wenigstens anzurufen.

Tag 5, Samstag, 20.00 Uhr

In der Küche spreche ich mit Wilhelm über Thang. Soweit er das feststellen konnte, erlitt Thang im Wesentlichen zwei Sorten Verletzungen. Unzählige und über den gesamten Körper verteilte Hämatome sowie einen durch die Vergewaltigung verursachten, größeren und bösen Riss am verlängerten Rücken. Schwerwiegende innere Verletzungen könne er zwar nicht ausschließen, sie seien aber unwahrscheinlich.

»Die schlimmste Verletzung liegt woanders«, meint er und stopfte seine Pfeife dabei.
»Nämlich?«
Er zündet seine Pfeife an und schmaucht. Mir geht ein Licht auf, was er meint. Die Demütigung dieser Tat. Die Machtlosigkeit. Die Schande, die man empfindet.
»Ein Tapetenwechsel ist gut für ihn«, pafft er mir entgegen.
Nicht nur das, denke ich. Hier ist es auch bedeutend sicherer als in Berlin. Ich frage Wilhelm, ob Thang ein paar Tage hier bleiben könne.
»Natürlich, meen Jung.«
»Geht das wirklich? Ich meine, ihr kennt uns doch gar nicht. Und ich bezahle natürlich dafür.«
»Lass dein Geld stecken«, antwortet er mit s-pitzem S-tein. »Ich sagte Tapetenwechsel, nicht Urlaub«, knarzt er fröhlich mit einer Stimme wie Schmirgelpapier und fährt fort.
»Hein, unser Knecht. Seit Wochen krank. Bandscheibenvorfall. Dein Freund kann sich morgen noch 'n büschen ausruhen, aber dann muss er mit anpacken. Im Stall gibt's genug zu tun! Arbeit ist die beste Ablenkung!«
Sagte er tatsächlich Knecht?
Kurz darauf bespreche ich den Vorschlag, ein paar Tage hier zu bleiben, mit Thang. Ich möchte morgen zurückfahren, er kann sich aber noch ein paar Tage hier erholen. Davon, dass er demnächst die Mistgabel schwingen muss, erzähle ich nichts. Er zeigt sich einverstanden und gibt mir die Telefonnummer dieses Jünglings, der im Taschenladen aushilft und das Geschäft wieder öffnen soll, um die Stammkunden nicht zu verlieren. Dazu überreicht er mir die passenden Schlüssel.

Wir verspeisen Heringe mit Salzkartoffeln. Während des Essens kommt die Rede auf meinen Wagen, der Ludger gleich auffiel. Er erzählt mir mit Stolz von seinem Opel Monza, der im Schuppen steht und schon tauschen wir uns fachmännisch aus. Der Rest des Tisches langweilt sich und Thang versucht, ein neues Thema zu eröffnen. Er fragt Fanny nach ihren Interessen und natürlich zählt sie die üblichen Teenagervorlieben auf: Freunde treffen, chillen, Musik

hören, Facebook und so weiter. Aber über allem anderen stehen ihre Pferde. Und sie malt ein bisschen.
»Ein bisschen? Nu stell dein Licht nich' unter den Scheffel, Deern. Zeig's ihnen«, meint Mutter Inken.
Kurz darauf präsentiert uns Fanny ihre Zeichnungen. Serien von Menschen, Situationen am Meer, einige actionreiche Szenen aus Filmen, eine Zeichnung besser als die andere. Sie schafft es, mit wenigen Strichen eindeutige Situationen zu erschaffen. Eine Technik, die mich an Storyboards für die Stuntszenen erinnert, bei denen ich früher eingesetzt wurde, was ich Fanny sage.
Ihre Augen leuchten. Die von Ludger werden schmaler.
Ich erzähle ihr, dass gute Storyboard-Zeichner gesucht werden, wobei ich nicht weiß, was mich reitet, solche Lügen aufzutischen. Vielleicht möchte ich ihr eine Freude bereiten. Sie löchert mich eine ganze Weile lang, bis Ludger das Gespräch unterbricht und vorschlägt, zum Abschluss des Abends eine Runde Karten zu spielen.
Ein Abschluss um halb neun?

Der Tisch wurde abgeräumt und jetzt spielen wir alle Karten. Natürlich kein Poker, das hier niemand kann, sondern Mau-mau. Als ich das zum letzten Mal gezockt habe, trug ich kurze Hosen und tauschte Fußballkarten vor dem Kiosk an der Ecke.
Karlchen liegt entspannt in seinem Körbchen an der Wand. Er trägt die von Fanny angefertigte Augenklappe. Nun fehlt nur noch die Prothese und er ist fast wieder der Alte.
Ludger bescheißt. Das sehe ich aus den Augenwinkeln, halte mich mit Bemerkungen aber zurück. When in Rome, do as the Romans do.
Wir spielen um Geld. Ludger meint, das mache mehr Spaß. Er ist eben ein knallharter Kartenhai. Im letzten Spiel verliere ich meinen gesamten Einsatz von achtzig Cent. Die anderen verhalten sich konservativer und verlieren weniger, was Ludger immerhin eine satte Abendeinnahme von gut drei Euro beschert.
Während wir das letzte Spiel noch einmal durchkauen, donnert Wilhelm eine Flasche Korn auf den schweren Tisch. Jeder erhält ein Schnapsglas, inklusive Inken und Fanny, und dann geht's erst mal los mit Seemannsliedern, auf die jedes Glas geext wird.

»Nich' mehr schnacken, Kopp in Nacken!«, grölt Ludger und übernimmt das Trinkkommando.
Thang trinkt ebenso wie Fanny deutlich weniger, der Rest lässt sich nicht lumpen.
In meinem Gästezimmer schwanke ich von Wand zu Wand. Irgendwas leuchtet ins Zimmer.
Der Mond!
»Na, du? Alles fit?«, frage ich ihn und ergötze mich an seiner Wärme. Auf den Freund des Lupus ist Verlass. Wenn ich ihn brauche, ist er da. Ich fühle mich beschwingt und stark. Lasse mich auf den Boden fallen und mache Liegestützen. Verliere dabei das Gleichgewicht. Lupus besoffen, Lupus schwach.
Das funktioniert immer beim Lupus: Geruchssinn und Gehör. In diesem Fall: Leider! Ich bekomme den Gestank des Kuhstalls selbst im geschlossenen Zimmer nicht aus der Nase.
Wie ein gefällter Baum kippe ich ins Bett und schlafe noch in Klamotten ein. Träume von Karten spielenden Krebsen.

Tag 6, Sonntag, 11.00 Uhr

Ich frühstücke allein mit Thang. Ludger und Inken sind beim Gottesdienst, Fanny und Wilhelm arbeiten irgendwo in den Ställen.
»Eins wollte ich dich noch fragen«, bemerke ich, während ich Karlchen eine Wurstscheibe zuwerfe. Er verfehlt sie, vermutlich wegen des verlorengegangenen räumlichen Sehens mit nur einem Auge. Ich versuche es nochmal, wieder schnappt er vorbei.
Die Karriere im Zirkus können wir abhaken.
»Shoot«, antwortet Thang.
»Lan hat das Gespräch mit dem Handy aufgenommen. War das der einzige Ort, also ich meine, die einzige Datei mit dem Gespräch?«
Er zuckt mit den Schultern.
»I dunno. Ehrlich! An so was haben wir … haben wir … gar nicht gedacht. How dumb!«
Es fällt mir schwer, das zu glauben. Ob er mich noch immer anschwindelt? Oder hat sie eine Kopie gemacht, ohne es ihm zu sagen?

Kann man wirklich so dumm sein, eine so wertvolle Information nur auf dem Handy zu speichern?
Lans PC befindet sich in meiner Wohnung. Sobald ich zurückkehre, werde ich Ole anrufen, damit er den Zugang knackt.
Am besten noch heute.
So angenehm sich das Landleben auch gestaltet, ich bin hier fremd und will ihnen nicht auf die Nerven fallen. Außerdem muss ich noch etwas zu Ende bringen.
Die Zeit heilt alle Wunden, sagen die Menschen. Beim Lupus heilen sie so schnell, dass man dabei zusehen kann. Die Wunden, die man erblickt. Doch eine braucht lange, sehr lange, bis sie nicht mehr schmerzt: Das Gefühl des Unrechts. Der Wunsch, nein, das Verlangen nach Rache.
A man's gotta do what a man's gotta do.

Tag 6, Sonntag, 17.00 Uhr

Mehr als vierundzwanzig Stunden sind vergangen, seit ich das letzte Mal in meinem Mustang gesessen habe.
Viel zu lange.
Vor einer Viertelstunde habe ich mich von Thang, Karlchen, und allen vier der Bauernfamilie verabschiedet, natürlich nicht ohne Bekundungen, sich bald zu melden, zu telefonieren, in Kontakt zu bleiben und was sonst noch zu einem Abschied gehört.
Thang steht auf dem Hof und hält Karlchen, den Piratenmops, auf dem Arm. Er winkt mir zu, ich salutiere und starte den Wagen.
Mit jeder Sekunde entspanne ich mich mehr und freue mich auf eine lange, ruhige Fahrt. Nur mit meinem Mustang, Johnny Cash und einer Packung Camel.
Der Mustang biegt auf die Straße, ich sehe Thang im Rückspiegel wieder ins Haus gehen.
Hinter der nächsten Kurve steht jemand rechts an der Straße. Ich bremse ab und erkenne Fanny. Sie trägt eine Reisetasche über der Schulter, hält zwei Bücher in der linken Hand und reckt den Anhalter-Daumen. Mit einem Bein steht sie auf einem Skateboard.

Ich halte neben ihr, sie öffnet die Beifahrertür.
»Nimmst du mich mit?«, fragt sie und steigt ein, ohne die Antwort abzuwarten. Sie stopft die Tasche und das Skateboard zwischen ihre Beine in den Fußraum.
»Äh … wohin?«
»Du fährst doch nach Berlin. Also?«
»Sag mal … wissen deine Eltern davon?«
»Na klar!« Sie schnallt sich an und blickt nach vorn auf die Straße.
»Und warum hast du mir vorhin nicht gesagt, dass du nach Berlin willst und stehst jetzt hier auf der Straße?«
»Weil's irgendwie cooler ist, keine Ahnung. Fahr los, hm?«
Ich stehe mit laufendem Motor mitten auf der Landstraße und überlege. Früher war ich selbst abenteuerlustig und kann das Mädel verstehen. Ein Trip nach Berlin, spannend! Andererseits haben uns ihre Eltern und ihr Großvater freundlich aufgenommen und versorgt. Die wären wenig begeistert, wenn sie wüssten, dass ich zum Dank ihrer Tochter beim Ausreißen helfe. Was tun?
Langsam wende ich den Wagen und bemerke, wie sich ihr Gesichtsausdruck ins Panische verändert.
»Was machst du?«
»Ich bringe dich zurück.«
»Nein! Bitte!«
Ich stoppe auf der anderen Straßenseite, halb im Graben. Sie setzt ihren Welpenblick auf, für den ich beim weiblichen Geschlecht sehr anfällig bin. Plötzlich setzt ein Wasserfall aus Worten ein.
»Okay, okay, es stimmt! Meine Eltern wissen nichts davon. Aber ich will doch nur ein paar Tage nach Berlin. Zu den Freestyler Challenges, da will ich mir was von den Profis abschauen. Tony, G-Max und Dogg Five kommen auch hin, das sind Freunde von mir. Und es sind Ferien und ich kann bei meiner Tante unterkommen. Nach den Challenges fahre ich gleich wieder zurück. Versprochen! Ich würde nie meine Pferde im Stich lassen! Aber ich will nur einmal was erleben. Bitte! So wie meine Freundinnen, die fahren immer irgendwohin, nur ich muss immer zuhause helfen. Das ist sterbenslangweilig! Da gehe ich ein! Und du hast doch erzählt, dass du Leute beim Film kennst, vielleicht kann ich mich da für ein Praktikum bewerben und außerdem ist das doch voll uncool, wenn du …«

»Ist ja gut!«, unterbreche ich sie. »Halt die Luft an!«
Ich wende erneut und fahre Richtung Südwesten, nach Berlin. Aus den Augenwinkeln sehe ich, wie sie grinsend die Faust ballt und ein leises »Yes!« zischt.
»Du rufst an, sobald wir in Berlin sind, klar?«, frage ich zur Seite.
»Versprochen!«, antwortet sie und kann das Grinsen kaum unterdrücken.
Ich werde das bereuen.

Der Mustang frisst mühelos die Landstraße. Dreihundert Pferde freuen sich über Auslauf.
Eine Camel landet in meinem Mundwinkel, das Zippo flammt auf. Fanny fächelt sich mit übertriebener Geste die Luft von der Nase und hustet künstlich. Ich kurble das Fenster einen Zentimeter nach unten und blase den Rauch nach draußen. Eine Viertelstunde später dasselbe Spiel. Vorwurfsvoller Blick von rechts, Fenster herunter links.
Fanny öffnet eines ihrer Bücher und malt etwas hinein. Jetzt bemerke ich, dass es sich um ein Skizzenbuch handelt.
Johnny Cash hat ausgesungen, ich wechsle auf das »Made in Germany«-Album von Rammstein. Ich suche »Du riechst so gut«, das auch von einem Lupus geschrieben sein könnte. Mein Nacken reagiert sofort auf die heißen Gitarrenriffs, ich drehe lauter und trommle mit den Fingern der rechten Hand auf dem Lenkrad. An mir ging ein Drummer verloren.
Fanny verzieht das Gesicht.
»Was ist das denn für Musik?«
Ich überhöre die Frage absichtlich.
»Die hören sich an wie Nazis.«
Mir schwillt der Kamm!
»Das ist Rammstein und keine Nazimusik. Wenn ich den Scheiß schon höre! Und noch was: Das ist mein Wagen! Meine Musik! Meine Zigaretten! Und da ...«, ich zeige mit dem Daumen hinter mich, »... geht's zu deinen Eltern. Alles verstanden so weit?«
Sie wirft sich in ihren Sitz, pfeift eine Melodie, blickt aus dem Fenster, dann zu mir.
»Ja. Voll cool. Rammstein. Sag's doch gleich! Mag ich!«, meint sie und kritzelt etwas in ihr Buch.

Eine halbe Stunde später muss sie auf die Toilette, was nicht ganz einfach ist, da sich die Raststättenbetreiber anscheinend noch nicht so weit nach Norden vorgewagt haben. Nach einigem Palaver und Gezicke hockt sie sich hinter einen Busch, nicht ohne mir vorher eingebläut zu haben, mich auf keinen Fall zu ihr umzudrehen. Bevor sie wieder einsteigt, telefoniert sie mit einer Freundin. Ich höre mehrfach die Worte »grob« und »Kerl«.

Dann bekomme ich Hunger. Etwa eine Stunde vor Berlin machen wir Pause in einer Truckerkneipe, die derjenigen ähnelt, in der ich vor zwei Nächten Kaffee bei Trudy getrunken habe. Fanny isst irgendwas Vegetarisches, ich gönne mir ein Jägerschnitzel, das wie eine Schuhsohle mit Soße schmeckt. Immerhin gibt's eine ordentliche Ladung Pilze auf das Teil.

»Zeig mal«, deute ich auf das Skizzenbuch, das Fanny selbst beim Essen dabei hat.

»Nee«, ziert sie sich.

»Ich soll dir wegen eines Praktikums helfen, richtig? Dann muss ich wissen, was du kannst.«

Sie schiebt es mir über den Tisch, ich blättere darin, während ich das Schnitzel hinunterwürge. Das Bier hilft dabei. Die Zeichnungen bestätigen meinen Eindruck von gestern Abend. Fanny kann was. Die letzte Zeichnung zeigt einen Kerl in einem Auto, mich. Ich klappe das Buch wieder zu.

»Sind gut.«

»Danke! Gut genug für ein Storyboard, meinste?«

»Glaube schon«, antworte ich und verschweige, dass meine Kontakte zum Film seit einigen Jahren ziemlich ausgedünnt sind, thanks to the Pisser Will Taiger, dem deutschen Frauenschwarm.

Er nörgelte damals den ganzen Nachmittag herum, dass ich als sein Double in einer Actionszene nicht elegant genug aus dem Fenster springen würde. Nach dem siebten Mal schlug ich ihm vor, es doch mal selbst zu versuchen. Okay, um der Wahrheit die Ehre zu geben, habe ich es ihm nicht vorgeschlagen, sondern ihn aus dem Fenster geworfen, was ihm ein gebrochenes Bein bescherte.

Obwohl er auf Pappkartons landete. Lusche.

Das bremste meine bis dahin ordentliche Karriere als Stuntman aus, denn in dieser Branche läuft fast alles über persönliche Empfehlung.

Kein Produzent wollte es sich mit Taiger verderben und ich wurde kaum noch gebucht.
»Was ist das für ein Buch?«, deute ich auf das zweite Blankobuch.
»Noch mehr Skizzen?«
Sie schüttelt den Kopf.
»Eine Geschichte. Ich schreibe auch. Über Vampire und so!«
Ich rolle mit den Augen.
Vampire!

»Hast du was gegen Vampire?«, fragt sie mich, als wir wieder im Auto sitzen und ich meine Verdauungszigarette anzünde.
»Warum ausgerechnet eine Vampirgeschichte?«, frage ich zurück.
»Die sind irgendwie cool. Keine Ahnung. Das ist keine behinderte Schnulze für kleine Mädchen, nee, nee! Da geht's richtig ab. Soll ich dir mal den Anfang vorlesen?«
Ich nicke, sie öffnet das Buch und liest vor.
»Alles begann damit, dass ich blutend in der Badewanne aufwachte.«
Ich lache laut.
Sie runzelt irritiert die Stirn.
»Findste blöd?«
»Nein, gefällt mir. Ein starker Anfang! Wie geht's weiter?«
»Öhm. Viel mehr hab ich noch nicht.«
»Warum steht ihr alle auf diese Dandys?«
»Wer ihr? Und was ist ein Dandy?«
»Egal. Also warum Vampire?«
»Na ja, keine Ahnung. Die sehen schick aus. Cool halt. Sind geheimnisvoll, klingen nach Abenteuer, man kann seiner kleinen, spießigen Welt mal entfliehen. So was sucht doch ein Mädchen. Also manchmal jedenfalls. Sonst gibt's ja nicht viele Fabelwesen, weißt du, was ich meine?«
Sie überlegt, setzt dann fort.
»Werwölfe vielleicht? Nee, echt nicht. Die sind übelst behaart. Das ist voll eklig!«

Jeder, der in Berlin lebt, leidet von Zeit zu Zeit an der Stadt. Der Lärm, der Dreck, von allem zu viel und von manchem zu wenig. Das merkte ich besonders, als ich die frische Meeresluft an der Ostsee

einatmete. Den weiten Blick genoss. Die Harmonie der Familie von Fanny erlebte.
Aber kaum sehe ich den Funkturm, freue ich mich wieder auf das große B. In das Gefühl der Freude mischt sich eine dunkle Farbe mit silbernem Zopf. Aber das wische ich zur Seite und genieße den Anblick des kleinen Eiffelturms.
»Wo wohnt denn deine Tante? Soll ich eher Richtung Zoo oder zum Alex?«, frage ich.
»Welcher Alex?«
»Alex Berlinowski von Brandenburgstein. Nein, das steht für Alexanderplatz. Knotenpunkt im Ostteil der Stadt. Ich frage nur wegen der groben Richtung. Natürlich bringe ich dich direkt vor die Tür. Hast du die Adresse deiner Tante?«
»Ja, Alex. Stimmt! Genau da! Meine Tante holt mich dann ab. Die muss aber noch arbeiten, deshalb komme ich nicht ins Haus, weißt du, was ich meine? Lass mich da einfach raus.«

Schließlich erreichen wir den Alex. Ich lasse Fanny an einer Ampel neben der Galeria Kaufhof aussteigen, wo selbst am Sonntag massenweise Fußgänger über den Platz strömen. Wir vereinbaren für spätestens übermorgen ein Telefonat. Bis dahin habe ich einen alten Freund kontaktiert, der vielleicht einen Praktikumsplatz organisieren kann.
Wir verabschieden uns mit einer Umarmung, ich steige ein und beschleunige den Wagen in Richtung Potsdamer Platz. Als ich mich der Friedrichstraße nähere, komme ich ins Grübeln.
Ihre Tante muss am Sonntag arbeiten? Und dass sie sofort zustimmte, sie beim Alex abzusetzen ohne die Adresse ihrer Tante zu kennen, war merkwürdig.
Zusammenfassung: Ich bringe eine minderjährige Ausreißerin nach Berlin und setze sie einfach so am Alex aus, als Dank an ihre Eltern, die uns aufgenommen haben. Und als Sahnehäubchen habe ich ganz vergessen, sie an den Anruf zu erinnern.
Großes Kino, du Idiot!
Ich schaffe es gerade noch, mit quietschenden Reifen vor dem entgegenkommenden, schwedischen Reisebus zu wenden. Der Fahrer hupt und gestikuliert, ich entschuldige mich und presche wieder

zum Alex, wo ich den Mustang in einer Busbucht abstelle. Ich steige aus und scanne die Umgebung.
Keine fünfzig Meter von mir sehe ich Fanny auf einer Bank sitzen, Passanten beobachten und in ihr Skizzenbuch zeichnen. Sie bemerkt mich, kurz bevor ich sie erreiche.
»Hey!«
»Es gibt keine Tante. Richtig?«
Sie nickt und zieht die Nase kraus.
»Und wo willst du dann bleiben?«
»Weiß nicht. Tony vielleicht?«
»Wer war das nochmal? Einer deiner Skateboard Freunde?«
Sie nickt.
Ich hake nach.
»Ist das ein guter Freund von dir? Wie alt ist der Typ? Woher genau kennst du den?«
Fanny zuckt die Schultern, malt mit ihrer Schuhspitze Kreise auf den Boden.
»Den gibt's auch nicht, stimmt's?«
Sie kräuselt die Nase und seufzt.
»Dann war das auch eine Lüge mit den Freestyle Dingsda? Challenges?«
Sie blickt zu mir auf und schüttelt heftig den Kopf.
»Nein! Die sind am nächsten Wochenende. Ich schwöre! Deshalb war ich so glücklich, dass einer aus Berlin bei uns zu Besuch ist. Da kommen die Allerbesten hin. Aus ganz Europa! Ich hab mir schon übelst viele Videos auf YouTube reingezogen und jetzt kann ich die mal live sehen. Vielleicht bekomme ich sogar eine Wildcard und darf vor den Profis fahren. Das wäre so endgeil!«
Ich nehme ihre Tasche vom Boden.
»Du kannst bei mir schlafen. Aber nur heute Nacht! Danach überlegen wir, wie es weitergeht.«
Sie grinst mich breit an.
»Moment! Du rufst jetzt deine Eltern an. Und schalt dabei den Lautsprecher ein! Sonst packe ich dich ins Auto, fahre zum Hauptbahnhof und setze dich in den nächsten Zug nach Hause.«
Ich werde das bereuen.
Ganz sicher werde ich das.

Tag 6, Sonntag, 21.00 Uhr

Fanny gibt mir das Handy, nachdem sie etwa zehn Minuten mit ihrer Mutter gesprochen hat. Während ich mit Inken telefoniere, schaut Fanny aus dem Fenster, als wäre sie ein kleines Mädchen, das die Geschenke unter dem Weihnachtsbaum erblickt. Sie saugt die Eindrücke mit ihren Augen auf, als ich mit dem Telefon am Ohr von der beleuchteten Leipziger Straße Richtung Kreuzberg abbiege.
Das Telefonat verläuft wie erwartet. Ich habe Inken in den vergangenen Tagen als erdig und ausgeglichen kennengelernt. Jetzt wirkt sie beunruhigt, wechselt zwischen sorgenvollen Bemerkungen und nervösen Nachfragen, mit einem leichten Zittern in der Stimme. Auch wenn sie es mit keinem Wort ausspricht, spüre ich die Vorwürfe deutlich.
»Gero?«
»Ja?«
»Du passt auf meine Fanny auf. Versprichst du mir das?«
»Natürlich.«
»Gib mir dein Wort.«
»Du hast mein Wort, Inken.«
»Bei uns hier zählt das. Das sagt man nicht nur so dahin.«
»Ich weiß, wie du das meinst, Inken. Dass ich nicht so aussehe, als könntest du mir vertrauen. Aber bei mir zählt ein Ehrenwort genauso, darauf kannst du dich verlassen.«
Ich erzähle von den Erfahrungen und Kontakten, die für Fanny wichtig sein könnten, von einem möglichen Praktikum, das ihr mehr Einblick verschafft und verteile allerhand Beruhigungspillen. Sie antwortet höflich und das Zittern in ihrer Stimme wird schwächer, aber die Nervosität bleibt.
Ich kann es ihr nicht verdenken.
Ein Kerl kommt unter dubiosen Umständen auf ihren Hof, bringt einen verletzten Hund und einen vergewaltigten, schwulen Vietnamesen mit und fährt nach ein paar Tagen mit der Tochter im Schlepptau wieder nach Berlin.
Wir verabschieden uns und ich zünde mir eine neue Zigarette an.
Was soll dem Mädel schon passieren? Wir befinden uns schließlich nicht in der Bronx.

Der Mond erwärmt selbst durch die Frontscheibe hindurch meine Stirn. Langsam breitet sich die Nacht aus. Mit jedem Meter, jedem Atemzug fühle ich mich heimischer. Ich blicke nach oben, er strahlt mich an. Meine Stadt, mein Planet. Ich lasse die Scheibe herunter und atme Berlin ein.
Fanny hält ihren Arm aus dem offenen Fenster und lässt den Fahrtwind zwischen den Fingern hindurchgleiten. Ein Ford Escort mit riesigem Heckspoiler und fünf jungen Typen mit Basecaps überholt uns. Sie johlen herüber, Hip Hop wummert aus den Boxen, die Scheiben vibrieren. Fanny lacht und winkt ihnen zu.
Wir biegen auf die Skalitzer ab, über uns donnert die Hochbahn. Ich beschleunige, um mit dem erleuchteten, gelben Drachen mitzuhalten, Fanny grinst.
Johnny Cash singt von einem Mann, der seinem Sohn den Mädchennamen Sue gab, um ihn für das Leben abzuhärten. A boy named Sue. Wie würde ich wohl meinen Sohn nennen?
Ich finde keinen Parkplatz vor der Tür, fahre mit dem Mustang an den Kotti ran und die Rampe in der Mitte hoch, direkt unter die Hochbahn. Dann klingle ich Sammy mit dem Smartphone an. Fanny und ich steigen aus, ich warte zwei, drei Minuten, schon erscheint Sammy.
»Ey.«
»Na?«
Wir begrüßen uns, was bei Sammy mit Fäusten, verdrehten Fingern und allerhand Ghettogedöns und Brudergetue einhergeht. Fanny lächelt ihm zu. Ich gebe ihm ein paar Silberlinge, was bedeutet, dass mein privater Parkwächter den Wagen die Nacht im Auge behalten wird. Er zeigt auf Fanny, blickt mich mit Verschwörermiene an und beult seine Wange mit der Zunge aus.
Für diese Frechheit haue ich ihm ohne große Vorwarnung gegen die Schulter, der Hänfling stolpert und fällt hin. Er rappelt sich wieder auf und klopft sich den Staub von der Hose. Fanny blickt entgeistert, Sammy lacht, ich ebenfalls.
Als er sich zum Gehen abwendet, fällt ihm etwas ein. Er dreht sich um und kommt wieder auf mich zu.
»Da sucht dich einer.«
»Wie? Mich sucht einer? Erzähl.«

»Gestern halt. Ich wollte zu dir. Du hast versprochen, dass wir was futtern. Im Orient Eck!«
»Stimmt, Sammy. Aber da kam ein Notfall dazwischen.«
»Die da?« Er zeigt mit dem Daumen auf Fanny.
»Nein, nicht die da. Jetzt erzähl.«
Sammy senkt seine Stimme, damit Fanny nicht mithört. Sie wird dadurch erst richtig neugierig und kommt näher. Ich gebe ihr mit der Hand ein Zeichen, Abstand zu halten. Sie rollt mit den Augen und fummelt an ihrem Handy herum.
»Keine Ahnung«, fährt Sammy fort. »Keine Ahnung, wie der heißt oder so. Aber ich war an deiner Haustür und da fragt einer auf der Straße rum, ob man einen kennt, der so und so aussieht. Wegen Unfall und so.«
»Was für ein Unfall? Ich verstehe nur Bahnhof.«
»Keine Ahnung, ey. So ein Unfall halt. Mit Fahrerflucht, weißt du? Der, der den Unfall gebaut hat, ist abgehauen, sagte der. Und jetzt sucht er den. Oder so. Und der, den er sucht, das war, Mann, das warst du. Also die Beschreibung, weißt du?«
»Hat ihm irgendwer was gesagt? Hast du was mitbekommen?«
»Der war bei den Fidschis drin, im Laden unten. Aber die haben gesagt, nix verstehen!«
»Wie sah der aus?«
Sammy blickt nach oben, als würde das Bild über der Hochbahn erscheinen.
»So 'ne Schlägerfresse. Glatze. Wie 'n Skinhead! Aber sportlich halt, oder so. Der trainiert, das sieht man.«
Die Beschreibung kommt mir bekannt vor.
Ich hake nach.
»Hatte der was am Hals?«
Sammy schnippt mit den Fingern.
»Ja, Mann! So ein verschissenes …«
»Sammy!«
»… so 'n hässliches Tattoo! Bist du dem Ar…, sorry, dem Macker ins Auto gefahren oder so?«
»Nee. Erzähle ich dir ein anderes Mal. Wenn der Typ sich hier nochmal rumtreibt, gibst du mir Bescheid, okay?«
»Yo, Mum.«

»Alles klar, Kleener. Ich glaube, wir gehen jetzt mal hoch, war ein langer Tag. Du passt auf das Pony auf, hm?«
Sammy kommt näher und umarmt mich, was mich überrascht. Er neigt sonst nicht zu Zärtlichkeiten und findet normalerweise alles außer Händeschütteln schwul. Bevor ich es kapiere, hat er mir die Camelpackung aus der Brusttasche des Hemdes gepflückt und rennt ein paar Schritte davon. Keine Chance, den flinken, kleinen Bastard einzuholen.
»Du denkst an das Pony?«, rufe ich ihm nach.
»Klaro. Muss nur 'n Feuerzeug holen.«

Der Russe sucht nach mir. Der Kerl steht für ernsthaften Ärger der Sorte »Wir machen jetzt mal einen Spaziergang im Kanal – mit Betonschuhen«. Woher weiß er, in welcher Ecke ich wohne? Was will er überhaupt von mir? Wieso haben die Vietnamesen geschwiegen? Ob die Wohnung sicher ist?
Fanny und ich überqueren die Skalitzer.
»Wer war das denn? Und wieso hast du ...?«, reißt sie mich aus meinen Gedanken.
»Das war Sammy. Mein persönlicher Parkwächter.«
»Ja, aber die Zigaretten? Das ist doch voll ungesund! Wie alt ist der denn?«
»Ich sag ihm schon lange, dass er auf die leichten umsteigen soll, aber er hat sich nun mal an die Marke gewöhnt. Was soll ich machen?«
Ihr Mund steht noch offen, als ich die Tür aufschließe. Ich schiebe sie nur wenige Zentimeter auf und linse durch den Spalt.
»Stimmt was nicht?«, fragt Fanny. Ich schüttle den Kopf und betrete meine Wohnung.

Aus alter Gewohnheit schalte ich als Erstes den Fernseher an. Meine seit vielen Jahren bewährte Methode gegen Einsamkeit. Ich lasse meine Tasche auf den Boden fallen, Fanny blickt mich ratlos an.
»Du willst bestimmt wissen, wo dein Zimmer ist?«
»Also, ähm ... ja?«, fragt sie mit einem Gesichtsausdruck, der verrät, dass meine Bude keine Begeisterung weckt. Vielleicht sollte ich mal wieder saugen. Aufräumen. Und die Spinnenkolonie aus der oberen Ecke im Schlafzimmer entfernen.

Ich winke ihr, sie folgt mir in die Küche. Dort hole ich mir ein Bier aus dem Kühlschrank und frage, was sie gerne trinken würde.
»Ein Wasser, nicht sprudelnd?«, fragt sie.
»Hab ich nicht, sorry.«
»Bionade?«
»Nee, sorry.«
Bei den Wünschen nach einer Pepsi, Eistee, Bubbeltee und O-Saft schüttle ich den Kopf. Der Kühlschrank enthält zwar einiges an Essen, das Thang eingekauft hat, aber überwiegend Nudelkram oder anderes wenig Nahrhaftes. Ich schnippe mit den Fingern.
»Kaffee könnte ich dir anbieten!«
»Ja, super!«, strahlt sie. »Einen Latte mit viel Schaum!«
»Bin ich Starbucks? Kaffee heißt Kaffee. Das braune Zeug, sonst nichts.«
Sie verzieht das Gesicht und lässt Leitungswasser in ein Glas laufen.
»Morgen kaufe ich ein, okay? Und schlafen kannst du hier«, erkläre ich, während ich aus der Küche ins Schlafzimmer gehe. Sie folgt mir und verzieht das Gesicht, als sie zuerst das alte, verkrumpelte Laken auf dem Bett und dann die nützlichen Achtbeiner an der Decke bemerkt.
»Hier schlafe ich nicht, sorry!«, zeigt sie nach oben.
»Ich dachte, du kommst vom Bauernhof«, antworte ich und hole aus der Kammer im Flur einen Besen. Ein offenes Fenster und zielgerichtetes Deckenkehren, schon sieht alles wieder perfekt aus!
»Frische Bettwäsche ist da drin«, zeige ich auf den Schrank, stelle den Besen ab und gehe ins Wohnzimmer. Während ich den Fernseher einschalte und das Fenster öffne, sehe ich aus den Augenwinkeln einen Beitrag im Fernsehen. Ein Polizeieinsatz mit einer Menge Rocker in Handschellen. Ich lasse die Tasche in Ruhe, drehe den Ton auf und setze mich aufs Sofa.
»Wo soll ich die alten …?«, fragt Fanny plötzlich von der Seite.
»Sei ruhig! Bitte«, fahre ich sie kurz an. Sie setzt sich zu mir auf die Couch und verfolgt interessiert den Beitrag des RBB. In der linken oberen Ecke des Bildes steht ein Live-Zeichen.
Eine müde wirkende Reporterin mit Schlupflidern und dunklen Locken berichtet von Nachbarn der Rocker, die Schreie, Schläge und vielleicht sogar Schüsse aus dem Hauptquartier der Mad Dogs hörten

und daher die Polizei riefen. Beim Stichwort »Mad Dogs« wurde sofort das SEK geschickt, das beim Eintreffen auf Widerstand seitens der Rocker stieß. Die Türen wurden verbarrikadiert, aus dem Gebäude drangen Warnungen, es nicht zu betreten. Schließlich brach ein Feuer im Untergeschoss des Gebäudes aus, was das SEK zum Anlass für einen massiven Angriff nahm.
Während die Reporterin routiniert erzählt, sehe ich im Hintergrund Löscharbeiten der Feuerwehr, Rocker, die an der Kamera vorbei von vermummten SEK-Polizisten abgeführt werden und mehrere Polizisten in Zivil am linken Bildrand. Eine Gestalt erkenne ich auf Anhieb. Lara Croft aus Marzahn, Jackie nochmalwas, wie war ihr Nachname?
»Die sind irgendwie cool, oder?«, zeigt Fanny auf einen Mad-Dog-Hünen mit Glatze und Sonnenbrille, den zwei Polizisten an der Kamera vorbei aus dem Bild zerren. Er verabschiedet sich von uns mit dem Stinkefinger und grunzt Unverständliches.
»Das täuscht«, antworte ich.
Jeder Rocker muss an der Kamera vorbei, warum auch immer. Es scheint ihnen nichts auszumachen: Den Silberzopf kann ich nicht entdecken, aber vielleicht war er einfach nicht im Bild zu sehen.
Brönner. Jackie Brönner. So heißt sie. Noch immer redet sie mit zwei Typen. Staatsanwälte, Kollegen? Die Stimmung scheint gut zu sein, man sieht sie lachen. Als einer aus dem Trio bemerkt, dass die Kamera die beschwingte Laune einfängt, gehen sie aus dem Bild.
Sie hat mit den Rockern zu tun. Und ist auf eine sportlich-coole Art sehr sexy. Das schreit nach einem Date. Morgen früh schlage ich zwei Fliegen mit einer Klappe und rufe meinen Polizeifreund Stefan an. Jetzt ist es zu spät für ein Telefonat.
»Du, ich hab Hunger«, blickt mich Fanny mit Welpenblick an. Da mir auch der Magen knurrt, schlage ich vor, zum Späti zu gehen.
»Späti?«
»So heißen die hier. Weil sie spät aufhaben. Knaller, oder?«
Sie lacht, ich grinse zurück.
»Also, auf geht's.«
Ich gehe zum Fell, um mit der Hand durchzustreichen. Fanny schnappt sich ihr Skateboard und eine Minute später stehen wir auf der Straße.

Tag 6, Sonntag, 23.45 Uhr

»Warte mal kurz, ja? Nicht weglaufen!«, grinst Fanny und zieht mich am Ärmel. Ich bleibe stehen, während sie das Brett auf den Boden fallen lässt. Dann stellt sie sich drauf, nimmt mit dem rechten Bein Tempo auf und saust den Gehweg entlang. Ich stecke mir eine Zigarette zwischen die Lippen, die mir fast aus dem Mundwinkel fällt, als ich sehe, dass sie auf die Straße fährt.
Die ist auch um diese Zeit belebt und ich erwarte, dass sie jeden Moment von einem der Taxis oder Minivans erfasst und gegen einen Pfeiler der Hochbahn in der Mitte geschleudert wird. Ich werde in den Knast wandern und wenn ich nach zehn Jahren rauskomme, wird mir ihr Großvater beide Beine amputieren.
Sie fährt rechts am Straßenrand und entfernt sich von mir, überholt einen Fahrradfahrer und zieht dann in die Mitte der beiden Spuren. Mein Herz beschleunigt, aber ich bin nicht in der Lage, irgendetwas zu rufen, sehe wie paralysiert zu. Hinter einem alten Passat zieht sie schließlich nach links, beschleunigt mit dem rechten Bein, duckt sich und springt dann auf die Rampe in der Mitte, rast zwischen den parkenden Autos hindurch, wobei ich nur ihren Schopf sehe, und springt dann zwei Sekunden später mitten in den fließenden Verkehr auf der Gegenseite, wodurch sie sich wieder in meine Richtung bewegt. Sie duckt sich, verliert an Tempo und hält sich an der Laderampe eines Pritschenwagens fest, der sie auf meine Höhe bringt. Wieder springt sie auf die Rampe, brettert zwischen den parkenden Autos hindurch, schlängelt sich durch den Verkehr auf meiner Seite, hüpft mit dem Board auf den Gehweg und hält mit perfekter Bremsung direkt vor mir.
Erst jetzt fällt mir auf, dass ich mir die Camel noch gar nicht angezündet habe. Das hole ich nach und überlege mir die passende Moralpredigt, während sie mich anstrahlt.
»Na?«, leuchten ihre Augen.
»Erstens: So was machst du nicht wieder! Ich habe deiner Mutter versprochen, auf dich aufzupassen.«
Sie zieht eine Schnute.
»Zweitens: Das war verflucht gut! Alter Schwede! Wo hast du das gelernt? Bei euch gibt's doch überhaupt keinen Verkehr.«

Wir setzen uns in Bewegung zum Späti an der Ecke. Sie trägt das Board unter dem Arm.
»Hinter dem Hof ist alles asphaltiert, wegen den großen Maschinen, verstehst du, was ich meine? Und wenn die Kühe von der Weide reinkommen oder aus dem Stall raus müssen, dann übe ich. Mit einer Kuh willst du nicht zusammenstoßen, das kannste mir glauben!«
Ich lache laut, sie grinst.
Ein Obdachloser schiebt einen Einkaufswagen mit mindestens einem Dutzend verdreckter Mülltüten an uns vorbei. Der Wagen holpert an einem Schlagloch und eine leere Wasserflasche purzelt auf den Gehweg. Als der Obdachlose sich nach ihr bückt, kickt er sie aus Versehen einige Meter weiter. Stöhnend richtet er sich auf und sieht mich an.
»Mehr Gelassenheit, wa?«, mault er.
Im Späti versorgen wir uns mit hochwertiger Nahrung aus Chipstüten für mich und Milchschnitten für sie. Ich nehme mir noch einen billigen Whisky mit, dessen Kauf sie ausdrücklich begrüßt.
»Träum weiter. Der ist nur für mich.«

Ich lehne mich auf die Fensterbank und blicke auf die vorbeifahrende Hochbahn, ganz nebenbei auch auf meine Uhr. Ein Uhr nachts. Aus dem Tumbler in meiner rechten Hand wabert der leicht stechende Geruch des Whiskys in die Nase. Der Mond wärmt mein Gesicht. Es juckt mich in allen Gliedern, über die Dächer zu steigen und meine Stadt von oben zu genießen.
Das Adrenalin lockt, ich wäre gerne ER. Wenige Minuten nur …
Fanny telefoniert mit ihrer besten Freundin, der sie mit Feuer in der Stimme von ihrem Ausflug nach Berlin erzählt. Das höre ich durch die geschlossene Tür, als befände ich mich direkt neben ihr. Was noch ein Grund ist, sich ans Fenster zu stellen, um die stärkeren Geräusche von außen wahrzunehmen.
Ein extrem gutes Gehör ist manchmal ein Segen, oft jedoch ein Fluch. Weniger wegen der Kakophonie vieler Geräusche, aber ich fühle mich wie ein Voyeur.
Immerhin hat mich Fannys Telefonat zur Besinnung gebracht. Meine Verantwortung für sie. ER bleibt unter meiner Haut.
Bei offenem Fenster kann ich in diesem Zimmer nicht schlafen, dafür ist die Hochbahn zu laut. Bei geschlossenem Fenster ersticke ich.

Die Lösung heißt Whisky. Ich fülle den Tumbler nach, entferne mich vom Fenster und lege mich aufs Sofa.
Die vorbeifahrende U1 beleuchtet für wenige Sekunden die Längswand mit dem Fell, der Elchschaufel und den vielen Fotos aus Norwegen. Eine Wand voller Heimat.
Was steht morgen an? Ich bin Thang und seiner toten Schwester noch etwas schuldig. Das kommt vor allem anderen.
Den General besuchen, zur Polizei schleppen, Aussage machen lassen. Oder gleich den Silberzopf erledigen.
Fannys Praktikum? Den Dude anrufen. Ole!
Ich bräuchte eine Sekretärin.
Meine Gedanken mäandrieren durch den Raum und der Whisky in mein Blut, bis ich trotz des Geratters der Hochbahn einschlafe.

Tag 7, Montag, 8.30 Uhr

Radioeins meldet für heute neunundzwanzig Grad und wolkenlosen Himmel. Unter der Dusche überlege ich, was ich als Erstes in Angriff nehme und entscheide mich für den General. Ich steige in eine ziemlich zerlumpte Jeans und frage mich, ob Fanny nähen kann.
Die Götter sind mit mir. Tatsächlich finde ich in der Innenseite des Kühlschranks zwei Eier, deren Verfallsdatum erst gestern abgelaufen ist. Passt.
Während ich einen Topf mit Wasser auf den Herd stelle, betritt Fanny barfuß die Küche. Sie trägt Jeans-Hot-Pants und ein weißes T-Shirt mit irgendeiner Comicfigur, die ich nicht kenne. Ihre glatten, schlanken Beine ziehen meine Aufmerksamkeit auf sich, bis ich mir innerlich eine klatsche und zur Kaffeemaschine gehe.
»Moin«, begrüßt sie mich.
»Guten Morgen. Gut geschlafen?«
»Ich bin schon lange wach. Habe nur gelauscht, ob ich was höre.«
Sie setzt sich an den kleinen Küchentisch, überschlägt die hübschen Beine und – Junge, schau woanders hin – gähnt herzzerreißend.
»Schlafen Mädchen nicht eigentlich lange?«, frage ich und verteile die Kaffeetassen.

»Normalerweise schlafe ich übelst lang. Aber ist vielleicht ein bisschen die Aufregung. Berlin und so, weißt du, was ich meine?«
»Mhm. Sag mal, kannst du nähen? Also Löcher in Hosen flicken?« Sie grinst und zeigt auf meine Jeans.
»Sieht doch cool aus.«
»Also kannst du?«
Während des Frühstücks löchert mich Fanny, was wir denn alles unternehmen werden. Ich schlage vor, dass sie sich am Vormittag die Gegend ansieht und bei Kaiser's etwas für uns einkauft. Sie fragt, was ich denn vorhätte. Als ich ausweiche, hakt sie nach.
»Das hat bestimmt mit Thang und Karl zu tun, oder?«
»Indirekt, ja. Aber du kannst da nicht mitkommen.«
»Ich weiß, was mit ihm passiert ist«, antwortet sie und presst die Lippen zusammen.
»Auch das noch. Jedenfalls …«
»Ach komm! Wir haben euch geholfen. Da kannst du mir wenigstens sagen, was du jetzt machen willst, das wäre doch nur fair, weißt du, was ich meine?«
Ich nehme den letzten Schluck Kaffee aus der Tasse und verfluche, dass ich sie mitgenommen habe. Sie schlürft ihren Becher lautstark aus. Dass ich den Silberzopf finden will, erzähle ich ihr nicht und in die Lotosblüte nehme ich sie garantiert nicht mit. Aber warum nicht zum General?
»Du flickst zuerst die Hose. In einer halben Stunde brechen wir auf.« Sie räumt die Becher in die Spülmaschine und summt einen Popsong, den ich nicht erkenne.

Tag 7, Montag, 9.45 Uhr

Fannys Haare flattern im Wind des geöffneten Seitenfensters, als wir durch Schöneberg fahren und am Pallasgebäude rechts in die Yorckstraße abbiegen. Sie trägt wieder Shorts, ein schwarzes T-Shirt und eine schlabbrige Wollmütze, trotz der warmen Temperaturen.
Wir unterqueren die ersten beiden der vielen Eisenbahnbrücken, danach biege ich links ab und fahre die staubige Rampe nach oben.

Nach einigen Metern auf ebener Fläche stoppe ich den Wagen, direkt vor dem Domizil des Generals.
Ich steige aus, Fanny ebenfalls.
Plastiktüten liegen verstreut und entleert quer über dem kleinen Platz. Eine zerlumpte Gestalt durchwühlt den alten Lederkoffer des Generals. Ich renne zu ihm und zerre den Plünderer an der Schulter vom Koffer weg. Er stolpert dabei und fällt auf den Hintern.
»Hee, Scheißer! Was, was, was? Hä?«, blökt er weinerlich.
»Das gehört dem General, das weißt du genau.«
Ich stehe vor ihm. Er traut sich nicht, aufzustehen, klopft sich dafür die alten Handschuhe ab. Wieso trägt er bei dieser Hitze Handschuhe?
»Braucht er nich mehr!«, gibt er zurück. Zahnlos, wie mir jetzt auffällt. Er sieht aus, als sei er aus einem Mad-Max-Film gefallen. Komplett zerlumpt, von oben bis unten in undefinierbare, schwarze Klamotten gehüllt. Eine selbst für Berlin skurrile und irgendwie alterslose Type, die riecht wie ein gefüllter Müllwagen der BSR.
»Was heißt das? Wo ist er?«, frage ich ihn mit einem aufwallenden, flauen Gefühl im Magen. Er zeigt nach Südwesten, auf die Bahngleise der S-Bahn. Fanny und ich blicken in dieselbe Richtung.
»Überfahn worn. Vorgestern.«
Das Gefühl im Magen breitet sich auf meine Arme und Beine aus. Gänsehaut kriecht über die Haut. Der General überfahren? Dafür war er viel zu schlau. An fast derselben Stelle, wo Lan starb?
»Weißt du das sicher?«, hake ich nach. Er blickt mich misstrauisch an.
»Sicher, sicher. Was ist sicher, hä? Sicher ist nur der Tod! Hab's nicht gesehen. War aber einer von uns. Hat mir Maxe gesteckt, dann bin ich gleich hergekommen. Bevor's 'n anderer kriegt.« Er schielt auf den Koffer. Ich gehe ein paar Schritte zurück, schnappe mir den Koffer, bringe ihn zum Mustang und lege ihn dort auf die Rückbank.
»Hee! Scheißer! Was, was, was?«
Fanny steht wie eine Salzsäule neben dem Wagen, hält sich mit der rechten Hand den linken Ellenbogen.
»Den Koffer nehme ich mit. Der gehört dem General. Und du machst dich jetzt vom Acker, klar?« Ich gehe ihm drohend entgegen,

er rappelt sich auf und läuft schnellen Schrittes die Rampe hinunter, dabei vor sich hin meckernd, was ich für ein Scheißer bin.
»Bleib beim Wagen, bitte«, sage ich zu Fanny, die mir trotzdem nachläuft. Seufzend drehe ich um, schließe den Mustang ab. Danach gehen wir beide in die Richtung, in die der Zerlumpte gezeigt hat.
Man erkennt die Stelle schon von Weitem. Große, getrocknete Blutflecken verteilen sich entlang einer Weiche. Ich atme laut durch.
»Was ist mit dir? War das ein Freund von dir?«, fragt Fanny.
Ich nicke und sehe mir die Unfallstelle genauer an. Fanny zieht ein trauriges Gesicht.
Unfall oder Mord? Und war es wirklich der General? Ich finde keinerlei Spuren. Was habe ich auch erwartet? Einen Ausweis, der präsentabel neben dem Gleis liegt? Eine Spur von Keiko? Was ist überhaupt mit dem Hund passiert?
Wäre ER jetzt unterwegs, könnte er Keiko bestimmt riechen.
Ich brauche Gewissheit. Am besten rufe ich Stefan an, das wollte ich sowieso.
Ich kenne Stefan aus alten Militärzeiten. Wir verließen den Dienst fast zur selben Zeit. Während ich Stuntman wurde, wechselte er zur Polizei, wurde solide mit Familie und kleinem Häuschen in der Tempelhofer Siedlung. Mit den Jahren wurde unser Kontakt seltener. Aber hin und wieder gehen wir zwei Waffennarren in den Wald schießen. Früher erledigten wir das bei ihm am Schießstand, aber inzwischen sind die Regelungen bei den Bullen derart strikt, dass Fremde da nicht mehr rein dürfen.
Ab und zu tut er mir einen Gefallen, wofür ich ihm den Mustang für einen Ausflug überlasse. Dann fahren der Rock-'n'-Roll-Fan Stefan und seine Frau durch Brandenburg und fühlen sich wie Elvis Presley und Grace Kelly.
Fanny und ich laufen zurück zum Wagen. Wir setzen uns hinein, ich rufe Stefan an, der gleich ans Handy geht. Nach dem üblichen Geplänkel komme ich zur Sache und stelle ihm zu Beginn den Mustang in Aussicht.
»Wen muss ich dafür verhaften?«, fragt er. Ich kann sein Grinsen förmlich vor mir sehen.
»Zwei Dinge auf einmal.«
»Heißt zwei Nachmittage am Wochenende.«

»Na gut«, knirsche ich mit den Zähnen.
»Schieß los.«
Ich frage ihn, ob er Jackie kennt und erzähle mit leiser Stimme, dass sie mir gefällt. Als ich verstohlen nach rechts blicke, merke ich, wie konzentriert Fanny mithört. Stefan kennt Jackie tatsächlich.
»Ist ein heißer Feger. Und hat Beziehungen nach ganz oben«, flüstert Stefan, als verrate er mir ein Staatsgeheimnis.
»Das heißt?«
»Ist wohl verheiratet, aber treibt's trotzdem ganz schön bunt. Und hat wohl einen Beschützer ganz oben bei uns. Mehr kann ich dir nicht verraten.«
Fanny spitzt die Ohren, ich knuffe sie als Zeichen, aus dem Fenster zu sehen und nicht mehr zu lauschen. Sie formt ein lautloses »Aua!« mit dem Mund und hört weiter zu.
»Noch was, Stefan. Wo befindet sich das Leichenschauhaus? Also wenn ein Obdachloser an den Yorckbrücken zu Tode kommt, dann bringt man ihn doch dorthin, oder?«
»Nicht zwingend, wenn es eindeutig ein Unfall war. Bei Fremdverschulden dagegen schon. Außerdem nennt man das schon lange nicht mehr Leichenschauhaus. Ihr seht alle zu viel CSI. Sektionsraum, bitteschön.«
»Und wo ist der?«
»Da kommst du sowieso nicht rein, vergiss es.«
»Wo, Stefan?«
Er stöhnt laut.
»Bei der Gerichtsmedizin in der Turmstraße. Hinter der JVA Moabit. Aber lass sein, ohne Genehmigung läuft da nichts.«
»Danke. Notiert.«
»So, und jetzt die Wunschwochenenden.«
»Stefan, nicht jetzt, okay? Hab's eilig! Aber machen wir, versprochen!«
Mitten in seinem Fluchen lege ich auf.
»Du kennst dich mit dem Galaxy aus?«, frage ich Fanny und reiche ihr das Samsung Smartphone. Sie rollt ein »Na klar!« mit den Augen und blickt auf das Display.
»Gib mal Gerichtsmedizin und Turmstraße ein, ich brauche die Hausnummer. Und mach 'ne Neueingabe bei den Kontakten. Jackie. Die Nummer dazu.«

Ich zünde mir eine Zigarette an, starte den Wagen und lasse ihn langsam die Rampe hinuntergleiten. Fanny gibt mir das Handy zurück, ich scrolle durch die Kontakte und sehe den Eintrag »Jackie Schlampe«.
»Turmstraße 21«, meint sie und wirft sich in den Sitz.

Tag 7, Montag, 11.30 Uhr

Wir fahren über den großen Stern und ich lasse Fanny an meinem Halbwissen zur Viktoria auf der Siegessäule teilhaben. Danach zeige ich auf das links liegende Schloss Bellevue sowie auf die gehisste Deutschlandfahne, was darauf hindeutet, dass unser aller Chef gerade zuhause ist.
»Vielleicht reißt er soeben mit einem Brieföffner aus Elfenbein Depeschen befreundeter Staatsoberhäupter auf«, gebe ich zu bedenken.
»Ich bin gegen Elfenbein«, mosert Fanny.
Als ich das Moabiter Gefängnis bereits in der Ferne erkenne, klingelt das Handy. Der Dude.
»Mann, Gero! Warum gehst du nicht ans Telefon? Ich versuche schon das ganze Wochenende, dich zu erreichen.«
»Hey, Dude. Ja, sorry, ich hab das Ding auf lautlos gestellt. Hatte irgendwie keine Lust zu reden, nach der Sache mit Thang.«
»Okay, verständlich. Wie geht's ihm denn? Konnte euch der alte Knochensäger helfen?«
»Ja. Wilhelm ist schwer in Ordnung. Großartiger Kerl. Thang erholt sich dort noch ein paar Tage, ich bin seit gestern wieder in Berlin.«
»Trifft sich gut, ich hab was vor mit dir. Dann kannste mir erzählen, was überhaupt abgegangen ist bei euch.«
Er lädt mich für heute Abend zu einem Familienfest in einem russischen Lokal ein. Als Anlass dient das bestandene Vordiplom von Tatjana. Ich sage ab, weil ich Babysitter spielen müsse.
»What the fuck?«, fragt er ungläubig nach.
»Ich hab vom Hof deiner Verwandten noch einen Teenager mitgebracht«, blicke ich nach rechts. Fanny zieht sich stöhnend die Wollmütze über die Augen, schüttelt den Kopf.

»Fanny etwa?«, lacht er. »Die habe ich ewig nicht mehr gesehen. Bring sie einfach mit. Ist 'ne gediegene Familienfeier und keine Gangbang-Party, Alter.«
Er beschreibt mir, wo ich beim Schiwago parken kann, das in der Nähe des ICC an der Kantstraße liegt. Wir sollen ab neunzehn Uhr dort eintrudeln.
»Noch was, Gero. Halte dir morgen Nachmittag frei.«
»Weil?«
»Ich sage nur: Rubine.«
»Dude! Du ...«
»Jetzt mach dich mal ganz cremig. Bis dahin habe ich alles abgecheckt. Bei Kaiser's Schrippen klauen ist schwieriger. So, ich muss ins Dampfbad, hab 'ne Verabredung mit Tatjanas Cousins. Grüß Fanny von mir. Doswidanja!«

Ich parke den Wagen eine Querstraße weiter. Fanny steigt ebenfalls aus und nach einem kurzen Disput willige ich ein, dass sie mitgeht.
»Aber nur bis kurz davor, zu den Leichen darfst du nicht mit.«
»Aber das ist doch voll spannend!«
»Keine Diskussion.«
Ich meine, ein genuscheltes »Blödi« zu hören, hake aber nicht nach. Ich überlege, wie ich am besten vorgehe. Man wird mich keine Leiche betrachten lassen, nur weil ich etwas überprüfen will. Mir fällt leider nichts Originelleres ein, als mich für Heinrichs Sohn auszugeben.
Viele öffentliche Gebäude in Berlin präsentieren sich in imperialer Pracht, zeigen mit Säulen und Stuck, aus welcher Zeit sie stammen. Das Haus, vor dem wir stehen, ist vermutlich in den Siebzigern so lieblos und hässlich an ein bestehendes älteres angebaut worden, dass es mir wie eine Respektlosigkeit den Toten gegenüber erscheint, die hierher gebracht werden.
Wir laufen an einer Schranke vorbei und betreten den Haupteingang, dessen Pforte verwaist ist. Auch im Innenbereich wünscht man sich sofort, die Bude abzureißen. Ein schmuckloser, vor sich hingammelnder Zweckbau. Das Schlimmste ist der Geruch, den ich schon draußen wahrgenommen habe, der nun aber meine Nüstern mit einer alles überlagernden Fäulnis verklebt, die sich T-o-d buchstabiert. Fanny zeigt keinerlei Regung.

Wir lesen das Hinweisschild.
»Sektionssaal. Untergeschoss«, zeigt sie auf die Tafel.
Bevor der Empfangsmensch zurückkommt, benutzen wir die Treppe nach unten. Ein breiter und gut ausgeleuchteter Gang führt zu einer verglasten Tür, die ich öffne. Erneut befinden wir uns in einem breiten Flur, von dem links und rechts jeweils zwei Türen abgehen und an dessen Ende eine Doppeltür wartet, wie man sie von Krankenhäusern kennt, durch die Patienten geschoben werden.
Der Geruch wird schlimmer.
»Wo wollen Sie denn hin?«, quäkt eine Stimme von rechts. Ich stoppe abrupt, weshalb Fanny auf mich aufläuft.
Ein kleiner Mann wuselt aus dem Zimmer und baut sich vor uns auf. Er trägt einen weißen Kittel wie ein Arzt, erinnert mich ansonsten aber an eine Kreuzung aus Frettchen und Geier. Das liegt an seinen wachen Augen, die hinter einer Nickelbrille stecken, seinen hervorstehenden, auf der Unterlippe lagernden Schneidezähnen und der Nase, die jedem Gänsegeier zur Ehre gereichen würde.
»Mein Vater …«, setze ich ein betrübtes Gesicht auf. »Er ist am Wochenende wahrscheinlich von einer S-Bahn überfahren worden, wie mir die Polizei mitteilte. Haben sie einen Obdachlosen reingekriegt, auf den das zutrifft? Dürfte ich ihn sehen, bitte?«
Er mustert uns genervt.
»Sie können hier doch nicht einfach so reinplatzen. Wo kämen wir hin, wenn das jeder machen würde? Haben Sie einen Gerichtsbeschluss oder ein Polizeiprotokoll dabei?«
Sein Auge bohrt kleine Löcher in meine Wangen. Ich spiele weiter den Zerknirschten.
»Ich habe den Anruf erst heute Morgen erhalten und bin gleich hierher geeilt. Natürlich habe ich noch keinen Beschluss. Mich quält die Ungewissheit. Bitte!«
Kein noch so kleiner Muskel in seinem Gesicht lässt Mitgefühl erkennen.
»Kommen Sie mit einem Beschluss wieder.«
»Hören Sie …«
»Ich rufe gleich den Sicherheitsdienst.«
»Papa …«, würgt Fanny mühsam hervor. Nach Sammy werde ich jetzt zum zweiten Mal innerhalb weniger Tage Vater, großartig. Dass

sie mich »Papa« nennt, deutet allerdings auf eine Schauspieleinlage hin.
»… mir is schlecht!« Sie stolpert an mir vorbei nach vorn und schon schießt eine Ladung Erbrochenes mit Hochdruck auf den Kittel des Gänsegeiers. Ich erkenne das Eigelb vom Frühstück. Der Kittel fängt sie auf, kann sie aber nicht festhalten. Sie gleitet an ihm herab auf den Boden und beginnt zu zucken. Immer schneller, immer heftiger.
»Was hat sie denn?«, fragt der Gänsegeier entsetzt.
»Bulimische Epilepsie!«, schreie ich. »Holen Sie ein Glas Wasser, Mann! Nein, zwei! Und Handtücher.«
Er stürzt in sein Zimmer. Fanny zwinkert mir kurz zu, ich renne nach vorn durch die Doppeltür. Auf Kommando erbrechen? Respekt.
Ich stehe in einem großen, gekachelten Raum mit mehreren Operationstischen. Oder heißen die Sektionstische? Jetzt würde ich gern mit Fanny tauschen und mich übergeben. Der Leichengeruch wird unerträglich. Wieder einmal verfluche ich meine empfindliche Nase. Ich sehe mich um. Am schmalen Ende des Raumes findet sich eine breite Tür mit der Aufschrift »Kühlraum«.
Ich betrete den Kühlraum und erwarte das, was man in unzähligen Filmen gesehen hat. Große Schränke, in denen die Toten in gigantischen Schubladen liegen. Stattdessen sehe ich ein vierstöckiges Metallregal vor mir, in dem große, blickdichte, weiße Plastiksäcke liegen.
Die Leichen.
Der Geruch ist so penetrant, dass ich Mühe habe, mich auf die orangefarbenen Etiketten zu konzentrieren, die an den Säcken angebracht sind.
Es dauert nicht lange, bis ich ihn finde. Der einzige Tote von Samstag, auf dessen Etikett »unbekannt« steht.
In diesem Moment platzt der Gänsegeier in den Raum, gefolgt von Fanny, die ihren epileptischen Pseudoanfall auskuriert hat.
»Das ist unerhört! Ich lasse Sie verhaften! Beide!«
Ich blicke ihn streng an und beginne, den Leichensack zu öffnen.
»Von mir aus. Aber ich brauche jetzt Gewissheit! Scheißen Sie doch auf die verdammten Vorschriften, hier geht's um einen toten Menschen!«

Zum ersten Mal sehe ich eine Regung des Mitgefühls in seinem Gesicht.
»Machen Sie das nicht. Sie werden nicht mehr viel erkennen.«
Ich atme durch und wende mich an Fanny.
»Du gehst raus. Jetzt!«
Sie nölt, verlässt aber den Kühlraum. Der Gänsegeier kommt zu mir und hilft beim Öffnen das Sackes.
Er hatte Recht. Ich hätte mir »das« nicht ansehen sollen. Zwar bin ich einiges gewöhnt, wie soll das als Lupus auch anders sein? Aber das verursacht jedes Mal ER und nicht ich. Und eine von einem Zug zerschmetterte und zerrissene Leiche ist ganz harter Tobak.
Wie der Gerichtsmediziner prophezeit hat, kann ich in diesem zermatschten und fahlen Gesicht nichts erkennen. Ich vermeide beim zweiten Hinsehen den Blick auf seinen Kopf und konzentriere mich stattdessen auf die Kleidung. Handelt es sich bei der Farbe um dunkelgrün oder schwarz? Die Leiche trägt Hosen mit Seitentaschen, hatte der General solche? Mir fällt auf, wie wenig sorgfältig ich meine Mitmenschen beobachte.
Ich kann seinen früheren, mir vertrauten Eigengeruch nicht ausmachen. Ist er es etwa nicht? Oder überlagert der penetrante Leichengeruch alles, was ich erkennen könnte?
Der Gänsegeier blickt mich an. Ich zucke die Schultern und gehe einen Schritt zurück. Er schließt den Sack und klopft mir sanft auf die Schulter.
Fünf Minuten später stehen Fanny und ich vor dem Gebäude. Ich setze mich auf den Bordstein und zünde mir eine Zigarette an. Fanny gesellt sich schweigend dazu.

Tag 7, Montag, 13.30 Uhr

Wir essen unsere Wurst bei Curry 36, ohne uns zu unterhalten. Da wir beide Hunger hatten, verbinde ich das angenehme mit dem nützlichen und zeige ihr meine favorisierte Wurstbude am Mehringdamm, die wie immer von zahlreichen Menschen besucht ist. Heute finde ich weniger Gefallen an dem ansonsten ausgezeichneten Im-

biss. Die Bilder aus der Kühlhalle lassen mich nicht los. Ich grüble, was ich nun machen soll. Mein Problem war schon immer, dass ich die Dinge nicht auf sich beruhen lassen kann. Ich muss sie zu Ende bringen. Der Silberzopf hat mindestens einen Menschen getötet, wollte Thang und mich beseitigen lassen und vielleicht hat er den General auf dem Gewissen. Doch mir fehlt ein Plan. Ihn suchen, nochmal in die Lotosblüte gehen? Oder mich mit Jackie besprechen? Dann wandert der Knabe vielleicht ein paar lächerliche Jahre in den Knast. *Meine* Verhandlung findet auf der Straße statt.
Aber Jackie kann mir vielleicht helfen, alles aufzuklären. Und was hatte Lan im Schrank gehört?
»Du?«, unterbricht Fanny meine Gedanken. »Was haben wir denn jetzt noch so vor?«
»Ich müsste ein paar Telefonate erledigen, aber dazu brauche ich Ruhe. Mache ich am besten von zuhause aus. Willst du …?«
»Supi! Ich würde voll gern mit dem Board durch die Gegend surfen. Darf ich?«
Ich erkläre ihr, wie sie zu mir nach Hause kommt, wir tauschen unsere Handynummern aus und schon liegt das Board auf dem Gehweg. Fanny verabschiedet sich mit flatternden Haaren in Richtung Gneisenaustraße.

Wieder in meiner Wohnung hole ich mir ein Bier aus dem Kühlschrank, lasse mich aufs Sofa fallen und überlege, wen ich als Erstes anrufe. Thang? Jackie?
Während ich mir eine Zigarette anzünde, schweift mein Blick durch das Zimmer und bleibt an Lans PC hängen, den ich nach dem Kampf in ihrer Wohnung mitgenommen habe.
Angenommen, der enthält tatsächlich eine Kopie der Handyaufzeichnung …
Ich scrolle durch mein Handy und finde Oles Nummer.
Ole, der Computergott, geht nach dem dritten Klingeln ans Telefon.
»Hm. Gero. Na?«, empfängt er mich mit einer für seine Verhältnisse enthusiastischen Begrüßung. Entweder störe ich ihn gerade beim World-of-Warcraft-Zocken, beim Knacken irgendwelcher Seiten für Softwareprodukte oder beim Essen. Eine vierte Möglichkeit gibt es nicht. Ole zockt, knackt oder isst, nichts anderes.

»Na, wie geht's, alter Zocker?«, schleime ich mich ein.
»Gero, du rufst nie an, um dich nach meinem Zustand zu erkundigen. Ich muss gleich noch meinen Kleriker hochleveln, der ganze Trupp wartet schon, also schieß los, ich hab keine Zeit!«, nölt er mir mit ostfriesischem Dialekt entgegen.
Ole kommt von der Küste, landete nach seinem Informatikstudium wegen eines gut bezahlten Programmiererjobs in Berlin, verlor den bald wieder, weil er zu viel zockte, gewann dann einen gut dotierten Entwicklerpreis für ein neues Spiel, der seit Monaten für Essen und Trinken draufgeht, das meist geliefert wird, weil er seinen Kleriker hochleveln muss. Oder seinen Kämpfer oder den Zauberer oder eine Elfin.
Ole ist der Freak, der Weirdo, der Zocker wie er im Buch steht, mit schwarzem Death-Metal-Shirt und langen, fettigen Haaren, aber gleichzeitig der genialste Computercrack, den ich kenne. Und ein wandelndes Zitatelexikon, was zuweilen nerven kann.
Seit wir vor Jahren gemeinsam in einer Spielergilde jede Menge Spaß hatten, genieße ich seinen Respekt. Inzwischen bin ich zu alt für den Scheiß, aber unsere Freundschaft besteht noch immer. Er hilft mir bei Computerproblemen, ich fungiere als sein Fenster zur Welt da draußen und gebe ihm bei ein paar Bier zuweilen Nachhilfe in puncto Frauen, die er anbetet, aber nicht versteht, sobald sie nicht aus Pixeln bestehen. Das Bier trinken wir natürlich an seinem Schreibtisch, den Ole nie verlässt. Nicht mal für Dinge, die ich nicht näher erörtern möchte.
»Okay, ich rede nicht lange drumherum. Ich habe hier einen PC, an dessen Daten ich unbedingt ran muss. Das Ding ist aber passwortgeschützt. Wie knacke ich den?«
»Das einzige Mittel, den Irrtum zu vermeiden, ist die Unwissenheit! Jean Jacques Rousseau.«
»Heißt?«
»Du gar nicht.«
»Deshalb rufe ich an. Kannst du nicht herkommen?«
Hysterisches Gelächter auf der anderen Seite der Leitung. Ich kann förmlich vor mir sehen, wie sein gewaltiger Bauch beim Lachen gegen die Schreibtischkante wabbelt und dabei ein paar Actionfiguren zum Stürzen bringt.

»Ja, nee, is klar. Ich hab ja nix anderes zu tun gerade. Da warten ungefähr siebzig Mann auf mich, um den Drachen zu legen, denen sage ich gleich mal: Tut mir leid, Leute! So ein Noobie hat sein Passwort verlegt, wir müssen den Raid, den wir seit zwei Wochen planen, leider absagen, ich muss dem Anfänger mal helfen!«
Sein Sarkasmus schmerzt.
»Okay, ich hab's verstanden.«
»Fein. Dann noch ein schönes Leben, Gero, ich muss zum Raid. Carpe diem!«, höre ich und bemerke, wie sich seine Stimme vom Hörer entfernt.
»Cäsar?«, brülle ich rein und wecke seine Aufmerksamkeit.
»Horaz, Du Noob.«
»Leg nicht auf, Ole! Bitte!«
»Hm?«, antwortet er. Vermutlich erhält er bereits genervte Rückfragen von den Nerds, die endlich einen Drachen oder Oger oder einen kleinen, bösen Zwerg töten wollen.
»Du musst es auch nicht umsonst tun. Überleg mal, du brauchst doch bestimmt irgendein state-of-the-art Gamer Equipment? Ein Headset?«
»Habe ich mehr als du Finger an der Hand. Aber es gibt eine neue Geforce Grafikkarte mit doppelt gekühltem Prozessor«, zeigt er sich kompromissbereit. Ich lasse mir die genaue Typbezeichnung dreimal sagen, was ihn immerhin dazu bewegt, mir noch eine Minute zuzuhören. Wir vereinbaren, dass er sich morgen darum kümmert. Nichts macht einen Gamer glücklicher als neue Hardware. Als wir auflegen, habe ich bereits vergessen, wie die Grafikkarte heißt.
Nächstes Telefonat. Jackie. Ich rekapituliere, was mir Stefan über sie erzählt hat. Dass sie ein heißer Feger sein soll, wie er sich ausdrückte, kann ich mir schwer vorstellen. Sie wirkte sehr down to earth auf mich. Und dann auch noch eine Affäre mit einem hohen Tier? Vielleicht steckt deutlich mehr in ihr, als ich denke. Ich überlege, wie ich sie am besten zu einem Treffen überreden könnte, aber mir fällt nichts Originelles ein. Ab ins kalte Wasser.
Sie geht beim ersten Anruf nicht ran. Ich rauche eine Zigarette, versuche es direkt danach erneut. Wieder nichts.
Ich stehe vom Sofa auf, gehe zur Wand und streiche mit der Hand durch das Fell, schließe dabei die Augen und atme die Lofoten ein.

Bilde ich mir den Salzgeruch ein oder sind tatsächlich noch Reste davon im Rentierfell? Nach so vielen Jahren?
Beim dritten Versuch geht Jackie ans Telefon. Obwohl sie gehetzt wirkt, schwingt in ihrer Stimme ein angenehmes Timbre, leicht kehlig und dunkel. Als ich ihr erläutere, wer ich bin und sie sich an mich erinnert, höre ich, wie sie aufsteht und die Tür schließt. Ich setze mich aufs Sofa, lege die Beine hoch. Während wir plaudern, sehe ich ihre Grübchen vor mir. Sie hat heute Abend eigentlich keine Zeit und ab morgen Spätschicht. Ich lasse nicht locker und bitte sie um wenigstens einen Drink im Schiwago. Als ich den Namen des Lokals erwähne, stutzt sie für einen Moment. Sie scheint den Laden zu kennen.
»Warum eigentlich nicht? Dann schaue ich direkt nach dem Dienst vorbei. Aber nur auf einen einzigen.«
»Das freut mich! Wissen Sie, wo das Schiwago …?«
»Weiß ich.«
Wir verabreden uns auf neun Uhr und als wir uns gerade verabschieden, klingelt irgendwer Sturm an meiner Tür. Ein Blick aus dem Fenster zeigt mir Fanny, die mit einer dicken Tüte und ihrem Skateboard unter dem Arm hektisch auf die Klingel drückt. Ich gehe zur Tür und betätige den Summer. Im Treppenhaus poltert Fanny nach oben, während ich draußen quietschende Reifen höre.
»Was'n los?«, empfange ich Fanny, die Tüte und Skateboard an Ort und Stelle fallen lässt und sich schnurstracks auf das Sofa begibt.
»Och, nichts. Ich musste nur dringend aufs Klo«, antwortet sie müde.
»Und dann legst du dich aufs Sofa?«
»Ja, stimmt, bin ganz durcheinander.«
Sie springt auf und verschwindet im Bad. Ich gehe zum Fenster und schaue nach unten, wo sich acht junge Typen um die achtzehn vor dem Haus versammeln. Ihre beiden Dreier BMWs parken quer auf dem Gehweg. Einige von ihnen blicken nach oben und ein Hüne in weißer Hose, weißem T-Shirt und weißer Basecap ruft mir zu.
»Gehört die Schlampe zu dir?«
»Wen meinst du?«, rufe ich zurück.
»Die Skaterbitch! Schau dir die Scheiße an, Alter! Sie soll runterkommen! Aber sofort!«
»Moment.«

Ich entferne mich vom Fenster und klopfe an die Badezimmertür. Im selben Moment fliegt irgendwas gegen eine der Fensterscheiben. Dann noch etwas.
»Fanny?«
Nichts.
»Fanny!«
»Mhm?«, kommt es leise zurück.
»Komm mal raus.«

Fannys Version geht so: Sie fuhr gemächlich an Karstadt »dort hinten« vorbei – was Karstadt am Hermannplatz sein muss –, als sie von einem Auto lebensgefährlich geschnitten wurde. Daraufhin zeigte sie dem Fahrer einen Stinkefinger, der rastete aus und fuhr ihr gemeinsam mit seinem Kumpel nach. Fanny bangte um ihr Leben und rettete sich quer über Bürgersteige und eine Flussbrücke in allerletzter Sekunde zu mir.
»Tolle Geschichte«, lautet mein Urteil. Sie hört den Zweifel heraus.
»So war's. Ich schwöre!«
»Du wartest hier«, antworte ich und gehe nach unten, während weiterhin irgendwas gegen das Fenster knallt, was aber keinen Schaden anrichtet. Ich tippe auf Nüsse, die die Typen unten futtern, ziehe mir meine Stiefel an und verlasse die Wohnung.
Als ich aus dem Haus trete, wähne ich mich in einem Bushido-Video. Die acht überwiegend arabisch oder türkisch aussehenden Typen blicken so finster aus der Wäsche, wie sie nur können, unterstrichen durch verschränkte Arme, NYC-Basecaps und schwere Goldketten. In der Luft befindet sich mehr Adrenalin als Sauerstoff. Auch wenn mir die Jungs nicht extrem gefährlich vorkommen, darf man die Gruppendynamik nicht unterschätzen. Sie quasseln durcheinander und rücken immer näher. Jetzt die Ruhe bewahren!
Der Wortführer tigert mir mit dem typischen Schaukelgang eines Gangstarappers entgegen. Da er sein Gesicht wahren muss, begegne ich ihm mit Respekt und nicke ihm zur Begrüßung zu.
Seine Version lautet folgendermaßen: Aus Karstadt am Hermannplatz flitzte ein junges Mädchen mit einer dicken Tüte heraus.
»Die Bitch hat da was geklaut, Alter, ist mir aber scheißegal, weißt du! Karstadt hat genug Geld. Aber rennt ihr so ein Security nach!«

»Ja, und?«
»Viel zu fett, Alter, aber schnell war der trotzdem. Hat die Kleine schon am Ärmel, da steigt die auf ihr scheiß Skateboard!«
»Mhm«. Ich zünde mir eine Camel an.
»Fährt auf die Straße, direkt vor mir, kann ich gerade noch ausweichen. Wie Vettel, weißt du? Aber ist die Bitch mir dankbar, dass ich sie nicht überfahre? Scheiße, Mann, nein!«
»Nein?« Der erste Zug ist immer der beste. Ich paffe das Nikotin Richtung Hochbahn.
»Bist du taub? Sag ich doch gerade. Die denkt, ich wollte sie überfahren, das dumme Stück. Fährt hinten vorbei, knickt meine scheiß Antenne ab und zeigt mir den Finger. Niemand zeigt Murat den Finger, klar? Und schau dir die Scheiße an!«
Ich schau mir die Scheiße an. Eine abgeknickte Antenne und eine Bande wütender Türkenboys lassen mich zwei und zwei zusammenzählen und dabei kommt nicht Fannys Version heraus. Das größte Wutpotenzial der Typen liegt weniger im materiellen Schaden als im gezeigten Finger. Wäre sie ein Kerl, hätten sie sie längst verprügelt. Ein vorwitziges, kleines Großmaul mit verkehrt sitzender, dunkelblauer Basecap und dünnem, am Kinn entlanglaufendem Bart schlägt vor, dass sie mir am besten die Kohle abnehmen, die ich gerade dabei hätte. Ich gehe einen Schritt nach vorn und sehe ihm in die Augen. Auch wenn der Bursche sich bemüht, finster dreinzublicken, rieche ich seinen Angstschweiß.
»Dann fang mal an«, fordere ich ihn auf.
Die anderen grinsen und klatschen in die Hände, freuen sich auf eine Schlägerei. In diesem Moment kommt von links ein blauweißer Wagen. Die Polizei, dein Freund und Helfer. Sie passieren uns in Richtung Warschauer Straße, was auch dazu beiträgt, dass sich die Gemüter beruhigen. Der Anführer stellt sich zwischen mich und das kleine Großmaul. Er verlangt verständlicherweise eine Entschädigung.
Ich zücke meinen Geldbeutel biete ihm einen Fünfziger für die Antenne an, den er nach kurzem Zögern nimmt. Natürlich reicht ihm das nicht und auch hier zeige ich Verständnis. Drei Minuten später bin ich oben in der Wohnung und stelle Fanny vor zwei Alternativen: Ich hänge sie an den Füßen aus dem Fenster oder sie lehnt sich selbst aus selbigem und entschuldigt sich bei der weißen Basecap.

Sie protestiert zuerst, geht dann aber ans Fenster und entschuldigt sich nach unten rufend, wobei der Anführer vorgibt, es nicht verstanden zu haben, worauf sie es laut durch halb Kreuzberg schreit. Die acht steigen in ihre kleinen, getunten Karren und brausen entlang der Hochbahn davon.
Fannys Welpenblick wirkt diesmal nicht bei mir.
»Jetzt den Rest der Geschichte.«
»Welchen Rest denn? Sorry, dass ich …«
»Gelogen habe? Das geht schon gut los mit dir. Ich meinte die Nummer mit dem Security Heinz und der …«
Ich sehe mich um und schnappe mir die Karstadt-Tüte. Aus ihrem Innern hole ich unter den zerknirschten Blicken Fannys ein buntes Sommerkleid und ein paar hohe Riemchensandalen.
»Nur noch mal kurz zusammengefasst. Du bist von zuhause ausgebüchst. Du hast mich belogen, als es um deine Tante ging. Du hast Klamotten geklaut. Du hast nicht ganz ungefährlichen Typen die Antenne abgebrochen. Du hast mich anschließend wieder belogen. Das alles in nicht mal vierundzwanzig Stunden.«
Sie blickt auf ihre Füße.
»So bin ich normalerweise nicht. Ich schwör«, sagt sie leise, bis ihr die unfreiwillige Komik auffällt und sie grinsen muss.
»Wieso hast du so was überhaupt geklaut? High Heels? Ich dachte, du bist so ein Skater Girl.«
»Ich mag's auch mal ein bisschen schöner, abgefahrener. Ab und zu halt. Heute Abend ist doch diese Feier und da wollte ich schick aussehen, verstehst du, was ich meine?«
»Soll das jeden Tag so laufen? Dass du mich ständig anlügst? Und die Klauerei hört auf. Ab sofort. Verstehst du, was ich meine?«, äffe ich ihre Floskel nach.
Sie nickt und stopft die Sachen zurück in die Tüte.
»Ich bring's zurück, okay?«
»Das bringt nur Stress. Mal gucken, ob dir die Klamotten überhaupt stehen«, zeige ich auf die Tüte und sehe die Sonne in ihrem Gesicht aufgehen.

Fünf Minuten später präsentiert sie die gestohlenen Klamotten, die sie auf Anhieb älter machen und in mir Alarmsignale auslösen, sie so

auf die Straße zu lassen. Sie sieht einfach heiß aus. Zu heiß für diese Gegend. Ich recke den Daumen. Als sie sich nach zwei, drei Catwalks durch das Zimmer wieder gut gelaunt ihrem Handy widmen will, lange ich auf das Display. Sie blickt auf.
»Was?«
»Du glaubst doch nicht, dass du die einfach so behalten kannst?«
Ihre Mundwinkel fallen nach unten. Dann denkt sie nach und ich merke, wie sie nach einer vielversprechenden Lüge sucht.
»Du brauchst dir nicht auszudenken, was du mir jetzt erzählst. Ich will auch kein Geld. Aber eine kleine Dienstleistung.«
Ihre Mimik verfinstert sich, ihre Wangen werden rot.
»Nicht das, was du denkst. Viel schlimmer!«, lache ich.
Es dauert zehn Minuten, bis ich in meinem Saustall Eimer, Schwamm, Fensterreiniger und eine große Rolle Einwegpapier gefunden habe. Ich drücke Fanny den Eimer mit den Putzmitteln gemeinsam mit einem Zehner und meinem Autoschlüssel in die Hand.
»Car Wash, Honey! Lass dir von Sammy helfen. Den findest du um diese Uhrzeit nicht weit entfernt vom Wagen. Irgendwo rund um den Mustang turnt er herum. Innen bitte besonders gründlich reinigen! Vielleicht kann Sammy ja noch einen Sauger besorgen. Mit dem Zehner lädst du ihn zum Essen ins Orient-Eck ein, einverstanden?«
»Ausbeuter«, murmelt sie und verlässt die Wohnung.

Tag 7, Montag, 20.00 Uhr

Fanny stöckelt neben mir die Kantstraße entlang. Kleid und Schuhe stehen ihr verdammt gut und machen eine ausgesprochen hübsche junge Frau aus ihr. Bevor wir aufgebrochen sind, habe ich ihr noch einmal erklärt, dass ich sie bei dem nächsten schweren Ding zum Bahnhof bringen und nach Hause schicken werde.
Die Sache mit dem Kleid lenkte meine Aufmerksamkeit auf das eigene Outfit. Da sich Russen nach meiner Erfahrung gerne in Schale werfen, habe ich mich etwas aufgepeppt und bewege mich gerade in meiner besten Jeans. Die andere wird bereits von zu vielen Flicken verziert. Dazu verschönern mich meine mexikanischen, spitzen

Schuhe mit Schlangenlederbesatz und ein schwarzes Hemd mit Ornamenten im Texasstil. Fanny meint, ich sehe aus wie ein Zuhälter aus dem Wilden Westen.

Als wir uns dem Lokal nähern, laufen wir an einer Reihe dunkler und großer Siebener BMWs vorbei, in zwei davon sitzen Fahrer und lesen die B.Z. Außen vor dem Eingang des Schiwago steht ein Gorilla mit einem Kinn, auf dem man ein Glas Bier abstellen kann. Warum tragen diese Typen immer schwarze Klamotten mit hellen Krawatten? Sein gewaltiger, mit kurzem schwarzem Haar bepflanzter Affenschädel bewegt sich drei Millimeter nach unten und wieder nach oben, was ich als zustimmendes Nicken interpretiere.

Das Innere des Lokals besteht aus einem großen Raum, in dem man in der Mitte zahlreiche Tische zu einer langen Tafel zusammengeschoben hat. An der Stirnseite des großen Raums befindet sich eine Bar, links und rechts davon erstrecken sich kleinere Separees. Das gut besuchte Lokal weist kaum leere Stühle auf, die immense Geräuschkulisse der Gäste geht mir schon jetzt auf die Ohren.

Was vermutlich gleich noch schlimmer wird, denn ich bemerke an der Fensterseite drei Musiker in folkloristischen Klamotten mit weißen Pluderhosen, roten Westen und skurrilen, braunen Fellmützen. Sie haben wohl gerade eine Pause eingelegt. Einer wirkt älter als der andere und der Methusalem unter den drei dürren Musikopas greift soeben nach dem Akkordeon, die anderen beiden nach einer rundbauchigen Gitarre und einer Fiedel. Sie legen schrammelig los und ich wünsche mir umgehend eine Faust voll Watte für die Ohren.

Meine Nase empfängt angenehme Küchendüfte. Während ich den Raum scanne, kommt mir bereits der Dude mit breitem Grinsen entgegen.

Er trägt ein weißes Dinnerjacket, eine edle, schwarze Hose mit scharfen Bügelfalten und Schuhe, die ich noch nie an ihm gesehen habe. Schwarz und glänzend wie ein Bechstein-Flügel. Pierre und Fanny umarmen sich, tauschen »lange nicht gesehen« und »was bist du groß geworden«-Floskeln aus, danach begrüßen wir uns per Handschlag.

»Na, du Oberkellner?«, grinse ich.

»Und du, Country Joe? Kommt mit!«

Pierre platziert uns am Ende der mit etwa vierzig Menschen bestückten Tafel, wo sich Fanny und ich gegenübersitzen. Neben mir

befindet sich eine ältere Dame mit toupierten Haaren in einem Glitzerkleid, das sich eng um ihren mächtigen Leib schmiegt. Wir schütteln uns zur Begrüßung die Hände, wobei sie mich mit geschätzten zehn Goldzähnen anlacht.
»Olga«, schmettert sie mir entgegen und nimmt ein gefülltes Wodkaglas in die Hand.
»Gero«, antworte ich und bemerke, dass mein Glas bereits von einem flinken Kellner gefüllt wurde, der wie ein Wiesel durch den Gang flitzt und nichts anderes tut, als Wodka in die Gläser zu gießen.
Wir stoßen an und kippen das Wässerchen in unsere Kehlen. Die alte Dame greift sich eine Gurke aus einem Schälchen und nickt mir zu.
»Wegen Wodka!«
Ich mache es ihr nach und bemerke, dass überall Gurken ausliegen. Muss ich mir merken. Fanny und ich tauschen Blicke, wobei ich den Kopf schüttle. Wodka nix Fanny! Sie zeigt mir mit Daumen und Zeigefinger »Einen halben? Bitte!« an, ich nicke. Während sie ihn trinkt und dabei das Gesicht verzieht, sehe ich mir die Tafel an.
In der Mitte thront Tatjanas Vater, der wie schon bei unserem letzten Aufeinandertreffen wie ein ehrenwerter, würdiger und gütiger Patriarch wirkt. Er trägt einen konservativen dreiteiligen Anzug mit Weste, Einstecktuch und Uhrenkette und plaudert mit der neben ihm sitzenden Tatjana. Mit offenen, blonden Haaren, dezent geschminkt und einem schulterfreien, hellblauen Kleid wird sie vermutlich gleich aufgerufen, um ihre Schärpe für den Sieg zur Miss Berlin entgegenzunehmen. Kein Wunder, dass der neben ihr sitzende Dude auf sie steht. Er hört Vater und Tochter beim Gespräch zu und streut ab und zu einen Lacher ein.
Im gesamten Raum stehen an mehreren Stellen kräftige Kerle in dunklen Anzügen und, natürlich, hellen Krawatten, die so unauffällig Wache schieben als wären sie nackt und nur mit Strümpfen bekleidet. Schließlich bleibt mein Blick an einem Typen hängen, der am Eingang zur Küche steht und auf sein Handy starrt.
Glatze, nicht besonders groß, aber athletisch, mit brutaler Fresse. Vor allem eines sticht mir ins Auge: Ein halb verdecktes, aber doch sichtbares Tattoo am Hals. Der Typ aus Lans Wohnung! Er richtet seinen Blick auf das Lokal, ich bücke mich rasch und nestle an meinem Schuh herum. Als ich mich wieder aufrichte, ist er verschwunden.

Tatjanas Vater klopft mit einem Löffel an sein Glas. Die Gespräche an unserer Tafel verstummen. Ein Paar an einem kleinen Tisch am Fenster unterhält sich noch immer lautstark. Ein Bodyguard nähert sich ihnen nur wenige Schritte, schon beenden sie ihre Konversation. Die Rede wechselt zwischen russischen Anekdoten und deutschen Lobpreisungen, schließlich wird applaudiert, Vater und Tochter umarmen sich und dann geht's los mit der Völlerei. Ein üppiger Gang jagt den nächsten und dazwischen wird Wodka getrunken. Was nicht bedeutet, dass man einfach nur einen Schluck nimmt. Jedesmal, wenn irgendwer zum Glas greift und es zum »Nasdrovje!« erhebt, müssen alle, aber wirklich alle anstoßen und mittrinken. Was gefühlt alle dreißig Sekunden passiert. Ich esse Gurken, als gäbe es kein Morgen mehr und hoffe auf Küchenregale, die sich unter dem Gewicht schwerer Gurkengläser biegen. Olga neben mir bechert, ohne das Gemüse zu futtern. Wie können die nur so viel vertragen?
Schließlich werden sehr salzige Heringe und Bier gereicht. Ich frage Olga mit schon nicht mehr leichter Zunge, ob das eine besondere Bedeutung hat. Sie antwortet mit starkem Akzent und herrlich gerolltem »R«.
»Aus Kasachstan, Boris Heimat. Essen für arme Leute! Erinnert an Vergangenheit. Schlechte Zeiten. Jetzt gute Zeiten! Nasdrovje!«
Ich will Olga in den Arm fallen, aber schon stoßen wieder alle an. Diesmal wenigstens nur mit Bier. Auch ihr Sitznachbar prostet mir zu und schreit mir seinen Namen zu.
»Josef!« Ich verstehe ihn wegen der grauenvollen Musik nur schlecht, er brüllt erneut. »Josef! Wie Stalin!«, bellt er und lacht dabei mit puterroten Wangen.
»Gero!«, schreie ich gegen die Fiedel und das Akkordeon an.
Wir stehen beide auf und stoßen über Olgas Kopf hinweg an. Dabei bemerke ich, dass er eine Uniform trägt, die ihn auf der linken Seite nach unten ziehen muss, so vollgehängt ist sie mit mindestens vierzig Orden. Angesichts des Alters von Josef schätze ich, dass ihm Stalin einige davon persönlich an die Brust geheftet hat. Wir kippen das Bier auf Ex, Josef umarmt mich und lässt mich erst nach einer gefühlten Ewigkeit wieder los.
Fanny grinst mich an. Ich habe ihr zwei halbe Wodka und ein Bier erlaubt, aber ihre Wangen sehen bereits deutlich röter aus als vorhin.

Aber nicht ganz so rot wie die von unserem Schiwago-Stalin.
»Kellner!«, rufe ich. »Mehr Gurken!«

Ich sitze mit dem Dude an der Bar, während sich Fanny mit zwei jungen Typen an ihrem Tisch unterhält. Das beruhigt mich einerseits, da sie sich nicht langweilt, andererseits aktiviert es meinen Beschützerinstinkt. Ich lasse sie nicht aus dem Auge.
»Täuscht das, oder sind das extrem wohlhabende Leute?«, frage ich den Dude mit schwerer Zunge und deute auf die Gesellschaft an der Tafel, während uns der Barkeeper zwei extra starke Kaffee eingießt. Pierre nickt und weiß, worauf ich vorsichtig hinaus will. Er sucht sich rätselhafterweise gerne Frauen aus, die einkommenstechnisch drei Ligen über ihm spielen. Bei seiner letzten Flamme Lena funktionierte das nicht und gab sogar Anlass für einen Disput zwischen ihm und mir. Er wollte partout, dass wir uns mögen, aber ich wurde mit dem verwöhnten Gör einfach nicht warm. Ihre Familie ließ ihn immer spüren, dass er ein netter Loser war, mit der Betonung auf »Loser«.
»Ich muss dir was erzählen, Meister, aber du lachst nicht, versprochen?«, fragt er mich, während wir anstoßen.
»Schieß los.«
»Irgendwie muss mir Tatjana gegenüber rausgerutscht sein, dass … ich … Architekt bin.«
Ich kann nicht anders und muss laut lachen.
»Du gibst dich als Architekt aus? Sag mal, hast du noch alle Latten am Zaun? Warum?«
»Schrei doch noch lauter, Mann!«, zischt er und rückt näher an mich heran. »Ich habe mich schon in Indien in sie verschossen. Da haben wir uns alle möglichen Gebäude angeschaut. Tempel und Paläste und so was, da fährt sie voll drauf ab. Und ich merkte natürlich, dass das Mädel Geld hat. Also …«
»… wurdest du Architekt und verfügst plötzlich über Geld und Geschmack«, grinse ich. »Du kannst überzeugend sein, Dude. Aber wie hältst du das aufrecht? Ich meine, deine kleine, verranzte Bude ist eine Katastrophe, so wohnt kein erfolgreicher Mensch. Und du hast von dem ganzen Architekten-Gedöns null Ahnung. Was machst du denn, wenn sie dir irgendwelche Fragen zu, was weiß ich, Baustilen stellt?«

»Sie war noch nie bei mir. Da wird aufwändig renoviert, neuer Kamin und ein Atelier und so was. Marmor aus Brasilien, weißte? Hab ich ihr erzählt. Und was meinst du, was ich die ganze Zeit mache? Ich surfe im Netz jede scheiß Seite zu Häusern an. Da gibt's sogar eine, die heißt Architektur für Doofe. Oder Einsteiger?«
In diesem Moment stößt Tatjana zu uns.
»Darf ich eure Männerrunde stören? Worüber redet ihr denn gerade?«
»Bowling«, antworte ich.
»Bowling?«, fragt sie mich, wobei mir ihre perfekten Zähne auffallen, mit denen sie bestimmt schöne Dinge anstellen kann. Wie mit diesen schlanken Händen, die Pierres Nacken kraulen. Scheiße, ich gönne es ihm!
Ich verlasse den Architekten und seine Liebste in Richtung Toilette. Fünf gefühlte Wodka und drei Biere wollen ins Freie.

Meine empfindliche Nase hasst öffentliche Toiletten. Daher beeile ich mich und schicke die Wodkas mit Hochdruck in die Berliner Kanalisation. Spüler drücken, Hose schließen und …
… ich bemerke von draußen eine flüsternde Stimme, die mir bekannt vorkommt. Wo hab ich sie nur schon mal gehört? Ich blicke zu dem schmalen, hochkantigen Toilettenfenster und konzentriere mich. Leider dämpft Alkoholgenuss die Wahrnehmung meiner sonst so empfindlichen Ohren. Ich muss mich anstrengen, um etwas zu verstehen.
Ein dicklicher Mann mit dünnem Schnurrbart und schwarzer Smokingjacke betritt die Toilette. Er blickt mich misstrauisch an und verschwindet in einer Kabine, dabei fallen mir mehrere goldene Ringe an seinen Wurstfingern auf. Laut ächzend scheint er sich von seiner Hose zu befreien und grunzt, während er geräuschvoll sein Geschäft verrichtet. Ich gehe zum Fenster, das oberhalb meiner Sichtlinie liegt und höre nun eine zweite Stimme, die ich sofort erkenne. Sie gehört zum tätowierten Einbrecher, den ich vorhin gesehen habe.
Ich steige auf die Kante des Pissoirs und ziehe mich am Fensterrahmen nach oben. Auf dem Innenhof steht der tätowierte Russe und redet mit Silberzopf, der an seinem Motorrad lehnt. Der Russe flüs-

tert mit Anspannung in der Stimme. Er spricht ein tadelloses Deutsch mit allerdings stark slawischem Akzent, jedes »R« kommt wie eine Drohung daher.
»Bist du vollkommen bescheuert? Wir wollen keinen Stress mehr mit den Bullen, hat sie dir das nicht klar gemacht? Wieso schaffst du die Ladung ohne Absprache mit uns hierher?«
»Ihr wolltet Nachschub. Ich hab ihn besorgt.«
»Aber nicht den! Du schaffst die weg.«
»Das willst du verschenken? Ich habe genug Abnehmer dafür. Bitte, wenn du keinen Bock auf die Kohle hast …«
»Was denn für Abnehmer?«
Silberzopf zuckt die Schultern und grinst. Der Russe wirkt verärgert und fragt weiter.
»Wo sind die überhaupt?«
»Hafen. Wo sonst?«
Der Tätowierte überlegt kurz, nickt dann.
»Ich kann das nicht entscheiden. Komm mit.«
Die beiden gehen auf das Gebäude zu und entfernen sich aus meinem Sichtfeld.
Das ist meine Chance, den Silberzopf zu schnappen! Ich steige vom Pissoir, als der Dicke aus der Kabine kommt. Er schenkt mir erneut einen misstrauischen Blick, während er zum Waschbecken geht. Dort sammelt er den Speichel in seiner Mundhöhle und spuckt ihn laut ins Becken, anschließend wäscht er seine fetten Flossen, ohne mich aus den Augen zu verlieren. Ich verlasse die Toilette und sehe mich um. Nach links geht es in das Lokal, rechts führt ein langer Gang zu einer links liegenden Tür, aus der Küchendüfte strömen, und geradeaus zu einer Stahltür mit der Aufschrift »Notausgang«. Die benutze ich.
Ich befinde mich auf einem verwinkelten Hof und sehe wenige Meter vor mir die Maschine des Silberzopfs. Wo sind die beiden hingegangen? Ich bemerke den Helm des Silberzopfs auf dem Rückspiegel seiner Maschine und dabei kommt mir eine Idee, wie ich ihn künftig nicht mehr verliere. Mit etwas Anstrengung gelingt es mir, ein briefmarkengroßes Stück aus dem Innenfutter des Helms abzureißen. Ich schnüffle daran. Es riecht intensiv nach ihm. Ich stecke es in die Hosentasche und will zurück ins Gasthaus.

Die Stahltür lässt sich von außen nicht öffnen. Verdammt! Ich suche nach weiteren Eingängen und finde schließlich eine halb offene Tür an der Schmalseite des Gebäudes. Ein Küchenjunge lehnt an der Wand und raucht.

»Ich habe mal Frischluft gebraucht«, erkläre ich ihm so beiläufig wie möglich und betrete die Küche, was ihn nicht die Bohne interessiert. Leckere Gerüche, heißer Dampf und viel Geschrei empfangen mich in der großen Küche, in der mindestens ein Dutzend Menschen herumwuseln und mit allerhand Pfannen und Töpfen hantieren. Am Ende sehe ich eine breite Tür, die in den Gastraum führt und eine schmale auf der linken Seite. Die nehme ich und stehe wieder im Gang, der zu den Toiletten führt, wo mir Pierre soeben entgegenkommt.

»Alter, wo bleibst du? Probleme mit der Prostata? Du hast Besuch!«

»Besuch?«

»Ja, sie hat nach dir gefragt. Komm in die Hufe!«

Ich folge dem Dude in den Gastraum und erkenne Jackie auf einem Barhocker am Tresen. Als sie mich sieht, zeigt sie mir lächelnd ihre kleine Zahnlücke. Sie hat sich in Schale geworfen, trägt ein enges, blaues Sommerkleid mit vielversprechendem Decolleté und halbhohe, hellblaue Riemchensandalen. Ein karmesinroter Lippenstift und dezentes Make-Up um die Augen runden das Bild ab, das in mir den Wunsch weckt, sie möglichst rasch ins Bett zu bekommen.

Trotzdem schwirrt mir noch immer der Silberzopf im Kopf herum, als ich auf Jackie zugehe. Ich darf die Gelegenheit nicht verstreichen lassen! Andererseits habe ich dieses stark riechende Innenfutter und weiß, dass er irgendwas am Hafen versteckt hat. Soll ich ihr davon erzählen?

Jackie steht auf, wir geben uns Begrüßungsküsse auf die Wange.

»Willst du mich nicht vorstellen?«, fragt der Dude grinsend.

»Klar. Jackie, Pierre. Genannt, der Dude. Mein Freund, der Architekt!«

Sie nickt anerkennend.

»Ein Architekt? Kiek mal an! Was bauen Sie so?«

Eine Schweißperle läuft an der linken Schläfe des Dudes hinab, der sich kurz räuspert, bis er mit beiden Armen ausholt.

»Sie kennen den Anbau an der Neuen Nationalgalerie?«, fragt er mit festem Blick. Sie überlegt kurz und schüttelt den Kopf.

»Nein, leider nicht. Ist der von Ihnen?«

Er nickt mit übertrieben langem Augenaufschlag, als würde er gerade den Nobelpreis entgegennehmen und vor Bescheidenheit bersten.

»Und Sie, Madame?«, fragt er, während er sich den Schweiß mit einer raschen Bewegung von der Stirn wischt.

»Was ich mache? Och, weniger spannend. Ich bin eine kleine Beamtin. Sitze den ganzen Tag zwischen Akten.«

Ich unterbreche das Geplänkel der beiden und frage nach Getränkewünschen. Jackie hätte gerne ein Bier, wofür sie bei mir erneut punktet. Eine Frau, die mit einer Knarre umgehen kann, auch im Cocktailkleid umwerfend ausieht und die kein typisches Tussigetränk, sondern ein handfestes Bier bestellt? Der Dude entschuldigt sich und gesellt sich wieder zu Tatjana und Boris an den Tisch.

Ich blicke zum Kopf der langen Tafel, wo Boris, Tatjana und der Dude scherzen. Ob ich Jackie von meinem Misstrauen Tatjana gegenüber erzählen soll? Viel habe ich nicht in der Hand und der Dude würde mir das kaum verzeihen, wenn ich seine Liebste anschwärze. Auf alle Fälle sollte ich Jackie vom Silberzopf berichten. Oder besser nicht? Dann wird die Maschinerie zwar in Gang gesetzt, aber ob man ihm was beweisen kann? Das, was ich dem General und Thang versprochen habe, kann ich dann knicken: Ihn zur Rechenschaft ziehen. Ich lasse das Schwein nicht davonkommen.

Wir erhalten vom Barkeeper zwei Flaschen Berliner Kindl und stoßen damit an.

»Du kennst doch die Mad Dogs«, springe ich sofort ins Wasser. Jackies Gesichtsausdruck wechselt von entspannter Feierlaune zur wachsamen Polizistin.

»Wie kommst du darauf?«, frage sie, während sich ihre Augen verengen.

»Ich hab dich im Fernsehen gesehen. Bei der Razzia im Hauptquartier der Mad Dogs. Coole Nummer.«

Sie lächelt, bleibt aber konzentriert.

»Du passt ja gut auf. Und wieso fragst du mich das?«

»Es gibt da einen Typen mit einem silbernen Zopf, das muss einer ihrer Anführer sein. Sagt dir der was?«

»Na klar. Willst du morgen ins Präsidium kommen, Süßer? Dann machen wir eine große Besprechung mit allen Ermittlern. Anschließend kopiere ich dir seine Akte«, antwortet sie schnippisch und nippt an ihrem Bier.

Ich kann ihre Anspannung förmlich fühlen.

»Du kannst dir doch denken, dass ich über laufende Ermittlungen nichts sagen darf. Außerdem bin ich nicht im Dienst, sondern hier, um zu feiern. Oder war die Einladung nur ein Vorwand?«, legt sie nach.

»Sie war ein Vorwand für was anderes«, grinse ich. »Aber nochmal: Kennst du den oder nicht?«

»Einer ihrer Unterchefs«, senkt sie die Stimme, »ist ein Riesenochse mit langem, silbernem Zopf. Er wird von allen nur ›Tatze‹ genannt. Wir suchen ihn dringend. Und jetzt die wichtige Frage: Wieso interessiert dich das?«

»Ich kann dir das im Moment nicht sagen«, antworte ich ebenfalls so leise wie möglich. Ich bin unschlüssig, ob ich alles erzählen soll, sonst belaste ich am Ende noch Thang.

»Jedenfalls ist er hier, wahrscheinlich hinten irgendwo in einem Büro. Wenn du dich beeilst …«

Als sie aufsteht, verlasse ich ebenfalls den Barhocker. Sie blickt in ihre Handtasche, nickt sich selbst kurz zu, dreht sich zu mir und drückt gegen meine Schulter.

»Du bleibst hier«, sagt sie und stöckelt zum Flur, der zu den Toiletten und zur Küche führt.

Ich nippe an meinem Bier und blicke zu Tatjana, Boris und dem Dude. Pierre flüstert Tatjana etwas ins Ohr, sie gackert laut dazu. Sein Arm liegt auf ihrer Stuhllehne, ihre Hand ruht auf seinem Bein. Ein kleines, schätzungsweise acht Jahre altes, dunkelhaariges Mädchen mit Korkenzieherlocken flitzt in einem weißen Kleid an dem langen Tisch entlang und stibitzt laut lachend Besteck vom Tisch. Sie ist wie auch die anderen Kinder extrem herausgeputzt, trägt schwarze Lackschuhe, Goldschmuck um Hals und Handgelenk und ihr Outfit wirkt wie eine Miniaturausgabe eines kurzen Hochzeitskleides. Als sie an Boris vorbeirennen möchte, hält er sie mit ausgestrecktem Arm auf, schwingt sie kurz durch die Luft und setzt sie auf seinen Schoß. Sie gluckst und lacht, ihre Wangen leuchten rot vor Anstrengung.

Boris gibt ihr einige schmatzende Wangenküsse und streichelt über ihr Haar. Sie blickt zu ihrer Mutter, die gut zehn Stühle entfernt sitzt und die ihr zu erkennen gibt, dass sie brav beim großen Onkel Boris sitzen bleiben soll. Er streichelt sie und redet auf sie ein, sie lächelt dabei, aber strampelt bereits mit den Beinen, weil sie runter von ihm möchte. Dann flüstert er ihr etwas ins Ohr. Sie dreht sich zu ihm, legt ihre Arme um seinen Hals und gibt ihm einen Kuss auf die Wange. Boris lacht laut, sie rutscht von seinem Schoß, verliert das Gleichgewicht. Als sie sich aufrappelt und ihr Kleidchen richtet, gibt er ihr einen Klaps auf den Po. Sie rennt lachend davon.
Ihre Mutter blickt ernst zu Boris, der sie nicht bemerkt, sondern sich Tatjana zuwendet.

Jackie kommt zurück, zuckt schon von Weitem die Schultern. Sie konnte den Silberzopf nirgends finden, aber löchert mich erneut, was ich mit ihm zu tun habe. In diesem Moment kommt Fanny an den Tisch, der an der Tafel wohl langweilig geworden ist. Nachdem ich die beiden vorgestellt habe, stößt Fanny mit Blick auf Jackies Sandalen einen leisen Schrei aus: »Wie geil, das sind Chanels!«
Chanels?
Dem folgenden Geschnatter der beiden entnehme ich, dass es sich bei Jackies Sandalen um verdammt teures Designerschuhwerk handelt, was mich in doppelter Hinsicht überrascht. Woher hat eine Polizistin so viel Kohle? Vom reichen Liebhaber, den Stefan andeutete? Und woher weiß ein Teenager so was? Ich werde wohl alt. Jedenfalls freunden sich die beiden in Lichtgeschwindigkeit an und schließlich streift sich Jackie ein Armband ab, das sie Fanny schenkt.
Ich habe inzwischen genügend Bier, Wodka und saure Gurken intus. Mir steht der Sinn nach etwas anderem als mir neue Frauenfreundschaften anzusehen, sondern eher nach Objekten, die ich in Jackies Dekolleté finde, auf das ich soeben starre. Fanny bemerkt das und rollt mit den Augen.
»Na und?«, zucke ich die Schultern.
»Spanner!«, raunt sie mir halblaut zu.
Zeit, so manches zu organisieren. Ich flüstere Jackie ins Ohr, dass wir so langsam aufbrechen könnten, was sie damit beantwortet, dass sie mir leicht ins Ohrläppchen beißt.

Fanny möchte noch bleiben, schließlich sei sie nicht in Berlin, um in meiner ollen Bude herumzusitzen. Das verstehe ich zwar, es wirft aber ein Problem auf.
Ich gehe zum Dude und frage, ob er Fanny nach Hause bringen kann.
»Logisch! Aber jetzt noch nicht, oder?«
»Nein. Umgekehrt. Ich breche jetzt auf. Genauer gesagt wir«, zeige ich auf Jackie, was dem Dude ein schweinisches Grinsen abringt. Er zieht mich am Arm zu sich und flüstert:
»Schieb 'n Gruß mit rein.«
»Aye!«, antworte ich. »Also. Fanny bleibt noch. Ich verlass mich auf dich. Du und nur du bringst sie nach Hause«, klopfe ich ihm auf die Schulter.
Ich gebe Fanny meinen Wohnungsschlüssel, wünsche ihr noch viel Spaß und verlasse mit Jackie das Lokal. Mit leichten Gleichgewichtsstörungen meinerseits gehen wir zum Wagen. Sie lacht laut und hakt sich bei mir ein. Ich stolpere einmal und ziehe sie dabei fast zu Boden.
»So kannst du nicht fahren«, meint Jackie.
»So fahre ich am besten, Lady«, antworte ich und öffne die Beifahrertür zum Mustang.

Tag 8, Dienstag, 00.30 Uhr

Ich höre Jackie in der Küche klappern und schaue mich um. Ist das überhaupt ein Wohnzimmer oder die Miniausgabe eines Zirkuszeltes? An den Wänden hängen unzählige Bilder von Elefanten in der Manege, Tigern, vor denen ein Dompteur steht, und Pudeln, die in einer langen Reihe auf zwei Beinen Polonaise tanzen. Von der Decke baumelt in der Ecke nahe der Balkontür eine Trapez-Schaukel. Auf einem Sideboard befinden sich mehrere Bilder eines Mannes mit Smoking und gewaltigem Schnurrbart, der das Publikum in einer Manege begrüßt. Er wirkt wie eine edlere Ausgabe von Charlie Chaplin. Der Zirkusdirektor? Ganz links steht ein großes Porträt des Mannes mit einer schwarzen Schleife in der oberen Ecke des Fotos. Auf zwei Bildern ist er mit einer jungen Frau in einem silbernen Glit-

zerbody zu sehen, die ihn anstrahlt, offensichtlich eine Artistin kurz vor ihrem Auftritt.
Mein vom Alkohol gelähmtes Hirn braucht einige Sekunden, bis mir dämmert, um wen es sich bei der jungen Frau auf dem Bild handelt. Jackie.
Und warum stellt sie ein Foto mit Trauerrand auf? Das muss ihr Vater sein.
Ich bemerke einige Keulen und Fackeln neben dem Sideboard. Als ich danach greife, betritt Jackie das Wohnzimmer, in der linken Hand ein gefülltes Rotweinglas, rechts einen Tumbler mit zwei Eiswürfeln und einem dreifachen Whisky.
»Ist Johnnie Walker okay für dich?«, fragt sie und klimpert mit den Eiswürfeln.
Sie überreicht mir mein Glas. Ich nicke anerkennend und will anstoßen, als sie den Finger hebt und zur weißen Kommode neben der Couch geht. Sie legt ihr iPhone in die Aussparung, tippt darauf herum und schon beschallt eine mir unbekannte Sängerin den Raum. Lässiger, düsterer Sound, der mir gefällt.
»Komm.«
Sie nimmt meine Hand und zieht mich mit nach draußen. Der berlintypisch winzige Balkon wird fast komplett von einem quadratischen Tisch und zwei Stühlen ausgefüllt. Wir stehen am linken Rand und blicken auf die selbst um diese Uhrzeit belebte Karl-Marx-Allee.
Der Mond wärmt mein Gesicht.
Wir stoßen an. Sie nimmt einen Schluck der Sorte »durstiger Bauarbeiter« und leckt sich einen Rotweintropfen von den Lippen.
»Lust zu tanzen?«, fragt sie mich und stößt mit ihrer Hüfte gegen meine.
Lust zu ficken, Schatz!
»Tanzen ist nicht so mein Ding«, antworte ich und ziehe sie an mich heran.
»Aber tanzen ist doch ein guter …«, sucht sie nach Worten und grinst mich an, während sie ihren Zeigefinger in meinen Hosenbund einhakt.
»Ein guter was? Ich bin nicht so der Romantiker«, antworte ich und biege ihren linken Arm auf den Rücken. Dadurch muss sie ein Hohl-

kreuz machen und kommt mit ihrem Mund näher an meinen heran. Ihr weinlastiger Atem kitzelt meine Lippen. Ich küsse sie und schmecke den Bordeaux.
»Du grober Kerl! Weißt du nicht, wie man mit Frauen umgeht?«, flüstert sie mir zu und windet sich mit einer geschickten Bewegung aus meinem Griff. Sie geht einen halben Schritt zur Seite und lehnt am Geländer.
Ich nehme einen ordentlichen Schluck Whisky.
»Sehr geschickt, Lady. Wo hast du das gelernt? Im Zirkus?«
»Du Schnüffler! Das ist mein Job!«, antwortet sie und hebt das Glas. Wir trinken erneut. Ich gehe zu ihr und klemme sie in der Balkonecke ein. Sie versucht, sich zu befreien, gibt aber auf, als sie merkt, wer hier wen beherrscht.
»Du warst 'ne Artistin.« Ich umfasse ihre Hüfte und ziehe sie an mich heran. Sie riecht verdammt gut. Irgendein schweres Parfum, das sich perfekt mit dem Geruch von Wein und Whisky mischt. Noch besser gefällt mir der Blick auf den Ansatz ihrer Brüste, die ich mir näher betrachten möchte. Ihre Haut im Dekolleté wirkt wie feiner Sand. Sie schiebt ihren Oberschenkel zwischen meine Beine und drückt ihn nach oben. Meine Lenden geben Alarm und pumpen das Blut Richtung Süden.
»Stimmt. Und ich bin verdammt gelenkig«, haucht sie mir ins Ohr und kitzelt mich dort mit ihrer Zungenspitze. Mein Puls gibt Gas.
»Kannst du Spagat?«, frage ich sie zwischen zwei Küssen, in denen meine Zunge siegt. »Ich wollte immer mal eine Frau sehen, die das kann.«
»Du hast den Mädchen immer beim Turnen zugeschaut, wa? Durch so ein kleines Guckloch in der Wand. Du Perversling!«, grinst sie, lehnt sich leicht zurück und fasst mit beiden Händen an die Knopfleiste meines Hemdes. Mit einem kräftigen Ruck zieht sie das Hemd auf ganzer Länge auf, zwei Knöpfe fliegen über den Balkon. Sie fährt mit der Hand durch meine Brusthaare. Ihre Zahnlücke lacht mir entgegen.
»Ein richtiger Pelz! Was bist du denn für einer? Geil!«
Time for Action! Ich hebe mein Glas.
»Trink aus«, sage ich zu ihr.

Sie leert das Glas mit langen Schlucken auf Ex und atmet danach keuchend aus. Mein Whisky rinnt glühend durch Kehle und Speiseröhre. Als ich den Tumbler auf den Tisch stelle, beißt sie mir unvermittelt und kräftig in die Wange, dabei schlingt sie ihr rechtes Bein um meine Hüfte. Wir stoßen beide an den Tisch, die Gläser fallen über den Rand und zerspringen klirrend auf dem Boden.
Ihre Augen blitzen und ich spüre ein paar verdammt spitze Nägel, die sich in meinen Rücken graben. Ich fasse unter ihr Kleid und zerreiße ein kleines Stück Stoff.
»Die Nachbarn?«, fragt sie in meinen Atem hinein.
»Scheiß drauf«, ersticke ich ihre Frage mit einem Kuss. Mein Nacken erwärmt sich leicht. Nicht von ihrer Hand.
Der Mond streichelt meinen Hals.
Besser, wir gehen doch rein.

Tag 8, Dienstag, 3.00 Uhr

Ich schrecke aus einem bösen Traum auf.
Mein Puls hämmert.
Irgendwas hat mich geweckt.
Aber was?
Wo bin ich?
Ich richte mich auf und sehe mich um. Ein Doppelbett mit dunkler, ziemlich zerknüllter und verrutschter Bettwäsche. Links sitze ich, rechts liegt eine blonde Frau, die mir ihre Rückseite zeigt. Ihr rechtes Handgelenk befindet sich in einer Handschelle, die am Bettrahmen befestigt ist, das schränkt ihre Beweglichkeit ein.
Jackie.
Von außen dringen kaum Geräusche ins Schlafzimmer, nur vereinzelt höre ich Autos auf der Karl-Marx-Allee.
Was hat mich geweckt? Ich blicke mich um, dann spüre ich die Wärme auf meiner Wange.
Mondlicht scheint mir direkt ins Gesicht.
Und jetzt weiß ich, dass ich die falsche Frage gestellt habe.

Wichtig ist nicht, WAS mich geweckt hat. Sondern WER geweckt wurde.
ER.

Adrenalin rast durch meine Fasern.
Beeilung jetzt! Weg hier!
ER grollt bereits, streckt sich in mir. Der Countdown läuft.
Ich stolpere in die Hose, werfe mir rasch das T-Shirt über, versuche dabei, so leise wie möglich zu bleiben, husche ins Wohnzimmer. Soll ich über den Balkon nach unten, um möglichst rasch von ihr wegzukommen?
Ein Blitz fährt von meiner Schläfe quer durch den Körper bis in meine Knöchel. ER streckt mich wie einen Hampelmann, dann krümme ich mich. Der Schmerz ist kaum auszuhalten und wirft mich zu Boden.
Nein! Noch nicht!
Ich krabble auf allen Vieren zu meiner Jacke im Flur, was mir mit jedem Zentimeter schwerer fällt, da meine Hände anschwellen. ER lässt glühendes Eisen in meinen Adern fließen. Ich ächze und beiße mir in den Arm, um Jackie nicht zu wecken. Die Jacke hängt einen halben Meter entfernt, da erfasst mich die nächste Welle, diesmal im Kiefer.
Es knirscht und knackt, während sich der Knochen verschiebt und die spitzen Reißzähne aus ihm herauswachsen.
Ich – muss – an – die – scheiß – Jacke!
Jackie spricht leise im Schlaf. Sehr leise sogar. Aber mein Gehör leistet nun das Hundertfache, gleich das Tausendfache. Und Jackie wird sterben.
Die verfluchte … ich komm nicht hin. Sie hängt hoch über mir an einem Haken, während ich mich auf dem Boden wälze und ER bereits anklopft.
Noch nicht!
Mit meiner gesamten Willenskraft schaffe ich es, mich an der Kommode nach oben zu ziehen und in die Innentasche der Jacke zu greifen. Während ich das tue, wachsen meine Finger, aber ich schaffe es, das geraubte Innenfutter des Silberzopfhelmes herauszupulen. Es fällt auf den Boden vor mir.

Ich greife es mit beiden Händen. Händen? Ich kann den Klauen beim Wachsen zusehen, ebenso dem Haar, das büschelweise überall hervorsprießt. Es gelingt mir nicht mehr, das Stück Innenfutter zu packen. Ich bücke mich und nehme es zwischen meine Zähne.
ER ist fast durch, die Beine pumpen sich auf, neue Muskeln pflanzen sich über alte. Ich krieche, krabble, stolpere auf den Balkon. Meine Zunge fühlt sich an wie Teer. Und verdammt groß. Sie reibt an spitzen Zähnen.
Ich trete in eine Glasscherbe und schneide mich.
Blut tropft auf den Balkonboden.
ER jubelt und sprengt das Tor nach draußen.
Mit allerletzter Anstrengung ziehe ich mich aufs Geländer und blicke unserem Herrn ins Gesicht.
Der Mond begrüßt IHN.
Ich springe hinab.

Silberzopf! Krieg dich!
Hab Stoff in Maul. Hängt an Zahn. Riecht!
Aber wohin? Wo … sein Geruch?
Hafen? Hafen!
Schnauze in Luft. Suche Geruch.
Hafen. Hafen! Wo?
Streng an. Riech!
Rieche. Rieche. Hier. Da. Oben auf Haus. Nichts.
Nächstes Haus. Hoch die Wand. Runter.
Wieder.
Und wieder. Hoch. Runter.
Ganz, ganz hohes Haus jetzt. Hetze hoch. Balkone. Fenster. Dachrinne, weit oben jetzt.
Schnauze kreist. Nase wittert.
Da! Schlechtes Wasser. Öl. Kohle.
Hafen.

Hetze über Dächer. Garagen. Parkplätze. Bin so schnell. So schnell! Schneller als jeder.
Lupus!
Geruch wird stärker. Schlechtes Wasser. Öl. Benzin. Rost. Alles!

Aber.
Noch besser!
Sein Geruch! Geruch von Stoff. Haare. Hab in Nase! Sein Geruch!
Hallen. Schiffe. Autos. Laster.
Nase führt mich.
Baracke dort! Auf Kai. Zwischen Wasser. Links Wasser ohne Schiff. Rechts Wasser mit Schiff.
Gerüche aus Baracke. Menschen. Schwaches Licht.
Springe zur Baracke. Viele Gerüche. Menschen. Viele. Auch Zopf. Irgendwo.
Ganz kleines Fenster. Verstaubt. Sehe nicht durch.
Noch ein Fenster. Blick? Geht nicht.
An Haus lang. Vorsicht. Vorsicht! Sein Geruch. Innen.
Da, Tür. Reiße auf. Viel Geruch. Duft auch. Schöner Duft.
Viele Menschen hier. Lupus Zunge hechelt.
Großer Raum. Viele Betten. Tücher an Leinen. Zwischen Betten. Nur Betten, sonst nichts. Müssen viele sein. Frauen.
Junge Frauen.
Mädchen.
Liegen in Betten. Schlafen.
Sind ganz jung. Taschen neben Bett. Rucksack. Koffer. Kuscheltier in Bett.
Viele Flaschen. Wodka. Auch neben Bett. Auch bei Mädchen.
Riechen gut. Raum nicht. Kein Fenster auf.
Wo …
… Hals schmerzt! Kette? Silber!
Silberkette um Hals! Brennt wie Feuer!
Zieht mich aus Haus. Brennt schlimm! Bekomme keine Luft! Silber!
Mann hinter mir zerrt mich. Drehe Kopf. Silberzopf.
»Drecksvieh! Mich machst du nicht fertig!«
Silber raubt Verstand! Kriege keine Luft! Muskeln wie tot! Lupus schwach!
Woher weiß? Er? Von Silber?
Er zieht mich. Zu Wasser.
Drehe Kopf. Sehe großen Stein. Mit Haken. Zopf zieht mich hin.
Stein an Kette? In Wasser? Zerre fest an Kette. Bringt mich um. Fast. Silber tut weh, tut weh. Tut weh! Lupus wird …

Er will Kette befestigen. An Haken. Wenn das … ertrinkt Lupus. Ich ziehe fest. Plötzlich! Hände verbrennen fast. Aber gelingt! Zopf überrascht. Kette fällt auf Boden. Aus Hand von Zopf.
»Scheiße!«, Silberzopf entsetzt.
Springe auf ihn! Er duckt sich.
Erwische Jacke. Er zieht an Kette.
Fallen über Kai in Wasser. Lupus und Silberzopf.
Bekomme keine Luft.
Dummer Lupus. Weil unter Wasser jetzt! Strample. Alles dunkel. Kann nichts riechen. Will nach oben. Hals brennt. Kette. Er zieht an Kette. Kämpft unter Wasser.
Fell macht schwer. Ist schwarz unter mir. Neben mir. Über mir. Zopf zieht fest an Kette.
Lupus ertrinkt!
Zopf zieht mich runter.
Mit ihm.
Bereit zu sterben?
Hals brennt wie Feuer. Aber muss versuchen. Lasse mich treiben. Nach unten. Zu Zopf, der zieht.
Arschloch grinst.
Öffne Maul. Geht schwer. Ganz schwer. Wegen Kette. Schnürt Hals zu. Fallen tiefer ins Schwarze. Lupus sieht nichts mehr. Außer Weißes. In Auge von Zopf. Grinst.
Haue Zähne in das Weiße. Beiße zu. Sehr fest. Lupus Power.
Knirscht böse. Laut. Selbst unter Wasser.
Viel Blut. Schwall. Blut. Weißes. Blasen.
Griff an Kette lässt locker. Viel Blut aus Kopf von Silberzopf.
Er breitet Arme aus. Treibt.
Ins Tiefe.
Kette weg. Sehe nichts. Aber Luftblasen! Strample Blasen nach. Kaum noch Luft.
Hoch. Hoch! Schnell!
Über Wasser dann! Keuche. Atme!
Lupus lebt.
Klettere Leiter hoch. Auf Kai.
Hals schmerzt. Aber! Lupus lebt!
Schüttle mich.

Tag 8, Dienstag, 8.45 Uhr

Irgendwas lärmt.
Ich ziehe mir die dünne Steppdecke über den Kopf, aber das nervige Geräusch hört nicht auf.
Die Klingel.
Ich taste schlaftrunken nach meiner Uhr auf dem Sofatisch, ziehe das Teil vor mein Gesicht und öffne mit Anstrengung und Unwillen die Augen. Noch nicht mal neun.
Leck mich!
Ich drehe mich mit dem Gesicht zur Rückenlehne der Couch, als es wieder an der Tür klingelt.
Ich bringe den Arsch um! Irgendein Vollhonk, der Reklame einwerfen will. Oder ein Nachbar, wasweißich.
Fickt euch!
Dann fängt das Handy an. Auf dem Display erkenne ich »Ole«. Rangehen? Ich sortiere meine Gedanken.
Ole! Ich wollte was von ihm.
»Hm? Ja?«, krächze ich ins Telefon.
»Gero, du geiler Ork! Ich hab dich nicht geweckt, oder?«
»Ähm …«
»Ist mir auch egal. Der Magier des Königs begehrt Einlass, öffnet die Zugbrücke!«
Ich lege auf und reibe mir die Augen. Mein Schädel brummt nicht nur, er steht kurz vor dem Bersten, wie meist nach solchen Nächten. Ein Gefühl, das sich durch den gesamten Körper zieht, der sich anfühlt, als wäre ich unter einen 38-Tonner geraten. Ich schlage die Decke zurück und setze mich gerade hin. Die Jeans zeigt zwei lange Risse am Oberschenkel, ansonsten sieht sie nicht ramponierter aus als das, was man in jeder U-Bahn sieht. Am Oberkörper friere ich, trage auch kein Hemd oder T-Shirt. Ich stehe auf und gehe zur Tür, drücke auf den Summer und blicke dabei in den großen Spiegel daneben.
Das Wasser im Hafenbecken hat alle Blutspuren vernichtet. Gut so. Ansonsten sehe ich einfach nur scheiße aus.
Ole bollert gegen die Wohnungstür, ich öffne sie. Er schiebt seinen massigen Körper in die Wohnung, trägt wie immer ein schwarzes

Metal-T-Shirt mit dem Logo irgendeiner zombiefressenden Band, Jeans und Sportschuhe. Quer über der Brust baumelt eine große Umhängetasche. Fettige, zu einem Schwanz zusammengebundene Haare, ein unrasiertes, speckig-rosiges Gesicht und fröhliche, wache Augen hinter einer schwarzen Hornbrille runden das Bild des Zockers und Nerds ab.
»Moin!«, streckt er mir die Hand entgegen. Er legt mir sein warmes Schnitzel in die Hand, das ich fest zusammendrücke.
»Wieso so früh? Wollten wir nicht vorher telefonieren?«, frage ich müde und blicke mich nach einem Hemd um.
»Wer sich heute freuen kann, der soll nicht auf morgen warten. Johann Heinrich Pestalozzi. Kennste nich, was? Ich war auf 'ner LAN-Party am Ostbahnhof. Junge, so was haste noch nicht erlebt. Zweitausend Gamer und Ole the Magician hat sie langgemacht. Ich hab so viele Items gezockt wie noch nie!«
»Items?«, nuschle ich, während ich mir mein schwarzes Hoodie von der Sofalehne pflücke und überziehe.
»Schwerter, Stäbe, Amulette, du Noob!«, grinst er. Ich blicke ihn an.
»Wo … denn?«, frage ich, »in der Tasche?«
Er rollt mit den Augen.
»Nee, unten in der Droschke des Königs. Mann! Virtuell natürlich! Ich habe drei Raids geleitet und dafür den Rubin der Urukai erhalten. Ist das nicht der Hammer?« Er hebt den Finger. »Das Geheimnis des Erfolges ist zu wissen, wie man abwartet. Joseph Comte de Maistre.«
Ich zucke die Schultern, er fährt fort, wobei er das Gesicht verzieht.
»Sag mal, ich rieche ja schon schlecht nach sechsunddreißig Stunden zocken, aber du stinkst schlimmer als 'ne Horde Oger! Hast du in einer Kläranlage gepennt?«
»Kleiner Unfall gestern Abend. Ich geh duschen. Vorher setz ich Kaffee auf. Magst auch einen?«
»Ein guter Kaffee muss schwarz wie die Nacht, heiß wie die Liebe und so süß oder bitter wie das Leben sein. Arabisches Sprichwort.«
»Heißt?«
»Mit viel Zucker. Am besten Zucker mit einem Schuss Kaffee. Drei große Pötte. Kohlenhydrate bringen meine CPU zum Glühen. Wo steht denn das gute Stück?«, blickt er sich um. Ich zeige auf Lans an

der Wand stehenden Rechner. Er schnappt ihn sich und blickt erst den Rechner, dann mich gut gelaunt an. So müssen Hebammen aussehen, wenn sie die Hochschwangere vor dem Kreißsaal empfangen. Wohlwollend, ermutigend und sich auf die kommende Schweinerei freuend.
»Kaffee, Dusche, dann erzähl ich dir, worum's geht, okay?«, verabschiede ich mich Richtung Küche. Ich blicke über die Schulter und sehe, wie er seinen Laptop auf den Tisch stellt.

Heißes Wasser perlt über meinen Körper in die Wanne, während ich mich nach Spuren des Kampfes untersuche. Wie immer kann ich mich nicht vollständig an das erinnern, was während der Jagd passiert ist, sondern verfüge nur über einen lückenhaften, noch dazu mit unterschiedlichen Geschwindigkeiten ablaufenden Film. Wir waren unter Wasser. Das erklärt, warum ich nirgendwo mit Blut befleckt bin.
Was passierte vor dem Kampf? So sehr ich mich anstrenge, der Film vor dem Kampf ist gerissen. Irgendwo im Nebel ein Haus. Oder eine Baracke. Aus einem kleinen Fenster strahlt Licht. Ein Kuscheltier? Das muss ich mit den Szenen im Puff verwechseln.
Wobei mir ein einzelnes Bild nicht aus dem Kopf will. Eine ganze Reihe Betten. Das war's, nichts anderes und garantiert die Baracke. Betreiben die Menschenhandel? Importieren junge Frauen?
Whatever. Der Silberzopf schwimmt in irgendeiner Öllache im Hafenbecken.
Mission accomplished.
Oder fehlt noch die Königin im Spiel? Ach was, das dürfte es gewesen sein. Ich bin nicht das BKA. Klappe zu, Affe tot. Also Thang anrufen, heute!
Ich taste mich weiter ab. Keine Wunden.
Dann folgt der unangenehmste Teil. Wenn sich der Lupus-Kiefer zurückverwandelt, schieben sich die Zähne wieder enger zusammen. Die Folgen verdränge ich meist auf dem Weg zurück nach Hause, aber am frühen Morgen kann ich das irgendwann nicht mehr. Also los.
Ich gehe in die Hocke, öffne den Mund und schiebe meinen Zeigefinger über die Zahnreihen. Das Wasser prasselt mir auf Hinterkopf

und Rücken, während ich mich konzentriere und das erste Überbleibsel finde. Ich pule das Stück Fleisch zwischen einem Eck- und einem Backenzahn hervor und spucke es in den Abfluss, ohne hinzusehen. Dieselbe Übung absolviere ich noch zweimal an anderen Stellen, mit dem unbedingten Wunsch, mich nicht zu übergeben. Es gelingt.
Fünf Minuten später stehe ich abgetrocknet vor dem Spiegel.
Guten Morgen, Berlin!

Ole und ich sitzen vor zwei dampfenden Kaffeetassen nebeneinander am Schreibtisch, auf dem Oles Laptop leise klackernd Spionagearbeiten verrichtet. Er zapft Lans unter dem Tisch stehenden Rechner an und erstellt Listen mit Files.
»Genauer kannst du es nicht beschreiben?«, fragt mich Ole.
»Nee, sorry. Die Sicherheitskopie einer Handyaufnahme. Das kann ein Video sein oder nur Sound. Aber das ist höchstens ein paar Wochen alt, das grenzt die Suche doch ein, oder?«
»Normalerweise schon, aber die Betriebssysteme mancher Handys vergeben eigenwillige Datumsangaben. Solche scheiß Dinger, ich hasse die!«
Auch wenn Ole hier den Verdrossenen mimt, sehe ich ihm an, wie sehr ihm die Detektivarbeit Freude bereitet. Während ich über seine Schulter blicke, öffnet sich die Schlafzimmertür. Fanny schlurft heraus und winkt uns müde zu. Sie trägt eine Hot Pants, die ihre makellosen, perfekt geformten jungen Beine verdammt gut zur Geltung bringen und oben irgendein Wabbelshirt mit einer mir unbekannten Comicfigur. Das Gestrüpp auf dem Kopf sah gestern noch gekämmter aus.
»Morgen«, wirft sie uns im Flüsterton zu und bewegt sich Richtung Bad. Ich blicke zu Ole, der seinen Mund nur mit Mühe schließen kann.
»Was ist das für ein zartes Elfenkind?«, knufft er mich.
»Das ist Fanny«, antworte ich und bemühe mich dabei, nicht zu grinsen.
»Hast du was, also, ich meine … ihr beiden?«
»Nein! Sie ist mit dem Dude verwandt und nur für ein paar Tage zu Besuch in Berlin.«

»Warum wohnt sie dann nicht beim Dude?«, fragt er mich mit einem Gesichtsausdruck, als hätte er eben den Raub der Kronjuwelen geklärt.

Inzwischen sitzen wir zu dritt um den Schreibtisch herum. Ole genießt die Bedeutung seiner Anwesenheit und erklärt mir alle möglichen Feinheiten aus dem Innenleben von Dateistrukturen und Betriebssystemen, die mich weniger interessieren als irgendein Staubknäuel unten im Keller. Fanny lümmelt im Schneidersitz auf einem Stuhl herum, löffelt Crunchies aus einer kleinen, weißen Schale und überprüft immer wieder das Display ihres Handys, begleitet von einem kurzen Lachen und anschließendem Tippen.
Nach fünfzig Minuten haben wir ein rundes Dutzend Files selektiert und nach einer weiteren Viertelstunde die entscheidende Aufnahme. Es handelt sich um ein Video, auf dem allerdings so gut wie nichts zu sehen ist, da sich Lan in einem Schrank versteckte, während sie filmte. Die Qualität der dumpfen Tonaufnahme könnte besser sein, dennoch sind einige Passagen deutlich zu verstehen.
Drei Männer reden miteinander und die Stimmen von zweien habe ich schon gehört, der tätowierte Fledermaus-Russe und der Silberzopf. Sie besprechen die Lieferung von »frischem Material«, benennen Ort und Zeit, allerdings auf eine verklausulierte Art, die mir wenig sagt. »Halle drei«, »am Vierzigsten« und so weiter. Wie konnten Lan und Thang die Mad Dogs damit erpressen?
Gegen Ende nimmt die Unterhaltung einen aggressiveren Verlauf. Der Russe und der Silberzopf streiten sich über das Material. Mister Fledermaus ärgert sich lautstark.
»Das war so nicht abgemacht. Wenn sie das erfährt, seid ihr dran, endgültig!«, schnarrt er mit starkem Akzent.
»Du hast Schiss vor ihr?«, entgegnet der Silberzopf, was den Russen nur noch mehr in Rage bringt. Sie streiten weitere zwei bis drei Minuten, bis die Aufnahme abbricht. Ole blickt mich an und scheint Danksagungen aller Art sowie eine spektakuläre Erklärung zum Inhalt des Files zu erwarten. Während ich grüble, was ich mit dem Gesagten anfangen soll, stößt Fanny leicht mit dem nackten Fuß gegen mich. Mir fallen ihre knubbligen Zehen auf, die so gar nicht zu ihrer schlanken Gestalt passen.

»Was macht denn Sergej auf dem Dings? Worum geht's da?«
Überrascht drehe ich mich zu ihr. Ole beugt sich nach vorn, um sie zu sehen. Fanny zuckt mit den Schultern.
»Der Fahrer von Onkel Boris. Er hat mich gestern nach Hause gebracht.«
Adrenalin schießt in meine Ohren, Wut ins Gesicht.
»Dieser Typ mit dem Tattoo am Hals? Der heißt Sergej? Und wieso ist der Dude nicht gefahren?«
»Hab ich was Falsches gesagt?«, blickt sie mich irritiert an. Ole zieht eine Schnute und wartet auf meine Antwort. Dann blickt er wieder auf Fannys Beine, die im Sonnenlicht matt glänzen. Frisch rasiert, wie ich bemerke und Ole sicher auch.
»Nein, schon okay«, bemühe ich mich, nicht auszurasten. »Ole, ziehst du mir das auf einen Stick? Danke, Mann. War mir 'ne Superhilfe. Und du ziehst dir mal was an«, wende ich mich an Fanny.
»Ich bin angezogen!«
»Ja, dann halt was … was anderes.«
»Moment, Moment«, schaltet sich Ole ein. »Superhilfe, Dankeschön, trallala? Bin ich die Heilsarmee? Dankbarkeit ist das Gedächtnis des Herzens! Jean Baptiste Massilon. Was ist mit der versprochenen Grafikkarte?«
»Wusste ich, dass du heute zu Sonnenaufgang hier hereinschneist?«, antworte ich. »Ich hab's auf dem Zettel, aber kam noch nicht dazu.«
Er brummt etwas in sein Doppelkinn.
»Du hast es versprochen«, quengelt er. Warum erinnern mich alle immer an meine Versprechen, verdammt? Trotzdem nörgelt er weniger herum als es sonst seine Art ist, was vermutlich an der jungen Schönheit zu meiner linken liegt, deren Knie er betrachtet, als wolle er sie am Meniskus operieren. Sie bemerkt das und streckt ihr Bein in seine Richtung.
»Willst du 'n Foto machen?«, fragt sie lakonisch. Ich pruste, Ole wird rot und vergisst das passende Zitat.
Meinetwegen soll er hier ruhig noch ein wenig abhängen. Trotzdem halte ich natürlich mein Wort. Die Grafikkarte ist allerdings ein kleiner Mosaikstein zum größeren Problem meiner Finanzen. Es gibt kaum noch etwas, das ich versetzen kann. Die Kohle für die Nummer mit dem gestohlenen Wagen kommt wohl auch nicht so schnell.

Der Mann für krumme Dinger und schnelles Geld machte mir ja bereits ein Angebot. Genau derjenige, der gestern Abend Fanny nicht nach Hause brachte und mir noch immer Geld für den Autoklau schuldet.
Erst mal rufe ich Thang an. Er hat es verdient, dass ich ihn wegen des Silberzopfs gleich informiere. Da ich am Telefon nicht lang und breit erklären möchte, dass ich jemanden getötet habe, deute ich nur verklausuliert an, dass das Problem erledigt ist. Als heller Junge begreift Thang sofort, was ich meine. Seine Erleichterung ist selbst durch das Telefon förmlich greifbar. Morgen möchte er zurück nach Berlin. Weil er es an der Ostsee nicht länger aushält. Und um sich bei mir zu bedanken.
»Honey! Kann ich erst? Also zu dir? Dann checken wir, ob die Luft sauber ist. Bei mir in der Wohnung. Okay?«
Na logisch. Pension Gero liebt Gäste! Kommet zu mir, ihr Kinder der Welt!
Anschließend rufe ich denjenigen an, der mir noch was schuldet. Er meldet sich nach dem ersten Klingeln, als wollte er soeben selbst telefonieren.
»Dude hier.«

Tag 8, Dienstag, 13.00 Uhr

Ich stelle den Mustang in einigen hundert Metern Entfernung vom Panke-Haus ab. Wir steigen aus, der Dude nimmt eine schwarze Sporttasche aus dem Wagen und los geht's durch das Villenviertel in Zehlendorf.
Berlintypische Mietskasernen findet man hier ebenso wenig wie berlintypische Ausländer, mit der Ausnahme polnischer Handwerker und Dienstmädchen. Vor und in den meisten Garagen stehen dicke, deutsche Limousinen sowie mächtige SUVs, mit denen die Gattin zu Butter Lindner fährt, um teuren italienischen Schinken zu kaufen. Auf der Straße vor dem Haus parken häufiger Kombis mit polnischen Kennzeichen, in deren Inneren Werkzeuge und Material lagern. Fliesenleger, Installateure, Maurer aus Breslau, Lodz oder

Posen, die am Finanzamt vorbei erstklassige Schwarzarbeit für die Zehlendorfer Oberschicht abliefern.

Unser Fußmarsch verläuft in genauso schlechter Stimmung wie die Fahrt hierher. Ich kann manchmal nicht anders, dann muss dieser impulsive Mist einfach aus mir raus. In diesem Fall Vorwürfe, warum Pierre Fanny nicht selbst nach Hause gefahren hat, obwohl er es versprochen hatte. Und wieso ausgerechnet dieser Sergej, mit dem ich mir schon einen Kampf auf Leben und Tod geliefert habe und der vielleicht hinter dem Tod von Lan steckt? Der Dude beteuert, nicht gewusst zu haben, dass Sergej genau derjenige welcher war. Als wir in eine Querstraße zum Panke-Haus einbiegen, setze ich meinen Frustabbau fort.

»Ich hatte dir doch von der scheiß Fledermaus erzählt. Schon bei der Auktion.«

»Oh Mann, Tattoos gibt's doch wie Sand am Meer«, weicht der Dude aus.

»Der weiß jetzt nicht nur, dass Fanny zu mir gehört, sondern auch, wo ich wohne. Scheiße! Ich soll auf Fanny aufpassen, das habe ich Inken versprochen.«

»Ich kenne Fanny länger als du, ich hänge total an der Kleinen. Meinst du, ich will, dass ihr was passiert?«

»Dann setz sie verdammt nochmal nicht in das scheiß Auto dieses scheiß Russen!«

»Jetzt mach mal nicht so 'ne Welle. Sergej ist in Ordnung, das weiß ich von Tatjana.«

»Tatjana! Gut, dass du sie erwähnst«, fahre ich fort. Er bleibt mitten auf dem Weg stehen.

»Was soll das heißen?« Sein Gesichtsausdruck verfinstert sich.

»Hab ich im Auto doch kurz erwähnt. Da gibt's diese Tonaufnahme von Lan. Auf der spricht der Fledermausarsch von irgendeiner Frau, die wütend wird, wenn sie was erfährt. Wer wird das wohl sein, was meinst du?«

Ich will weitergehen, er bleibt stehen, stellt die Tasche ab und verschränkt die Arme.

»Was weiß denn ich? Lady Gaga? Und woher weißt du, dass Sergej auf dem Band spricht?«

»Das hört man. Du weißt, dass ich verdammt gute Ohren habe.«

»Vielleicht irrst du dich und die Stimmen ähneln sich nur. Und was das für 'ne ›sie‹ ist, who knows?«
Obwohl ich auf Krawall gebürstet bin, habe ich keine Lust, mich hier auf offener Straße zu streiten und gehe weiter. Als ich nach einigen Schritten nichts höre, drehe ich mich um. Er steht noch immer auf dem Weg.
»Du machst mir das nicht kaputt«, meint Pierre.
»Wie, was?«, frage ich.
»Lena konntest du nie leiden. Und bei Sandy ständig diese Bemerkungen …«
»Und? Hat sie dich etwa nicht betrogen? Mit dem beschissenen Kirmesboxer?«
»Scheiße, ja. Aber …«
Ich gehe ein paar Schritte zurück, ihm entgegen.
»Ich will dir nichts kaputtmachen. Ehrlich, Dude. Das ist nur … ich mache mir Gedanken. Komm jetzt.«
Er setzt sich wieder in Bewegung. Wir biegen nun in die entscheidende Straße ein, die belegt, welche dicken Geldbeutel hier residieren. Die Gebäude werden flacher und gleichzeitig größer, ebenso wie die Grundstücke, die sie umgeben. Vier Häuser vor dem Panke-Domizil biegt der Dude in einen kleinen Weg zwischen zwei Villen ein und wir laufen nun an der Rückseite der Häuser entlang.
Im Auto erzählte Pierre mir bereits, dass er sich das alles angesehen und selbst die Alarmanlage von außen geprüft hat – es sei entweder keine vorhanden oder sie arbeite nicht. Auf der Rückseite käme man problemlos über den Zaun. Und das Beste: Tagsüber halten sich die Pankes in ihrer Firma auf.
Wir gehen zwischen zwei Bäumen in die Hocke. Der Dude öffnet die Sporttasche und wir schlüpfen in zwei gebraucht aussehende graue Overalls von »Polanski – Umzüge & mehr« und streifen uns Einweghandschuhe über.
Nach etwa achtzig Metern befinden wir uns auf der Rückseite der Panke-Villa, die von einem Grundstück umgeben wird, das man problemlos als Golfplatz nutzen könnte, was die Beschaffenheit des gepflegten Rasens als auch die Größe des Anwesens betrifft. Auch von dieser Seite wirkt das Areal wie ein Heim von Neureichen. Viel zu viel Goldfarbe an den Zaunpfosten, kitschige römische Figuren rund um

den großen Teich, in dem wahrscheinlich Kois schwimmen. Der im Vergleich zu den Außenanlagen unprätentiöse Bungalow wirkt solide, vermutlich hat Panke selbst die Kelle geschwungen.
Mich beschleicht ein mulmiges Gefühl. Wir haben schon an seinem Tisch gesessen und zur Belohnung seinen Wagen geklaut. Keine feine Nummer, was wir hier abziehen.
»Mach dir nicht ins Hemd. Der Sack hat Schotter ohne Ende, gescheffelt auf dem Rücken seiner bemitleidenswerten Sklaven«, flüstert mir der Dude zu, als könnte er Gedanken lesen. Oder er kennt mich einfach lange genug.
Wir ziehen uns Sturmhauben zur Maskierung über, schwingen uns über den Zaun und gehen flott am kleinen Teich entlang. Kois schwimmen nicht darin, nur irgendwelche Goldfische. Eine auf einem steinernen Blatt sitzende Froschfigur mit Krone spuckt Wasser aus dem Maul in den Teich.
Wir passieren einen kleinen Erker und halten uns eng an der Hauswand, im toten Winkel zu den Nachbargrundstücken, bis wir eine Terrassentür erreichen.
Vor professioneller Arbeit hatte ich schon immer Respekt. Ob bei den Kameraleuten am Set, die meine Stunts filmten, oder aber beim Dude, wenn er Autos und Häuser knackt. In Nullkommanix hebelt er von unten die Terrassentür mit einem Brecheisen auf und wir betreten das Haus.
Wir befinden uns in dem Raum, in dem wir gemeinsam mit den Pankes leckeren Schweinebraten verputzt haben. Auf der Wand hinter der Schmalseite des Esstisches befindet sich eine schwere Eichenschrankwand. Der Dude nimmt sich die kleinen Türen und Schubladen vor, ich kümmere mich um das Sideboard auf der Längsseite des Zimmers. Ich entdecke Fotoalben, Firmendokumente, Geburtsurkunden, Zeugnisse, Zertifikate und Gutachten.
»Du magst sie nicht. Wie alle meine Freundinnen«, höre ich den Dude hinter mir sagen.
Ich unterbreche meine Suche.
»Mumpitz, Mann! Jetzt sei mal nicht so ein verdammtes Mädchen! Ich habe nichts gegen Tatjana, ehrlich. Aber da ist doch was faul, siehst du das nicht? Diese Mad Dogs, Sergej, das sind doch keine Anführer. Ständig ist von einer Frau die Rede. Die ist der Schlüssel.«

»Was heißt denn ständig?«, fragt der Dude und durchsucht die unten liegenden Ablagen und großen Schubladen.
Ich verkneife mir weitere Antworten und suche weiter, finde aber nichts von Wert. Ein Blick zum Dude, der den Schrank komplett, aber erfolglos durchwühlt hat und nun die Schultern zuckt. Wir verlassen das Esszimmer und gehen zwei Stufen nach unten in den Wohnbereich. Eine uralte Ledercouch gigantischen Ausmaßes, der ein dunkelgrauer Granittisch gegenübersteht, beherrscht den Raum. Zwei Sessel aus derselben Produktion von Riesenmöbeln stellen den Wohnraum endgültig zu. Unser Interesse gilt dem großen Eichenschrank, der im Gegensatz zu dem Teil im Essbereich mit mehr Vitrinen ausgestattet wurde, in denen Kristallgläser und -figuren präsentiert werden. Glücksschweinchen, Einhörner und Prinzessinnen aus Glas. Wir nehmen uns die Innereien des Schranks vor, finden aber erneut nichts Verwertbares, sondern nur tonnenweise Brettspiele, Schnapsgläser, Bierhumpen, Notizblöcke, beschriebene und unbeschriebene, mit Kniffel- und Romméergebnissen, sowie Dutzende Stifte, viele davon abgebrochen.
Wir verlassen den Wohn- und Essbereich und gehen an einem Kamin vorbei durch einen offenen Bogen, der uns in den Flur führt. Der Dude biegt nach links in das Schlafzimmer ab. Das schmucklose Doppelbett und der vier Meter lange Spiegelschrank dominieren den großen Raum, in dem sich noch zwei Nachttische und ein Schminktisch befinden. Wir laufen über einen flauschigen Flokati und öffnen die Türen.
»Ich hab die wirklich … also ich liebe sie. Verstehste? Wenn das irgendwie in den Arsch geht, weil du Stress mit ihrer Familie hast, Mann, Gero, das würde ich, das würde ich …«, rhabarbert der Dude, während er sich durch Kleiderberge wühlt. Ich stehe vor Regalbrettern mit Unterwäsche, sehe überwiegend fleischfarbene Mieder und spitze Büstenhalter aus der Vorkriegszeit, mit denen man Zitronen auspressen könnte. Nach dem Durchsuchen von drei Regalbrettern und zwei Schubladen drehe ich mich kurz zum Dude.
»Was soll ich deiner Meinung nach machen? Wenn sie den Auftrag gegeben hat, Lan zu töten? Soll ich zu Thang sagen: Sorry, die Mörderin deiner Schwester vögelt mit meinem Freund? Nimm's nicht so tragisch! «

Der Dude knallt die Sporttasche wütend auf den Boden und dreht sich zu mir.
»Ich kann's nicht ausstehen, wenn du so von Tatjana redest! Bist du neidisch oder was? Du bist mein bester Freund, aber mir geht das langsam auf den Sack, dass du immer an meinen Frauen rummoserst. Mehr Respekt, Mann!«
»Meinst du, sie bleibt deine Freundin, wenn sie merkt, dass du kein Mitglied der High Society bist?«, drehe ich mich ebenfalls zu ihm. Warum kann ich mein Maul nicht halten?
»Du …!«
Er setzt zu einer Antwort an, entdeckt aber gleichzeitig etwas aus den Augenwinkeln. Mit langem Arm greift Pierre hinter einen Berg Socken und zieht eine Metallkassette heraus.
»Bingo!«, grinst er. Für einen Moment vergisst er unseren kleinen Zwist. Der Geruch des Geldes! Er rüttelt an der verschlossenen Kassette und überreicht sie mir, um den Schlüssel im Schrank zu suchen. Der silbrige Metallkasten fühlt sich schwerer an als erwartet, scheint aus recht massivem Blech zu bestehen. Ich hebe die Kassette auf Augenhöhe, um mir das Schloss anzusehen und bemerke in der Sichtline zur Tür einen großen Kerl mit einem Schürhaken in der Hand. Panke.
»Was macht ihr Vögel denn hier?«, bellt er uns entgegen. Wir müssen ihn durch unseren Streit überhört haben. Der in Jeans, Hosenträger und ein weißes Hemd gekleidete Koloss wartet keine Antwort ab, sondern geht uns entgegen und schwingt den Schürhaken.
Ich springe nach hinten zum Kopfende des Bettes und suche irgendetwas zur Abwehr. Der Dude hat denselben Gedanken und rennt zum Nachttisch auf seiner Seite, Panke geht ihm mit großen, wuchtigen Schritten nach. Er holt in Kopfhöhe mit dem Schürhaken aus, der Dude kann sich gerade noch ducken. Der Aufprall des Hakens sprengt ein gewaltiges Loch aus der Wand, einige Steinbrocken mit Tapetenfetzen fliegen heraus, feiner Staub rieselt. Als Panke erneut ausholt, zerrt der Dude an der Nachttischlampe, bekommt sie wegen des Kabels aber nicht nach oben. Er macht sich ganz klein, Panke muss einen Schritt nach vorn gehen, während der Dude hektisch die Schublade auf der Suche nach einer Waffe aufzieht, fündig wird und das Ding auf Panke richtet.

Einen Dildo. Groß und elfenbeinfarben.
Er hält ihn in der Hand wie eine Knarre, aber das Ding dürfte wohl nicht feuern.
Wir sehen uns für einen kurzen Moment an, dann saust der nächste Hieb von Panke in Richtung Dude. Da Panke das Ducken diesmal einkalkuliert, zielt er tiefer und trifft den Dude zwischen Hals und Schulter. Der stöhnt auf und geht zu Boden, drückt sich gegen Wand und Nachttisch, um möglichst weit weg von Panke zu kommen. Der hebt den Schürhaken über den Kopf und holt zum finalen Schlag aus. Ich springe mit zwei großen Sätzen über das Bett und schaffe es in Jet-Li-Manier gerade noch, Panke mit ausgestrecktem, rechtem Bein in die Seite zu treten. Eigentlich hatte ich erwartet, ihn damit aus dem Fenster zu kicken, aber der Koloss wird nur gegen den Rahmen gedrückt. Der Mann ist so schwer und beweglich wie eine Dampflok und dreht sich jetzt zu mir. Seine fleischigen Hände greifen nach meinem Hals. Ich trete ihm mit voller Wucht zwischen die Beine. Er hält sich jaulend die Eier, geht auf die Knie und blickt mich fragend an. War wohl unsportlich, wa? Ich ziehe ihm die Kassette, die ich noch immer in der Hand halte, über seinen Ochsenschädel, das fällt ihn wie einen Baum. Stöhnend liegt er vor den Füßen des Dude, hält sich die getroffene, dunkelrote Stelle. Ein Riss zeigt sich, aus dem Blut quillt und auf die Finger von Panke fließt.
»Fessel ihn«, stöhnt der Dude.
Ich renne zum Schrank, durchwühle die Männerseite mit den Anzügen und finde einige Krawatten. Als ich mich damit zu Panke bücke, bemerke ich, wie stark die Wunde an seiner Schläfe bereits blutet, durch seine Hand hindurch, die er sich an den Kopf presst. Es tropft auf den Teppich. So kann ich ihn nicht verschnüren.
Ich verlasse das Zimmer auf der Suche nach dem Bad.
»Wo willst du hin?«, ruft mir der Dude nach, der wohl nicht mit dem Koloss allein bleiben möchte.
Im Bad finde ich, was ich suchte: Verbandszeug und Pflaster. Als ich zurück ins Schlafzimmer komme, befinden sich beide unverändert am Boden, der Dude sitzend, Panke neben ihm liegend. Ich klebe Panke ein großes Pflaster auf den blutenden Riss und verbinde ihn anschließend, so gut es geht. Er lässt es grunzend über sich ergehen. Jammert nicht, beschwert sich nicht, flucht nicht. Scheiße, er tut mir

leid. Ganz langsam zeigt sich eine Rötung unter dem Verband, das Pflaster scheint wenigstens etwas abzudichten.
»Und ich?«, jammert der Dude. Ich gehe zu ihm, knie mich hin und taste vorsichtig das Schlüsselbein ab. Das ist zum Glück nicht gebrochen, er hat wohl nur eine starke Prellung am Deltamuskel. Vielleicht hat das Schultergelenk was abbekommen. Ich drehe es leicht, er heult auf und verzieht das Gesicht. Dabei wendet er seinen Kopf nach rechts, sieht etwas und lächelt in den Schmerz hinein.
»Schau mal«, stöhnt der Dude und zeigt auf das Bett, wo ich die Kassette nach dem Schlag fallen gelassen habe.
Bargeld, Ringe, Ketten, selbst goldene Manschettenknöpfe liegen auf dem weißen Bettbezug. Und der Rubinschmuck, den wir neulich abends an Frau Panke gesehen haben. Pankes Schädel hat dem Schloss der Kassette den Rest gegeben. Sesam hat sich geöffnet.
»Lass uns gehen«, meint der Dude und rappelt sich stöhnend auf. Mit dem unlädierten linken Arm greift er die Sporttasche und wirft sie aufs Bett. Wir räumen den Schmuck ein.
»Nicht die Perlen«, höre ich Panke ächzen.
»Was?«, frage ich.
»Nicht die Perlen. Bitte.«
»Lass den quatschen«, raunt der Dude, verlässt schwer atmend das Schlafzimmer und hält sich die rechte Schulter. Ich gehe zu Panke und beuge mich nach unten.
»Warum?«
»Unser Hochzeitsschmuck. Sie hängt so daran. Bitte.«
Er dreht seinen massigen Körper zu mir. Ich sehe in seine grauen Augen. Ein Grizzly, der weiß, dass der Winter naht.
»Gibt's hier ein Telefon?«, frage ich ihn. Er zeigt mit dem Kopf Richtung Wohnzimmer.

Wir sitzen im Wagen, die Stimmung ist dreitausend Mal besser als noch vor einer Stunde. Im Rückspiegel sehe ich das Blaulicht des Rettungswagens, den ich angerufen habe.
»Bekackter Romantiker«, knallt mir der Dude lachend an den Kopf.
»Der Rest ist bestimmt genug wert, oder? Sag mal was, du Schmuckexperte«, frage ich, während uns der Mustang aus Zehlendorf herausbringt.

»Das waren echte Perlen, Gero, nicht so ein künstlicher Scheiß. Die hatten so ’ne spezielle, dunkle Färbung, irgendwo hab ich das mal gesehen.«
»Scheiß drauf.«
»Der Arsch hätte mich fast geköpft und du gibst ihm noch was zurück?«
»Come on …«
»Das war ein Scherz. Schon okay für mich. Allein die Rubine …«, pfeift er durch die Zähne.
»Reicht für einen gepflegten Abend in der Victoria Bar?«
Er schüttelt den Kopf.
»Reicht, um den Laden zu kaufen.«

Tag 8, Dienstag, 16.30 Uhr

Der Coup muss natürlich begossen werden. Da unser Stammlokal, die Victoria Bar, um diese Uhrzeit noch geschlossen hat, sitzen wir im Elefanten am Heinrichplatz und gießen uns ein Weizenbier hinter die Binde.
Heute bedient nicht Lizzy, sondern eine dünne, junge Frau mit pechschwarzen, an den Seiten ausrasierten Haaren, Pferdeschwanz und 50er-Jahre-Rock-’n’-Roll-Schuhen. Auch Herbert mit seiner Lupe ist nicht da, um die Pilsvorräte zu vernichten und dabei Kriegsberichte zu lesen. Im Moment verlieren sich nur wenige Touristen im Lokal. Das kommt uns durchaus gelegen, denn so sitzt niemand in unserer Nähe und kann uns belauschen.
»Mahdad, oder?«, fragt der Dude nach dem Hehler, den wir aufsuchen werden. In dieser Ecke Berlins gilt Mahdad als der Platzhirsch. Seit ich vor Kurzem die Uhr meines Vaters in seiner Pfandleihe versetzen musste und er sie gegen unsere Abmachung noch vor Ablauf der vereinbarten Frist weiterverkauft hat, möchte ich mit ihm keine Geschäfte mehr machen, was ich dem Dude auch erkläre.
»Hast du die Uhr wenigstens wiederbekommen?«, fragt er nach.
»Ja. War ein Riesenaufwand, den Käufer ausfindig zu machen. So ein Pensionär aus Weißensee, die Sorte alter Kommie. Die ganze Woh-

nung vollgepflastert mit Honecker-Porträts. Der zickte jedenfalls herum und trieb den Preis nach oben. Am Ende habe ich fast das Dreifache von dem geblecht, was mir Mahdad gegeben hat.«
»Scheiß Kommies. Scheiß Araber«, brummt der Dude und hebt das Glas.
»Scheiß Perser, wenn schon. Darauf besteht er schließlich«, stoße ich mit dem Dude an.
»Giorgi«, schnippt der Dude mit dem Finger.
»Gibt's den überhaupt noch?«, frage ich und kippe den Rest des Bieres in meinen Hals.
»Der Fettwanst war 'ne Weile weg. Krankenhaus, Entziehungskur, Wellness, irgendso ein Scheiß. Wegen seinem Gewicht. Aber er ist wieder in Berlin, das weiß ich sicher.«
»Dann lass uns hin.«
»Der quatscht immer so viel«, gibt der Dude zu bedenken.
»Leider wahr. Aber wir erhalten sattes Schmerzensgeld.«
»Hm. Okay. Aufbruch!«
Wir zahlen, verlassen das Lokal und gehen zum Mustang, den ich in der Naunynstraße geparkt habe. Ein paar Zehn- bis Zwölfjährige mit Schulrucksäcken und Red-Bull-Dosen in den Händen schubsen sich mit Getöse über den Gehweg, wobei die Brause auf den Boden spritzt. Einer von ihnen lässt lärmend irgendeinen Hassrapper aus dem Handy quäken.
Wir überqueren die Straße. Als wir die Türen vom Mustang öffnen, spricht mich der Dude vor dem Einsteigen über das Wagendach hinweg an.
»Weißt du, was ich mir von der Kohle als Erstes kaufe?«
»Spuck's aus.«
»Einen richtig geilen Smoking! So ein gediegenes James-Bond-Teil. Mit Fliege, gestärktem Hemd und roter Bauchbinde«, grinst er.
»Für den Silvesterball der Architekten?«
»You said it, man!«, lacht er und steigt ein.

Der Pony-Express biegt in den Kreisel am Ernst-Reuter-Platz ein, der mit seinen ihn umgebenden Hochhäusern den Charme der sechziger und siebziger Jahre verströmt. Wir verlassen das Rondell über die Bismarckstraße und fahren ins Herz der alten, schicken Dame Ber-

lins, nach Charlottenburg. Jedes Mal, wenn ich die vierspurige Bismarckstraße, die später zum Kaiserdamm wird, entlangfahre, fühle ich mich wie in einer Zeitreise in die imperiale Vergangenheit Berlins. Tradition, Eleganz und Würde, glanzvolle und düstere Kapitel seiner Geschichte, hier ist in Stein gegossen, was die Stadt in den letzten hundertfünfzig Jahren erlebt hat.
Wir passieren die Deutsche Oper und biegen nach einigen hundert Metern links in die Suarezstraße ab, der Antiquitätenmeile Berlins. Hier befassen sich mehr als zwei Dutzend Geschäfte mit dem An- und Verkauf von Trödel, Haushaltswaren, Münzen, Briefmarken, Möbeln und weiteren Antiquitäten aller Art.
Während ich eine Parklücke suche, vibriert mein Handy. Eine SMS von Jackie, die inzwischen dritte, wie das Display anzeigt.
»hey süßer du hast deine jacke hier vergessen. und schuldest mir eis für meine blauen flecken!!! die geschmacksrichtung ist meinem a… egal ;-) JackieO«
Ich lache leise und parke den Wagen direkt neben der Feuerwache ein.
»Das dreckige Grinsen kenne ich«, bemerkt der Dude.
Dann deutet er mit dem Daumen nach rechts. Wir steigen aus und stehen nach fünfzig Metern vor Giorgis Laden, dessen Fassade »Haushaltsentrümpelungen« verkündet.
Während die anderen Läden in der Suarezstraße eher gehobene Waren anbieten, stapelt sich bei Giorgi wertloser Plunder in unzähligen Obstkisten und Regalen. Alte Brotschneidemaschinen, angelaufenes Silberbesteck, Porzellan, Nippes aller Art. Wir kämpfen uns an überquellenden Kisten vorbei zur Kasse am Ende des Raumes, wo sich eine junge, dunkelhaarige Frau mit schönen, schwarzen Augen und auffallender Hakennase aufhält und etwas in ihr Handy tippt. Sie blickt auf, als wir vor ihr stehen.
»Ist Giorgi da?«, fragt der Dude.
»Wie bitte? Haben Sie sich im Laden geirrt?«, fragt sie mit einem Gesichtsausdruck, als hätten wir Hundescheiße an den Sohlen. Pierre lehnt sich nach vorn.
»Nein, haben wir nicht. Soll ich Giorgi erzählen, dass ihm das Geschäft seines Lebens durch die Lappen gegangen ist, weil das Kassenmäuschen lieber lustige YouTube-Videos verschickt, statt ihm Bescheid zu geben?«

Sie blickt uns an, ich zucke die Schultern.
»Und heute hat er gute Laune!«, meine ich zu ihr.
»Na los!«, fordert der Dude die junge Frau auf. Sie hebt verächtlich das Kinn, dreht sich auf dem Absatz um und verschwindet durch die rückwärtige Tür.
»Woher weißt du, dass er hier ist?«, frage ich den Dude.
»Weiß ich einfach. Der verlässt nie seinen Laden«, antwortet er, während Fräulein Hakennase wieder den Verkaufsraum betritt. Sie bleibt in der Tür stehen.
»Kommen Sie, bitte?«, ringt sie sich ein Lächeln ab. Wir folgen ihr durch einen Abstellraum und ein kleines Lager mit Büromaterialien, bis wir ein winziges Büro betreten, dessen Raum von zwei Dingen nahezu komplett ausgefüllt wird: Einem gigantischen, dunkelbraunen Schreibtisch, auf dessen Oberfläche sich Fundstücke aus Entrümpelungen oder Ankäufen befinden, überwiegend Münzen und antike Lampen.
Hinter dem Schreibtisch residiert Giorgi. Ich hatte ihn bereits als sehr dick in Erinnerung, inzwischen erreicht sein Körper allerdings die Dimensionen eines Flusspferds. War er nicht im Krankenhaus oder im Wellnessurlaub? Haben die ihn dort gemästet?
Er trägt kein Hemd, sondern irgendein bronzefarbenes Walla-Walla-Oberteil mit rundem, goldenem Kragen, das indisch oder arabisch sein könnte. Das Ensemble wirkt wie ein Zirkuszelt, aus dem Giorgis Kopf herausschaut. Wie viele ältere Georgier hat er sich schon vor Jahren von seinem Hals verabschiedet, der fleischige Kopf ruht direkt auf dem mächtigen Rumpf. Mir fällt dieselbe Hakennase auf wie bei dem Mädel im Laden, ansonsten hat sich der etwa sechzigjährige Giorgi seit meinem letzten Treffen mit ihm bis auf die zusätzlichen einhundert Kilo nicht verändert. In seinem wie immer mangelhaft rasierten Gesicht funkeln zwei wachsame, grüne Augen, die Mundwinkel sind oben. Er verbreitet eine Aura guter Laune.
»Nehmt Platz, Jungs«, deutet er auf zwei Stühle, die in den schmalen Raum zwischen Schreibtisch und Wand gequetscht wurden. Wir schütteln uns die Hände und zwängen uns anschließend auf die Stühle. Die junge Frau wartet im Türrahmen.
»Was wollt ihr trinken?«, fragt er uns mit starkem, osteuropäischem Akzent. Das typische gerollte »R«.

»Wir wollen dir keine Mühe machen. Was trinkst du denn? Kaffee oder Tee?«, blickt sich der Dude um, erkennt aber keine Kaffeetasse oder ähnliches. Giorgi blickt nach oben, verzieht das Gesicht.
»Der Arzt hat mir Kaffee verboten. Das reinste Gift für mein Herz.«
»Oha! Das is schlecht. Na dann, vielleicht ein Tässchen Tee?«, gibt sich der Dude leutselig.
»Weißt du, was Teein mit meinem Blutdruck anrichtet?«, fragt ihn Giorgi.
»Ich gestehe ganz offen: Nein!«, antwortet der Dude, als hätte ihn der Pfarrer nach seinen Sünden befragt.
Schließlich ordern wir bei dem Mädel in der Tür zwei Kaffee für den Dude und mich, Giorgi gibt ihr außerdem auf Georgisch noch ein paar Sätze mit auf den Weg. Dann unterhalten wir uns über die durchwachsene Saison von Hertha, die Entwicklung von Charlottenburg, den Wert der Familie im Allgemeinen und Besonderen sowie die politische Situation Georgiens, wobei dieser Punkt recht einseitig von dem Mann uns gegenüber bestritten wird. Wir kennen uns darin ungefähr so gut aus wie in Seidenmalerei.
Mit Leuten aus dem Kaukasus wird zuerst Konversation geführt, bevor die Scheine den Besitzer wechseln. Alles andere wäre unhöflich.
Als die junge Frau uns den Kaffee vor die Nase stellt, kommt Giorgi zum Wesentlichen. Er macht eine Kopfbewegung zur Tasche.
»Dann zeigt mal, was ihr für mich habt.«
Der Dude entlädt den Schmuck auf dem Schreibtisch, Giorgi knipst zwei Lampen links und rechts an. Er betrachtet jedes Schmuckstück genau, zwei Ringe besonders lang. Bei den Rubinen verweilt er nur kurz, streichelt über die Kette, prüft die Glieder, legt sie dann beiseite. Ein kleines Amulett mit Silbereinfassung weckt seine Aufmerksamkeit.
Wir sind gespannt wie zwei Einmachgummis und sehen uns Giorgis Gesicht an, um aus seiner Mimik etwas abzulesen. Gleich wird er uns die Summe nennen!
»Achthundert«, meint er, ohne uns anzublicken. Dann lehnt er sich ächzend zurück, wobei der Stuhl so laut knarrt, als hätte er Rückenschmerzen.
»Für das Amulett? Nicht schlecht!«, schnalzt der Dude mit der Zunge und sieht mich anerkennend an. Etwas an Giorgis Gesichtsausdruck

gefällt mir nicht. Wie ein gütiger Vater kommt er wieder nach vorn an den Schreibtisch. Ich hoffe, dass der Stuhl hält.
»Ein Freundschaftspreis. Weil wir uns schon so lange kennen.«
»Wie jetzt?«, fragt der Dude zurück, der das Problem noch nicht begreift, im Gegensatz zu mir.
»Er meint für alles«, sage ich. Pierres Gesichtszüge entgleisen.
»Was? Für die Rubine auch?«, fragt er mit einer Stimmlage, die ins Schrille abgleitet.
»Das sind keine echten Steine. Gut gemachte Fälschungen, meinen Respekt! Aber Fälschungen«, entgegnet Giorgi.
»Woher weißt du das? Nimm doch mal 'ne Lupe, du hast gar nicht genau hingesehen«, bettelt der Dude und zeigt auf eine Augenlupe am rechten Rand des Schreibtisches, merkt aber, wie sinnlos dieser Versuch ist.
»Mach es wie vor einer Operation und hol dir eine zweite Meinung ein, wenn du mir nicht glaubst«, antwortet Giorgi freundlich, aber mit einem Schuss gekränkter Berufsehre in der Stimme.
»Ich glaub's dir«, ergreife ich das Wort und drücke auf den Arm des Dude, um ihn zum Schweigen zu ermutigen. »Also alles zusammen achthundert?«
Er nickt.
»Der Silberschmuck hier. Das ist nur eine mittlere Legierung, billige Ware. Aber gut gemacht! So was kaufen geizige Leute. Tut mir leid, Jungs. Nur dieser schön verarbeitete Anhänger fällt aus der Reihe. Ich schätze … Gründerzeit. Österreich. Maria Theresia. Der bringt vielleicht fünfhundert. Schafft was Wertvolles ran, das gerade gefragt ist. Oder die Klassiker, die immer gehen. Gold! Perlen!«
»Perlen?«, fragt der Dude nach und blickt mich an, als wolle er mir ein Stück aus der Hüfte reißen.
»Mmh«, grunzt Giorgi. »Das ist wie bei Gold und Platin, davon gibt es nicht unendlich viele. Besonders die dunkelgelben, die aussehen wie altes Elfenbein. Teure Raritäten.«
Giorgi bemerkt, wie wir Blicke austauschen.
»Ihr wisst, wo es die gibt? Bringt sie mir, Jungs! Ich zahle gut dafür!«
Am liebsten würde ich gleich wieder zu Panke fahren und ihm mit einer Schaufel das Gesicht massieren. Der alte Sack hat uns noch blutend und am Boden liegend verarscht. Von wegen Hochzeits-

schmuck! Die einzigen Stücke von Wert hat er uns Amateuren abgeschwatzt. Genauer gesagt: Mir! Den Plunder durften wir mitnehmen. Pierre schickt mir den du-bist-schuld-Blick.
»Was ist los? Zieht nicht so ein Gesicht. Nino!«, ruft er nach der jungen Frau. Er tauscht einige Worte mit ihr auf Georgisch aus und stellt sie uns als seine Tochter vor. Kurz darauf bringt sie uns Rotwein und drei Gläser.
»Und was sagt dein Arzt dazu?«, fragt der Dude schlecht gelaunt und zeigt auf den Wein. Giorgi lacht.
»Mein Arzt ist Russe. Seit wann hört ein Georgier auf einen Russen?« Er befüllt die Gläser mit Schwung und hält uns dabei einen Vortrag über den Saperavi Rotwein aus seiner Heimat Kachetien. Anschließend schwärmt er von der Schönheit des Landes und preist mit Stolz die jahrtausendealte Geschichte seines Landes, das den Weinanbau erfand und sich bis heute eine eigene Schrift erhalten hat.
»Wir haben die großen Feinde das Fürchten gelehrt. Perser, Türken, Russen, wir haben sie alle früher oder später besiegt!«, hebt er das Glas. Wir stoßen an.
»Mit Russen kennst du dich inzwischen auch aus, wie mir zu Ohren gekommen ist, mein Freund«, blickt Giorgi zum Dude.
»Woher weißt du das denn?«, fragt der irritiert zurück.
»In Charlottenburg habe ich viele Ohren«, grinst der Dicke. »Aber pass auf, mit wem du dich einlässt.«
»Giorgi, lass mich raus aus dem Ding gegen die Russen. Nur, weil du sie nicht leiden kannst …«, reagiert Pierre genervt. Giorgi lächelt milde.
»Ich habe nichts gegen Russen, auch wenn ihre Soldaten einen Teil meines Landes besetzt halten. Das ist Politik. Ich bin Geschäftsmann! Im Gegenteil, ich bewundere, wie sie sich erfolgreich ausbreiten. Hier in Berlin.«
Wir nicken zustimmend in der Hoffnung, bald das Geld zu erhalten. Er nippt am Glas und fährt fort.
»Die haben ein eigenes Netzwerk und das Zentrum der Spinne ist der Stuttgarter Platz. Du kannst vom Ural hierherkommen, ohne Deutsch zu sprechen. Du findest russische Läden, Anwälte, Ärzte, Kirchen, alles!«
Ich blicke auf die Uhr, was er sieht, ihn aber nicht stört.

»Wie bei den Türken. Aber Russen sind cleverer. Auch die schweren Jungs. Wenn den Arabern oder Türken irgendein Bulle dumm kommt … oder ein Richter. Was machen die? Die ziehen den Stecker! Was war mit dieser Richterin? Aufgeknüpft. In der Zeitung stand Selbstmord. Dass ich nicht lache! Aber das ist dumm, was sie tun. Gibt nur Ärger mit den Bullen! Die russische Methode ist viel klüger. Die haben Zaren, Lenin und Stalin überlebt und wissen, wie es geht. Teile und herrsche! Die kaufen den Gegner. Scheißen ihn zu mit Geld!«
Wir nicken zustimmend, er fährt fort.
»Sind nicht alle so«, brummt der Dude. Es ist hart, wenn man erfährt, dass der Osterhase nicht existiert.
»Nein, nicht alle«, lenkt Giorgi ein. »Zum Wohl, Freunde.«
Schließlich leeren wir die Gläser und der Deal geht über die Bühne. Giorgi zieht eine Schublade auf, holt ein mehrere Zentimeter dickes Geldbündel aus der Schublade, das von einem dünnen Gummi zusammengehalten wird, und zählt acht Hundert-Euro-Scheine ab. Das gesamte Bündel scheint nur aus Hundertern zu bestehen.
Wir wollen uns verabschieden, doch Giorgi hält uns mit einer Handbewegung zurück.
»Den muss ich euch noch erzählen. Von meinem polnischen Freund Jaro. Ihr wisst vielleicht, Polen und Georgier sind dicke Freunde. Wir haben denselben Feind!«
»Ja, das hast du uns schon ungefähr …«, der Dude zählt mit den Fingern ab, »… fünfunddreißig Mal erzählt.«
»Also?«, fordere ich Giorgi auf, weil ich aufbrechen und es endgültig hinter mich bringen möchte. Giorgi lehnt sich zurück und verschränkt die Arme hinter dem Kopf.
»Wenn Polen wieder von Russen und Deutschen angegriffen wird, auf wen schießen sie zuerst?«
Der Dude und ich blicken uns an, zucken die Schultern.
»Auf die Russen?«, fragt der Dude.
»Auf die Deutschen! Erst die Arbeit, dann das Vergnügen!«, blökt er laut lachend los. Mich haut der Witz nicht vom Hocker, aber wir lachen brav ein paar Sekunden, um dem Gastgeber die Ehre zu erweisen. Der kriegt sich nicht mehr ein, lacht und lacht immer lauter, bis das Lachen in einen Husten übergeht. Einen verdammt schlimmen,

würgenden Husten, der den Dicken, seinen Stuhl und schließlich auch den Schreibtisch erbeben lässt und ihm die Luft raubt. Sein gewaltiger Schädel wird puterrot. Alarmiert durch das Getöse steht Giorgis Tochter nun im Raum, schlägt die Hände über dem Kopf zusammen und versucht, mit ihrem Vater zu sprechen. Der kriegt sich nicht mehr ein und hustet sich die Seele aus dem fetten Leib. Der Dude klopft ihm mit Leibeskräften auf den Rücken, was den Dicken nur noch lauter husten lässt.
»Ein Glas Wasser!«, rufe ich seiner Tochter zu, die verschwindet. Der Husten wird lauter und noch würgender, die Gesichtsfarbe des Dicken wechselt ins Violette und ich frage mich, ob er hier gleich vor unseren Augen abkratzt. Seine Tochter kehrt aufgeregt mit einem Glas Wasser zurück, das sie Giorgi an die Lippen setzt.
Mit viel Mühe gelingt es ihm tatsächlich, ein paar Schlucke zu nehmen, was seinen Husten stillt. Das Gewürge ebbt ab. Er wischt sich Tränen aus den Augen und atmet schwer. Seine Tochter tupft ihm mit einem Tuch die Stirn ab.
»Alles wieder gut?«, frage ich. Er nickt mir zu und winkt schwach zum Abschied.
Wir verlassen den Laden und gehen zum Mustang.
»Du hast das Bündel gesehen, hm?«, frage ich den Dude.
»Hätte er uns nicht zeigen sollen«, antwortet er.

Wir fahren über die Kantstraße Richtung Zoo, wo der Dude mit Tatjana verabredet ist.
»Mann, dieses Anti-Russen-Gequatsche geht mir auf die Eier!«, bricht es aus dem Dude heraus. Ich sehe nach rechts zu ihm, er erwidert meinen Blick.
»Ja, du auch, Mann!«
»Wieso ich?«, gebe ich das Unschuldslamm.
»Ach komm, Gero. Seit Tagen! Das nervt.«
Eine rote Ampel bringt den Wagen zum Stehen. Der Dude redet nach vorn weiter.
»Ich finde die cool.«
»Du meinst Tatjana?«, frage ich nach.
»Nein, die Russen! Die sind großzügig, laden einen immer ein, lassen es ordentlich krachen. Saufen gern! Die Frauen sind scharf. Alle!

Mann, schau dir die Models im Fernsehen an. Die Hälfte sind Russinnen.«
»Keine Ukrainerinnen?«, werfe ich ein.
»Ist dasselbe. Klugscheißer!«, grinst er und zählt an den Fingern ab, während er fortfährt.
»Spendabel, saufen, rauchen, tolle Mädels. Ist doch unser Programm!«
»Hast schon Recht. Aber die Musik ist scheiße«, meine ich.
»Die Musik ist scheiße«, stimmt der Dude nachdenklich zu und lehnt sich zurück.

Tatjana wartet vor dem Schwarzen Café, kurz hinter dem Savigny Platz. Sie trägt einen kurzen, schwarzen Rock, trotz des warmen Wetters hohe, hellbraune Wildlederstiefel und ein enges, graues Neckholder Top, die Haare wie immer zu einem Zopf straff nach hinten gebunden. An ihren Ohren baumeln riesige, runde Ohrringe.
»Sie sieht klasse aus, Dude«, knuffe ich ihn, als ich in zweiter Reihe halte. Er brummt irgendetwas und steigt aus.
Die beiden umarmen sich, Tatjana winkt mir freundlich zu, was ich erwidere. Pierre dreht sich nicht mehr um und betritt mit ihr das Café.

Tag 8, Dienstag, 19.00 Uhr

Als ich vom Parkplatz unter der Hochbahn zu meiner Wohnung gehe, sehe ich Sammy mit zwei Jungs und einem Mädchen in etwa hundert Metern Entfernung Richtung Kotti. Das Mädchen sitzt auf dem Geländer mit dem Rücken zur Straße, die Jungs gestikulieren laut und lachen.
Der Anblick von Sammy erinnert mich an das versprochene Essen, das ich durch Fanny indirekt eingelöst habe. Trotzdem würde ich ihm gerne mehr spendieren als nur einen Fast-Food-Döner. Ich pfeife laut durch meine Finger, was er wegen des Straßenlärms zuerst nicht hört. Beim dritten Mal wendet er den Kopf und sieht mich, ich winke ihn heran.

Er kommt mir breitbeinig und langsam wie ein Westernheld entgegen, braucht gefühlte fünf Minuten dafür. Er hebt lässig die Hand.
»Alter, was geht?«, fragt er mich.
»Du bekommst noch was zu essen. Also richtig, meine ich.«
»Nur kein Stress, Digga«, antwortet er mit den Händen in den Hosentaschen.
»Ich hab einen Vorschlag, Sammy. Komm mit zu mir! Mein Besuch ist 'n Kochkünstler. Was hältst du davon?«
»Muss ich in Kalender schauen«, antwortet er mit wichtiger Miene und zieht ein iPhone aus seiner Hose. Welcher armen Sau hat er das Ding wohl abgenommen? Er blättert irgendwelche Apps durch.
»Termine, Termine«, stöhnt er. »Aber geht. Let's go, Alter. Ich hab Hunger!«
Er verabschiedet sich laut rufend von seinen Freunden, wir überqueren die Skalitzer und betreten kurz darauf mein Wohnhaus. Als ich unten die Tür aufschließe, bemerkt meine Nase schon im Hausflur den Geruch.
Karlchen!
Mit einem Lächeln im Gesicht steige ich die Treppen nach oben, gefolgt von Sammy, der in der Zwischenzeit wichtige Telefonate führt. Wahrscheinlich auf Kosten eines bemitleidenswerten Teenagers, der mit seinen Freunden aus dem Steglitzer Gymnasium leichtsinnigerweise einen Ausflug zum Kotti gemacht hat. Wobei Sammy sicher niemanden gewalttätig abzieht, das würde ich ihm nicht durchgehen lassen. Aber er ist ein verdammt geschickter Taschendieb.
Mit Sammy im Rücken betrete ich meine Wohnung und sehe durch den kleinen Flur hindurch Thang und Fanny auf der Couch. Sie sitzen einander zugewandt, Thang schminkt mit einer Art Pinsel ihre Augen. Er trägt ein weit ausgeschnittenes, schrill buntes T-Shirt und enge Röhrenjeans, Fanny wie immer ihre Jeans-Hot-Pants und ein lila Tank Top, das noch mehr von ihrer makellosen Haut zeigt als sonst.
Thang winkt mir zu, ohne den Kopf zu drehen.
»Nur two Minutes, Babe. Gleich fertig. Don't move, Fanny.«
Von der Seite kommt Karl in meine Richtung angehumpelt. Tapp, tapp, tapp, tock, tapp, tapp, tapp, tock. Seine Augenklappe besteht nicht nur aus gewöhnlichem schwarzem Filz, sondern wurde mit

Strasssteinen und farbigen Mustern verziert. Typisch Thang. Die Prothese hat von jemandem einen Anstrich erhalten, der sein Fach versteht, sie gleicht in Form, Farbe und Muster seinen echten Beinen.
»Scheiße, was das? Ein Krüppelmops?«, gackert Sammy. Ich deute eine Ohrfeige an, Sammy duckt sich grinsend, dann bücke ich mich zu Karlchen. Er hechelt mich an, humpelt einmal im Kreis um mich herum und furzt erfreut.
»And a good day to you, Sir!«, streichle ich seinen Rücken.
Ich hebe ihn am Bauch nach oben und schaue mir sein Gesicht und die Prothese nochmal genau an.
»Geht doch«, finde ich. Karl teilt diese Einschätzung, lächelt mich breit an und furzt erneut. Ich setze ihn lachend ab.
»Ist ja voll eklig«, kommentiert Sammy, schaut sich um und sucht das Gebiet rund um den Fernseher ab.
»Wo issn die Xbox?«
»Hab ich verkauft. Ich bin zu alt für den Scheiß.«
»Langweilig!«, nölt Sammy und zückt sein iPhone.
Thang setzt den letzten Lidstrich bei Fanny, rückt ein Stück zurück, um sich sein Werk anzusehen und nickt zufrieden. Er formt mit Zeigefinger und Daumen ein »O«, hält sich dieses an die Lippen und schlägt dramatisch die Augen auf.
»You. Are. So. Hot!«
Fanny grinst verlegen und blickt uns an. Thang hat Recht. Durch das Make-up an den Wangen und den katzenartigen Strich an den Augen wirkt sie etwas älter. Nicht mehr wie ein Mädchen, sondern fast wie eine junge Frau. Mit erwachendem Sexappeal, von dem sie womöglich noch gar nichts weiß und den ich schnell verdränge.
Thang steht auf und umarmt mich, für meinen Geschmack zu lang und zu fest. Sammy fabriziert dazu ein Knutschgeräusch. Sehr witzig!
»Schön, dass du wieder da bist«, klopfe ich ihm auf den Rücken und schiebe ihn wieder von mir weg.
»Yeah. Ich habe Fanny schon gesagt. Ihre Eltern. Just wonderful people! Awesome, really! Aber mir fällt das Meer auf den Kopf.«
Alle lachen.
Noch immer erkennt man in Thangs Gesicht die Spuren von letzter Woche, auch wenn er an Wangen und Hals ordentlich Schminke aufgetragen hat.

Was mache ich jetzt mit dieser illustren Runde aus einem behinderten Hund, einem lädierten, schwulen Vietnamesen, einem ausgerissenen Teenager mit Hot Pants und einem obdachlosen, nepalesischen Kleingangsterkind?
»Mir knurrt der Magen. Irgendwelche Vorschläge fürs Essen?«, frage ich.

Thang und ich sitzen allein am Küchentisch, Fanny und Sammy schauen sich irgendeine amerikanische Zombieserie im Fernsehen an. Unsere Bäuche wurden mit einem vietnamesischen Nudelgericht und einigen verdammt scharfen Zutaten gefüllt. Mir zuliebe gab's einige Entenstücke, Thang kennt meine Vorliebe für Fleischliches. Während des Essens erzählten Fanny und Sammy von der Autowäsche und dissten den jeweils anderen als völlig nutzlosen Faulpelz. Zum Nachtisch gab's Obstsalat und das gerülpste Alphabet durch Sammy.
Ich zünde mir eine Camel an, Thang verlangt ebenfalls nach einer. Wir paffen Richtung offenes Küchenfenster, als Thang tief Luft holt.
»How … wie … did you do that? Das Arschloch mit dem Zopf?
»Nimm's mir nicht übel, aber das bleibt mein Geheimnis, okay?«
»Und die Police? They will hunt you down.«
»Wenn ich Glück habe, nicht. Gibt wenig Spuren. Ich checke ständig die Nachrichten im Netz, aber bislang kam nichts.«
Er greift über den Tisch und drückt meine Hand.
»Danke. Gero. It means. The world to me. Dass er tot ist. Nur …«
»Was denn?«
»Ich wollte es … also myself. Kill the bastard!«
»So was sagt sich leicht, Thang. Mal davon abgesehen, dass man solche Typen nicht problemlos um die Ecke bringt. Die haben Erfahrung mit so was. Eher gehst du drauf als die.«
»Maybe. Ja, maybe.«
»Und du musst das wirklich wollen, nicht nur sagen. Einen Mensch töten. Selbst so ein Arschloch. Das ist beim ersten Mal nicht so einfach.«
Er dreht sich mit großen Augen zu mir.
»That means? Das war nicht … your first time?«
»Nein! Also doch. Ich meine nur … das sagt man so.«

Er lächelt und zeigt mit dem Finger auf mich.
»You did it before! Du bist ein. Ein Killer! Erzähl's mir. Please! My lips are sealed.«
»Ach was. Das bildest du dir ein. Und selbst wenn da was dran wäre. Also rein theoretisch! Meinst du, ich würde dir hier alles erzählen?«
»You're a killer! Schau mal!«, gackert er und zeigt auf seinen Unterarm, wo sich tatsächlich eine hübsche Gänsehaut bildet und die Haare aufstellt.
»Ich brauche einen Whisky. Right now.«
Er holt zwei Gläser aus dem Schrank. Ich ziehe das Eisfach auf, breche vier Eiswürfel aus dem Behälter, greife mir die Flasche aus dem Regal und gieße uns ein.
»Bitte. Come on. Come on, come on, come on! Please!«, bettelt er und setzt seinen Dackelblick auf.
»Eins nach dem anderen. Lass uns das erst mal zu Ende bringen. Sind wir jetzt durch damit? Mit deinem Auftrag?«
Er überlegt.
»Du bekommst noch. Your money. Right?«
Nun überlege ich.
»Stimmt ja. Kohle, an die ich gar nicht mehr gedacht habe. Bestens! Also, wir sind durch?«
»I think so. Oder? He killed her. You killed him.«
»Ja. Aber vielleicht gab's einen Auftrag. Die Mad Dogs haben nur die Drecksarbeit der Russen übernommen.«
Ich erzähle ihm von den Zusammenhängen, bringe Sergej und Tatjana ins Spiel, die ich als Drahtzieherin im Verdacht habe, schlage aber gleichzeitig vor, dass Jackie diesen Teil übernehmen könnte. Auf seine Nachfrage erkläre ich, dass Jackie nicht nur verdammt cool und hübsch, sondern auch Polizistin ist. Trotzdem zögere ich noch, sie zu informieren, weil komplizierterweise mein bester Freund mit Tatjana liiert ist.
»Würdest du es mir übelnehmen, wenn ich mir damit noch ein paar Tage Zeit lasse? Ich brauche noch einen Tick Gewissheit, bevor ich die Freundin meines besten Freundes ans Messer liefere.«
Thang schüttelt den Kopf.
»No problem. Das. He's your buddy. Und das Schwein, der Mörder, ist tot. Well done, Hitman! Again.«

Wir stoßen an. Nach dem zweiten Glas sprechen wir über seine Schwester. Wie die beiden als Kinder immer zusammengluckten. Wie Lan früh herausfand, dass ihr Bruder »anders« war und wie sie ihn vor allen verteidigte. Wie sie ihm zeigte, wie man sich schminkt, wie beide auf die ersten Schwulenpartys gingen, auf die er sich allein nicht traute. Wie sie immer ein offenes Ohr für seine Ängste hatte. Wie entsetzlich sehr sie ihm fehlt.

Irgendwann verstummt er und schüttelt sich. Nicht, weil ihm kalt ist. Er weint still vor sich hin. Ich rauche und weiß nicht, was ich sagen soll. Dass es ihr da oben gut geht und sie ihm zusteht? Dass er nichts für ihren Tod kann? Irgendetwas anderes, was man in solchen Situationen typischerweise sagt, um den anderen zu trösten? Ich reiche ihm ein Küchentuch, womit er sich die Tränen abtupft, und gieße uns nach.

Wir reden nicht mehr und rauchen nur. Die Whiskyflasche enthält noch genug Schmerzmittel.

Der Mond begrüßt mich am Fenster.

Tag 9, Mittwoch, 1.00 Uhr

Jackie schreit. Vor Schmerz! Ihre Zahnlücke füllt fast das gesamte Bild, so nah sehe ich sie. Wie ein Polizeifotograf, der Ermordete ablichtet, schaue ich sie mir genau an. Warum schreit sie? Das Bild zoomt auf und ich sehe Sergej hinter ihr.

Jackie liegt mit dem Bauch auf einem Billardtisch, Sergej steht mit heruntergelassenen Hosen hinter ihr und vergewaltigt sie.

Das Bild geht noch weiter auf und ich erkenne, warum ihre Haare flattern. Sie befinden sich auf dem Funkturm. Er fügt ihr Schmerzen zu, sie kann sich nicht befreien, scheint wie festgewachsen.

Und sieht mich an.

Warum hilfst du mir nicht?

»Ja, warum hilfst du ihr nicht?«, höre ich Tatjana lachend fragen. Sie sitzt vor Jackie an einem kleinen, runden Tisch mit blütenweißer Decke. Auf einem Teller vor ihr liegen Dutzende kleiner Gurken, von denen sie die Spitze abbeißt und den Rest in einen Eimer wirft.

Eine Gurke nach der anderen, während Jackie schreit und schreit und schreit.
Tatjana steht auf, greift den Eimer und schüttet ihn über der Brüstung aus, die Gurken fliegen einen langen Weg nach unten. Dann setzt sie sich wieder hin. Ein Diener öffnet ein neues Glas Gurken.
Sergej knöpft sich jetzt die Hose wieder zu, Jackie zieht sich ihre Jeans hoch. Sie fällt vor Schwäche vom Tisch auf den Boden und versucht, wie ein verwundetes Tier wegzukrabbeln, stolpert auf allen Vieren aber genau vor Tatjanas Stuhl. Die amüsiert sich und stellt einen Fuß auf Jackies Schulter. Sergej lacht und kommt dazu. Er packt Jackie an den Knöcheln, Tatjana bückt sich und greift Jackies Handgelenke. Sie tragen Jackie vor die hüfthohe Brüstung und lachen, als würden sie einen Klassenkameraden im Freibad abtransportieren.
»Eins …« Sie holen Schwung. Jackie schreit. Blickt mich an.
»Zwei …« Jackie wird weit nach oben geschwungen und …
»Drei …« … fliegt über die Brüstung nach unten. Sie schreit in Todesangst, die Haare flattern, ihre Augen füllen das Bild.

Ich wache auf, mein Herz rast. Meine Stirn und mein Rücken sind klatschnass vor Schweiß.
Das war nicht nur irgendein Alptraum. Jackie schwebt in Gefahr, das spüre ich.
Nicht nur ich.
Die Aufregung, die Angst um sie, der Hass, die Wut und der mir ins Gesicht leuchtende Mond, das sind genau die Zutaten, die IHN aus seiner Höhle locken.
Fanny und Thang schlummern im Schlafzimmer. Gut so.
Ich spüre bereits, wie er sich streckt. Rein in die älteste Hose und das weiteste T-Shirt, schnell! Schuhe brauche ich jetzt keine mehr, ER sowieso nicht.
Wo leben die? Am Wannsee? Für mich ein weiter Weg – für IHN ein Spaziergang über die Dächer.
Ich verlasse die Wohnung nicht über die Treppe nach unten, sondern nehme den Weg aufs Dach. Der nicht mehr volle Mond beleuchtet Berlin.

Heute Nacht wird eine Frau sterben.
Ich gehe in die Hocke und warte auf den Schmerz.
Dann kommt ER.

Tag 9, Mittwoch, 1.15 Uhr

Bin raus. Aus Stadt. Viel Wald hier. Lupus liebt Wald!
Tiere. Überall! Wildschwein. Fuchs. Eule. Mehr Wildschweine. Rieche alle.
Aber nicht jetzt! Ihr habt Glück. Lupus muss weiter.
Weiter …
… weiter …
… See vorn. Da.
Nase hoch! Lupusnase so gut. Riecht sie. Hat Geruch gesaugt.
Weiter an Haus vorbei. An dem. Und dem auch.
Weiter durch Holz. Und sehe es.
Großes Haus. Ganz großes Haus. Direkt an See. Klettere Baum hoch.
Männer um Haus. Zwei. Im Dunkeln. Einer da. Einer dort. Warum? Wache?
Schau in Haus. Zwei Stockwerke. Oben Licht. Ein Zimmer. Kann nicht reinsehen. Auf nächsten Baum.
Jetzt Blick. In Zimmer.
Tatjana sitzt vor Bett. Mit Buch. In Bett alte Frau. Ganz alt. Uralt. Falten.
Wenn Tatjana … wenn Lupus sie schnappt. Dann muss alte Frau auch. Sterben.
Egal. Ist sowieso alt.
Aber Baum weit weg. Von oberem Stock. Schaffe nicht mit Sprung.
Muss über Gras. Also runter.
Springe. Lande auf Gras.
Licht geht an! Großes Licht! Viele Lampen! Lupus sieht nichts.
Schüsse! Treffen! Zwei. Noch einer. Tut weh! Lupus dreht sich. Überall hell.
Mehr Schüsse. Schreien. Menschen.
Weg! Rein! Ins Dunkle. Renne in Wald. Höre Schüsse. Schreie. Keiner trifft mehr. Werden leiser.

Renne. Renne. Renne immer weiter. Bis weit weg.
Dann ausruhen. Kugeln fallen ab. Wie Schweiß.
Drängt sich raus. Aus Fleisch.
Fallen auf Waldboden.
Lupus versagt.

Tag 9, Mittwoch, 11.00 Uhr

»Warst du das? Warst – Du – Das?«, schreit der Dude ins Telefon. Ich bin die letzten fünf Mal in der vergangenen Stunde nicht ans Handy gegangen, aber nun habe ich genügend Kaffee im Magen, um ihn zu besänftigen und mir rasch etwas auszudenken. Spontanes oder kreatives Lügen gehörte noch nie zu meinen Stärken. Ich verziehe mich ins Schlafzimmer, während Thang und Fanny auf dem Sofa Gespräche über verletzte Egos bei ihren Freunden führen. Wie passend.
»Morgen, Dude. Was'n los?«
»Das weißt du genau!«
»Wovon sprichst du, Mann?«
»Heute Nacht. Die Karpov-Villa. Na, klingelt's, Gero? Und lüg jetzt nicht!«
»Was soll da bei mir klingeln?«
»Ich sagte doch gerade: Lüg mich nicht an!«
Wie immer kann ich mich nicht an jeden einzelnen Moment der vergangenen Nacht erinnern, aber eins wusste ich mit Gewissheit, als ich am frühen Morgen schlotternd zurückkehrte: Ich habe mich wieder verzogen, ohne irgendwem Schaden zuzufügen. Saß Tatjana am Bett einer alten Frau? Habe ich das wirklich gesehen? An das plötzlich helle Licht kann ich mich gut erinnern. Der Dude unterbricht meine Gedanken.
»Hat's dir die Sprache verschlagen?«
»Sag halt, was passiert ist.«
»Gero, wenn du denen was tust, ich schwöre dir …!«
»Was denn, was denn? Mann!«
»Heute Nacht ist dort irgendwer über den Zaun gehüpft. Der ist nicht gerade niedrig und oben mit NATO-Draht gesichert. Als er in

das Haus eindringen wollte, sprangen die Bewegungsmelder und Kameras an. Die haben den Arsch nicht ordentlich abgelichtet, aber die Leibwächter waren zur Stelle.«

»Und?«

»Die redeten wirr. Meinte Boris. Irgendwas Komisches, sagten die. War verdammt groß und machte Riesensätze. Wie ein Affe, sagten die. Die haben keinen Plan, was das war. Ich schon! Nix Affe, sondern Wolf!«

»Wann war das genau?«

»Weiß nicht, so um halb zwei etwa?«

Ich atme laut aus, als hätte ich eben ein Kind zur Welt gebracht.

»Da war ich hier. Wir haben bis drei Black Jack gespielt. Soll ich dir Thang geben? Der kann das bezeugen.«

Der Dude stutzt für einen Moment, während mein Puls beschleunigt. Angriff ist die beste Verteidigung, aber wenn er tatsächlich darauf eingeht, bin ich geliefert.

»Im Ernst?«, fragt er nach und ich bemerke den Wandel in seiner Stimmlage. Jetzt Thang zu befragen, käme ihm sicher ziemlich uncool vor.

»Ja, im Ernst«, schwindle ich weiter und geißle mich innerlich dafür, meinen besten Freund schon wieder zu belügen. Aber was würde sich bessern, wenn er die Wahrheit wüsste?

»Aber was war das dann?«, grübelt er.

»Vielleicht ein entlaufener Riesenköter? Ein Affe, der ausgebüchst ist? Erinnerst du dich an das Krokodil im Rhein? Ich hab keine Ahnung! Aber mal was anderes, Dude.«

»Hm?« Er klingt müde, die Angriffslust scheint gewichen. Ich möchte ein bisschen was wiedergutmachen und habe eine Idee. Dabei stehe ich auf und gehe rüber ins Wohnzimmer.

»Was hältst du davon, mal wieder zu bowlen?« frage ich so laut, dass Fanny und Thang es mitbekommen. Beide tragen bequeme Hausklamotten. Fanny eine schlabbrige Jogginghose im Zebrastil und ein T-Shirt mit einem riesigen Katzengesicht, Thang eine weite, weiße Leinenhose sowie ein ausgeschnittenes, cremefarbenes, kurzes Shirt. Fanny hebt erfreut den Daumen, Thang zuckt die Schultern. Karlchen springt vom Sofa runter, landet auf seinem steifen Bein und purzelt nach vorn auf die Schnauze, bleibt kurz senkrecht in der Luft

stehen und fällt dann auf den Rücken. Er dreht sich, kommt auf die Beine und humpelt zu mir.
»Bowlen? Lässig. Ja, wann denn?«
»Immer schön spontan bleiben. Heute Abend? Im Bowlingcenter an der Hasenheide?«
»Da hab ich eigentlich was vor. Die Eisbären spielen. Eishockey, Alter.«
»Ich weiß, dass das Eishockey ist! Aber seit wann gehst du zu den Eisbären?«
Karlchen schnüffelt an meinem Hosenbein.
»Russischer Nationalsport. Boris hat 'ne Loge dort. So richtig VIP-mäßig. Hättest du nicht Lust, mitzukommen? In die Loge darf man Freunde mitbringen.«
Ich bemerke das Lauern in seiner Stimme.
»Na logo, würde ich gerne machen. Erst bowlen und dann den Typen zusehen, wie sie sich Schläger über den Helm ziehen!«
»Klingt nach 'nem Plan«, sehe ich den Dude förmlich vor mir grinsen.
»Klingt nach 'nem Plan«, grinse ich zurück. Als ich kurz danach auflege, sehe ich Fanny in die Hände klatschen.
»Bowlen? Wie geil!«
Thang rollt mit den Augen.
»Sport ist doch. Für Proleten! Schweiß und so! Und muss man da nicht? Also Schuhe von anderen anziehen?«
Fanny lacht. Er rollt mit den Augen.
»Außerdem! I fucking have … Was zieht man an?«

Tag 9, Mittwoch, 17.00 Uhr

Der Mustang schlängelt sich entlang der Skalitzer an den unvermeidlichen Radfahrern vorbei. Eine ältere Frau mit Warnweste, Helm und Einkaufskorb fährt mit der Geschwindigkeit einer Weinbergschnecke in der Mitte meiner Spur. Links von mir schleicht der Opel Corsa eines Pflegedienstes. Die Frau klemmt geradezu hinter dem Lenkrad und blickt verkrampft nach vorn. Ich tippe kurz auf die

Hupe, um die Radfahrerin an den Rand zu scheuchen, aber die Dame der Sorte »freudlose Deutschlehrerin, die ihre benutzten Joghurtbecher ausspült« blickt sich nur kurz um und schickt mir einen schwer verständlichen Fluch Richtung Windschutzscheibe. Gut, du hast es so gewollt. Ich drücke fest und lang auf die Hupe. Die Fanfare erschrickt die alte Dame so nachhaltig, dass sie ins Eiern kommt, nach rechts abdriftet und zwischen zwei abgestellten Anhängern einer Umzugsfirma zum Stehen kommt. Sie steigt ab und ballt ihre knöcherne Faust. Der gesammelte Zorn eines wenig erfüllten Lebens.

»Rüpel!«

Fanny neben mir kurbelt das Fenster runter und schreit nach draußen.

»Am Rand fahren, Omi! Is zu gefährlich sonst.«

Im Fonds plaudert Thang per Handy mit seinem Angestellten über die Ladenöffnung am nächsten Morgen.

Ich drehe den Rückspiegel nach unten und blicke in das breite Lächeln von Karl.

Das Bowling Center an der Hasenheide ist am späten Nachmittag schon gut gefüllt, auf den meisten Bahnen rollt die Kugel. Nachdem überraschenderweise sowohl Jackie als auch Tatjana Zeit und Lust auf Bowling hatten, werden wir in drei Zweier-Teams gegeneinander spielen, das haben wir schon beschlossen, bevor die beiden Ladys eintreffen. Der Dude und Tatjana, Fanny und Thang sowie Jackie und ich.

Momentan fehlen noch Tatjana und Jackie, sie befinden sich aber jeweils auf dem Weg zu uns.

Während der Dude, Fanny und ich in Jeans und T-Shirts spielen, bewegt sich Thang in dem Outfit eines englischen Pflanzers im kolonialen Indien. Weiße Bermudas aus festem Leinen, dünne cremefarbene Kniestrümpfe, ein beigefarbenes, kurzes Hemd mit einer olivgrünen Sommerweste darüber. Fehlt nur noch der Tropenhelm. Natürlich trägt er keine geliehenen Bowlingschuhe, sondern seine nagelneu angeschafften. Die Vorstellung, von Fremden getragene Schuhe an seinen Füßen zu spüren, konnte er nicht einmal aussprechen, so ekelerregend schien es ihm. Karlchen sitzt auf einem Stuhl

neben ihm und beobachtet interessiert das merkwürdige Treiben der Menschen.
Beide Frauen treffen fast gleichzeitig ein. Während sich Jackie unserer Bowlingbahn nähert und Fanny ihr entgegenläuft, sehe ich am Treppenaufgang bereits Tatjana hochkommen, die uns zuwinkt.
Fanny umarmt Jackie.
Erstaunlich, dass die beiden schon nach so kurzer Zeit auf einer Wellenlänge schwimmen. Sie hakt sich bei Jackie ein und stellt sie Thang vor. Der reicht ihr die Hand, macht einen angedeuteten Knicks und deutet auf ihre Handtasche.
»Eine George Gina Lucy? Schätzchen! Dein Taste! Awesome and expensive. What do you do? Bist du Millionärsgattin? Lady Google oder so was?«
Gerade wird die zweite Begrüßungsrunde mit Tatjana eingeläutet. Aus den Augenwinkeln bemerke ich, wie mich der Dude mustert. Ich bin betont freundlich zu Tatjana, die es wieder geschafft hat, selbst in sportlichem Look umwerfend auszusehen. Coole Sneakers, eine Sporthose, die irgendwas zwischen Jeans und Jogginghose darstellt und dann dieser Pulli, für den sie einen Waffenschein bräuchte. Das leichte Baumwollteil scheint mir zwar zwei Nummern zu klein zu sein, aber solange sie damit gut atmen kann, soll's mich nicht stören.
Gratuliere, Dude.
Bei ihrem Anblick nehme ich mir vor, mit allem Negativen abzuschließen, diesem aus Träumen und Vermutungen befeuerten Tatjana-Wahn nicht mehr nachzugeben.
Die Thang-Files schließen.
Bowling ist ein guter Start!
Wir legen los.
Der mit Abstand schlechteste Bowler ist wie von mir erwartet der Dude. Schon bei früheren Gelegenheiten faszinierte mich, wie grotesk schlecht er die Kugel auf die Bahn bringt und dabei mit einer Bewegung endet, für die er den Spitznamen »Der Schwan« erhielt. Seine miesen Ergebnisse wechseln mit seltenen Strikes ab, dazwischen kennt er kaum etwas. Nullen und Einsen – oder Strikes. Thang kämpft mit dem Dude um den vorletzten Platz, ist aber mehr an Pierres Hintern interessiert als an den fallenden Pins, was entspre-

chende Bemerkungen von uns nach sich zieht. Tatjana und Fanny bowlen recht ordentlich, Jackie verdammt gut.
Schließlich müssen wir, Jackie und ich, zum letzten Mal ran.
»Einfach so wäre doch langweilig«, meine ich zu ihr, als sie sich die Kugel in violetter Farbe holt, mit der sie einige Strikes hingelegt hat.
»Einverstanden. Worum spielen wir?«, fragt sie mich. Ich ziehe sie zu mir heran und flüstere ihr ins Ohr.
»Ein Blowjob während der Sportschau. Wenn Hertha spielt.«
Sie lacht laut auf, die anderen blicken zu uns, aber Jackie kümmert sich nicht um sie, lacht noch ein Weilchen, holt dann tief Luft und nickt.
»Einverstanden. Und wenn du verlierst, hilfst du mir beim Tapezieren. Küche und Bad.«
Wir schlagen ein, dann stellt sie sich an die Bahn und konzentriert sich. Dabei fällt mir wieder ihr sehr runder, sehr perfekter Hintern auf und ich denke an die blauen Flecken, die ich dort hinterlassen habe. Die Ärmste. Sie läuft an, die Kugel donnert genau in die Mitte der Pins. Allerdings zu genau, denn der vordere spritzt nicht zur Seite und nimmt weitere Pins mit, sondern direkt nach hinten. Links und rechts bleibt jeweils einer stehen.
Jackie bowlt eine Acht.
Mit etwas Konzentration und viel Kraft schleudere ich die schwarze Kugel nach hinten. Ich treffe eigentlich weniger gut als Jackie, aber die Wucht pfeffert die Pins in alle Richtungen.
Kein Strike, aber eine satte Neun.
So breitbeinig wie ich nur kann, gehe ich im Zeitlupentempo zurück zu Jackie, die mit verschränkten Armen auf einem Stuhl sitzt und grinst.
»Ich mach's nicht«, sagt sie.
»Was?«, frage ich enttäuscht zurück, während uns die anderen anblicken. »Wettschulden sind Ehrenschulden!«
»Worum habt ihr denn gewettet?«, fragt Fanny, was ich ignoriere.
Jackie zieht sich an mir nach oben, kitzelt mit ihrem Atem mein Ohrläppchen und umarmt mich. Sie flüstert in mein Ohr.
»Nicht bei Hertha. Ich geh auf die Knie, aber nicht bei denen.«
»Bayern München?«, frage ich leise zurück. Als Antwort kneift sie mich dorthin, wo es nur wenige dürfen.

Tag 9, Mittwoch, 20.00 Uhr

Wir stellen den Wagen gefühlte zehn Kilometer von der O_2-Arena entfernt ab. Ich laufe mit dem Dude voraus, Jackie, Fanny und Tatjana bewegen sich deutlich langsamer hinter uns und palavern über die Nichtigkeiten dieser Welt. Thang wollte sich mit dem blonden Jüngling aus seinem Laden treffen. Eishockey und Thang – zwei Universen. Immer wieder überholen uns Eisbären-Fans.

Als wir uns der Halle auf etwa hundert Metern genähert haben, telefoniert Tatjana mit ihrem Vater und gibt uns ein OK-Zeichen. Wir gehen links am Haupteingang vorbei und bewegen uns auf eine kleine Gruppe von Security-Leuten zu, die vor einer Tür stehen. Tatjana spricht mit den schwarzgekleideten Pumpern und winkt plötzlich einem Mann zu, der soeben die Tür von der Hallenseite aus öffnet. Sergej.

Er trägt einen gut sitzenden, schwarzen Anzug sowie ein schwarzes T-Shirt. Und höchstwahrscheinlich irgendwelche tödlichen Waffen am Leib.

Mein Puls beschleunigt. Er spricht mit der Security, dann mit Tatjana, die auf uns zeigt. Für den Bruchteil einer Sekunde stellt er Augenkontakt mit mir her, lässt sich aber ansonsten nichts anmerken. Die Wachleute gehen einen Schritt zur Seite, wir betreten die Halle und befinden uns in einem schmalen Gang, der zu einer Treppe führt. Das Halleninnere können wir nicht sehen, hören aber die Geräusche. Das typische Kratzen des Eises, wenn sich Spieler warmlaufen, das noch moderate Gelärme der Fans, vereinzelte Druckluft-hupen und Discomusik aus den Lautsprechern.

Wir steigen über ein paar Treppen nach oben und können inzwischen die Zuschauerränge und das Geschehen auf dem Eis überblicken. Die Halle wirkt bereits gut gefüllt, die Teams aus Berlin und Mannheim spielen sich noch ein.

Schließlich steigen wir eine weitere kurze Treppe nach oben und Sergej zieht eine Tür auf. Wir betreten die Loge.

Der nahezu quadratische Raum beinhaltet verschiedene Sitzgelegenheiten wie Sessel, zwei Sofas, zwei normale und drei Bistrotische, eine Bar, ein Buffet mit allerhand Speisen und eine Art Balkon. Jeder hat damit die Wahl, das Spiel entweder im warmen Stübchen durch

die Panoramascheibe oder aber auf dem Balkon mit den Plebejern des Publikums anzuschauen. Im Raum selbst wird das Spiel zusätzlich auf einem großen LCD-Fernseher gezeigt, der über der Bar hängt.
Etwa ein halbes Dutzend Menschen bevölkert in zwei kleinen Gruppen die Loge. Frauen und Männer mittleren Alters, die sich in Schale geworfen haben und nun edles Fingerfood verspeisen. In einer der beiden Gruppen sehe ich Boris mit einem Weinglas in der Hand über einen Witz lachen. In seinem dunkelblauen Anzug mit den goldenen Manschettenknöpfen wirkt er wieder wie ein Admiral auf mich, kein Haar sitzt falsch, keine Falte verrutscht im Gesicht, der Mann könnte Werbung machen. Für Eigenheime auf den Bermudas oder Jachten zum Hochseefischen.
Sergej geht zu Boris, fasst ihn an der Schulter und flüstert ihm von hinten ins Ohr. Flottenadmiral Karpov entschuldigt sich bei seiner Gruppe und kommt mit ausgebreiteten Armen und einem Lachen auf uns zu. Er begrüßt zuerst die Ladys, dann den Dude und mich und zeigt aufs Buffet.
»Bedient euch! Ihr könnt aus feinsten Speisen meiner Heimat wählen«, zeigt Boris auf die verschiedenen Auslagen am Buffet.
»Pelmeni, Borschtsch, Beluga Kaviar. Das dort ist nicht russisch, verzeiht mir, dafür aber bester Berliner Zander. Und Barsch. Sehr lecker und, das darf ich ganz unbescheiden sagen, alle Fische wurden von mir selbst gefangen. Also seid ihr gezwungen, mindestens einen zu probieren!«
Wir spenden artig Lob und bedanken uns für die Gelegenheit, uns auf seine Kosten durchschnorren zu können, formulieren das aber gesellschaftsfähiger.
Während der Dude mit Schmeicheleien fortfährt, lasse ich meinen Blick durch den Raum schweifen und bleibe an einem Augenpaar hängen, das mich bereits fixiert.
Sergej.
Seine graublauen Augen haben etwas Charismatisches, hässlich sind sie nicht. Vielleicht war er früher sogar mal ein gut aussehender Kerl, in den sich eine hübsche Ukrainerin verliebte. Bevor er sich den Schädel kahlrasierte. Bevor er zum Killer wurde. Als seine Augen noch Leben und Zukunft ausstrahlten und nicht den Tod.

Jackie stupst mich an, als Zeichen, mich nicht unhöflich von Boris abzuwenden. Ich verliere ungern den Krieg mit Blicken, gebe aber nach und lausche wieder Boris, der eben auf seinen Nasenrücken zeigt.

»Wir haben noch ohne Helm gespielt damals, auf zugefrorenen Wiesen. Heute sind sie verkleidet wie Ritter. Aber es ist immer noch der schönste Sport der Welt, nicht wahr?«, wendet er sich an den Dude, der wie ich natürlich Fußball für die Krönung des Planeten hält. Er windet sich, ich knuffe ihn.

»Och«, meint er und blickt zur Halle, wo sich die Spieler inzwischen zum Anpfiff bereit machen. Die Bänke sind gefüllt mir breitschultrigen Ochsen, die ihre Schläger vor sich stellen, auf dem Eis steht das jeweils erste Team.

»Geht los!«, meint der Dude und neigt seinen Kopf als Aufforderung, mich zu ihm zu gesellen. Boris erinnert nochmal an den Fisch und wir stellen uns zur gewärmten Ablage, aus der uns einige Tiere tot anstarren. Tatjana, Jackie und Fanny gehen zu den Sektgläsern.

»Bin ja nicht so der Fischesser. Was sind denn das für Teile?«, murmle ich.

»Das ist Barsch, das sind Zander, du Proll«, grinst der Dude.

»Der Herr Architekt kennt sich aus! Fängt Boris die Fische wirklich selbst oder war das nur so ein Spruch?«

»Er steht wohl jeden Morgen vor seiner Villa am See und angelt. Jeden Morgen! Um vier Uhr oder so. Krasser Scheiß. Da würden sie am besten beißen.«

Boris' Gäste sehen sich das Match von innen an, wir sitzen alle auf dem Balkon, der mit bequemen Kinosesseln ausgestattet ist. Hier draußen ist es schon erheblich kühler als in der warmen Stube, dafür ist die Geräuschkulisse unmittelbarer, was sich für ein Livespiel auch so gehört.

Das Spiel ist wenige Minuten alt und es geht schon ordentlich zur Sache. Das Knirschen und Knarzen der Kufen verrät die Aggressivität der Spieler. Der Dude muss mal und verlässt seinen Platz. Unten streitet der Goalie mit dem gegnerischen Stürmer und will sich bereits die Handschuhe ausziehen, wird aber von einem Mannschaftskameraden zurückgehalten.

Links neben mir bewegt sich etwas und ich will dem Dude eine Bemerkung zu seiner Konfirmandenblase reinwürgen, als ich sehe, dass sich Boris neben mir niederlässt. Er lächelt mir zu, ich nicke freundlich zurück. An der Balkontür platziert sich ein Bodyguard der Sorte »Gorilla mit Denkbeule« und fixiert uns beide.
Ein Hüne der Adler Mannheim fliegt in hohem Tempo auf das Tor zu, dann wird ihm von einem Eisbären-Spieler ein Bein gestellt, er gerät ins Stolpern, Trudeln und donnert dann mit Wumms gegen die Plexiglasscheibe. Dort sitzen Eisbären-Fans und schneiden verhöhnende Grimassen, während der Spieler nach dem Aufprall zu Boden sackt. Ein Rudel streitender Spieler bildet sich, von den Ersatzbänken kommen weitere Raufbolde aufs Eis. Die drei Schiedsrichter trennen mit Mühe die Spieler voneinander, die Zuschauer johlen.
»So muss Eishockey sein. Ein Sport für wahre Männer!«, prostet mir Boris von der Seite mit einem Glas zu, in dem sich Wodka befindet, wie mir meine Nase meldet.
Wir stoßen an.
»Mein Großvater spielte Eishockey. Mein Vater spielte Eishockey. Ich natürlich auch. Und nun habe ich eine Tochter!«, lacht er.
»Spielt sie auch Eishockey?«, frage ich, wobei ich mir das bei Tatjana kaum vorstellen kann.
Er schüttelt den Kopf, als hätte ich ihn gebeten, die Hosen runterzulassen.
»Aber das spielt keine Rolle. Ich liebe sie wie einen Sohn.« Er dreht sich zu mir.
»Familie ist doch das Wichtigste, das wir haben, nicht wahr? Kinder. Vater. Mutter.«
Ich nicke und wir stoßen nochmal an. Wir trinken, während die Eisbären ein Überzahlspiel aufziehen und den Gegner unter Druck setzen. Als ein Stürmer vor dem Torwart freigespielt wird, donnert er die Scheibe knapp über das Tor. Es gibt Bully.
»Wie geht es deinen Eltern?«, fragt mich Boris.
»Ganz gut eigentlich«, antworte ich, weil ich keine Lust habe, darüber zu reden.
»Um diese Jahreszeit gibt es dort viel Sonne, nicht wahr? Ich wollte schon immer nach Norwegen. Dort gibt es den besten Lachs des Nordmeers!«

Meine Haare stellen sich auf, mein Puls erhöht sich. Woher weiß er, wo meine Eltern leben? Als er fortsetzt, senkt er die Stimme, weshalb ich näher heranrücken muss, um ihn zu verstehen.

»Man muss sich um seine Liebsten kümmern. Wir haben nur unsere Familie – alles andere vergeht. Manchmal viel schneller, als man es sich wünscht. Und dann wird das eigene Leben leer und sinnlos.«

Ich nehme einen Schluck, während mein Puls rast. Er flüstert jetzt fast. Gut, dass meine hochempfindlichen Ohren alles verstehen.

»Als ich neun Jahre alt war, übte ich jeden Tag. Eishockey! Mein Vater war ein wichtiger Parteigenosse und wir wohnten privilegiert. Nicht bei den Arbeitern mit ihren Wohnsiedlungen. Ich bedauerte das, weil ich niemanden zum Spielen hatte. Bis auf meine Schwester. Zwei Jahre jünger war sie und mein ganzer Schatz! Eine Haut wie Porzellan und kirschrote Lippen. Sie war meine Prinzessin und sollte es auf ewig sein.«

Ich kann mich nur noch schwer auf das Spiel konzentrieren.

»Da war dieser See im Wald. Jeden Tag spielten wir. Mit Kufen, die man an den Schuhen befestigt, keine Schlittschuhe, wie man sie heute kennt. Mit zwei einfachen Schlägern und einem kleinen, runden Stein. Bis in den Frühling hinein. Als die Sonne immer länger strahlte, verbot uns unsere Mutter, dort zu spielen.«

Er lächelt mich an, als würde die Geschichte gleich einen heiteren Verlauf nehmen.

»Natalia war das egal. Mir auch. Wir schlichen uns auf den See. Wurden immer besser, ich fuhr bald wie ein Profi von ZSKA Moskau! Das glaubte ich jedenfalls. Natalia stellte sich ins Tor, das wir aus Zweigen bauten. Dafür spielte ich den Punktrichter, wenn Natalia Figuren auf dem Eis fuhr. Sie wollte später eine Eisprinzessin werden, wie man sie aus dem Fernsehen kennt. Mit diesen schönen Kleidchen und den strengen Frisuren. Und einer Trainerin, die aussieht wie ein Drachen! Wir waren so glücklich.«

Ich sehe ihn ernst von der Seite an. Sein Gesichtsausdruck wirkt vordergründig heiter, doch seine Augen blicken mich kalt an.

»Bis Natalia einbrach, direkt neben mir. Vor Schreck fuhr ich davon, um nicht auch ins Wasser zu fallen. Dann sah ich mich um. Sie strampelte im Wasser. Ich robbte mich auf dem Bauch zu ihr hin, so habe ich das einmal bei den Männern gesehen, die versuchten, einen

Angler zu retten. Es gelang mir! Ich griff nach ihren Händen und hielt sie fest. Aber ich merkte, wie meine Kraft schwand. Wir sahen uns an. Sie wusste, was passieren würde, und weinte. Erst ganz still, dann laut und bitterlich. Vor Angst, auch vor Schmerz. Das eiskalte Wasser. Schließlich konnte ich sie nicht mehr halten, meine Kraft reichte einfach nicht mehr. Sie glitt ins Wasser.«

Die Eisbärenfans springen auf. Einige pfeifen, viele wollen den Schiedsrichter ans Kreuz nageln. Irgendein Foul, ein nicht gegebenes Tor, im Moment interessiert mich das wenig. Boris blickt mich an, sein Lächeln ist so kalt wie die Luft in der Eishalle.

»Ich habe wochenlang nicht mehr gesprochen. Mit Gott gehadert. Und natürlich mit mir. Vor allem anderen! Das Liebste, was ich je hatte … gestorben, weil ich so dumm war und nicht auf meine Mutter gehört hatte.«

»Das tut mir leid«, fällt mir nichts Besseres ein. Inzwischen kommt der Dude zurück auf den Balkon, sieht, dass sein Platz besetzt ist und zwinkert mir verschwörerisch zu. Er glaubt wohl, dass es eine Ehre sei, wenn sich Boris neben mich setzt. Boris bemerkt den Austausch unserer Gesten, knipst sein strahlendstes Lächeln an und winkt kurz dem Dude zu, dreht sich dann wieder zu mir.

»Warum erzähle ich dir das wohl? Weil ich ein alter Märchenonkel bin und möchte, dass du mich bedauerst?«

Das Lächeln ist vollständig aus seinem Gesicht verschwunden. Fünfzig Meter entfernt donnert ein Puck gegen die Plexiglasscheibe, die Zuschauer dahinter lachen erleichtert auf, dass der Knall keinen Schmerz in ihrem Gesicht bedeutet.

»Wie sagt ihr bei euch im Westen? Ein Trauma. Nein, das war nicht nur ein Trauma, das war mehr. Dieser Schmerz machte mich hart für das Leben. Danach war ich kein Junge mehr, ich wurde zum Mann. Ich wurde hart und ich wurde stark.

Dieser Verlust lehrte mich eines: Versage nie wieder, wenn es um deine Liebsten geht. Nie wieder! Meine Familie steht über allem. Meine Tochter, meine Brüder, meine Neffen und Nichten, die Karpov-Familie steht unter meinem Schutz. Und Sergej, der wie ein Sohn für mich ist, hilft mir dabei. Wer auch nur einem Cousin dritten Grades ein Haar krümmt, einem Schwiegersohn in die Geschäfte pfuscht, ganz egal – der wird das bereuen.«

Er zündet sich eine Zigarette an. Russische Marke. Herrscht hier nicht Rauchverbot?
»Es gab Männer, die suchten den Krieg. Einen ehrenhaften Krieg. Mann gegen Mann. Gute Männer, starke Männer. Hältst du dich für so einen?«
»Ich habe keine Ahnung, wovon Sie sprechen.«
Er zeigt seine Zähne, wie eine Hyäne vor dem Frühstück.
»Sie haben alle eins vergessen. Sie bezahlten nicht allein. Wie sagte euer Goebbels? Der totale Krieg. Ich weiß, was Verlust bedeutet. Du auch?«
Er dreht sich zur anderen Seite, beugt sich ein wenig nach hinten und sucht den Augenkontakt mit Fanny, bis diese zu uns blickt. Sie lacht und hebt den Daumen, das Eishockeyspiel gefällt ihr. Boris prostet ihr zu und hebt ebenfalls den Daumen, lacht, als hätte er einen großartigen Witz gehört.
»Sie heißt Fanny, erzählte mir Sergej. Er hat eine Vorliebe für Mädchen, die noch nicht verdorben sind. Fanny, ein schöner Name. Steht für das Leben! Und sie hat Zukunft. Eine lange Zukunft. Nicht wahr?«
Er sieht mich mit festem Blick an, den ich halte.
»Ja«, antworte ich und nehme einen Schluck Bier. Der kann gegen das flaue Gefühl in meinem Magen wenig ausrichten.
»Dort, wo ich aufgewachsen bin, gab es viele Kräuterweibchen, die im Wald lebten. So richtig alte Hexen. Hässliche Weiber! Die haben uns viel erzählt. Von teuflischen Wesen, Dämonen, Tiermenschen. Meine Freunde bekamen Gänsehaut. Ich nicht! Ich habe mir überlegt, was man wohl für einen Köder benutzen kann. Ich wollte einen sehen und fangen! Die Hexe hat mir auch erzählt, was einem solchen Dämon weh tut. Nicht Gold, nicht Platin. Du weißt, was. Wir sind vorbereitet. Sergej wartet nur auf den Moment.«
Ich trinke vom Bier, er fährt fort.
»Es gibt ein russisches Sprichwort, das mich immer faszinierte. In einer stillen Untiefe hausen die Teufel.«
Boris steht auf. Bevor er geht, dreht er sich zu mir und beugt sich zu meinem Ohr.
»Eine letzte Sache noch. Wenn sich der Freund meiner Tochter, dieser nichtsnutzige Angeber da drüben, gleich neben dich setzt, wirst

du nichts erzählen. Sergej tötet ihn sonst am nächsten Tag und er wird es langsam und mit Genuss tun. Was findet Tatjana nur an diesem Idioten?«
Er dreht ab und geht Richtung Balkontür. Als er am Dude vorbeikommt, klopft er ihm im Gehen aufmunternd auf die Schulter und betritt die Loge. Pierre steht auf, setzt sich wieder neben mich und knufft mich.
»Geiler Typ, der Boris, wa?«

Tag 10, Donnerstag, 2.30 Uhr

Ich kann nicht schlafen. Jackie schlummert schon seit einer ganzen Weile und hat sich von mir abgewandt auf die Seite gelegt. Das fahle Nachtlicht beleuchtet ihr Bein, das sie aus der Decke herausgestreckt hat. Ich lege vorsichtig meine Hand auf den warmen Oberschenkel, sie reagiert nicht und atmet ruhig weiter.
Das Gefühl ihrer Haut beruhigt mich. Aber ich bekomme die Gedanken nicht aus dem Kopf.
Er weiß Bescheid. Woher? Und was soll ich jetzt tun?
Als wir uns vorhin trennten und ich mit Jackie zu ihrer Wohnung fuhr, habe ich mit dem Gedanken gespielt, ihr alles zu erzählen. Sie ist Polizistin und ich vertraue ihr. Aber was würde wohl im günstigsten Fall passieren? Ein Haufen Bullen marschiert bei Boris auf, nimmt alle mit und ein paar Tage später sind sie wieder draußen. Giorgi mag ein Schwätzer sein, aber er kennt seine Pappenheimer und ich habe noch seine Worte im Ohr: Notfalls kaufen sie sich ihre Verbündeten. Irgendeinen Richter oder Staatsanwalt, was weiß ich. Boris darf wieder nach Hause und dann sind wir dran. Fanny, der Dude, Jackie, Thang. Meine Eltern.
Der Gedanke quält mich seit unserem Gespräch in der Eishalle.
Was – soll – ich – tun?
Ich blicke aus dem Fenster, schließe dann die Augen. In guten Momenten führt dies zur Entspannung und ich kann schlafen, in schlechten Momenten pegeln sich meine empfindlichen Ohren auf alle Töne aus der Umgebung ein.

Aus dem Erdgeschoss höre ich Geräusche. In der Wohnung links wird an einer Konsole gespielt, unterbrochen von Jubelgeschrei oder Flüchen. Die Stimmen klingen nach Typen im Studentenalter. In der Wohnung rechts daneben schnarcht ein Mann, er klingt alt und dick. In der Wohnung hinter der Schlafzimmerwand höre ich einen Mann und eine Frau schlafen. Sie schnauft lauter als er. Ich kann sogar den Geruch der beiden wahrnehmen. Angenehm, mittleres Alter, mehr nehme ich nicht auf, da der Duft von frischem Sex noch im Schlafzimmer schwebt.
Ich blicke auf meine Schulter und die Abdrücke ihrer Zähne. Sie sind kaum noch zu sehen. Vorhin haben sie geblutet. Als Antwort auf meine harte Nummer.
Mittendrin fragte Jackie mich, ob ich sie umbringen wolle oder woher die Wut komme. Bevor ich antworten konnte, lachte sie und meinte, es wäre genau richtig, bitte immer so! Und biss selbst zu.
Der Sex lenkte mich nur kurz ab.
Sie schlief nach zehn Minuten ein und ich dachte wieder an das Gespräch in der Eishalle. Den Schmus mit seiner Schwester hätte er sich sparen können, wer weiß, ob die Story überhaupt stimmt. Seine Drohung jedenfalls kam deutlich genug bei mir an, da brauchte es kein Märchen aus Russland.
Er hat in seinem Leben sicher schon vielen gedroht. Typen klein gemacht. Sie gequält. Eingeschüchtert. Umgebracht. Verscharrt und den trauernden Witwen das Beileid übermittelt.
Wieso habe ich das vorher nicht gesehen? Bei unseren Begegnungen. Wie leicht lasse ich mich täuschen?
Manchmal bin ich so dumm. Das bringt ER mit sich. Unsere Instinkte regieren, aber nicht immer liegen sie richtig.
Ich blicke aus dem Fenster und suche den Mond, der sich hinter Wolken versteckt. Verdammt, wo bist du? Ich brauche deinen Rat!
Dieser Boris hat viel Übung darin, andere zu schikanieren. Kennt die Antwort auf jedes Problem und jeden Typen, der ihm Schwierigkeiten macht. Zumindest glaubt er das.
Nur eins weiß dieses Arschloch nicht.
Ich mag mich manchmal täuschen. Aber niemand schubst mich herum! Nicht mal der große Boris Karpov.
Und dann kommt mir eine Idee: Werner.

Tag 10, Donnerstag, 9.30 Uhr

Jackie und ich verlassen gemeinsam ihre Wohnung. Sie muss zum Dienst und nimmt die U-Bahn, ich steige in den Mustang. Für heute ist ein heißer Frühsommertag angesagt und schon jetzt ist es so warm, dass ich das Fenster herunterkurble.

Als ich wieder in meiner Wohnung auftauche, sitzen Thang und Fanny gerade beim Frühstück, beide bekleidet als wären sie Geschwister: mit einem weißen T-Shirt, bei Fanny in Schlabberform, bei Thang enger und mit weitem Ausschnitt sowie Jeans Hot Pants. Was mich bei Thangs krummen Spargelbeinen weniger anspricht als bei Fannys leicht gebräunten Teenieschenkeln. Gut, dass ich Wichtigeres im Kopf habe.

Karl hechelt mich an.

Wo bleibt der Begrüßungsfurz?

»Na, Rumtreiber?«, zwinkert mir Fanny zu, während sie Crunchies löffelt. Thang futtert einen Toast mit undefinierbarem Aufstrich. Die Kaffeemaschine enthält noch eine Menge schwarzer Brühe. Ich öffne das Küchenfenster, hole mir einen Aschenbecher, stecke mir eine Camel an und setze mich zu ihnen. Thang wedelt affektiert mit der Hand, als würde ich ihn vergiften. Karl reibt sich an meinem Bein und furzt. Na also, geht doch.

»Du rauchst doch selbst. Außerdem hab ich aufgemacht!«, meine ich und halte meine Camel in Richtung Fenster.

»You are so! So impolite! Sind Kinder hier, Man. Grober Kerl. Aber weißt du …«

Er zieht einen Entenschnabel. Dann macht er große Augen und raunt über den Tisch.

»Manchmal. Just sometimes! Mag ich das. Rough guys. Smack my ass and ride me hard! I love it!« Er simuliert Bewegungen, als säße er auf einem Rodeopferd.

Fanny gackert, Thang lacht ebenfalls, ich kann's mir auch nicht verkneifen.

»Zu viele Informationen!«, meine ich und frage die beiden nach ihren Plänen. Fanny und ich haben das Thema »Praktikum« stillschweigend begraben, sie will einfach abhängen und an den Meisterschaften teilnehmen, wie heißen die nochmal? Challenges oder so

ähnlich. Thang möchte sich beide Wohnungen ansehen. Die von Lan und seine eigene. Dabei hätte er gerne meine Begleitung.
»Ich bin! World class designer, my friends. No fucking hero. Your job, Gero! Gero's a hero, isn't that a great line?«
Fanny löffelt unbeeindruckt weiter, ich applaudiere auch nicht. Er fährt fort.
»Ich habe. Just ein bisschen Angst«, erläutert er und zeigt mit Daumen und Zeigefinger, wie viel.
»Mache ich. Aber vielleicht morgen? Oder später? Ich hab was Wichtiges vor.«
»Darf ich mitkommen?«, nuschelt Fanny, während sie ihre Crunchies mampft.
»Schwierig. Ist 'ne Sache, die ich unter vier Augen regeln muss. Aber du kannst mich ja bis zum Kotti begleiten und dann mit dem Board rumfahren, was meinste?«
Fanny nickt und löffelt ihre Schale aus.
»Dann mach dich fertig. Ich muss noch zwei, drei Dinge am Rechner recherchieren, danach brechen wir auf.«
Als sie Richtung Schlafzimmer verschwindet, rauche ich meine Camel zu Ende. Thang krümelt etwas und Karlchen leckt die Toastreste vom Boden.
»Praktisch«, meine ich.
»Kann ich wirklich? Also just one more day? Hier bleiben?«, fragt mich Thang mit einem Blick, als ginge es um die Frage, ob er noch mit auf die Arche Noah dürfe. Ich beuge mich nach unten, greife unter Karlchens Bauch und setze ihn auf meinen Schoß. Er schnüffelt an der Tischkante. Ich reiche ihm eine Wurstscheibe, die er schmatzend verschlingt.
»Kein Thema. Ich werde euch sogar ein wenig vermissen, wenn ihr auszieht. Wenigstens Captain Hook«, zeige ich auf Karlchens Designer-Augenklappe.
»Oh, you fuckin' …!«, lacht Thang.
Ich gehe an den Rechner, starte Google Earth und suche gleichzeitig nach Bootsverleihen. Nach wenigen Minuten finde ich, was ich suche. Als ich kurz die Nachrichten des Tages scanne, fällt mir eine Meldung ins Auge. Vorgestern Nacht wurde ein Ermittler umgebracht, Mitglied einer Sonderkommission zur Bekämpfung des orga-

nisierten Verbrechens. Die genauen Umstände seines Todes seien noch ungeklärt, zuletzt habe er sich im Milieu von Rockerbanden bewegt.
Ich scrolle im Smartphone die Kontaktliste durch und tippe auf Stefans Name. Sein Telefon klingelt, aber er geht nicht ran. Auch beim zweiten und dritten Mal nicht. Ich werde es nach meinem Besuch bei Werner erneut versuchen.
Das Rauschen der Dusche reißt mich aus meinen Gedanken. Dann spüre ich warme Luft auf meinen Lenden.

Tag 10, Donnerstag, 11.00 Uhr

Fanny fährt mit ihrem Board neben mir her, während ich mich dem Kotti nähere. Da es kurz vor Mittag ist, haben sich die Junkies aus ihren unterschiedlichen Schlaflöchern in der U8-Haltestelle nach oben geschleppt und lungern in der Reichenberger Straße herum. Wir überqueren an der Ampel die Adalbertstraße und passieren den Obststand, der hier schon zum Inventar gehört. Billiger bekommt man Trauben oder Pflaumen nirgendwo, dafür muss man sie schnell verputzen, denn das Obst liegt meist über dem Verfallsdatum.
Auf den Treppen vor den Läden sitzen Touristen und studieren Reiseführer, eine Handvoll kurdischer Aktivisten, die Unterschriften für oder gegen irgendeinen Kumpel im Hungerstreik oder im Gefängnis sammeln, versammelt sich und ein paar türkische Girlies mit Kopftüchern zeigen sich gackernd SMS auf ihren Handys, während Plastiktüten, Eisstiele und halbe Döner auf dem Weg liegen – ein Tag wie jeder andere.
Wir steuern auf das Olfe-Hochhaus zu, das sich über die Adalbertstraße bückt wie ein gigantisches Tier aus Stein. Ich biege links ab und gehe den Bogen im Erdgeschoss entlang, bis auf dem Boden plötzlich kein Müll mehr liegt und an der Wand des Hauses kein Graffiti zu sehen ist.
Werners Reich.
Wir unterqueren einen Bogen und befinden uns auf der Rückseite des Gebäudes, wo ich Werner links vor einem der zahlreichen Ein-

gänge erkenne. Der kahlköpfige, aber mit einem schwarzen Barett ausgestattete, ungefähr sechzig Jahre alte Werner steht fest wie eine Eiche direkt vor der Tür. Mit verschränkten, tätowierten Armen, einer Tarnfleckenhose, einem angegrauten Trägerhemd und in Badelatschen. Um seinen Hals hängt eine Kette, deren Ende unter seinem Hemd baumelt – seine alte Erkennungsmarke der Fremdenlegion.

Was andere aus modischen Gründen tragen, war für Jahrzehnte ein wichtiger Bestandteil in Werners Leben: Armyhose, Erkennungsmarke und Tätowierungen. Die stellen entweder die Wappen seiner Einheiten in der Fremdenlegion dar oder diverse Nackte, die ihm als Erinnerung von seinen Kameraden in die Arme gestochen wurden.

Er regiert hier als Hausmeister und genießt den Respekt aller. Mit harter, aber fairer Hand erhält er für sich und seine vorwiegend älteren sowie ausländischen Bewohner eine saubere Oase mitten in dieser Orgie aus Müll und Schmierereien.

Werner kennt keine Kompromisse, was zu den Eigenschaften gehört, die uns verbinden. Wie die Vergangenheit als Soldat. Dass ich es bei den Einzelkämpfern bis zum Hauptmann gebracht habe, imponiert dem alten Fremdenlegionär. Als er das vor Jahren zum ersten Mal hörte, redeten wir einen ganzen alkholgeschwängerten Abend in zackigem Soldatendeutsch miteinander. Diese Angewohnheit hat er nie wieder abgelegt und da ich kein Spielverderber sein will, mache ich munter mit.

Werner hat mir schon zweimal bei haarigen Situationen geholfen. Er ist mein Mann fürs Grobe, auf den ich mich immer verlassen kann. Einmal bekam er ein hübsches Sümmchen aus unserem Überfall, das andere Mal machte er es für umme. Der alte Haudegen liebt das Abenteuer. Günstigerweise hat er noch immer gute Verbindungen zu den Kumpels aus seiner Armeezeit. Legionäre halten ein Leben lang zusammen.

Ich schüttle ihm die Hand. Wie immer quetscht er mir die Finger ordentlich durch.

»Herr Hauptmann!«, salutiert er danach.

»Morgen, Werner«, salutiere ich mit schmerzender Hand zurück und blicke zu Fanny. Die betrachtet uns wie zwei gestörte Aliens. Dann streckt sie Werner die Hand entgegen.

Ich befürchte blaue Teenfinger, aber er scheint sie besser zu behandeln.
»Moin«, begrüßt sie ihn artig.
»Fanny, wir müssen was besprechen. Könnte ein bisschen dauern. Ich gebe dir mal meinen Schlüssel, okay?«
»Na gut«, zuckt sie müde die Schultern und rollt die Augen. Das Aufeinandertreffen zweier Freaks scheint sie zu interessieren. Sie würde uns wohl gerne studieren.
Ich klemme den Autoschlüssel ab und gebe ihr den restlichen Bund. Sie stellt sich aufs Board, nimmt rasch Fahrt auf, entfernt sich von uns und bevor sie aus unserem Sichtfeld verschwindet, salutiert sie uns zu, macht dabei allerdings eine Grimasse, als hätte sie nicht mehr alle Tassen im Schrank.
»Ist verboten, hier zu fahren«, brummt Werner. Wir gehen ins Haus.

Als Werners Ehefrau Weena die Tür öffnet, steigt mir sofort der leckere Geruch von gebratenem Fleisch in die Nase. Lange kann ich mich leider nicht darauf konzentrieren, da mich die knubblige, kleine Weena umarmt und mir einen ihrer feuchten Küsse auf die Wange drückt. Ich zwinge mich, die nasse Wange nicht abzuwischen, sondern bedanke mich mit einem Lächeln dafür.
»Gero! Wie geht dir? Komm 'ein.«
Ich gehe ihr nach. Sie watschelt mit breit ausgestellten und in Crocs steckenden Füßen durch einen engen Flur Richtung Wohnzimmer. Wie immer trägt sie eine knielange, ärmellose Schürze, aber momentan glücklicherweise keine gelben Gummihandschuhe dazu, wie sonst meistens. »Hygiene« ist ihr zweiter Vorname, weshalb ich mich wundere, dass ich heute keine Hausschuhe anziehen muss.
Sonst gibt es an ihr wenig auszusetzen, die patente Weena passt ideal zu Werner. Für ihn war es Katalogliebe auf den ersten Blick, ruckzuck wurde die Bestellung aufgegeben und zwei Wochen später stand Weena vor der Tür des knorrigen Kämpfers. Bis heute habe ich noch kein Paar erlebt, das besser harmoniert als die beiden, wenn auch auf eine manchmal sehr unterhaltsame Weise.
Werner und ich setzen uns auf die Couch, dabei legt er sein Barett ab und präsentiert einen polierten Schädel. Das Wohnzimmer scheint einer anderen Epoche zu entstammen. Ich kann mich nicht

erinnern, wann ich mich je in einem Raum mit gemusterten Tapeten aufgehalten habe. Dabei handelt es sich um ein so krasses Muster in braun-orange, dass man die Bilder an der Wand erst beim zweiten Blick erkennt. In der Bude hängen bestimmt vierzig bis fünfzig Bilder, die entweder aus Weenas Heimat Thailand oder aus Werners Militärzeit stammen, die sich überwiegend in Afrika abgespielt hat.
Werner stellt uns zwei Schnapsgläser auf den Tisch, geht zu einer Vitrine und öffnet diese. Eine Armada Spirituosen präsentiert sich in Reih und Glied.
»Um die Uhrzeit?«, frage ich Werner. Er blickt auf die Bahnhofsuhr an der Wand, als müssten wir gleich gen Kinshasa ausrücken.
»Hast Recht, Kamerad!«
Er klappt die Vitrine wieder zu, geht in die Küche und kommt mit zwei geöffneten Flaschen Berliner Kindl zurück. Wir stoßen an und nehmen einen kräftigen Zug.
»Werner. Es ist mal wieder so weit.«
»Ein Einsatz, Herr Hauptmann?«
Ich sehe zur Küche. Alle Türen stehen offen und ich möchte nicht, dass Weena unser Gespräch mitbekommt. Werner erkennt meinen Blick und nickt.
»Keine Sorge. Sie geht nach dem Essen zu ihrer Freundin. Wohnt in Reinickendorf. Sind unter uns dann.«
»Nach dem Essen?«
Vermutlich wirke ich nervös. Werner legt mir seine Hand auf den Unterarm, um mich zu beruhigen. Eine tätowierte Meerjungfrau in verblichenem Grün wedelt mit dem Schwanz.
»Keine Schlacht mit leerem Magen«, schnarrt Werner.

»Meine Fresse, das waren die besten Rouladen aller Zeiten!«, lobe ich Weena und lehne mich mit gefülltem Bauch auf meinem Stuhl zurück. Sie lacht kokett über mein Lob und stellt die Teller zusammen. Als sie in die Küche geht, haut ihr Werner einen ordentlichen Klaps auf den Po. Sie dreht sich um, geht zurück, bückt sich mit den Tellern in der Hand zu Werner und gibt ihm einen Kuss auf die Glatze.
»Mein Schatz!«, lacht sie breit.
»Mach den alten Werner nicht verlegen«, brummt der und freut sich.
»Makt du Na'htisch, Gero?«, fragt sie mich.

Ich rolle mit den Augen, zeige auf meinen geschwollenen Bauch und schüttle den Kopf.
»Melone? Eis? Banane f'ittiert?«
»Danke. Aber dann platze ich.«
Weena zieht die Tür hinter sich zu. Werner steht auf, holt eine Flasche Korn aus der Vitrine und gießt uns ein. Wir kippen auf Ex.
»Bin ganz Ohr, Kamerad.«
Ich hole tief Luft.
»Es gibt da einen Typen. Russe. Ein großes Tier, schätze ich. Und verdammt gefährlich. Der hat irgendwie mit ein paar Morden zu tun. Und dass ein Freund von mir ... dass er ... na ja, dass er vergewaltigt wurde. Der hatte mich beauftragt, seine Schwester zu suchen. Beide waren so dämlich, beschissene Rocker zu erpressen, die für den Russen arbeiten. Sie ist dabei draufgegangen, ihn hätte es fast erwischt. Natürlich hat sich der Russe nie selbst die Finger schmutzig gemacht. Ich glaube, der hat sich sogar weitgehend zurückgezogen und überlässt alles seiner Tochter. Jedenfalls ...«
Ich fummle meine Zigarettenpackung aus der Hose und blicke ihn fragend an. Er steht auf, öffnet das große Panoramafenster, geht zu einer Schublade und holt eine Pfeife, einen Aschenbecher sowie Tabak heraus. Wieder auf dem Sofa stopft er sich die Pfeife, ich fahre fort.
»... jedenfalls ist er mir irgendwie auf die Schliche gekommen.«
»Verstehe nur Bahnhof, Kamerad.«
»Ich habe ihm ein wenig ins Geschäft gepfuscht. Da gab's 'ne Razzia bei den Rockern. Ein paar habe ich ausgeschaltet. Den Chef der Gang habe ich auch noch erwischt, etwas später. Der hat übrigens 'ne Ladung frischer, junger Mädchen ins Land gebracht.«
»Wie jung, Herr Hauptmann?«
»Weiß ich nicht mehr so genau. Ich war da etwas ... benebelt. Vierzehn manche? Ich kann's nicht beschwören. Keine Ahnung, was er mit denen macht oder wo er sie hinschafft, in seinem Bordell gibt's keine Minderjährigen.«
Inzwischen hat seine Pfeife ordentlich Temperatur. Er zieht und bläst kräftige Rauchschwaden Richtung Fenster.
»Werner, das ist aber alles nicht entscheidend und nicht der Grund dafür, dass wir hier sitzen und gleich über die entsprechende Ausrüstung quatschen. Ich bin nicht die Heilsarmee. Um seinen ganzen

Crime-Scheiß sollen sich die Bullen kümmern. Wenn das alles vorbei ist, gebe ich vielleicht sogar einer von denen einen Tipp.«
»Das Problem, Kamerad?«
»Das Problem ist, dass mir dieses Arschloch gestern gedroht hat. Nicht nur mir, sondern meinen Freunden, einem Mädel, das gerade bei mir wohnt, und sogar meinen Eltern. Er weiß, wo die leben!«
Wir rauchen, er denkt nach.
»Du kommst nicht ohne einen Plan«, bemerkt er von der Seite. Ich nicke.
»Wir entführen ihn. Bringen ihn zum Reden. Zeichnen alles auf. Damit habe ich eine Lebensversicherung für mich und meine Freunde und kann ihn und seine Tochter notfalls ans Messer liefern. Danach lassen wir ihn wieder laufen.«
Er sieht mich an, raucht still weiter. Überlegt, dreht sich zu mir.
»In Uganda hatte ich mit russischen Söldnern zu tun. Verdammt brutales Pack.«
»Du meinst, er wird nicht reden?«
»Er wird reden, Herr Hauptmann. Dafür sorgt der alte Werner. Aber wenn wir danach trotzdem alle dran sind? Meiner Weena darf nichts passieren.«
»Du trägst eine Maske. Redest kein Wort mit ihm. Tust ihm nur weh, bis er quatscht. Alles andere regle ich.«
»Ein hohes Tier, sagst du. Kommen wir an ihn ran? Schon Aufklärung betrieben?«
»Da gibt's eine Schwachstelle und die kenne ich.«
Ich sehe, wie seine Kiefermuskeln mahlen und wichtiger noch, wie seine Augen funkeln.
»Wann steigt die Operation?«, fragt er mit unverhohlener Vorfreude.
»Heute Nacht, Werner.«
»Waffen? Ausrüstung? Rückzugsort? Exakte Zeit?«
»Waffen besorgst du. Zwei Pistolen mit Schalldämpfer sollten reichen, sind ohnehin nur Backup. Ausrüstung.«
»Zwei Glock dann. Und einen Taser! Wir erwarten keine Gegenwehr, Herr Hauptmann?«, fragt Werner und fast habe ich das Gefühl, als würde er sich genau das wünschen.
»Unwahrscheinlich. Er müsste allein sein. Im worst case ein bis zwei Leibwächter.«

»Da reichen uns die kleinen nicht.«
»Gut. Überlasse ich dir.«
Anschließend besprechen wir weitere Details. Ausrüstungsgegenstände wie Sturmhauben, Nachtsichtgeräte, Taschenlampen, einen Stoffbeutel für Boris. Auch das fällt in Werners Verantwortung, wofür ich ihm zwei Hunderter in die Hand drücke. Seit mich Thang bezahlt hat, bin ich wieder halbwegs flüssig.
Danach geht es um das Boot, hier habe ich bereits alles gecheckt, und um das mögliche Gefängnis für unser Interview. Mein Plan sieht einen der Kellerräume in der Nähe meines Verlieses unter dem Flughafen Tempelhof vor. Dafür spricht die Schalldichte des Raumes, dagegen die weite Entfernung und die Gefahr, aufzufliegen, wenn wir Boris dorthin schaffen. Werner könnte einen alten Freund in Potsdam anrufen, der ein altes Bahnwärterhäuschen besitzt. Vielleicht haben wir Glück und können das Haus nutzen, das deutlich näher an Boris' Villa liegt.
Schließlich frage ich Werner nach seinem Sold.
»Kein Sold, Kamerad. Es macht den alten Werner stolz, dass du ihn fragst. Nur eins versprichst du mir.«
»Raus damit.«
»Du kümmerst dich um Weena. Im Fall des Falles. Weißt ja, wo mein Lager ist.«
Ich nicke.
»Verkauf alles. Ergibt noch ein ganz hübsches Sümmchen für mein Weib.«
»Kannst dich auf mich verlassen.«
»Sonst noch Risikofaktoren, Herr Hauptmann?«
Eine sternenklare Nacht mit dem Mond am Himmel, Werner. Aber das behalte ich für mich.

Tag 10, Donnerstag, 19.00 Uhr

Werner rief mich vorhin an, um mir Bescheid zu geben, dass er alles für unseren »Angelausflug« besorgt hätte. Der alte Kämpfer befürchtet wohl das FBI in der Leitung.

Ich merke, wie schwer es mir fällt, mich auf irgendetwas anderes als die kommende Nacht zu konzentrieren, da hilft selbst Karlchens Gesellschaft nicht, den Thang vorhin hier abgeladen hat, weil er sich noch mit einem Freund treffen wollte. Fanny rückte nach meiner Ankunft nochmal zwei Stunden aus. Sie war nur nach Hause gekommen, um auf mich zu warten, weil ich keinen Schlüssel hatte. Jetzt fläze ich auf dem Sofa herum, rauche und überlege, ob ich in meiner Planung für heute Nacht etwas vergessen habe. Karlchen liegt neben mir an der Kante.

»Na, Captain Hook?« streichle ich seinen Kopf und befühle dabei das Band der Augenklappe. »Wann nehmen wir uns die spanische Armada vor?«

Es klingelt. Ich springe vom Sofa, was Karlchen leider auf den Boden befördert.

»Mist. Sorry«, entschuldige ich mich bei ihm, der unverdrossen mit mir zur Tür humpelt. Ich drücke auf den Summer, bücke mich dann, greife unter Karlchens Bauch und nehme ihn wieder mit zurück aufs Sofa.

»Ich kann starten, ich kann starten, ich kann staaarten!«, platzt Fanny mit ihrem Board unter dem Arm in die Wohnung.

»Bei den Challenges?«, frage ich nach.

Sie strahlt wie ein Honigkuchenpferd, dreht eine Pirouette, kommt dann zum Stand und öffnet die Arme in meine Richtung.

»Ja! Ist das nicht hammer? Boah! Das ist so geil, geil, geil!«

Sie springt wie ein Gummiball durchs Wohnzimmer, kriegt sich nicht mehr ein.

»Na los, erzähl!«, fordere ich sie auf.

»G Max, du erinnerst dich?«

»Nein.«

»Hab ich dir doch erzählt, ey! Hörst du nie zu? Das ist so ein voll krasser Freestyler, den ich übers Netz kennengelernt habe, also so ein Facebook-Freund, weißt du, was ich meine? Wir haben uns vorhin an der Halfpipe getroffen. Der ist voll gechillt und der Beste, wirklich der Beste! Der Allerbeste. Weißt du …?«

»Okay, verstanden. Und der hilft dir irgendwie?«

»Ja, der hat voll die Connections zu den Typen, die das am Wochenende organisieren. Ist das nicht …«, verdreht sie die Augen.

»… hammer?«, ergänze ich, während sie im Geiste wohl schon an die Dankesrede bei der Übergabe des Pokals denkt.
»Ich kann mitmachen! Er darf ein paar Wildcards verteilen. Und ich bekomme eine. Ich freu mich so!«, strahlt sie und steckt mich an. Normalerweise würde ich mir jetzt was Schönes für den Verlauf des Abends einfallen lassen, aber dem steht die Kleinigkeit entgegen, einen russischen Gangsterboss aus seiner Villa entführen zu wollen. Ich stehe auf und umarme sie. Alter Schwede, fühlt sich das zerbrechlich, leicht und zugleich warm und angenehm an. Sie scheint aus gestärkter Watte zu bestehen.
»Du wirst das rocken. Wir kommen natürlich alle«, löse ich mich von ihr und setze mich wieder zu Captain Hook, Karl dem Großen.
»Eine Sache gibt's noch, Gero«, verzieht sie ihr Gesicht, als müsste sie mir was beichten.
»Du hast schon wieder geklaut?«
Sie lacht.
»Nein, Quatsch. Aber ich würde gerne so 'ne Freestyler Choreo performen. Mal was anderes als das übliche an Geländern oder Treppen. Das machen doch alle.«
»Klingt gut. Erzähl.«
»Ich hab mir was Abgefahrenes vorgestellt. Mit 'nem richtig coolen Wagen! Über den drüber springen, wieder auf dem Board landen, an die Stoßstange dranhängen, wenn er fährt und so. Hast ja gesehen, dass ich das kann!«
»Na ja, dann mach doch«, verstehe ich nicht, worauf sie hinaus will.
»Cooler Wagen? Cooler? Wagen? Klingelt's?«, fragt sie mich wie die Lehrerin einer Sonderschule den langsam denkenden Jungen in der letzten Reihe. Der Groschen fällt.
»Der Mustang?«, schrecke ich auf, halte Karlchen diesmal aber fest. Fanny setzt sich neben mich, schlingt die Arme um meinen Hals und gibt mir einen Kuss auf die Wange.
»Och, bitte!«
Ich schließe die Augen und verfluche meinen weichen Kern.
»Vielleicht! Also, was hast du genau vor?«
Sie ballt eine Faust und zieht den Arm in Siegerpose ruckartig an den Bauch.
»Yeah!«

Tag 11, Freitag, 2.00 Uhr

Ich stelle meinen Wagen in der Mecklenburgischen Straße in Schmargendorf ab, wo ich mich mit Werner verabredet habe. Wie besprochen bin ich komplett in Schwarz gekleidet, mit Armyhose, T-Shirt, leichter Jacke und Basketballschuhen.

Nachdem ich den Mustang verlassen habe, betrete ich zu Fuß die Einfahrt in ein kleines Gewerbegebiet. Hier reihen sich einige Lagerhallen von Speditionen aneinander, den größten Teil davon nimmt die DHL ein. In dieser gutbürgerlichen Ecke würde niemand ein Waffenlager vermuten, weshalb Werner seines vor einiger Zeit genau hierher verlegt hat.

Sein VW Pickup parkt direkt vor einem Rolltor. Ich klopfe an die eingelassene Tür und kurz darauf öffnet Werner, ebenfalls von Kopf bis Fuß in Schwarz gekleidet.

Die Halle wird von mehreren Mietern genutzt, die ihre Güter in verschiedenen großen Käfigen lagern. Auf der rechten Hallenseite befinden sich ummauerte und damit nicht einsehbare Räume. Werner steuert auf eine graue Stahltür zu, ich folge ihm.

Der kaum zehn Quadratmeter große Raum besteht im Wesentlichen aus Eisenregalen, auf denen Werner so allerhand gelagert hat, was mein Herz lachen lässt, ihn aber für einige Jahre in den Knast brächte, wenn die Staatsgewalt davon wüsste. Sturmgewehre, Pistolen, Maschinenpistolen, sogar eine Panzerfaust, Handgranaten, Munition unterschiedlichsten Kalibers, Messer, Schlingen, Kisten mit welchem Inhalt auch immer, Gasmasken, Ferngläser, ich kann mich kaum sattsehen.

Werner bemerkt meine Blicke und grinst.

»Wie Weihnachten, Kamerad?«, fragt er.

Ich nicke, er klopft mir auf die Schulter. Dann zeigt er auf ein Regalbrett, wo er unsere Ausrüstung ausgebreitet hat. Eine Uzi Maschinenpistole, ein Taser in Pistolenform, zwei Pistolen der Marke Glock mit Laserpointer und Schalldämpfer, mehrere Rollen schwarzes Klebeband, zwei Sturmhauben, zwei Nachtsichtgeräte, Taschenlampen, ein Stoffbeutel, zwei Messer, ein Leatherman Tool und mehrere Packungen Munition. Ich nehme eine Glock in die Hand.

»Du magst lieber Revolver. Erinnere ich mich richtig?«, fragt Werner.

Ich nicke.
»Privat schon. Aber für so was gibt's nichts Besseres als eine Glock. Wozu die Uzi?«
»Will einfach auf Nummer sicher gehen, Herr Hauptmann.«
Dann greife ich nach dem Taser.
»Kannst du mit dem Ding umgehen, Werner? Gab's zu meiner Zeit nicht.«
Er zeigt mir die Bedienung des modernen Elektroschockers für Distanzangriffe. Den Laserpointer, Sicherungshebel, den Ausgang der Drähte.
»Bringt ein Nashorn zu Boden. Einverstanden mit dem Arsenal, Kamerad?«
»Gute Arbeit. Lass uns gehen.«
Wir verstauen alles in einer schwarzen Segeltuchtasche, die sich Werner über die Schulter hängt, und verlassen die Halle.
Draußen zeigt mir Werner die fensterlose Ladefläche des Pickup. Er wirft die Tasche auf die Ladefläche, schließt ab, wir steigen ein.
Als wir Richtung Zehlendorf fahren, spüre ich die Sorte Anspannung, die ich brauche und immer wieder suche. Diese unnachahmliche Mischung aus Nervosität und Vorfreude, geboren aus dem Genuss hohen Risikos.
Ich ziehe mir eine Camel aus der Packung, blicke kurz zu Werner und reiche ihm ebenfalls ein. Mein Zippo flackert auf.
Der Mond begleitet unsere Fahrt mit dem Schein seiner kräftigen Sichel.
Dann kann ja nichts mehr schiefgehen.

Tag 11, Freitag, 3.15 Uhr

Die eiserne Tür zum Bootsverleih präsentiert sich erwartungsgemäß verschlossen, was uns etwa eine Minute aufhält. Wir klettern drüber. Das Areal wird nur schwach durch eine Lampe ausgeleuchtet. An mehreren Stegen schwanken vertäute Boote, wobei links die großen Jachten liegen und es nach rechts immer kleiner wird. Ich gehe die Planken nach rechts, Werner folgt mir.

Am Steg ganz außen zeige ich Werner zwei Boote, die in Frage kommen. Er nickt und wir gehen zu einem kleinen, roten Holzboot mit Außenbordmotor und Paddeln im Fußraum. Wir binden die Taue los. Ich lege die Tasche ins Boot, Werner startet den Motor.
Mitten in der Nacht scheint das Motorengeräusch direkt aus der Hölle zu kommen, in seiner Lautstärke irgendwo zwischen Pressluft-hammer und startendem Düsenjet. Ich erwarte hektische Rufe eines Nachtwächters, flackernde Taschenlampen, Blaulicht, aber nichts von all dem passiert, während wir uns vom Ufer entfernen.
Als wir mehr als die halbe Strecke zum gegenüberliegenden Ufer zurückgelegt haben, stoppt Werner das Boot und stellt den Motor ab. Er reicht mir das Fernglas mit Nachtsichtoptik. Noch bevor ich das Ufer mit den Augen absuche, rieche ich ihn. Es lebe SEIN Geruchssinn! Die Karpov-Villa liegt schräg vor uns.
Eine Gestalt bewegt sich vom Haus zum Wasser hin. Das muss Boris sein.
»Ziel ist vor Ort«, flüstere ich zu Werner. Er hebt den Daumen.
Ich blicke nach oben zur Mondsichel und recke ebenfalls den Daumen.
Wir setzen uns die Sturmhauben, dann die Nachtsichtgeräte auf und holen die Paddel aus dem Fußraum. So leise wie möglich setzen wir unseren Weg Richtung Ufer fort, nun deutlich langsamer.

Da er uns bei direkter Annäherung sehen könnte, paddeln wir schräg von der linken Seite ans Grundstück, das sich in etwa zwanzig Meter Entfernung befindet. Auf dieser Seite ist das Ufer durch hohes Buschwerk nur schwer zugänglich, wir müssen also näher ran an Boris. Ich habe ihn ständig im Blick, aber er bemerkt nichts, sondern sitzt auf einem kleinen Campingstuhl und angelt seelenruhig. Wir gleiten so leise über das Wasser wie zwei Mücken auf einem Lindenblatt und laufen einen halben Meter vor dem Ufer auf Grund. Mein Blick nach rechts präsentiert mir den noch immer entspannt angelnden Boris.
Nur ein leichtes Plätschern verrät, dass wir über das flache Wasser auf den Rasen seines Grundstücks gelangen. Wir gehen erst einmal in die Hocke und sehen uns um. Die Nachtsichtgeräte zeigen uns kein Problem wie Hunde oder Wachen, wir müssen nur auf die Bewegungsmelder in der Nähe des Hauses achten. Im Schleichgang bewe-

gen wir uns langsam auf Boris zu. Werner hat die Uzi geschultert und den Taser im Anschlag, ich bewege mich mit gezückter Glock in der rechten Hand leicht versetzt hinter ihm.
Wir befinden uns noch etwa sechs bis sieben Meter von Boris entfernt. Wäre es hell, würde er uns möglicherweise bemerken, aber wir bewegen uns seitlich, fast schon von hinten, auf ihn zu und es ist natürlich dunkel.
Plötzlich lacht Boris laut auf, was mein Adrenalin von null auf hundert durch die Venen jagt. Ich sehe, wie Werner zur Uzi greift, dann aber die Hand hebt.
Boris hat einen Fisch an der Angel. Er steht auf, die Rute biegt sich, die Leine spannt. Er dreht die Rolle auf, um den Fisch reinzuholen und in dem Moment, als Boris den Fisch aus dem Wasser zieht, drückt Werner ab. Die Drähte des Tasers fliegen in die Brust des Russen. Er zuckt, als säße er auf dem elektrischen Stuhl, lässt die Angel fallen und gurgelt. Die Beine knicken weg, er kippt auf den Rasen, zuckt noch einige Male und bleibt dann regungslos liegen.
»Was ist hier los?«, höre ich einen lauten Bass hinter mir. Werner und ich sehen gleichzeitig in die Richtung, aus der die Stimme kam. Im Grün der Nachtsichtgeräte erscheint ein kräftiger Hüne mit Lederjacke, der schnellen Schrittes auf uns zukommt. Der Gorilla vom Eishockeyspiel. Die Drähte des Tasers hängen noch an Boris, aber als ich meine Glock auf den Bodyguard richte, rennt Werner bereits auf den Typen zu. Der hat die Situation im Dunkeln noch nicht komplett erfasst und breitet die Arme aus, um den angreifenden Werner zu packen.
Der läuft unbeirrt weiter, auch, weil er deutlich besser sieht, und macht einen seitlichen Ausfallschritt. Dadurch gerät er hinter den Koloss, tritt ihm in eine Kniekehle, so dass der Riese nach vorn auf die Knie fällt, setzt mit beiden Armen einen Griff um den Hals des Riesen an und verdreht diese. Ein tiefer Seufzer des Riesen, der sich wehrt, aber gegen Werners Eisengriff keine Chance hat. Er schnauft noch dreimal, dann kippt er mit einem leisen Pfeifen nach vorn mit dem Gesicht auf den Rasen. Das Ganze dauerte keine Minute.
Werner prüft mit zwei Fingern am Hals des Bodyguards den Puls und nickt. Er gibt mir Zeichen, den Riesen wegzuschaffen. Man muss ihn ja nicht gleich finden. Die Erfahrung lehrt, dass jede Mi-

nute zählt. Wir schleifen ihn ganz nach links unter das buschige Gestrüpp am Ufer. Ich prüfe auch seinen Puls und stelle erleichtert fest, dass er lebt.
Zwei Minuten später liegt Boris verschnürt im Boot. Wir paddeln zügig, um uns rasch vom Ufer zu entfernen. Werner sitzt vorn, ich hinten, Boris liegt zwischen uns. Der Horizont färbt sich bereits bläulich, der Morgen bricht an. Wir stechen die Paddel mit hoher Geschwindigkeit ins Wasser, als sich plötzlich etwas vor mir erhebt. Ich höre vor Schreck auf zu paddeln, was Werner bemerkt und ihn veranlasst, sich umzudrehen.
»Hilfe!«, ruft Boris mit glücklicherweise schwacher Stimme. Wir stürzen uns auf ihn. Ich verpasse ihm einen Faustschlag gegen die Schläfe, Werner setzt den Taser an Boris' Bauch und jagt ihm einen Stromstoß nach dem anderen in den Körper. Boris zappelt wie ein frisch gefangener Aal, zittert mit den Gliedmaßen, als wolle er sie wegwerfen. Werner hört gar nicht mehr auf, bis ich ihm in den Arm falle.
»Das reicht!«, zische ich Werner zu. »Willst du ihn umbringen?«
Boris macht keinen Mucks mehr. Speichel rinnt aus seinem Mundwinkel.
Wir starten den Außenborder und nehmen Kurs auf das gegenüberliegende Ufer.

Tag 11, Freitag, 10.00 Uhr

»Scheiße, warum wacht er nicht auf?«, frage ich Werner. »War der zweite Stromschlag zu viel für ihn?«
Er zuckt die Schultern.
»Keine Ahnung, Kamerad. Normalerweise ist das erstklassige Ware. Israel. IDF. Vielleicht hat der einen Herzschrittmacher? Oder eine schwache Pumpe. Oder es war deine Gerade gegen seinen Schädel.«
»Wenn er draufgeht?«
Wir blicken uns ratlos an.
Boris liegt vor uns auf einer uralten Matratze, die Werner gestern Abend noch hierher nach Tempelhof geschafft hat, ganz in der Nähe

meines Vollmondverlieses. Die Sache mit dem Bahnwärterhäuschen schien uns zu unsicher. Zwar war der Weg hierher zum ehemaligen Flughafen verdammt lang, aber das Kellerloch ist praktisch schalldicht. Wir haben Boris in einen Teppich gewickelt und ihn im Halbdunkel die wenigen Meter vom Pickup zum Bunker getragen. An den Händen und Fußgelenken ist er mit Klebeband gefesselt.
Außer der Matratze befinden sich im Raum noch drei uralte, mit weißer Farbe verdreckte Stühle, eine Batterie betriebene Lampe sowie einige Utensilien, die Werner für das »Verhör« vorbereitet hat.
Werner kniet sich neben den bewusstlosen Boris, fühlt Puls und Atmung.
»Mach dir keine Sorgen, Hauptmann. Wenn einer abkratzt, geht der Puls runter und die Atmung wird flach. Oder?«
»Ja, eigentlich schon.«
»Alles stabil bei ihm.«
Wir setzen uns beide auf die Stühle und rauchen. Erst eine, dann zwei, dann sind fünf Zigaretten verbraucht. Durch die Kleidung, die Sturmmasken während der Aktion, die Anstrengung des Tragens und Paddelns sehen wir beide so verschwitzt aus, als hätten wir einen langen Gewaltmarsch hinter uns.
»Essen, Kamerad?«, fragt Werner.
»Willst du so irgendwohin gehen und was kaufen?«, frage ich zurück.
Er lacht.
»Vorgesorgt! Alles im Wagen. Thermoskanne. Stullen.«
Nach fünf Minuten kehrt er wie angekündigt mit etwas Proviant, zwei Flaschen Wasser und reichlich Kaffee zurück. Ich verspeise die Stulle mit Heißhunger und frage mich, wann Boris erwacht.

Tag 11, Freitag, 20.00 Uhr

Das Warten hat sich gelohnt und der übervolle Aschenbecher belegt, wie lange wir hier schon rumsitzen.
Boris stöhnt laut und kommt langsam zu sich. Werner zieht sich wie vereinbart die Sturmhaube über, um nicht erkannt zu werden. Wir sitzen beide auf Stühlen schräg neben der Matratze, auf der sich Boris

krümmt und versucht, die Augen zu öffnen. An Händen und Fußgelenken gefesselt, fällt es ihm schwer, sich zu bewegen. Schließlich gelingt es ihm, dabei richtet er sich auf und setzt sich mit dem Rücken zur Wand auf die Matratze.

»Du?«, blickt er zuerst mich an und sieht sich dann um.

»Ein Gefängnis?«, fragt er mich und reibt sich die Wangen.

»Eher eine Art Verhörraum«, antworte ich und zeige ihm mein Smartphone.

»Ich werde dir ein paar Fragen stellen. Du wirst plaudern. Dann darfst du wieder gehen. So einfach ist das.«

»So einfach ist das, meinst du?«, fragt er und ich merke, wie das Leben in den alten Russen zurückkehrt. Obwohl er schwer angeknockt auf der Matratze sitzt, sucht er bereits nach einem Weg, wieder die Kontrolle zu ergreifen. Sein Körper wirkt matt, seine Augen aber haben nichts von ihrer Kraft verloren.

»Du kannst es einfach haben«, betone ich noch einmal.

»Sonst passiert was?«

Ich zeige auf Werner.

»Wir sitzen beide schon den ganzen Tag in diesem Loch. Keiner von uns hat Lust, hier lang mit dir herumzuzicken. Du sagst uns, was wir hören wollen, sonst bringen wir dich zum Sprechen. Das ist dir doch sicher klar.«

Er lacht erst leise, dann lauter.

»Was glaubst du, Bürschchen? Dass ich Angst habe? In Kasachstan haben das einige versucht.«

Boris blickt zur Decke und erinnert sich.

»Da gab es einen jungen Polizisten. Mit kräftigen Händen.«

Wir sehen uns an. Seine Laune scheint sich mit jeder Minute zu bessern.

»Die Hände haben wir später seiner Witwe geschickt. Den Rest bekamen die Schweine.«

»Schöne Geschichte. Erzähl sie deinen Enkeln«, antworte ich und fahre fort.

»Du erzählst mir jetzt von deinen Geschäften mit den Mad Dogs und von ihrem Chef mit dem Zopf. Wieso wurde Lan getötet? Betreibt ihr Menschenhandel? Ist sie dem auf die Schliche gekommen?«, gebe ich ihm einige Ansatzpunkte vor, greife zum Smart-

phone, drücke den Aufnahme-Knopf und lege es auf den dritten Stuhl.
Boris lacht schallend.
»Spielt ihr hier die Polizei? Was soll das? Aussagen unter Zwang? Was glaubt ihr, ist das wert? Einen Dreck!«
Ich beuge mich nach vorn.
»Die Polizei interessiert mich einen Scheiß! Aber ich erinnere mich an deine Drohung von vorgestern. Und hier kommt meine: Wenn irgendeinem meiner Freunde ein Haar gekrümmt wird, mache ich nicht nur dich fertig, sondern umgekehrt auch alle deine Liebsten. Klar? Ich vertraue aber nicht darauf, dass du dein Versprechen hältst, deshalb brauche ich eine Lebensversicherung für meine Freunde. Du erzählst mir, was deine Familie damit zu tun hat und ganz besonders deine Tochter – damit sind wir quitt und haben was im Giftschrank. Niemand bekommt die Aufnahme. Jeder lässt den anderen in Ruhe. Sonst wandert ihr, du, Sergej und vor allem dein hübsches Töchterchen in den Knast, bis sie alt und grau ist. Jetzt klar, worum's geht?«
Sein Lachen gefriert, die Augen blicken kalt und hart, als er sich nach vorn beugt.
»Tatjana? Tatjana hat nichts damit zu tun!«
»Ja, schon klar.«
»Sie hat nichts damit zu tun, hörst du? Sie will nach Australien, weit weg von mir.«
»Erzähl uns keine Märchen mehr.«
»Lass meine Tochter da raus. Wir sind Männer, oder?«, blickt er mich fragend an.
»Ach ja? In der O_2-Arena klang das noch anders. Aber da ging's ja nicht um Mädchen oder Frauen mit deinem Nachnamen. Also. Leg los jetzt! Wir fangen mit den Mad Dogs an. Schleusen die in deinem Auftrag Mädchen ein? Hat Lan das spitz bekommen?«, zeige ich auf das Smartphone.
Er lacht wieder und lehnt sich zurück.
»Leck mich!«
Ich blicke zu Werner, der nickt und steht auf. Zwar habe ich keine Ahnung, was er vorhat, erhebe mich aber auch. Er greift sich Boris und zieht ihn nach oben, ich helfe ihm dabei. Dann beginnt er, ihn auszuziehen, reißt ihm das Hemd auf und zieht es über die Schulter.

Ich knöpfe die Hose auf, pelle sie nach unten. Boris nimmt es wortlos hin, seine Kiefermuskeln mahlen dabei, er wehrt sich nicht. Werner reißt ihm die Unterwäsche vom Leib, bis Boris schließlich völlig nackt vor uns steht. Ich nehme das Handy an mich und wir bugsieren Boris auf den dritten Stuhl. Dann setzen wir uns wieder vor ihn. Boris sitzt in gebückter Haltung vor uns, durch die Fesseln kann er nicht bequem sitzen. Mit Mühe gelingt es ihm, sich aufzurichten. Er grinst, aber es wirkt nicht mehr so souverän wie vorhin. Ich zeige ihm nochmal das Handy.

»Also?«

Er sieht mir in die Augen und verzieht das Gesicht zu einer verächtlichen Grimasse. Werner steht auf und schlägt ihm mit der Faust erst links, dann rechts mit voller Wucht ins Gesicht. Blut spritzt aus Lippe und Mund, Boris nimmt die Schläge hin, ohne einen Ton von sich zu geben. Nur das Geräusch von Knöcheln auf Wange klatscht durch den Raum. Werner bleibt stehen und sieht mich an.

Ich muss durchatmen. Boris ist ein Dreckschwein, aber einen wehrlosen, nackten Mann zu verprügeln ist für mich Neuland.

Werner verpasst ihm noch zwei Hiebe und geht dann zur Seite, damit Boris und ich uns ansehen können. Der Russe blickt mich mit blutverschmiertem Mund an, öffnet ihn plötzlich und spuckt mir einen Zahn ins Gesicht. Dabei kommen einige Blutspritzer mit, die mich im Gesicht und am Hals treffen. Als er das bemerkt, lacht er laut und schüttelt sich dabei, als wäre er wahnsinnig geworden. Von Werner erhält er dafür einen Schlag gegen die Schläfe, der Boris fast vom Stuhl fegt. Werner richtet ihn wieder auf.

»Was freut dich so, du Arschloch?«, höre ich Werner ganz gegen unsere Abmachung sagen.

»Ihr seid naiv. Wie Kinder«, blubbert Boris mit Blut im Mund, das er nun auf den Boden spuckt. Er hustet, spuckt nochmal und legt den Kopf lachend in den Nacken.

»Was glaubt ihr, was gerade passiert?«, blickt er mich an und fährt mit lädierter Lippe fort.

»Sergej ist klug. Ein sibirischer Tiger. Der weiß längst, was passiert ist, wenn ich einen Tag nicht da bin. Er wird unsere Kanäle anzapfen! Und nach euren Leuten suchen.«

»Was für Kanäle?«

Er grinst mich an.
»DAS verrate ich dir gerne! Du hast die Schlampe gefickt.«
Jackie?
»Die kennen sich seit Jahren. Sergej und diese Polizistin. Ich weiß nicht mal ihren Namen, wir bezahlen viele davon. Aber keine Angst, er will nichts von ihr! Sie ist nur für Informationen zuständig. Eine Nutte, die ihren Preis hat. Wie jeder. Sergej hat jemand anderen im Auge«, zwinkert er mir zu.
»Und?«, frage ich zurück.
»Habe ich dir doch schon beim Spiel erzählt«, grinst er schmierig. »Er hat eine Schwäche für die Kleine!«, zischt er. »Fanny heißt das Mädchen, oder?«
Mein Blut beginnt, zu kochen.
»Er wird sie hart zureiten. Wie alle anderen. Und dann verkaufen. In Mali bekommst du einhunderttausend Dollar für eine weiße Braut! Für eine Jungfrau noch mehr. Wir haben gute Ärzte, die das wieder hinbekommen.«
Werner holt zum Schlag aus, aber ich hebe die Hand. Ich will hören, was Boris zu sagen hat, obwohl ich ihn nur zu gern zu Brei schlagen würde.
»Sergej ist mein bester Mann. Wie ein Sohn! Er hat nur eine Schwäche.«
Boris hustet und spuckt wieder etwas Blut, das auf seine Oberschenkel spritzt.
»Wie sagt man dazu? Sadist? Bekommt keinen hoch. Ein Kerl wie ein Tiger, aber ein Würstchen in der Hose. Nur bei Frischfleisch geht es. Wenn er ihr weh tun kann … Ob er gerade das mit Fanny macht, was ihr mit mir macht? Was glaubst du?«
Er sieht mich mit großen Augen an, als erwarte er eine Antwort. Ich springe auf und schlage ihm mit der flachen Hand in die Fresse. Er rutscht vom Stuhl, Werner zerrt ihn wieder auf die Sitzfläche.
Boris lacht wieder laut, sein ganzer Körper bebt.
»Im Russischen gibt es ein Sprichwort. Die verbotene Frucht ist besonders süß!«, grinst er und lacht vor sich hin. Dann dreht er sich zu mir, sein Blick wird ernst.
»Binde mich los. Dann überlebt wenigstens die Kleine. Darauf gebe ich dir mein Wort!«

Seine Bemerkung zu Fanny bereitet mir größte Sorgen, obwohl ich versuche, mir nichts anmerken zu lassen. Warum habe ich Idiot nicht daran gedacht? Ich nehme das Smartphone in die Hand, um nach draußen zu gehen und Fanny anzurufen, als es klingelt. Das Display zeigt »Jackie«. Was will das Miststück?

»Gero? Gero! Gut, dass ich dich erreiche. Du musst …« Sie spricht so schnell, dass sie sich fast verhaspelt und macht dann eine kurze Pause, als müsste sie eine Straße überqueren. Im Hintergrund höre ich Schritte und Schnaufen.

»… du musst uns helfen. Bitte! Die sind uns auf den Fersen.«

»So so, helfen. Dir? Weißt du, wer mir hier gerade etwas über dich erzählt hat?«

»Boris? Ja! Weiß ich, Gero. Bitte hör mir jetzt zu! Ich habe keine Zeit, dir das zu erklären. Ich habe Scheiße gebaut, ja, das tut mir furchtbar leid, auch, dass ich dich belogen habe, das alles ist ein riesengroßer Mist, den ich … den ich …«

Sie bricht ab, ich höre Fanny etwas rufen, dann Thang. Bilde ich mir das ein oder klang das nach verängstigten Schreien?

»Ist Fanny bei dir?«, rufe ich ins Telefon.

»Deshalb rufe ich ja an! Hier lang, da hoch«, ruft sie jemandem zu.

»Hör mir jetzt zu, bitte. Die sind gleich hier!«

Ich vernehme ein pfeifendes Geräusch. War das ein Schuss?

Das Telefon bleibt auf Empfang. Selbst Werner und Boris scheinen zuzuhören, obwohl ich nicht auf laut gestellt habe. Aber in der Stille dieser Zelle reicht anscheinend der helle Klang von Jackies Stimme, um alles zu verstehen.

Schließlich lassen die Geräusche nach und ich höre Jackie wieder, die nun flüstert.

»Ich habe mich hier verschanzt. Meine Kollegen kann ich nicht anrufen, du weißt, warum! Oben am Innsbrucker Platz, die alten Bahnhallen. Kennst du die? Ich hab die Tür im Blick und halte Sergej auf. Aber Thang und Fanny hab ich hinten rausgeschickt, die sind … mit meinem Wagen … Moment …«

Ein lauter Knall unterbricht das Gespräch. Es klingt, als würde eine Tür aufgebrochen. Dann fällt ein Schuss. Noch einer. Jackie spricht leise, zischend fast, mit Angst in der Stimme.

»Ich muss jetzt leise sein, die sind schon hier im Gebäude. Erinnerst du dich an die Bilder in meiner Wohnung? Ich habe den beiden gesagt, dass sie dorthin sollen. Sich verstecken. Bei meinen Freunden. Hörst du? Ich weiß von Sergej, was du drauf hast. Du bist der Einzige, der den beiden … ich schaffe das hier …«
Das Geräusch eines Kampfes, ein unterdrückter Schrei von Jackie. Das Telefon scheint zu Boden zu fallen. Dann höre ich eine vertraute Stimme.
»Wir haben die Schlampe. Willst du sie lebend? Dann bring mir den Boss.«
»Gero …!«, höre ich Jackie mit erstickter Stimme rufen. Sie scheint keine Luft zu bekommen. Ich blicke zu Werner. Er schüttelt den Kopf. Plötzlich steht Boris auf und brüllt Richtung Telefon.
»Ubej jejo! I vasmi rebonka!«
Sergej scheint es verstanden zu haben und antwortet.
»Ja sdelaju chef!«
Boris setzt sich mit grimmigem Blick auf den Stuhl. Werner knallt ihm mit voller Wucht die Faust gegen das Kinn. Ein Zahn splittert.
»Weißt du, was er gesagt hat?«, schreit mich Werner an.
»Er soll sie töten und dann die Kleine schnappen!«
»Nein!«, rufe ich ins Handy. Dann höre ich ein grauenvolles, gurgelndes Geräusch und Jackies sterbende Stimme. Sie wimmert kurz, stöhnt, gurgelt ein letztes Mal. Ich starre auf das Handy, als könnte es die Zeit zurückspulen.
Werner und ich stehen wie erstarrt da. Dann drehen wir uns beide zu Boris.
»Wieso kannst du Russisch?«, fragt er Werner mit brüchiger Stimme. Ich sehe, wie sein rechtes Augenlid zuckt. Er weiß, was jetzt passiert.

Tag 11, Freitag, 22.00 Uhr

Die dreihundert Pferde des Mustangs galoppieren im Höllentempo über die B1 nach Südwesten in Richtung Grunewald und Wannsee. Rammstein hämmert »Mein Herz brennt« in die Boxen. Alle Gedanken kreisen um Fanny und Thang. Ihnen darf nichts passieren!

Ich heize über die Schloßstraße, sehe eine Schlange langsamer Autos vor mir, schalte zurück und ziehe nach rechts auf den Radweg. Dort beschleunige ich, streife um Haaresbreite einen Radfahrer, gerate ins Schlingern, berühre einen Papierkorb, haue ihn mit dem Heck des Mustangs aus der Halterung und übersehe eine Bordsteinkante an der Bushaltestelle. Es rummst laut und ich höre einen Teil des Auspuffs rechts über den Weg schlittern. Ich schere wieder links ein und erwische die Ampel auf Orange. Weiter!
Werner ist auch unterwegs mit seinem Pickup und Boris auf der Ladefläche. Wir haben beschlossen, ihn dorthin zu schicken, wo er schon vor sechzig Jahren hingehört hätte. Auf den Grund eines Sees. Werner kümmert sich um seine Leiche und wird dafür sorgen, dass sie nicht so schnell wieder an die Oberfläche kommt.
Wo steht der verdammte Zirkus von Jackies Verwandten? Hinter dem alten Platz des Deutsch-Amerikanischen Freundschaftsfestes? Gib Gas! Ich trete das Pedal bis zum Anschlag durch und brettere am südlichen Ende der Schloßstraße über zwei rote Ampeln. An der dritten gelingt mir das nicht mehr, weil ich plötzlich einen Krampf im rechten Bein bekomme. Dann im linken. Ich fahre fast auf den Bürgersteig und kann das Steuer gerade noch herumreißen.
Noch nicht! Bitte!
Ich blicke nach links oben durch das Seitenfenster. Er strahlt mich an. Gib mir noch zehn Minuten!
Oder fünf!
Die Krämpfe werden schlimmer, meine Schenkel fühlen sich an wie Steine. Meine Hände krallen sich ans Lenkrad. Scheiße!
Es hilft nichts, so kann ich nicht fahren. Ich steuere an der Potsdamer Chaussee den Wagen links in eine kleine Straße, die an den Waldfriedhof Zehlendorf grenzt. Mit Mühe steige ich aus dem Wagen und spüre bereits, wie mein Blut aufschäumt. In einiger Entfernung stehen auf der Potsdamer Jugendliche, trinken und grölen. Ich sehe mich um. Schaffe ich die Friedhofsmauer noch? Zwischen den Gräbern dürfte mich keiner sehen.
Messerstiche und Nadeln quälen meine Brust. Auf dem Handrücken sprießen bereits die Haare. Reiß dich zusammen! Ich konzentriere mich, während eine Gruppe Dämonen versucht, mich zu häuten. Ich springe hoch und kann mich an der oberen Kante festkrallen. Mit

letzter Energie schwinge ich mein rechtes Bein nach oben über die Mauer und drehe den gesamten Körper mit. Ich lasse mich auf die andere Seite fallen und lande weich auf dem Rücken …

… mitten auf frisch ausgehobener und nach Würmern riechender Erde eines neuen Grabs, auf dem ein Holzkreuz und noch kein Stein steht. Meike Schulte, die keine achtzehn Jahre alt wurde. Was für ein beschissenes Omen!

Ich verharre in dieser Stellung. Nicht, weil es so bequem wäre, sondern weil ich das Gefühl habe, gepfählt zu werden und mich nicht rühren zu können. Die Augen wollen platzen. Wie meine Hände. Die Zunge füllt meinen Gaumen, die Zähne kitzeln sie mit scharfen Kanten. Ich sehe nach oben. Sterne, viele Sterne. Ich drehe den Kopf zur Quelle der Wärme.

Der Mond strahlt mich an und fordert seinen Tribut.

ER erwacht.

Kleine Häuser überall. Schlecht für Lupus! Muss weit springen immer. Schnell. Schnell!

Aber gut. Kann riechen. Zirkus. Leichter als Menschen finden.

Tiere. Rieche Tiere. Viele! Starker Geruch.

Hetze, springe, laufe, springe.

Geruch nach. Starker Geruch. Kenne nur aus Zoo.

Weiter, weiter. Weiter!

Häuser. Autos. Aufpassen. Verstecken.

Rüber! Über große Straße. Ja!

Da! Zirkus!

Muss Fanny riechen. Fanny riechen! Wo? Schwer. So viele Gerüche.

Zu Zelt? Ja. Geruch kommt aus Zelt.

Rieche sie. Beide! Fanny. Thang! Und Sergej!

Da vorn. Großes Zelt.

Was riecht links? So stark? Nach Katze. Große Katze. Egal, weiter.

Viel Lärm auf Ohren. Von Affe. Elefanten. Spüren Lupus.

Haben Angst.

Ich tu nichts! Euch!

Bin in Zelt. Wo sind Fanny, Thang? Sehe gegenüber, andere Seite in Zelt. Sergej und Mann mit Lederjacke. Sergej hat Pistole. Mit Dämpfer. Leise. Schießt nach oben. Plopp. Plopp.

Schaue hoch. Oben Fanny und Thang. Wo Artisten sonst stehen. Und mit Schaukel schwingen. Verstecken sich hinter Säule. Ducken sich. Sergej trifft nicht. Macht klick, klick jetzt. Pistole leer.
Mann holt Kanister. Macht alles nass unter Säule. Auch Schaukeln. Zeltwand. Sergej hat plötzlich Fackel. Von Feuerschlucker Sachen. Stehen da.
Zündet alles an! Fanny, Thang schreien. Angst. Klammern sich.
Springe zu Sergej. Er sieht mich. Dreht sich. Haut mir Fackel in Gesicht.
Feuer! Feuer in Auge! Schrecklich, schrecklich. Hasse Feuer! Haare in Gesicht und auf Kopf brennen. Sehe nichts! Stecke Gesicht in Sand und Streu auf Boden. Spüre Fackel überall.
Sergej zündet Lupus an!
Brenne. Arme! Auch Rücken!
Jacke-Mann von links. Mit großer Mistgabel. Zielt auf Kopf.
Feuer in Gesicht. Sehe wenig.
Plötzlich springt Thang auf Mann. Von ganz oben! Mann fällt um. Thang auch. Liegt wie Käfer auf Boden. Strampelt. Mann rappelt sich auf. Will Thang schlagen. Der kickt mit Schuh. Superspitzer Schuh! In Auge von Mann. Der schreit, hält sich Auge. Schreit, taumelt. Läuft in Feuer.
Sergej geht zu Thang.
Lupus brennt! Überall! Aber stolpere zu Sergej, der vor Thang Messer zieht. Stoße Sergej weit weg. Sergej fliegt zu Zeltwand. Steht auf. Kommt zu mir.
»Wie du willst. Du zuerst!«
Zelt brennt. Immer mehr. Sehe wie Thang Fanny hilft. Von oben. Runter.
Lupus brennt!
Aber weg hier. Von Fanny und Thang.
Tut so weh! Feuer.
Raus aus Zelt. Sergej verfolgt Lupus.
Lärm von Seite. Löwenkäfig. Fünf. In Käfig, steht frei auf Wiese. Gehen weg, nach hinten. Angst vor Feuer. Wie Lupus! Der brennt! Wälze mich.
Sergej steht vor mir. Kommt nicht näher. Warum?
Zieht was aus Hemd. Hatte um Bauch gewickelt.

Sieht aus wie Peitsche. Aus Silber? Aus Silber!
»Stirb, Dämon!«
Er holt aus. Trifft. Ist Peitsche. Mit Silberglieder.
Tut weh! Tut so weh! Und Feuer!
Peitsche saust. Hebe brennenden Arm. Für Gesicht Schutz. Saust auf Arm. Tiefer Riss. Böser Riss.
»Verrecke!«, ruft Sergej.
Mehr Hiebe. Von Peitsche. Auf Arm. Bein. Schulter. Nicht mehr lang. Hält Lupus aus. Brenne. Und tiefe Schnitte von Peitsche. Silberpeitsche ist Tod.
Sehe Muskelfaser. So tief. Rot. Fleisch und Faser. Bald auf Knochen durch. Dann. Bin. Ich. Am. Ende.
Feuer. Und Peitsche. Lupus gleich. Am Ende!
Nein. Nein!
Wenn Ende. Dann auch du!
Lupus rot. Überall Blut. Offene Wunde. Und brenne.
Aber springe zu Sergej. Weicht aus. Lässt Peitsche fallen. Hat zwei Klingen in Hände. Silber. Große Klingen.
»Ich bin vorbereitet, Arschloch!«, schreit Sergej. Will Klinge in Hals rammen. Lupus Reflex gut. Auch vor Tod. Weiche aus. Klinge geht in Schulter. Wie Hölle. Silber wie Hölle. Lupus wird. Gleich. Sterben.
Sergej will mit zweiter Klinge stechen. Ramme Kopf nach vorn. Erwische Handgelenk mit Klinge. Beiße durch. Sergej jault.
Zorn in Lupus. Zorn hält Lupus am Leben. Noch! Aber Feuer verschlingt gleich. Mich und Sergej. Halte ihn fest. Er bohrt Messer in Lupus' Schulter.
»Ich nehm dich mit in die Hölle!«, grinst Sergej. Hat an rechten Arm Fetzenhand. Baumelt. Aber linker Arm stark. Drückt Messer in Wunde. Und Lupus brennt.
Hinter mir brüllt Löwe.
Drehe mich. Sergej lacht. Wie Verrückter.
»Wir haben Publikum! Schaut, wie er brennt!«
Sehe zu Löwen. Stehen in Mitte von Käfig.
Käfig oben offen. Schaue hin.
Sergej sieht. Mein Blick. Käfig.
Lacht nicht mehr. Will weg. Halte ihn fest.
Lupus sammelt alle Kraft. Alle Kraft!

Messer in Schulter schmerzt. Feuer brennt. Aber Zorn siegt!
Werfe Sergej hoch. Über Käfig. Fällt runter. Innen. Landet in Streu.
Vor Löwen. Die ducken sich. Fixieren Sergej.
Angst! In Sergejs Augen.
Rennt zu Käfig. Aber Löwe schneller. Einer. Drückt Sergej auf Boden.
Dann kommen die anderen.
Sergej schreit.
Fleht.
Wälze mich auf Boden. Kraft fließt weg. Wegen Silber. Aber wegen Feuer. An Lupus.
Sehe Thang. Fanny. Kommen. Thang hat rotes Ding in Hand.
Dann wird weiß alles. In Gesicht. Augen. Weiß. Alles weiß.
Schlafe. Falle.
Schwarz.

Tag 13, Sonntag, 17.00 Uhr

Ich sitze im Mustang und warte auf meinen Einsatz – wie ungefähr zweitausend Zuschauer, die auf der halbrunden Tribüne hier auf dem Tempelhofer Flughafengelände sitzen. Da ich noch zwei bis drei Minuten habe, lasse ich meinen Blick über die Sitzbänke schweifen. Fast genau in der Mitte kann ich Thang und Karlchen ausmachen. Karl der Große schnüffelt am Gipsbein von Thang herum. Vielleicht kommt ihm die Gehhilfe bekannt vor, allerdings besitzt Thang im Gegensatz zu seinem Mops noch seine Beine. Beim Sturz wurde der Knöchel gebrochen, was ihn nicht davon abhielt, einen der beiden Russen auszuknocken und, wichtiger noch, mich zu löschen.
Das Schlechte im Guten: Es gibt noch zwei weitere Mitwisser meines Lupus-Daseins – Fanny und Thang. Sie schafften mich zu Jackies Auto, mit dem sie vorher zum Zirkus gefahren waren, und brachten mich nach Hause. Thang fand meine Wundheilung mindestens so spannend wie das Wesen selbst, das er im Zirkus in Aktion sehen konnte. Als sie mich ins Freie trugen und der Mond auf meine Haut fiel, haben sie verblüfft dabei zugesehen, wie meine schweren Verletzungen heilten.

Fanny schoss während meines Schlafes eine Menge Handyfotos, die ich alle sofort löschte, als Thang mir davon erzählte. Am besten noch das Ganze bei Facebook reinstellen, ja, nee, is klar!
Ich nahm beiden das Versprechen ab, niemandem, absolut niemandem, davon zu erzählen. Wie hoch ist die Wahrscheinlichkeit, dass sich ein tuckiges Plappermäulchen und ein weiblicher Teenager daran halten? Whatever, passiert ist passiert. Wobei ich mich wie immer nur in Bruchstücken an die Szenen als Lupus erinnern kann. Eine hat sich bei mir eingebrannt: Fünf Löwen, die sich um das Abendessen streiten.
Sergej.
Die angemessene Strafe für seinen Mord an Jackie. Durch ein Telefonat mit Stefan und die Erzählungen von Fanny und Thang konnte ich halbwegs rekonstruieren, was passiert war.
Boris.
Das erste Mal, dass ICH einen Menschen getötet habe, gemeinsam mit Werner. Und nicht ER.
Seit gestern frage ich mich, wann das Gefühl der Reue wohl einsetzt. Bisher spüre ich nichts.

Fanny saust soeben an mir vorbei, die Rollen des Boards kratzen auf dem Betonboden. Wenn sie mich zum dritten Mal passiert, soll ich den Wagen starten, hat sie mir vorhin nochmal eingebläut.

Jackie. Ihr Vater erkrankte schwer, der Zirkus geriet in die roten Zahlen, beides benötigte Geld und Jackie ließ sich mit den Russen ein. Sie verriet ihnen Razzien bei den Mad Dogs oder in ihren Puffs, plauderte Ermittlungsergebnisse aus und wurde Boris' Ohr bei der Polizei. Ab und zu durfte sie ein paar kleine Fische hochnehmen, damit kein Verdacht auf sie fiel.
Tatjanas Weste war dagegen so blütenrein wie ein frisch bezogenes Laken im Hotel. Ich hatte mich komplett geirrt. Vielleicht taucht der Dude deshalb nicht auf.
In den Medien stand übrigens nichts von einem Gewaltverbrechen, sondern nur von einem Feuer in einem heruntergekommenen Zirkus, in dessen Verlauf ein Mensch bis zur Unkenntlichkeit verbrannte und ein weiterer einem grauenvollen Unfall zum Opfer fiel.

Jubel brandet auf. Mit etwas schlechtem Gewissen, mich nicht auf ihre Performance zu konzentrieren, blicke ich auf den Parcours, der mit allerhand Hindernissen gespickt wurde. Diverse Käfigboxen, Rollen, eine Treppe, die obligatorische Halfpipe. Was könnte Fanny anderes am Leib kleben als wieder einmal Jeans-Hot-Pants und Schlabber-T-Shirt? Trotz der sommerlich hohen Temperaturen trägt sie außerdem eine dünne Wollmütze.
Die überwiegend jugendlichen Zuschauer applaudieren, wenn Fanny ein Kunststück gelingt. Sie erklärte mir vorhin noch die Begriffe, die meisten habe ich gleich wieder vergessen.
Ich bin zu alt für den Scheiß.
Aber das, was sie gerade macht, während sie über der Halfpipe hoch in der Luft schwebt, nennt sich »Flip«. Sie dreht das Board mehrfach um seine Achse und landet dann wieder sicher auf ihm.
Natürlich wummert die gesamte Zeit basslastiger Hip Hop aus den mannshohen Boxen.

Jackie hat sich von den Gangstern in deren Dreck ziehen lassen. Trotzdem bin ich ihr nicht böse. Wer wirft den ersten Stein? Am Ende hat sie sich besonnen und auf die richtige Seite gestellt. Das rechne ich ihr hoch an.
In die Ereignisse der letzten zwei Tage fiel heute Morgen ein Strahl des Lichts. Ich weiß nicht, was mich geritten hat, dort noch einmal vorbeizufahren, aber diese letzte Baustelle ließ mich nicht ruhen. Ich fuhr auf gut Glück zu den Yorckbrücken. Schon als ich ausstieg, konnte ich beide riechen, vor allem Keiko.
Der General hatte sich ein paar Tage zu Freunden nach Hamburg verkrümelt. »Taktischer Rückzug« nannte er seine Angst vor dem Silberzopf. Als ich ihm erzählte, dass der ihm nie wieder Ärger bereiten würde, fragte er dreimal nach, bis er es mir schließlich glaubte. Zum Dank bot er mir eine frische Dose Ravioli an, die ich brüderlich mit ihm teilte.
Als ich die beiden verließ, sah mir Keiko in stolzer Haltung nach.

Wen sehe ich da auf der Tribüne? Den Dude! Yihaa!
Ich hatte ihn am Telefon bekniet, zu kommen, aber er wollte mich nicht sehen. Tatjana hat mit ihm Schluss gemacht, nehme ich an.

Zwar hat sie keinen Beweis dafür, dass der Dude mit Boris' Verschwinden etwas zu tun hat, aber da alle mich im Verdacht haben und der Dude mein bester Freund ist, stellte sie ihn zur Rede. Mehr wollte er mir von ihrem Streit nicht verraten und legte schließlich auf.
Fanny saust vorbei. Mein Signal! Ich starte den Wagen so, wie sie es sich gewünscht hat. Wir haben extra vorher Sand aufgestreut, damit sich eine ordentliche Staubwolke bildet. Mit aufheulendem Motor drehe ich den Wagen im Kreis, zweimal, dreimal, bis Fanny aus der Staubwolke auftaucht und sich an die Stoßstange hängt. Ich fahre mit Fanny im Schlepptau los und bewege mich zu einer großen, komplett geschlossenen Röhre oder »Pipe« wie die Skateboarder sagen. Fanny flitzt durch, ich verlangsame die Fahrt etwas. Als sie aus der Röhre herauskommt, fährt sie nach links und hält sich wieder an der Stoßstange fest.
Ich nehme Fahrt auf und ziele links neben eine Rampe, an deren Fuß Fanny die Stoßstange loslässt. Sie fährt die Rampe nach oben und fliegt fast unendlich lang durch die Luft, wobei sie mehrere Flips aufführt. Das Publikum schreit, reckt die Fäuste, jubelt. Ich fahre zum vereinbarten Punkt hinter einer zweiten Rampe und stelle den Wagen quer.
Fanny landet, fährt nur wenige Meter auf dem Beton und danach wieder auf eine diesmal etwas flachere Rampe. Sie hebt ab, verkantet dabei ganz leicht, fliegt schräg über die Motorhaube des Mustangs und touchiert den Wagen mit der letzten Rolle des Boards. Dadurch verliert sie das Gleichgewicht und stürzt mit Wumms auf den Boden. Der Jubel verstummt schlagartig. Ich reiße die Fahrertür auf, hetze aus dem Mustang und sehe nach Fanny, die zwei Meter vor mir auf dem Boden liegt.
»Scheiße!«, höre ich sie fluchen, als ich neben ihr in die Hocke gehe. Sie dreht sich um. Ihre Kniescheibe strotzt vor Dreck, der sich nun rasch mit dem Blut aus einer großen Platzwunde mischt. Sie will unbedingt aufstehen, ich helfe ihr dabei. Fanny stützt sich auf meine Schulter und winkt ins Publikum, das erleichtert klatscht.
»Alles cool, Leute«, ruft Fanny, während bereits zwei Sanitäter und ein schluffiger, großer Junge heranflitzen. Sie löst sich von den Sanitätern und stützt sich bei dem Schlaks auf. Beide kennen sich und wechseln ein paar Worte, die ich wegen der Musik nicht verstehe.

Wir sitzen an einem Biertisch neben dem Zelt der Sanitäter, neben mir der Dude, uns gegenüber Fanny, G Max, Thang und Karlchen. Vor dem Dude und mir stehen zwei Weizengläser, vor Thang und Fanny irgendeine energetische Brause des Veranstalters, der die Challenges ausrichtet. In der Mitte leuchtet ein Pokal in der Sonne.
Fanny wurde als »Newcomer der Summer Challenges« ausgezeichnet, was sich verdammt gut anhört, aber nach ihrer Auskunft nur ein »beschissener Trostpreis« ist, den hier fast jeder erhält. Das halte ich für übertrieben, da sie mit dem Pokal immerhin einen Scheck über tausend Euro erhalten hat.
Trotzdem wirkt sie nicht enttäuscht. Diese junge Lusche ohne Körperspannung, die ihr vorhin geholfen hat, ist jener G Max, der ihr die Wildcard verschafft hat. Sie macht ihm schöne Augen.
Okay, das mit dem Körper stimmt nicht, weil ich seine Performance gesehen habe, die verdammt gut war. Ein echter Pro auf dem Board. Als Zugabe sprang er noch über einen Le-Parkour-Kurs.
Nur wenn er sich »normal« bewegt, wirkt er wie ein Schluffi, der sich nicht mal die Schuhe zubinden kann, aber dieses Understatement gehört wohl zur Szene.
Karlchen sitzt auf Thangs Schoß.
»Ihr habt's beide nicht so mit den Beinen, wa?«, grinse ich und zeige auf Thangs Gips. Er sieht mich schräg von der Seite an und schlägt dramatisch die Augen auf.
»Das ist so! Witzig! Jeezus Criminee!«
All lachen. Fanny fragt Thang etwas und ich drehe mich zum Dude.
»Was ist denn jetzt mit Tatjana?«, frage ich halblaut mit schlechtem Gewissen.
»Was soll sein? Ich habe ihr gesagt, dass ich kein Architekt bin. Fand sie nicht so cool.«
Ich habe Mühe, mir das Grinsen zu verkneifen, was er bemerkt.
»Arsch«, brummt er, aber wirklich aggressiv klingt es nicht.
»Ach komm, Dude. Scheiß drauf. Wollen wir … bowlen?«
Er schüttelt den Kopf, atmet tief aus und greift sich an den Bauch.
»Mir knurrt der Magen«, verzieht er sein Gesicht.
»Noch jemand Hunger?«, frage ich in die Runde. Fanny und Thang nicken. G Max zuckt die Schultern.
»Ich spendiere eine Runde Currywurst«, verkünde ich und stehe auf.

Als wir am Wagen ankommen, sinkt meine Laune um ein paar Grade. Erst jetzt bemerke ich, welch tiefe Beule Fannys Board in die Motorhaube geschlagen hat. Eine langgezogene Einkerbung, die tief ins Metall geht. Fanny verzieht das Gesicht.
»Oops. Das tut mir leid.«
»Ja, oops! Scheiße!«
Für einen Moment spiele ich mit dem Gedanken, mir ihren Scheck zu schnappen, verzichte aber darauf. Thang darf mit seinem Gipsbein vorn sitzen, weshalb sich Fanny, G Max und der Dude auf die enge Rückbank quälen. Zuletzt steigt Thang ein, mit Karlchen auf dem Schoß. Ich starte den Wagen, das typische Mustang-Blubbern erfüllt den Raum. Wir fahren Richtung Mehringdamm und Thang genießt jeden Meter. Er klatscht tussimäßig in die Hände.
»Oh! My! God! This car … dein Wagen … is fucking awesome!«
Aus seiner Handtasche fummelt er eine Kassette, die er einlegen will. Ich bin offensichtlich nicht der einzige Verrückte in Berlin, der noch Kassetten hört. Eigentlich bin ich dagegen allergisch. Mein Wagen, meine Musik. Aber hey, an einem schönen Sommertag mit Freunden zickt man nicht herum.
Wie nennt sich das, was aus meinen Boxen scheppert? Thai Pop? Ein Mädel mit hoher Stimme singt »YMCA« von den Village People nach, darunter liegen Techno Beats.
Hoffentlich sieht mich niemand, den ich kenne.
Karlchen lächelt mich an. Ihm gefällt's.

Tag 15, Dienstag, 15.00 Uhr

»Alter, was für ein grandioser Ausblick!«, ergötzt sich der Dude und blickt aus dem kleinen Fenster nach rechts unten auf die Fjorde entlang der norwegischen Küste. Er betrachtet die Landschaft mit einer Begeisterung, als würde er jeden Felsen umarmen wollen.
Ich freue mich über seine Reaktion und winke der Stewardess. In dem recht beengten Wasserflugzeug mit seinen geschätzten dreißig Sitzen gibt es nur eine Lady, die für alles zuständig ist und mich bereits bemerkt hat. Sie kommt zu unserer Sitzreihe.

»Anything I can do for you, gentlemen?«, fragt das hübsche, in eine Uniform verpackte Wesen professionell lächelnd und zeigt mir zwei perfekte Zahnreihen.
»Two more beers, please«, antworte ich und recke zwei Finger. Sie geht nach vorn, ich beuge mich nach rechts zum Dude, um auch einen Blick aus dem Fenster zu erhaschen. Da er zum ersten Mal in diesen Teil der Welt reist, habe ich ihm den Fensterplatz überlassen.
Meine Laune ist so gut wie seit Monaten nicht mehr. Ich fühle mich sorgenfrei und blicke dem Wiedersehen mit meinen Eltern mit kindlicher Freude entgegen. Die Berge, die sich ins Meer stürzen, die dunklen Fjorde, die in den Ozean reichen, all das speist meine Vorfreude.
»Prost!«, reckt der Dude sein Tuborg Beer in die Höhe.
»Skol!«, antworte ich und stoße an.
Das Dröhnen der Propeller wird lauter, als sich die Maschine zum Landeanflug senkt. In der Ferne sehe ich bereits die hohen Berge der Lofoten, die Inselkette vor der norwegischen Küste, auf der ein großer Teil meiner Familie lebt.
»Mann, Mann, Mann, ich kann's nicht fassen, wie geil das aussieht«, kommentiert der Dude die Aussicht.

Wir steigen bei kräftigem Wind über eine wacklige Passagiertreppe aus der Maschine auf den Bootssteg aus. Am Ende des Kais steht Erik, einer meiner vielen Cousins, der Ende zwanzig sein dürfte. Seine Eltern hätten keinen besseren Namen für ihn finden können, denn er gleicht jedem Comic-Klischee zu »Erik, der Wikinger«. Groß, kräftig, rote Haare, Vollbart und gekleidet wie die meisten Norweger hier: T-Shirt, Jeans und feste Wanderschuhe. Der typische Look für Temperaturen über zehn Grad, wobei es gerade etwa zwanzig sein dürften. Erst ab dem Gefrierpunkt denkt der Bewohner der Lofoten über Jacken nach.
Wir schütteln uns die Hände. Da Erik kein Deutsch und der Dude kein Norwegisch spricht, verständigen wir uns auf Englisch. Wir steigen in den Toyota Landcruiser und fahren vom Hafen über eine schmale Landzunge ins Landesinnere. Erik telefoniert mit meinen Eltern und kündigt unsere Ankunft an.

»Hier wohnt man meist auf dem Ostteil der Inseln, weil der Wind dort schwächer ist«, erkläre ich dem Dude, der sich die Landschaft ansieht. Karg und verwittert, aber auch faszinierend und gewaltig präsentiert sich uns die Heimat meines Vaters. Auf den nicht allzu großen Inseln erstrecken sich über eintausend Meter hohe Berge.
»Wie Hawaii, nur ohne Dschungel, wa?«, grinst der Dude.
»Sag das meinem Vater, der wird sich freuen«, antworte ich.
Nachdem wir den Hauptort Svolvær verlassen haben, finden sich nur noch vereinzelte Häuser entlang der Straße. Erik biegt nach links ab und wir fahren einen leichten Hügel hinauf, der auf der anderen Seite zu einer kleinen Bucht abfällt. In der sichelförmigen Bucht liegen einige Fischerboote, auf dem Festland verteilen sich locker verstreut ein halbes Dutzend Häuser. Erik steuert auf ein dunkelrotes, zweistöckiges Holzhaus im typisch skandinavischen Stil zu, vor dem ein Paar steht. Meine Eltern.
Sie scheinen sich nie zu verändern. Mein Vater mit seinem Vollbart und einem kurzärmligen, karierten Hemd, von denen er einen Schrank voll besitzt. Er wirkt aus der Ferne kräftig und gesund, aber das war er physisch sowieso immer. Depressionen sieht man nicht auf den ersten Blick. Natürlich hält er seine qualmende Pfeife in der rechten Hand, alles andere würde mich verstören.
Die langen blonden Haare meiner Mutter flattern im Wind. Sie trägt ein blau-weißes, knöchellanges Sommerkleid, das sie vermutlich für mich angezogen hat. Wie immer strahlt sie. Da meine Mutter aus Berlin stammt und mein Vater durch sie leidlich gut Deutsch sprechen lernte, stellt die Verständigung zwischen uns vier kein Problem dar.
Ich steige aus, umarme meine Mutter, wir tauschen Küsse auf die Wangen aus.
»Ach, Gero«, freut sie sich.
»Ach, Mama«, gebe ich zurück.
Dann begrüße ich meinen Vater. Er schüttelt mir die Hand und klopft mir augenzwinkernd auf die Schulter, was für seine Verhältnisse einen eruptiven Ausbruch an Zärtlichkeit darstellt.
»Na, Junge?«
Ich stelle den Dude meinen Eltern vor, die schon etwas zum Essen vorbereitet haben und uns ins Haus bitten.

Es gibt Fisch, was sonst.
Wir sitzen an einem Holztisch, der aussieht, als hätte er drei Jahre im Wasser gelegen, so verwittert wirkt die Oberfläche. Vor dem Essen zeigte mein Vater dem Dude seine gesamte Unterhaltungselektronik, was er mit jedem Gast anstellt. Hinter diesem Verhalten steckt vermutlich ein leichter Komplex, wie ihn viele Ländler oder Fischer haben: Dass ein Gast denken könnte, man lebe am Arsch der Welt ohne jeden Zugang zu Internet oder Fernsehen.
Während die beiden sich über Satellitenschüsseln unterhalten, berichtet mir meine Mutter von allerhand Klatsch und Tratsch aus der Familie. Was Tante Freya wieder Kurioses gekauft hat, wieso sich Magnus und Selma ständig streiten. Als wir die Verwandtschaft im Schnelldurchlauf abgefrühstückt haben, fragt sie mich, was sich bei mir in letzter Zeit getan habe, ich könne ruhig öfter anrufen. Die üblichen Debatten zwischen Mutter und dem Sohn.
Schließlich essen wir Fisch, der von Onkel Henrik persönlich gefangen wurde und den der Dude in den höchsten Tönen lobt. Es schmeckt köstlich.
»Ich wollte schon immer mal zum Fischen rausfahren. Alter Kindheitstraum von einem Stadtkind. Vielleicht mit Meister Henrik? Im Morgengrauen in die aufgewühlte See stechen? Wäre das eventuell möglich?«, fragt der Dude in die Runde.
»Hast du eine Ahnung, wie früh die Fischer aufbrechen?«, frage ich zurück.
»Vor dir sitzt ein Mann der Morgenstunde!«
Ich grinse, dann überlege ich kurz.
»Hätte ich auch mal wieder Lust zu. Vielleicht können wir dir sogar noch etwas mehr bieten. Bisschen Whale watching zum Beispiel. Oder noch besser, Orcas!«
»Wow! Echt? Wale? Und Orcas? Was'n das?«
»Schwarzweiß gemustert. Die Wölfe des Meeres«, antworte ich.
»Wann geht's los?«, fragt der Dude aufgeregt. Ich wende mich an meine Eltern.
»Was meint ihr? Tauchen die um diese Jahreszeit hier auf? Wieso sagt ihr nichts?«
Ich bemerke einen ernsten Blick von meinem Vater zu meiner Mutter. Die stöhnt leicht und nickt.

»Gero. Es tut uns furchtbar leid, dich schon so kurz nach deiner Ankunft damit belästigen zu müssen.«
»Was ist los?«, frage ich zurück. Mir gefällt der Blick der beiden nicht.
»Cousin Ansgar«, brummt Vater.
Sofort gehen meine Alarmlampen an. Cousin Ansgar! Mein Lieblingsgefährte als Kind. Mit dem hatte ich mehr Spaß als mit jedem anderen meiner Verwandten und Freunde. Ein Raufbold, Mädchenschwarm, gut aussehend, charismatisch. Stark wie ein Bär, flink wie ein Luchs.
Und mit einem Sprung in der Schüssel.
Als wir in die Pubertät kamen, bemerkte ich, wie sehr es ihm Spaß machte, andere zu dominieren. Ob beim Sport, beim Kampf oder sogar bei den Mädchen, die es nie lange mit ihm aushielten, wenn sie merkten, welch gewalttätige Ader in dem anscheinend fröhlichen Kerl steckt.
Beim Dominieren blieb es nicht.
Auf den Punkt gebracht, ist mein Cousin ein schillernder Psychopath, der uns allen schon einiges an Ärger eingebrockt hat. Eine Kettensäge auf zwei Beinen.
»Was ist mit ihm?«, frage ich nach.
Mein Vater blickt ernst auf die Tischplatte, meine Mutter rutscht auf ihrem Stuhl herum.
»Sag's ihm«, meint er zu ihr. Sie holt tief Luft.
»Er hat hier einiges ... getan. Auf dem Festland. Der Familienrat wollte ihn dafür bestrafen, aber er akzeptierte das nicht. Ihm wäre das hier alles zu eng, zu alt, zu verstaubt. Du kennst ihn ja.«
»Ja, ich kenne ihn«, antworte ich und denke an seine Ausflüge nach Irland und was er dort in wenigen Tagen anrichtete.
»Was hat er angestellt?«
»Das ist jetzt weniger wichtig als das, was er vielleicht noch anstellen wird«, antwortet mein Vater grollend und rammt sein Messer mit Wucht in die Tischplatte. Es steckt tief im Holz, der Griff vibriert.
»Was Papa meint ...«, ergreift meine Mutter das Wort und bedeckt meine Hand mit ihrer, »ist, dass Ansgar zu jemandem gefahren ist, der ihn besser versteht. Vor drei Stunden ist er aufgebrochen. Er wollte zu einem engen Freund, bei dem er seine Natur ausleben

kann, ohne dass ihn alte, sentimentale Idioten wie wir verurteilen. So lauteten seine Worte.«
Ich ahne es, frage aber nach.
»Zu mir?«
Beide nicken. Meine Mutter antwortet mit zerknirschtem Gesicht: »Ja, Gero. Nach Berlin. Heute kommst du hier nicht mehr weg. Aber du musst so schnell wie möglich wieder zurück.«

Über den Autor

© Sera Cakal

Rainer Stenzenberger kommt ursprünglich aus dem Reich der Wirtschaft und Politik. Mitte der 1990er Jahre begründete er als Autor und Regisseur die erste deutsche Daily Soap im Internet, die »Kleine Welt«. Danach verfasste er Drehbücher und Werbetexte, bis er sich 2005 selbstständig machte. In diesem Jahr gewann er beim Writing Tournament des Scriptforum Berlin mit »Über den Wolken« den Ersten Preis für die beste Dialogszene. Zuletzt erschien von ihm »Berlin Werwolf. Blutsbrüder« im be.bra verlag.

Ein Schweizer erklimmt Berlin

Till Hein
Der Kreuzberg ruft!
Gratwanderungen durch Berlin
ISBN 978-3-8148-0194-0
14,95 €

Als Till Hein von Basel nach Berlin zog, wusste er nicht, dass es hier auch Höhenzüge gibt. Nun lebt er auf dem Kreuzberg (66 Meter) und hat den Überblick verloren.
Mit Schweizer Gelassenheit und der Ruhe eines Bergwanderers kämpft er sich tapfer durch die Täler und Schluchten der Großstadt und lässt den Leser mal amüsiert, mal befremdet an seinen Erlebnissen und Beobachtungen teilhaben. Dabei entpuppt sich Berlin immer mehr als das, was es ist: der Gipfel der Skurrilitäten.

»Mit ironisch witzigem Blick wird der oft glitzernde Wahnsinn in Berlin beschrieben.«

rbb-Radio Fritz

www.bebraverlag.de

berlin edition im be.bra verlag